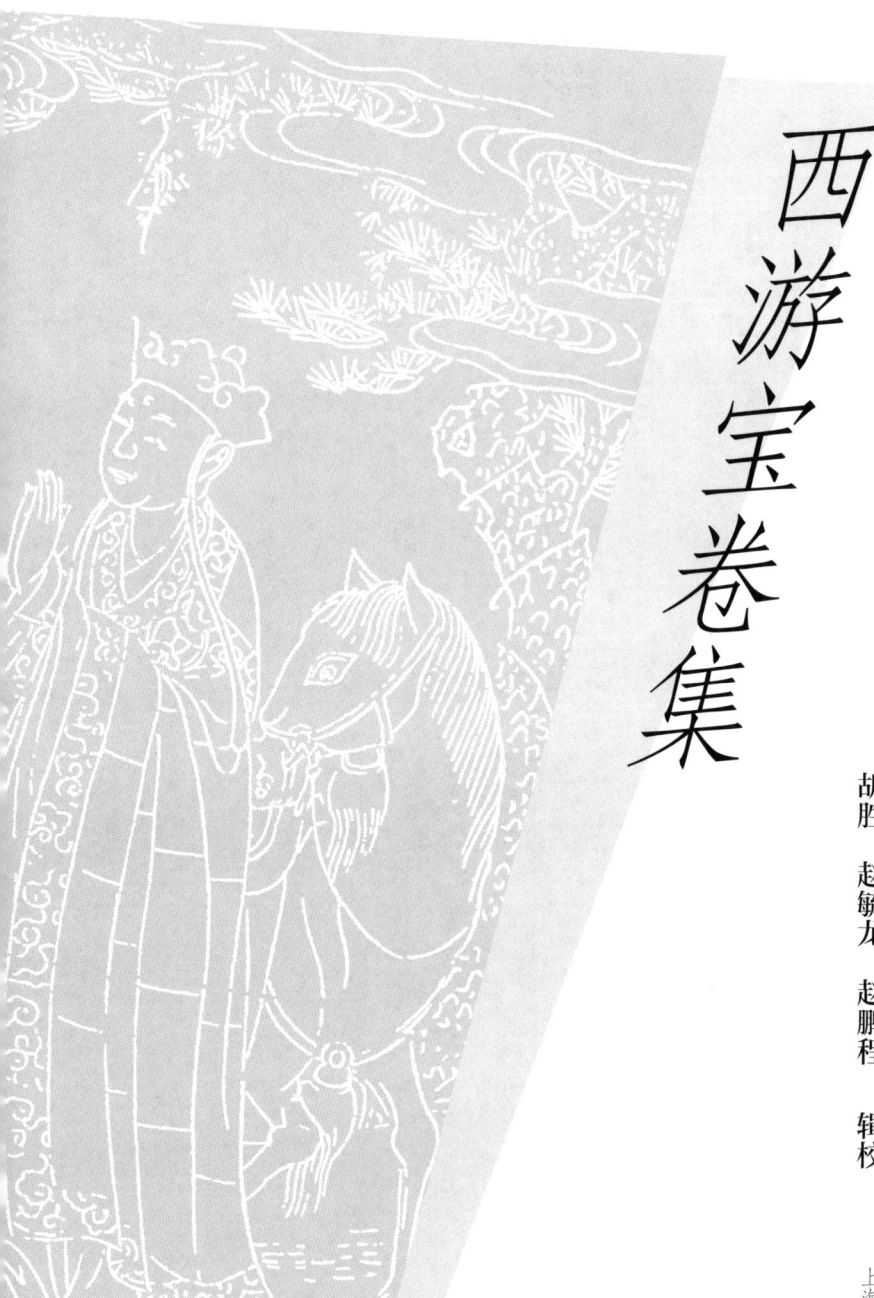

西游宝卷集

胡胜　赵毓龙　赵鹏程　辑校

上海古籍出版社

图书在版编目（CIP）数据

西游宝卷集 / 胡胜，赵毓龙，赵鹏程辑校. -- 上海：上海古籍出版社，2025.5. --（西游民间珍本丛刊）.
ISBN 978-7-5732-1467-6

Ⅰ.I207.414

中国国家版本馆CIP数据核字第20253KS092号

国家社科基金重大项目"《西游记》跨文本文献资料整理与研究"（17ZDA260）阶段性成果

西游民间珍本丛刊
西游宝卷集
胡　胜　赵毓龙　赵鹏程　辑校
上海古籍出版社出版发行
（上海市闵行区号景路159弄1-5号A座5F　邮政编码201101）
　（1）网址：www.guji.com.cn
　（2）E-mail：guji1@guji.com.cn
　（3）易文网网址：www.ewen.co
商务印书馆上海印刷有限公司印刷
开本850×1168　1/32　印张18.5　插页7　字数370,000
2025年5月第1版　2025年5月第1次印刷
印数：1—1,600
ISBN 978-7-5732-1467-6
Ⅰ·3890　定价：98.00元
如有质量问题，请与承印公司联系

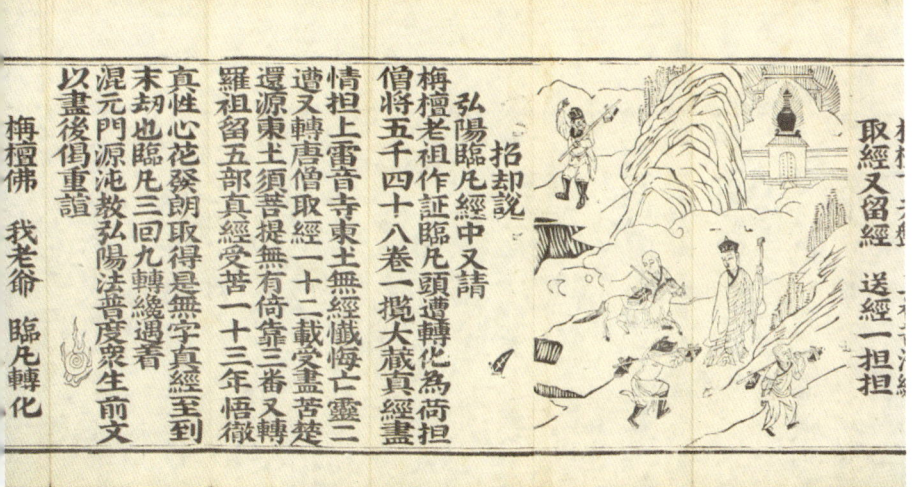

弘陽臨凡經中又請
梅檀老祖作証臨凡頭遭轉化為荷擔
僧將五千四十八卷一攬大藏真經盡
情擔上雷音寺東土無經懺悔亡靈二
遭又轉唐僧取經一十二載受盡苦楚
還源東土須菩提無有倚靠三番又轉
羅祖留五部真經受苦一十三年悟徹
真性心花癸朗取得是無字真經至到
末劫出臨凡三回九轉總遇着
混元門源沱教弘陽法普度衆生前文
以盡後偈重誼

梅檀佛 我老爺 臨凡轉化

修行人似唐僧内取真経行者鐵棒打妖精八戒沙僧白龍馬径遊雷音。

唐僧去取経　五人往西行

鎖住孫行者　拿住休放鬆

老唐僧　同四人　径往西去

孫行者　同八戒　白馬沙僧

路途中　逢妖精　魔王打攪

逢惡處　又往前行

師徒們　要齊心　進步加功

孫行者　有一根　金籙鐵棒

把魔王　都戰退　緊要用力

行一歩　進一歩　脚踏蓮心

前後隨　不離了　老祖左右

保唐僧　佛國土　去取真経

取真経　六年苦　功圓果滿

白馬馱　無字経　師徒五人

到東土　展放開　原無一字

唐三藏　一見了　胆戰心驚

又只怕　唐天子　心中發怒

斩龙卖卦宝卷（一）

繪圖斬龍賣卦全傳卷之一

紫金殿內開兵號　黎民百姓受飢荒
那漁翁在家中坐　熊天擔果走忙忙
我与負氣受飢寒　明日不學徒傳枝
傅的魚網者難當　想天聽說忙回去
白雨後猴忙回去　我在山中不住手
巴巴結結受飢寒　天天只是砍柴苦
你可看問他一起　幾時鋼錢隨身暇
去到長安走一遭　漁翁走路忙下拜
先生先生聽我言　國國男女大國邦
一路行程果得快　到了長安大國邦
穿街過巷東西走　分付眾人過門房
卜卦先生在何方　有人何日得安康
爭訟官事可取勝　病人何日下床床
請問先生占一卦　我家一條石一張
漁人占前忙下拜　何日有雨下山岡
夫漁人交錢九雙　忙將先生衣下拜

三个金錢子中央　沿河打網過時光
交了午時划三刻　長安城草荒三年整
一連三卦占下去　便把漁翁叫一報
紅日出太陽　三尺三寸降下方
漁翁二人忙收拾　漁翁一把扯住手
甘了網索歡喜忙　熊天擔果得忙
九龍口內把網張　老頭兒扶不和索
港口把網張　那个漁翁忙忙迎
老龍王坐龍宮內　忙得渡飛快往裏
高頭漢夜人兩个　呌我家人做何事
震動金河老龍王　抛起卦錢把他上
九龍口下山討雨兩　我名何處石一禎
長安三年不下雨　走道漁翁昌忙事
有甚震動我主爺　只見卦上漁翁占
故此震動我主人　日月冬波把他上
呌你降雨三尺三　買七粒米年作伴
長安下大騙子　无人敢管沾泥土
慌忙下了大骗子　兩个夜又叩一眼
水主爺上雲上戴　不知外面何時天
欠有叫你大驛上　兩个夜又取一報
忙到龍宮將端詳　兩个夜了龍宮內
長安下了大騙子　出了龍宮你忙走
故動後你把網張　两个夜又一眼
到此震動我主人　先生叫你不許雨
呌馬殷年火中郎　你是青春年少郎
酒金扇子執在手　你果老要去把網張
逍遙市兜頭上戴　迎面貴你惹豪光
龍王聽說心焦躁　既說出了大騙子
變作青春火年郎　何我家要把網張
馬殷一領線彩　两个夜下不下雨
身穿一領絲絨　夫婦二人不慌
粉底鳥靴腳下登　腰束絨絨紅絲絛
一步三搖不悅忙　一駕祥雲飄過海
在路行程來得快　開開雲隙睜見甚
進了皇城門三座　斗粉底鳥頻眼

斩龙卖卦宝卷（二）

前　言

　　纵观百年《西游记》研究史，可以发现，既有的研究框架可分成由内而外的三个环形层次带：一是对百回本的审美阐释与文化解读；二是作家、版本考证；三是成书、影响研究。可以说，在这样一种研究框架中，"百回本"《西游记》处于绝对核心的位置，有关研究体系实际上是围绕这一核心展开的。该研究框架无疑是必要的、合理的，但也存在明显缺陷：既忽略了"前百回本时代"的西游故事的各种"可能"，也无法合理地解释并统摄"后百回本时代"中不同于"百回本"却又颇具艺术魅力和文化活力的一系列"现象"。

　　如果站在跨文化、跨媒介、跨文本的视野来审视问题：千余年的《西游记》形成与传播史，归根到底是"西游故事"的演化与传播史。无论小说，还是戏曲、说唱、图像，其实不过是参与重述、再现故事的文本系统。在小说系统中，横空出世的百回本《西游记》具有绝高的艺术品位，以及无限的文化阐释空间，但归根到底，它也只是故事演化传播史上的一个坐标。更进一步说，各种"西游"戏曲、说唱、图像资料有属于自身文本系统的艺术传统和媒介成规，也有其特定的传播时空。而在广义的通俗文化语境内，不是所有的艺术经验都必然指向百回本小说，也不是所有的艺术经验都必然从百回本小说流出。这一点，在"西游"说唱系统中表现得尤为明显。

这些说唱作品长期活跃在民间百姓的口头，根植于他们的心灵深处，体现了他们独有的思维方式和叙事智慧，演绎出封闭时空中的"西游故事"。这类故事深刻反映了民间话语体系的自闭性、自足性，以及强大的生命力。这种封闭式空中的"西游故事"的传播自成一体，与百回本《西游记》的成书轨迹并行，当然其中不乏碰撞、交融，但民间叙事的"惰性"，使得故事传播多出了几分"稳定"性和"连续"性，故事核心的恒定性历久不变。有赖于此，我们借助这些民间"说唱"文献，使"西游故事本位"研究体系的建构成为可能。

以本书所收宝卷为例，这些用于特定宗教仪轨中宣唱的科仪文本与百回本《西游记》存在互文关系，却又自成体系，它们基于民间宗教实践的内驱力，遵循自身的叙述逻辑，并在传播上形成闭环。

从文本形态来说，有宣讲完整"西游故事"的，当然这种完整主要体现为故事是否首尾完整。早期作品多数较为简略，故事仅具梗概，如《销释真空宝卷》等；《长生卷》《西藏宝卷》等则相对较为详尽。有些则只是选择某一故事元素，如《江流宝卷》《唐王游地狱》《刘全进瓜宝卷》等，只是围绕某人、某事展开情节，但往往又在大家耳熟能详的故事情节当中加入不同细节的变化，如《唐王游地狱》与《斩龙卖卦全传》，赌斗双方分别是魏徵与小白龙、袁天罡与金河老龙。

从功能属性来说，多数教派宝卷（如《五部六册》），无疑是借"西游故事"以弘教。此类文本往往和丹道修炼紧密结合，"金公木母""姹女婴儿""心猿意马"之类的丹道术语屡见不鲜，由此可知百回本小说中的丹道内容渊源有自。在一些文本里还能明显体会到一丝佛道争胜的意味。如流行于河西地区的《刘全进瓜宝卷》，与常见同题宝卷最大的不同是，取经人由佛门弟子唐三藏改换成了太上老君弟子尹喜（抄本误作"君喜"）。原本流传甚广的佛教取经故事，不知何时打上了道教印痕。这一点和百回本小说《西游记》"道教化""全真化"现象实属异曲同工。与此可以对看的是《十王斋科》末段，有所谓"降龙禅师吕洞宾，黄龙山下发善心。弃舍道袍归三藏，击碎金冠却为僧"。道教的代表人物吕洞宾居然弃道入释，明显是佛教徒的自炫之词。而《灵宝观音忏》名为道教灵宝派用书，内容实为佛教观音忏。民间佛道混融现象于此可见一斑。教派宝卷的创作者为各自教派教义的流播可谓煞费苦心。

当然作为法会科仪的宝卷，宗教祭祀、超度、禳解功能又是必不可少的。这是很大一部分科仪宝卷最终功能指向。典型者如《受生宝卷》，实由佛教经文《受生经》衍变而来，为明代以来瑜伽教僧所用的瑜伽道场科仪，为荐亡法会的科仪文本。再如《雷坛取经卷》，文末所附大段祭拜专用的"表疏"文字："今则醮筵初启，科范宣行，为此谨具申文一函，俯表拜上，诣玉几下呈进……"凡此种种，在许多科仪文本中屡见不鲜。

这些宝卷之所以耐看、耐听，受众广泛，还有一个极其重要的原因，即明显糅进了"地方知识性"。其叙述目的在于传播"地方知识"，为地方信仰"背书"，以致原故事中的配角走向前台，主角竟被挤出舞台中心，甚至"下场"，而这种变化往往和地域信仰有关。如《赴任受灾》即在习见的"陈光蕊赴任逢灾，江流僧复仇报本"基础上又另辟一条故事支脉——陈子春（光蕊）游龙宫。子春与龙王三位公主成亲，生下三个儿子——三元（上元、中元、下元),后来三元除妖救父,举家飞升。这是江流儿故事与江淮地区三元大帝信仰合流的产物。同样,《五圣宝卷》的流播则与苏州上方山的"太姥(姆)信仰"密不可分。

此外,这些宝卷根植于民间土壤,充满乡土气息,时不时还向我们揭示了下层民众稚拙而又不失淳朴的历史观。如《唐僧取经宝卷》,读者惯常熟知的百回本第八十一难——通天河老鼋作怪,师徒们落水的原因,在这里演绎成了一段特殊公案:"通天河内癞鼋精,托我问问佛世尊。他在河内八百载,渡了多多少少人。佛爷取出紫金盒,八个馒头里面存。惟有八戒多贪嘴,偷了四个当点心。元朝江山八百载,朱朝分了四百春。后来出了朱洪武,搅得江山不太平。"元、明的朝代更迭在这里是因为八戒贪嘴偷吃了佛祖给老鼋的四个馒头,这一近乎"谐音梗"("猪"谐音"朱","鼋"谐音"元")式的改动,使故事充满了谐谑色彩的同时,也展现了民众对历史的别样阐述。

通过以上简单论述,我们不难看出,面目各异的"西游"宝卷,不约而同选择"西游"故事作为载体,一方面是在为各类经、忏的来源与功能提供根据,为其正名,说明道场所用仪式文献是唐僧从西天请来的;一方面是"西游"故事自带光环,受众广泛,引人瞩目。

对于宝卷中的"西游故事"而言,科仪文本自属的恒定性(也可称为惰性),使之最大限度保持了西游故事文本的原生态,为我们观照西游故事的演化,提供了绝佳的参照。这一点是作为百回本递进链条上的其他西游故事(如《取经诗话》《西游记平话》《西游记杂剧》等)所不能取代的。同时,作为宗教科仪文本,其自身承载的救拔度亡功能,也使我们在审视《西游记》成书之时,多了一种纯乎宗教的视角。关注这些自成一格的"西游宝卷",可以为西游故事演化传播以及《西游记》成书研究提供新的角度和路径。

限于篇幅,本次只选取了包括《销释真空宝卷》《受生宝卷》《佛门请经科》《西藏宝卷》《长生卷》等在内的45种文本,既包含以演绎"西游故事"为主体的作品,也酌情选取了《达摩宝传》《先天元始土地宝卷》《五圣宝卷》《真武祖师出身修行成道宝卷》等几部与西游故事流播、赓续密切相关的作品,聊备一格。

凡 例

本书旨在为专业研究者和一般读者提供一批颇具代表性的"西游宝卷"文本。主要以国内外图书馆、民间收藏家、艺人所藏抄本为底本,进行录入、校勘。

最大限度尊重底本原貌,原文中有不可辨识、费解处,照录原貌以存疑。凡底本漫漶、誊抄、印刷不清之字,均以□代替。

举凡明显错讹、脱衍、倒文,均予以改订;如有其他版本可资比勘,择善而从。页下附以简明校记,说明删改、校订依据。

凡"已、己"等形近致误,径改,不出校记。

作为民间口头文学的案头文献整理,因记音而误之处在在尤多,校订之后予以标记。

作为民间口头文学传承,许多方言间杂其间,为保持作品地方特色,尽量不做改动。

全书采用通行简体字排印。异体字皆以更通行者正之,如懆—躁,仝—同等。

目 录

前言 ……………………………………………………… 1
凡例 ……………………………………………………… 1

销释真空宝卷(节录) …………………………………… 1
受生宝卷 ………………………………………………… 4
佛门请经科 ……………………………………………… 21
请经开忏唐僧偈 ………………………………………… 33
西天取经赞 ……………………………………………… 45
佛说十王生天道场全卷(节录) ………………………… 60
地藏本愿经(节录) ……………………………………… 62
灵宝观音大忏(节录) …………………………………… 65
交忏拜赞 ………………………………………………… 67
灵宝五品经会启演科 …………………………………… 69
新集取经十劝悔拨回向科仪 …………………………… 71
西藏宝卷 ………………………………………………… 73
长生卷 …………………………………………………… 101
唐僧取经宝卷 …………………………………………… 208

(三槐雷坛)取经卷(节录)	236
孙王宝卷	257
齐天大圣真经(节录)	263
佛说齐天大圣都督法王菩萨真经	268
唐王游地狱(节录)	276
斩龙卖卦全传	304
李翠莲舍金钗大转皇宫	334
刘全进瓜宝卷	367
赴任受灾	379
醒心宝卷(节录)	395
五部六册(节录)	403
混元弘阳飘高祖临凡经(节录)	408
弘阳后续天华宝卷(节录)	412
普明如来无为了义宝卷(节录)	414
普静如来钥匙佛通天宝卷(节录)	416
佛说利生了义宝卷(选录)	418
销释显性宝卷(节录)	419
销释科意正宗宝卷(节录)	421
明宗孝义达本宝卷(节录)	423
多罗妙法经(节录)	426
佛说销释保安宝卷(节录)	429
太阳开天立极亿化诸佛归一宝卷(节录)	430
众喜粗言宝卷(节录)	432
达摩宝传(节录)	436

目 录

先天元始土地宝卷(节录) ·················· 444
五圣宝卷 ······························ 464
真武祖师出身修行成道宝卷 ················ 486

后记 ································· 577

销释真空宝卷（节录）

【解题】《中国宝卷总目》著录。抄本，一卷，不分品。关于此抄本年代一直存有争议，有人以为"明朝的写本"，有人以为是"元抄本"。喻松青认为此宝卷产生时间应在万历二十四年至四十八年(1596—1620)之间，作者为印宗(俗姓李，名元)，陕西人，为罗教西北支脉传人，因此宝卷所宣扬教理与罗教相近(参见《〈销释真空宝卷〉考辨》，《中国文化》第11期)。本次我们仅截取了其中一段"唐僧西天取经"故事，其来源应出自元代的《西游记平话》体系，要早于百回本小说。

  开经偈
    无上甚深微妙法，百千万劫难遭遇。
    我今见闻得授持，愿解如来真实意。
    提起真经重重举，一番测洗一番洗。
    三世诸佛不可量，波旬诸佛入涅槃。
    留下生老病死苦，释迦不免也无常。
    老君住世烂阳乡，烧丹炼药有谁强。
    留下金木水火土，老君不免也无常。
    大成至圣文宣王，亘古亘今论文章。
    留下仁义礼智信，夫子不免也无常。

道冠儒履释迦裟,三教元来总一家。
江南枳壳江北橘,春来都放一般花。
唐僧西天去取经,一去十万八千程。
昔日如来真口眼,致今拈起又重新。
贞①观殿上说唐僧,发愿西天去取经。
唐圣主,烧宝香,三参九转。
祝香停,排鸾驾,送离金门。
将领定,孙行者,齐天大圣,
猪八界,沙和尚,四圣随根。
正遇着,火焰山,黑松林过,
见妖精,和鬼怪,魍魉成群。
罗刹女,铁扇子,降下甘露。
流沙河,红孩儿,地涌②夫人;
牛魔王,蜘蛛精,设入洞去,
南海里,观世音,救出唐僧。
说师父,好佛法,神通广大,
谁敢去,佛国里,去取真经?
灭法国,显神通,僧道斗圣;
勇师力,降邪魔,披剃为僧。
兜率天,弥勒佛,愿听法旨。
极乐国,火龙驹,白马驮经。
从东土,到西天,十万余里。

---

① "贞"原作"正"。
② "涌"原作"勇"。

戏世洞，女儿国，匿了唐僧。
到西天，望圣人，殷勤礼拜。
告我佛，发慈悲，开大沙门。
开宝藏，取真经，三乘教典。
暂时间，一刹那，离了雷音，
取真经，回东土，得见玉帝。
告我佛，求忏悔，放大光明。
到东土，献真经，唐王大喜。
金佛会，开宝藏，字字分明。
佛面犹如净满月，亦如千日放光明。
圆光普照于十方，喜舍慈悲皆具足。

受生宝卷

【解题】《中国宝卷总目》著录有《洛阳桥宝卷》,"又名《受生宝卷》",今有常熟余鼎君整理本,但与西游故事无关。本次选录的《受生宝卷》(又名《佛门受生因果宝卷》《佛门受生宝卷启录》《佛说受生因果道场》《佛说受生科》等),实由佛教经文《受生经》(又作《寿生经》《受生真经》)衍变而来。今存抄本,撰人不详。该卷为明代以来瑜伽教僧所用科仪,是以《佛说受生经》为蓝本衍生而来的瑜伽道场科仪,为荐亡法会的科仪文本。其成书时间下限不晚于明初(参见侯冲《受生宝卷题解》,《藏外佛教文献》2010年第1期)。此文本依然以宣讲《受生经》为主题,但该主题被打散在西天取经的故事中,宝卷的主体内容是:魏徵梦斩泾河龙;三藏奉敕取经;唐王入冥,借王大库钱,还魂后偿还受生债;三藏法师取经回转,宣《受生经》,普度众生。该卷是目前所见宝卷中最早将"唐王游冥故事"与"三藏取经故事"黏结起来的文本,可以为西游故事演化传播以及《西游记》成书研究提供新的角度和路径(参见胡胜《〈受生宝卷〉与早期西游故事的建构》,《民族文学研究》2022年第3期)。本次以侯冲先生藏本为底本校录。

  上来二位仁师,既登法王宝座,
    演如来金口之言,须当举唱都阇梨云何之梵。

云何于此经,究竟到彼岸。
　　法　　　法
愿佛开微密,广为佛宝说。
　　僧　　　僧
　　　开宝藏菩萨
佛说受生宝卷因果道场。
案上一卷经,诸人合掌听。
善男并信女,早发菩提心。
推开龙宫藏,捧出玉琅琼。
唐言有偈,大众举唱:
贞观①殿上说唐僧,发愿西天去取经。
唐王闻说心欢喜,通关文牒往前行。
满朝文武并丞相,安排銮驾送唐僧。
宁念本乡一块土,莫念他乡万两金。
辞别了,唐王主,观看銮驾。
选良辰,并吉日,便要登程。
将领着,孙行者,齐天大圣。
西南方,路途远,降伏妖精。
朱八戒,恶山上,开条大路。
沙和尚,江河内,广有神通。
从东土,到西天,千万余里。
每晓行,并夜宿,全不退心。
有白猿,流沙河,摇舡摆渡。

---

① "贞观"原作"正宫"。

旷野山,无人走,吓杀人魂。
前来到,火焰山,灭尽国土。
见妖精,合鬼怪,魍魉成群。
唐三藏,发弘誓,立愿如海。
谁人敢,往西天,去取真经?
到西天,见圣容,殷勤礼拜。
愿我佛,慈悲心,转大法轮。
开宝藏,取真经,三藏奥典。
敕南方,火龙驹,白马驮经。
上驮着,《受生经》,瑜伽大教。
八十一,《华严经》,七卷《莲经》。
辞别佛,登云程,回到本国。
刹那间,就当时,离了雷音。
前来到,西梁下,长安大国。
报唐王,排銮驾,接进朝门。
高僧道,亲口宣,冥阳大会。
展开经,光闪灼,紫气腾腾。
唐王主,赐袈裟,金环锡杖。
多亏了,方便力,救度乘生。
封高僧,官禄司,情愿不受。
旃檀佛,成正果,却是唐僧。
《般若经》,一百卷,他为第一。
宣宝偈,今此日,度脱众生。
受生宝卷初展开,诸佛菩萨降临来。
天龙八部闻经至,保佑斋主永安康。

兜率天宫击发鼓,灵山会上撞金钟。

安养国中谈妙法,娑婆世界演经文。

仰烦大众展宝经,一意从头听上声。

三千诸佛临法会,百万菩萨降来临。

戒香、定香、解脱明香、解脱智见香。一炷信香,焚在炉上。香烟起处,遍满十方。诸佛菩萨降道场,受今供养。

展开琅琊藏,捧出《受生经》。

会得经中意,听说道场文。

白马驮来一卷经,一会拈起一会新。

蒙师请问经题目,佛说受生宝卷经。

开宝藏菩萨

盖闻金莲台上,相现金容;金色光中,形似金玉。佛或号令如来,菩萨金刚,秉权至金刚藏。前引金刚力士,后随金甲神人。金盘捧献金果,金瓶内插金花。愿开金口说经文,惟愿今宵临法会。

皈依十方一切佛、法、僧,法轮常转度众生。

转法轮菩萨

盖闻人生在世,善恶千般。为君为臣,为官为吏,有富有贵,有贤有愚。员外富客,日饮千杯不足;下贱之人,夜饮一盏有余。都是同天共日,衣禄各有丰歉。十指本有长短,五谷岂有高低?人莫怨阎君,心有①不平。未生之时,先借冥府司债。转回之时,忘了前恩。《受生经》云,分明细说:未生阳道之时,先于冥司借过受生钱贯。诸司依用,求觅人

---

① "有"原作"用"。

身,满口承当。才分南北,理宜填还。转回阳间,迷失借欠,忘了前恩。百年限满,回归阴司,曹官逼勒钱贯,有身无处安存。有等孝子顺孙者,舍财修斋荐拔;有等忤逆儿女者,吝财轻规。那时受尽苦楚,以此堕落三途,难转人身,为牛作马,蠢动含灵。有得人身者,贫穷下贱,丑陋不堪。诸佛不忍,造立经文,流传东土,超生度死。若不依经填还,难获再转人身。

  世上人身真难得,佛法经文亦难闻。
  释迦托生在皇宫,不恋江山社稷荣。
  离父梵王帝释母,抛弃耶输结发情。
  灵山修道成正果,证得黄金丈六身。
  人生都把佛来念,那见功德不完成?
  观音菩萨女儿身,妙庄原是他父亲。
  不在皇宫为公主,普陀山上去修行。
  真武祖师太子身,净乐国王是父亲。
  一心弃舍皇宫院,武当山上化金身。
  良言①苦劝度众生,人人都依圣贤修。
  时光似箭如电彻,不觉童颜又白头。

吾今苦劝众生听言,休欠受生钱。阴阳相同,你我一般。现今少欠,再借是闲。一世人身,千难与万难。

  吾劝世上人,早发菩提心。
  依经还宿债,永不失人身。

昔日贞观年间,唐太宗皇帝初分天地,才登宝殿,掌管

---

① "言"原作"因"。

南赡部洲一郡人氏,风调雨顺,国泰民安,呼风风至,唤雨雨临,万民乐业,五谷丰登,四时无横祸之灾,八节有泰来之福,春夏则花色新鲜,秋冬则果酌依旧,四时虎狼永息,八方干戈不动。

朝中有一大臣,姓魏名徵,此臣神通广大,上通天界,下达地府。一朝玉帝行下雨簿,敕令金河小龙午时行雨,怠慢错过时刻,违误天条。玉帝大怒,敕令魏徵丞相,限至来日午时取斩。

小龙闻知怕死,待半夜子时,等太宗睡梦之间,啼哭哀告:"我王,小臣违误天条,敕令魏徵丞相明日午时取斩。我来哀告。君王劝臣,救我一命。"唐王醒来之时,却是南柯一梦。

太宗遂同魏徵下棋,延过辰时。待等午时,魏徵忽睡。太宗心怒魏徵无礼,戏弄寡人。魏徵复奏我王:"玉帝有敕,小臣去南天门外诛斩金河小龙。"太宗不信,只见龙头落在丹墀。太宗大惊失色,只说下棋耽误,不意梦去斩了,失误他命。

小龙魂赴阴司,见了阎君,告诉前情。阎君准词,谓小龙曰:"一来是你自不小心,二来君王失了口齿。暂且消停,待他时去运低,那时对理。"太宗思想:"我国中万物广胜,缺少经文,超生度死。"

万物都遂皇王意,缺少如来大乘经。
皇王天子登龙位,掌管南赡部洲人。
风调雨顺民安乐,五谷丰登仓库盈。
五日一风十日雨,夜间下雨日间晴。

万物都遂皇王意,缺少经文度众生。

太宗皇帝初登宝殿,掌管山河并社稷,风调雨顺,五谷丰登,民长寿延,官增禄位。万般都称心,少部大乘经。

太宗管天下,民安贺太平。

万般皆如意,缺少大乘经。

天子异日临期出挂黄榜,晓谕天下文武官员、军民、道俗人等:"昔日闻说佛在西天,金口流传大藏经卷,能救人生病苦,能度世界亡魂。无奈山遥水远,不能去得。若有举意虔心,神通广大者去取经文,吾当万般升赏,加官进职,绝不虚言。"

有人取得真经现,加官进职人上人。

唐王天子圣明君,挂出黄榜召万民。

不论官员并将帅,不论僧道与军民。

国中万般皆足矣,少部真经度众生。

有人领旨西天去,取经至日封大臣。

挂出黄榜,晓谕军民、僧道共俗人,发得虔心,去取真经。莫劳心苦,休外思寻。取经至日,加官不非轻。

若人发虔心,西天去取经。

晓行并夜宿,赏金并赏银。

张挂榜文,三期七日,并无一人揭榜。止有本朝国师名号唐僧三藏,向前揭榜,朝拜我王:"小臣领旨,去取真经。"太宗听说,龙颜大喜,便问唐僧:"你用多少军民跟随?"国师答曰:"不用多人。小僧有徒弟三人,一名孙行者,一名猪八戒,一名沙和尚。三五众僧去得,只用脚夫一匹。"唐王大悦,赐下白马一匹,御酒三杯,即日登程。

寡人御言亲嘱咐，取经早早便回程。
唐僧承管去取经，天子龙颜胜喜忻。
或用僧道并将帅，或用军来或用民。
国师回言奏帝王，不用军民自行程。
徒弟三人跟随我，那怕千山万水深。

唐僧承管，去取真经，师徒三四人晓行夜宿，只奔前程。火焰山上，鬼怪成群，神通有感，魍魉化为尘。

唐王嘱咐僧，早早便回程。

宁思本国土，莫念他乡金。

自从国师去后，太宗每日忧虑。忽然病疾缠身，珍馐百味，不能沾唇。卢医扁鹊，妙药灵丹，岂能医治？不觉一日，圣驾溘然长逝。三魂杳杳，七魄悠悠。只见寒风惨惨，不晓东南西北。迅速之间，早到奈何桥上。金童前引，玉女后随，迎接太宗，上至森罗宝殿。阎君问曰："你作人王帝主，尚且虚言。以下小民，岂有实语？你许救金河小龙一命，如何失误他残生？冤魂到此告诉，特取你来，与他对理。"太宗闻言，大惊失色，不敢回言。阎君唤三司卿相，押太宗去游十八地狱，并看罪期。金字经

说唐王，离阳间，渺渺冥冥到阴司。阎罗王，要他从头说根机。难分诉，不怕你，你说得，天花乱坠。免你二人去对理，游诸地狱看罪期。

前行见，有一座，刀山地狱，好伤悲。千把刀，万把剑，锋利无比。鬼使追，疾如飞，铜棍铁棒狼牙锤。赶上刀山身受苦，皮开肉烂骨如灰。

毁爹娘，骂公婆，铁钳挟住割舌根。上秤称，并匣床，买

卖不平瞒昧心。好伤情,寒冰灰河苦难禁。镬汤煮着偷牛汉,油锅煮着偷马人。

唐太宗,一十八重地狱,悉皆游。眼见诸罪人,受尽千般之苦。回至阎罗殿前,旁边转过一个曹僚,那曹僚姓魏名徵,认得太宗乃是阳间真命天子。久离主人,谁知今日阴司相会。阎君言道:"你是阳间帝王,我是阴司冥君。任你说得天花乱坠,地涌金莲,不受如来佛敕,难躲地狱之愆。"

　　任你掌管山河稷,不免也到地狱行。
　　自从唐僧去取经,太宗忧虑病缠身。
　　灵丹妙药全不效,三魂杳杳入幽冥。
　　寒风凛凛黄沙起,黑雾惨惨死路行。
　　金童引入阎王殿,我见阳间一爱臣。

唐僧去后,太宗忧虑,忽染病疾,珍馐百味,不能餐思。卢医扁鹊,岂能救治?一朝宴驾,不觉到阴司。

　　离别阳间路,又是一家风。
　　上至森罗殿,认得魏丞相。

魏徵丞相上告阎君:"太宗皇帝在阳间时,未有贪嗔嫉妒,伏祈放他还魂。"阎君听臣告诉,却对太宗言道:"你京城中有一贤人,名号王大。每日卖水营生,夜间持念《金刚》《受生》,每经十卷。请僧预修斋会,还经寄库。现今库内堆金积玉。你为人王帝主,未曾修备钱贯,因何不还?"阎君唤押至案掌簿判官,捡看太宗欠受生钱多少。判官曰:"主人属羊,己未生人,欠四万三千贯文;看经二十五卷。"便叫库官:"将王大库内钱贯,指借与他还过,放回可也。"

　　今生不还冥司债,一失人身万劫难。

魏徵告诉阎王知,见主帝王好伤悲。

当今待我如父子,抛离阳间许多时。

不想阴司重相见,好似钢刀割肉皮。

阎王可怜放回去,永世不忘恩情意。

贞观年间,阴司有例。十二相属,各有钱贯、经文咒语。依经填还,不可延迟。若还不纳,失却人身体。

魏徵劝阎君,心中胜喜忻。

放回阳间路,传与万民听。

阎王设计,告太宗曰:"我有白莲花园,叶儿如粉,装成一般,你阳间少有。你可前去观看一番,不枉到阴司一场。"太宗依言前去,才到莲花池边,后被鬼使将太宗推倒在地,一阵昏迷。苏醒之时,却是阳间。

太宗眼前观花景,不觉鬼使推在尘。

太宗皇帝却还魂,惊动满朝文武人。

三十六宫嚎啕哭,宫娥彩女放悲声。

当初只说观花景,谁知梦里却还魂。

若还久住阴司内,万里江山靠何人?

阎王设计,启叫唐王,莲花似粉装。二人游玩,才到池旁,鬼使推倒。睡梦一场,迅速之间,就是本家乡。

唐王正还魂,吓得万人惊。

宫娥并彩女,痛哭好伤情。

太宗还魂以后,异日身登九五,宣召文武大臣上殿,着人前去,到本街上有一卖水王大:"寻见不要惊他,请来见我。"众臣闻言失色:"宣他有何事件?"圣王御旨,不敢迟延。即去街前,忽遇王大正在挑水。此臣问曰:"王大,皇王有旨,救吾宣请你去。"王大听说,战战兢兢,上告大臣:"有何罪过?"此臣回言:"吾亦不知。"未敢迟延,只得随身而去。前到我王殿上,叩头礼拜。太宗起身,吓得王大三魂不在体,七魄不在身。唐王亲赐御酒三杯,黄金百两。王大叩头不起,言道:"奴婢罪该千死万死,每日卖水营生。如何赐我银两,岂能消受?"太宗曰:"我前日晏驾,身到冥司。本身欠多少受生钱贯。因见你每日看念经文,预修钱贯,现在库内堆金积玉。吾凭库官,支借钱四万三千贯文,经二十五卷。填还以后,方得还魂。因此请你恩人,还银百两。封你本处县丞官。"带下殿,谢恩二十四拜。众臣送恩官上任。

　　早晨街前挑水汉,顷刻之间做官人。
　　满斟美酒赏恩人,须是身贫运时新。
　　朝朝挑过百桶水,夜夜持诵十卷经。
　　监牢库内借你债,阳间还你两分明。
　　更有一般升赏赐,加你本处为县丞。

唐王圣旨,手令先行,宣召王大说前因。亲赐御酒,吓落三魂。"不必惊恐,谢你恩人,昨日阴司,借你受生银。"

　　王大卖水汉,持诵《金刚经》。
　　太宗曾借使,加做县官身。

休说王大到任,又有把门军吏来报:国师取经,回至凌桥歇息,特来相报。太宗听说,即令众臣:"急排銮驾,寡人亲自迎接。"

　　国师称名号唐僧,取经不久便回程。
　　太宗排驾接唐僧,千山万水受苦辛。
　　一是我王多有感,二者三藏发虔心。

白马驮经前面引,经至龙凤宝殿存。

唐王开箱亲眼看,霞光万道辉日明。

军师来报我王知,因三藏,取经文,回至桥边。我见真情,唐王自去,銮驾先行。迎至金殿,霞光耀日明。

三藏取真经,回到金銮殿。

唐王亲眼看,龙颜胜喜忻。

太宗次日宣国师,筵宴言说:"多亏你取经,晓行夜宿,劳苦多端。"国师叩头:"感蒙皇王恩德赏赐。日久延迟,祈我王赦罪,勿令见责。"太宗道:"自你去后,吾遭大患一场。只说君臣不能相见,那知今日复睹。"国师失惊:"伏祈万岁帝王,如何有患?"太宗曰:"被金河小龙在阎君案前告诉。差众鬼使,宣到阴司对理。"国师伏问:"我王既到阴司,如何还位?"太宗曰:"忽见原日我手下爱臣魏徵丞相,今在阴司,加他三司卿相,独掌权衡。今日哀告阎罗。着我游看地狱,见诸罪人,受尽百般苦楚,皆因不还受生钱贯。连我本身未还,支借王大库内经文钱贯填还,方才放回。"

今日不晓来日事,我王辞世早知因。

国师听得我王言,两眼纷纷叫可怜。

只说取经多受苦,谁知帝王也遭愆。

一者君王多有道,也是小僧有些缘。

若是主人辞世去,万里江山无有天。

三藏听说,两泪如泉,声声叫可怜:"君王有道,小僧有缘。只愿我王,掌管百年。若还去世,无了半边天。"

君王相别离,思想不多时。

阳间经未至,阴司倒先回。

太宗皇帝返问国师："人在阳间，如何却少阴司钱贯？怎得先知？"国师上告我王："经中明说，为人在世，千般饱馔，只要杀生。蠢动含灵，皆有性命。有等贪心嫉妒，图财害命，咒天骂地，抛撒五谷，杀人放火，调词捏状，毁生骂地。为妇人者，心生忤逆，毁骂公婆；生男育女，不净衣服，江河洗濯，秽污水府龙神。为男子者，不作生理，打劫截盗，负命欠债，千般不善罪业。百年身归地府，冤冤相报，都来取命。欠债不还者，本皆为牛作马，飞禽走兽，蛇虫蝼蚁，失脱人身。无奈阴与阳同，有钱者生，无钱者死。情愿托各库曹僚名下，借过钱贯，赎度身体。已得人身，只顾眼前快乐之忻，忘却先前地狱之苦。善恶簿上，仔细标名，三番九死，难脱地狱之苦。"太宗点头："此是实言。"

今生欠他十六两，后世还他两半斤。
为人不要杀生灵，冤业原是不离身。
都是爷生共娘养，你我皮肉一般疼。
休要图财并害命，切莫安己损别人。
有朝一日阎王唤，无常只说要生魂。

人生在世，切莫贪嗔图财并害命。飞禽走兽，都有娘生。你食他肉，他取你魂。冤业相报，几时业离身？

今生造业多，后世难销过。
张三要还你，李四要还我。

太宗曰："国师你既知因果报应，如何早不做声？"国师叩头俯伏："万岁，我小臣先不知因果。蒙君王差遣，西天去取经。见大藏经中有《受生经》一卷，专说此等因果。有十二相属，庚甲轮流不等，钱贯多少不同，又有报库曹官各姓。

侍至本人四十已上、五十已下，交生之日，请僧于家，礼请三宝证盟，依经填还。"太宗曰："假若幼小之时，命短而亡，如何酬还？"国师答曰："有幼而亡，或老而死，故失误还，或五七、百日、周年、除服、斋会之期，替他贷还。在生者三次填还，有阴阳二牒合同字号勘合文凭。阳牒付与本人收执，阴牒给在阴府库官入库。百年限满，身归冥司，比对字号合同，无得失落。"

库官闻说经中意，出榜晓谕天下人。
三藏取经不虚言，劝君早纳受生钱。
今生不还冥司债，后世为人体不全。
痴聋喑哑多丑陋，贫穷下贱惹人嫌。
若是今生纳还足，富贵荣华寿百年。

三藏取经，不是虚传。早纳受生钱，依经填还，请僧三遍，满装箱簧，寄与曹官。百年限满，永不少欠钱。

恶取千贯易，善化一文难。
晴干不出门，只待雨淋头。

太宗又问："国师，你看经中，还了如何？不还者怎的？"国师答曰："还了的在生有财有宝，死后无罪无愆。托生之时，当与帝王作子，公侯、宰相、员外、长者、豪富无比。百年长寿，不遭厄难。欠钱者为人在世，贫穷下贱，衣不遮身，食不充口，死后不得人身。在世又降下一十八般横灾，求生不得，求死不得，十磨九难，现世果报。"

唱【挂金锁】

第一降下，怪病多不宁，闭目之时，常在地府行。醒来之时，却是南柯梦。精神恍惚，死的一般同。

第二降下，麻痘在其身，十分稠密，好似砌鱼鳞。父母惊慌，每日忧成病。许下猪羊，保儿长生命。

第三降下，赤眼在其身，日夜魔障，拍手叫皇天。瞎了之时，前世并前缘。莫怨神天，为欠受生钱。

第四降下，脾寒并疟疾，发寒作热，饮食不得思。三好雨歹，眼里活见鬼。莫怨神天，受生来催逼。

第五降下，哽噎大病症，水米不通，生生饿成病。骨瘦如柴，四肢难招动。欠下受生，曹官来报信。

　　只为众生悬欠债，降下一十八般病。
　　产难风痨蛊病缠，黄肿疟疾与伤寒。
　　泻痢阴症并肚疼，痘麻赤眼共牙疼。
　　疔疮疬花蛾背发，鱼口臁疮哽噎根。
　　莫怨冤家并鬼神，为因不纳受生钱。

一十八般，病降阳间。咳嗽及伤寒，黄瘅疟疾，肚疼产难阴症，哽咽诸病过，淹久缠身体，为欠受生钱。

　　前生皆已定，人人都不信。
　　欠钱都不还，降下二九病。

却有官员庶民一应人等，见得真有果报，广舍资财，布买香、纸、油、蜡供物，择取良年、利月、吉日、良时，请命僧善，或供几昼宵道场，或两宵功果，讽经礼忏，装封箱笈，关取力士几名，阴阳文牒，给行路引合同，勘合用印分明，搬运地府，纳在库内。百年限满，比对字号合同，毋得失落。

　　今凭三宝交纳后，定作九莲台上人。
　　众生闻得果报真，善男信女发虔心。

广买油蜡并纸香,请命僧善到家庭。

铺挂三宝作证盟,洒水行香宣疏文。

经文卷卷依古典,钱贯张张要分明。

车夫力士,且听吾言,箦箱要你搬运。与你钱纸,路费盘缠;给你路引,验看施行。交与库内,耐心守百年。

闻得真果报,男女发虔心。

依经还三次,彻了通关文。

念此《心经》,宣彻通关文。

伏念军民百姓,口念善哉善哉。一来感蒙皇王游诸大地狱,二来感谢国师西天取经。见此因果,传与世人。自愿纳还受生者,般般遂意;不纳还者,件件不成。阴阳若无果报,刚强常在,善弱不存。经不能尽,聊表凡情。

佛敕众生仔细听,今后莫欠受生钱。

少他半斤还八两,借过一串还千文。

好借好还无烦恼,阴与阳间一般同。

休学地狱受罪苦,愿做菩提路上人。

道场圆满,普皆回向。人人用心机,销唱金经。佛圣遍知,上祝皇王圣寿万岁,四恩三有,同沾佛力。九祖先亡,脱化莲池;法界有情,同登极乐国。

南无一乘宗无量义、真空妙有受生般若经

南无尽虚空、遍法界、过现未来佛、法、僧三宝

礼念罢,已周圆,与施主,消灾罪。四恩三有,同登极乐天。

普回向

诵经宣科已周圆,回向三宝众龙天。

消灾减罪增寿延,临终接引座金莲。
开经容易收经难,犹如连海又隔天。
展开遍满三千界,收经依旧入琅琊。
念佛诵经功德力,回向无上佛菩提。
四恩三有尽沾恩,八难三途俱离苦。
次冀现前诸圣众,消愆祈福保安宁。
先亡久进往西方,法界孤魂登彼岸。
愿以此功德,普及于一切。
我等与众生,皆共成佛道。

　　回向无上菩萨。以今三天门外,设立法台,恭迎二位仁师,登台课诵《受生宝卷道场》二部,专为信善□□名下,忏是忏罪,灭是灭愆,诸般等事,总降吉祥。运动乐音,迎师下台。

佛门请经科

【解题】斋供科仪宝卷。1994年王熙远先生把《佛门西游慈悲宝卷道场》和《佛门取经道场·科书卷》作为魔公教所用经卷,收入《桂西民间秘密宗教》,引起研究者关注。陈毓罴先生判断这两部宝卷为"元末明初之作"(《新发现的两种〈西游宝卷〉考辨》,《中华文化》,1996年第1期);车锡伦先生则认为"撰写的年代定为明代前期(成化以后)较为稳妥"(《中国宝卷研究》,广西师范大学出版社,2009年)。进入21世纪以来,各地相继发现相似文本。贵州师范大学硕士研究生刘琳在其毕业论文《独山布依族民间信仰与汉文宗教典籍研究》(2008年)采录了《佛说西天取经道场》;上海师范大学侯冲先生搜集了此类科仪十三种(详见侯冲、王见川主编《〈西游记〉新论集》,广西师范大学出版社,2022年);左怡兵在湖北咸丰县清坪镇则意外发现了两本《瑜伽取经道场》(参见《〈瑜伽取经道场〉和〈佛门取经道场〉调查研究》,《文学教育》,2013年第8期)。相关宝卷抄写时间多为清末民初(但故事流传恐怕从元代以降即已开始),在桂、黔、甘、鄂等不同地域皆有流传,内容大同小异,确实能从新的角度引发我们对《西游记》以及相关西游故事(尤其是斋供科仪中的相关题材)做深入思考。本次据王熙远所录,参考侯冲、车锡伦诸家意见校录。

佛门取经道场·科书卷

三皈依，启请，香水赞。
昔日唐僧去取经，安排銮驾送唐僧。
御手搭肩上，金口劝唐僧。
寡人亲嘱咐，早早便回程。
宁作本乡一块土，莫念他乡万两金。
昔日唐僧去取经，惊动南海观世音。
净瓶拈在手，嘱咐与龙神。
掌船并摆渡，尽是鬼妖精。
八爪金龙来下界，化匹白马载唐僧。①
昔日唐僧去取经，流沙河中水又深。
一去八百里，各不一般深。
撑船过不得，洪水好惊人。
若在此河②过不得，回头难见圣明君。
昔日唐僧去取经，抬头观见一妇③人。
岩崖山又险，高山顶接云。
石头烧马脚，无烟火自生。
若在此山过不得，回头难见圣明君。
妇④人跪拜告唐僧，山遥路远受苦辛。

---

① 这段唱词（"昔日唐僧去取经，惊动南海观世音"以下）原为第一段，据侯冲先生所藏清抄本（以下简称侯本）调整为第二段。
② "河"原作"山"，从侯本改。
③④ "妇"原作"夫"，从侯本改。

日行鬼窝路,处处见妖精。

索桥八百里,清波万丈深。

若还得见如来面,教妖十死九还魂。

后行礼拜告唐僧,请僧诵传大乘经。

行者观看见,属山狗见行。

戒刀提在手,便要斩妖精。

化乐天宫都不见,唐僧独坐一山林。

去到西天来取经,琉璃宝殿坦然坪。

四时花不动,八节草长生。

风吹香熏鼻,玛瑙砌阶前。

若在此山过一日,胜似唐朝过一春。

白马驮经到五台,灵山会上法筵开。

未来孙行者,三藏实可哀。

西天去见佛,白马自驮来。

拜白道场诸圣众,慈悲宝殿展忏开。

南无开宝忏菩萨

贞①观殿上说唐僧,发愿西天去修行。

唐王闻说心欢喜,通关文牒往前行。

满朝文武并宰相,大排銮驾送唐僧。

御手搭肩亲嘱咐,取了真经便回程。

大唐王,传圣旨,忙排銮驾。似群真,离了朝,相送唐僧。

三藏师,拜辞了,唐王圣主。选良辰,合吉日,便要登程。

将领着,孙行者,齐天大圣。西方路,上逍遥,降伏妖精。

---

① "贞"原作"正"。

猪八戒,逢恶山,开条大路。沙和尚,流沙河,大显神通。
师拿着,金钵盂,九环锡杖。火龙驹,三太子,相伴西行。
从东土,到西天,十万余里。每晓行,并夜走,全无退心。
到深山,并恶岭,迷踪大路。魔鬼岭,虎狼垭,寸步难行。
多亏了,杀虎王,送出山林。师徒们,心欢喜,又往西行。
正行道,火焰山,黑松林内。见妖精,和鬼怪,魍魉成群。
到黄昏,刘白猿,撑船摆渡。风野山,难行走,挟步难行。
黄风山,黑风洞,黑熊断路。又遇着,黄袍怪,鬼王接引。
多目怪,来打搅,不能前行。车迟国,盖行观,要灭唐僧。
伯眼仙,奏国王,西京闭战。师徒们,一见了,胆颤心惊。
赌割头,下油锅,柜中猜物。孙行者,金銮殿,大显神通。
凭神通,三件事,全都得胜。排銮驾,送出城,又往西行。
蜘蛛精,红孩儿,神通不小。大力王,摄唐僧,无处跟寻。
师徒们,无投奔,嚎啕大哭。多亏了,南海岸,救苦观音。
半空中,常引路,木叉行者。太白星,指引路,救了唐僧。
若不是,众徒弟,神通广大。谁敢去,佛国里,去取真经。
三藏师,一路行,忧心不尽。方才到,佛国里,大觉雷音。
到灵山,见佛境,赛过西天。入雷音,见圣容,殷勤礼拜。
师徒们,在佛前,一齐下拜。愿我佛,发慈悲,大转法轮。
佛如来,就吩咐,惠安和尚。唐王主,差三藏,来取真经。
连忙去,开宝藏,来点经卷。从头看,交真经,细说分明。
佛慈悲,经万卷,济生因果。叫唐僧,亲收拾,即便回程。
从东土,到西天,十万余里。遇妖精,前拦路,抢取真经。
众徒弟,神通大,腾云驾雾。把妖精,除灭了,夺回真经。
将真经,展开看,全无一字。师徒们,一见了,胆战心惊。

急转至,世尊前,从头苦告。说惠安,开经处,问要金银。
取假经,到东土,唐王问罪。师徒们,很费心,六年辛苦。
佛如来,唤惠安,跪在殿前。将数珠,轮在手,吩咐原因。
你如今,财心动,迷心不改。把咽喉,来锁住,送了残生。
惠安师,慌张了,从头检点。付唐僧,亲收拾,白马驮回。
前驮着,《华严经》,真经一卷。中驮着,《妙法经》,七卷《莲品》。

右驮着,《楞严经》,《神咒》神本。《太姆佛》《孔雀经》《药师真经》。

三皈依,妙赞音,花香灯水。礼宝忏,诠真文,诸品真经。
到西天,并行走,不得消停。每晓夜,不住了,六年光景。
过千山,并万水,城池百座。唐三藏,师徒们,得了真经。
辞别了,登云路,回还本国。那时节,香花水,来到东土。
唐王主,差文武,忙接三藏。开金匣,放毫光,大显神通。
龙眼观,仔细详,祥云蔼蔼。御手舒,金经展,紫雾腾腾。
将真经,教后人,流传持诵。阳间人,阴司内,救度众生。
若不是,唐三藏,齐天大圣。谁敢往,佛国内,去取真经?
大唐王,满国僧,个个传念。普天下,发善心,尽喑真言。
唐太宗,传圣旨,交天大赦。把罪人,都赦了,拜谢明君。
三藏师,登金殿,旃檀佛位。孙行者,登金觉,菩萨之身。
火龙驹,得做了,天龙八部。师徒们,成佛位,尽上天宫。

能救苦,《般若经》《金刚》《药师》。金经匣,开宝卷,救度亡魂。

劝大众,志成佛,同音赞和。念弥陀,称佛号,尽上天宫。
南无忏宝藏菩萨

三世诸佛不可量，眉间常放白毫光。
留下生老病死苦，我佛不免也无常。
老君住在南阳乡，烧丹炼药有谁强？
留下金木水火土，老君不免也无常。
聪明智慧文宣王，亘古亘今教文章。
留下仁义礼智信，圣人不免也无常。
普天率土佛梵刹，真如界内一非荣。
梵率天宫击法鼓，安阳国里撞金钟。
极乐国王谈妙法，婆娑世界演真经。
我佛祖法悟大乘，菩提打坐有功能。
普化摇铃归法界，都是超凡入圣人。
昔日有一释迦佛，舍弃皇宫去修行。
昔日有一庞居士，文财丢在海中心。
昔日想与燃灯佛，苏东坡也参志公。
三世古人从佛教，凡人谁敢不皈依。

佛门西游慈悲宝卷道场

南无开宝藏菩萨摩诃萨

臣等志心皈命礼请：兜率陀天上，象驾二轮回，摩尼比国中，龙盘觉树下，教谈三百余会，济度众生，说法四十九年，利乐群品。大悲大愿、大圣大慈、千百亿化身，本师释迦牟尼佛，我今启请，光降道场，证盟功德。

臣等志心皈命礼请：慈因精善，誓救众生。手中金锡，振开地狱之门；掌上明珠，光烁大千世界。阎王殿上，业镜台前,为南阎浮提众生作大证盟。功德大悲大愿大圣大慈幽冥教主,本尊地藏王菩萨:我今启请,光降道场,证盟功德。

臣等志心皈命礼请:红莲座上,璎珞丹霞,白玉光中,黄金阙内。瓶中杨柳,开甘露之法门;足蹑莲花,度众生而又有间。大悲大愿大圣大慈杨枝宝手灵感利生观世音菩萨。我今启请,光降道场,证盟功德。(献茗)

南无云集会菩萨

原夫西游取经者,乃三藏圣僧悯善之设也。然混沌初开,五行禀政,天地人元三教均分,我佛修行竺国,恩遍南赡部洲,演五千余之经教,设千百亿之化身,泽及万万,惠怜群品,常开拔济之门,广施有请之路。度众生无量之心,超清净极乐之邦。无生无灭,利己利人,普运神通,均资三友。现前清众,各运慈心,念佛灭多罪业垢,行道涤万劫①愆尤。稽首虔诚,称扬圣号。

三世诸佛不可量,波旬诸佛入涅槃。
留下生老病死苦,释迦不免也无常。
老君住在南阳乡,烧丹炼药有谁强?
留下金木水火土,老君不免也无常。
大成至圣文宣王,亘古亘今教文章。
留下仁义礼智信,圣人不免也无常。
贞观殿上说唐僧,发愿西天去取经。
大乘教典传东土,亘古宣扬至迄今。
莫谓西方远,西方在目前。

---

① "万劫"二字原缺,据文意补。

虽云越十万，不离有三千。

念佛才开口，华地已种莲。

一声佛举书，普度万缘人。

伏以道场首启，宣西游之经典，法筵宏开，演唐朝之遗范。始于贞观三年，因孽龙之索命，累明君而游地府，睹恶报之众生，故回阳而建水陆。伏玄奘开坛而修藏法事，蒙观音点化而激扬大乘，方能拔济，超度群迷，驾祥云而空中现相，落东帖而谕报明君，颂曰：

体休大唐君，西方有妙人。

程途十万八，能超苦众生。

于是斋筵暂住，水陆停修，接盟玄奘为御弟，故称法号唐三藏，钦赐通关文牒，御驾饯送出城，金口嘱咐：取得真经早回。御酒三杯，金手掸尘玉盏，是时三藏不解其故。（唱）

宁吃本乡一块土，莫受他乡万两金。

昔日唐僧去取经，观音点化最初分。

大唐圣主亲嘱咐，君臣饯送离东京。

选定良时并吉日，通关文牒往前行。

孽龙化为青色马，赤头白马载唐僧。

东土步入西方境，十万程途有余零。

道高何妨山险峻，心诚自然鬼神惊。

不怕妖魔及鬼魅，虚空自有活神灵。

要闻如来真实语，仍是铁杵磨绣针。

西游妙典，起教根源。如是法，我佛宣。山河大地，无正无偏。清明月朗，上古流传。原无朽坏，同登极乐天。

西方微妙法，东土少知闻。

但来佛会下,都是有缘人。

伏以大乘经典,原在西域之国;三教垂慈,方传东方之教。如是三藏离了东京,往西径奔,遇妖魔而压禁,伏救苦以现行,皈伏行者,八戒与沙僧,师徒四众同住,逐一逢灾遇魔而临险,全赖大圣威光,异口同音,心无退转。(唱)

要往灵山亲拜佛,九九灾难受艰辛。
昔日唐僧去取经,路逢悟空孙大圣。
收伏悟能猪八戒,又招悟净号沙僧。
手携钵盂共锡杖,火龙太子伴西行。
晓行夜宿每投奔,遥望灵山拜世尊。
妖精鬼怪嗷人肉,魍魉成群要灭僧。
黑松岭下无行路,火焰山下好烦懑。
狼虎塔内人难过,黄蜂恶怪更惊人。
不是众徒神通大,难保僧人见世尊。

西游妙典,万古流传,无坏亦无崩。千般苦楚,万种难辛。监牢固人,不损一尘。拈花以后,灵山见世尊。

西方微妙法,凡圣两皆空。
众生来信受,地狱化天宫。

如是三藏师徒逐日登程,遇妖魔而神通降怪,遇国界而倒换关文。女人国子母河泛阴寡阳;车迟国奉三清全无妙门。高山峻岭猪八戒而开条大路;流沙恶水沙悟净而大显神通。黑熊拦路受千般之苦;白龟摆渡有万幸之缘。(唱)

终朝辛苦连连遇,何日得到大雷音?
昔日唐僧去取经,临国见帝换关文。
贫僧东土奉圣旨,要往西天取真经。

多目鬼怪来打扰,大力妖魔摄唐僧。
蜘蛛精布天罗网,红孩儿飞火焰盆。
众徒嚎啕无投奔,多亏南海观世音。
沿途若非他拥护,怎得雷音见世尊?
去也去也往西方,奔入灵山竺国乡。
原来金蝉来脱化,今日得入我佛堂。

投见大佛,求取真经,离凡要超圣。灵山胜境,历历分明。山河朽坏,这个安宁。春日来□,无花不放春。

灵山真祖意,凡圣莫教差。
指日登彼岸,便作老佛家。

伏以谋事在人,成事在天,人之所欲,天必从之。却说师徒四众一见灵山景致非常,苍松桂柏青日月,野草闲花翠乾坤。狐兔岩前走,獐豹顺岭行。麋鹿衔花形容美,猿猴献果喜色新。绿林茂竹原有意,白云出岫本无心。万树开花不同叶,百鸟啼声各样鸣。看叹多时便诣佛前,礼佛三匝,呈上关文,求取真经。愿佛慈悲,大转法轮。佛言善哉善哉,汝之慈悲,悯念众生。尔时世尊便唤惠安推开宝藏,从头检点,付与唐僧亲自收拾,急早回程。(唱)

丈六金身亲说法,大藏传度有缘人。
昔日唐僧去取经,六年辛勤入雷音。
合掌礼拜慈尊面,惟愿我佛转法轮。
忙唤惠安从头捡,推开宝藏取真经。
交付唐僧亲收拾,白马驮经转回程。
佛慈巍巍不可量,眉间常放白毫光。
胸题万字黄金相,足蹑千轮百宝庄。

顶上螺纹山岳秀,法轮常转海坛香。

教谈种种诸功德,所以名为大法王。

大乘妙典,无正无偏,锦上又重添。万法皆空,不在中间。原无朽坏,祖祖相传。若人会得,同登极乐天。

古佛真祖意,万载要留名。

回光来返照,字字透灵根。

伏以佛法无边,圣力洪深。闻唐朝命僧求取真经,忙开宝藏检点,敕南方火龙,白马驮经,回归大朝东京。高驾祥云,辞西方圣境。毫光闪闪,回报东土明君。愿大乘之妙典,济六道之众生。照见天下,国土清平,鬼妖灭爽,人物咸宁。(唱)

弹指归回到东土,报与大唐圣明君。

昔日唐僧去取经,灵山礼别佛慈尊。

三藏奥典亲收拾,高腾云路赴东京。

《华严》法卷八十一,《莲经》七册秘意深。

《大乘金刚》三十二,《楞严》五千有余零。

《孔雀》《消灾》并《宝忏》,《地藏》《弥陀》《普门品》。

西方净愿除灾障,诸部真言灭罪根。

香云蔼蔼回本国,瑞气腾腾见明君。

紫云重重毫光现,存殁沾恩度有情。

在会众等,重发虔心,灵山有世尊。三藏经典,普渡有情。愿佛指示,早往超升。恩及法界,共同发善心。

四句真妙偈,说尽大空虚。

千圣难测度,法界总成空。

如是唐王闻报,忙排銮驾,迎接沙门三藏。御手捧经,转到深大道,展开真经,只看毫光灿灿,紫雾腾腾,赞大佛之慈悲,谢圣僧之辛勤。旨传天下,重建水陆。三藏得成正果而成旃檀佛位;大圣显神通而乃菩萨庄严;八戒沙僧齐登正觉;火龙得入天龙八部。师徒四众拜谢明君,尽获超升。般若真经,普传天下,万古留名。赦诸罪过之徒,拯幽冥之众生。(唱)

普劝世人志心诵,高声齐举赞洪名。

《升天宝卷》才展开,诸佛菩萨降来临。

阴超逝化生净土,阳保善眷永无灾。

西方路上一只船,万古千秋不记年。

东来西去人不识,不度无缘度有缘。

父母生身不可量,高如须弥月三光。

若报父母恩最深,同登瑜伽大道场。

无上甚深微妙法,百千万劫难遭遇。

我今见闻得受持,愿解如来真实义。

大藏般若,句句分明。不减又不增。仰凭清众,异口同音。推开宝藏,请出经文。流传以后,亘古至迄今。

云何于此经,究竟到彼岸。

愿佛开微密,度为众生说。

(奉念《心经》)

请经开忏唐僧偈

【解题】《请经开忏唐僧偈》《佛门请经开忏科》,清抄本,订为一册。封面题署"佛门唐僧偈、请经品范、度莲科""吴一显",末有"光绪十七年菊月万长安抄篆"的墨书题记。这两种宝卷均属斋供科仪,即大型荐亡法会的请(迎)经法事所用科仪。其中的西天取经故事情节和前文所录《佛门取经科》极其相近,应属同一故事系统不同地域支系流传,与百回本《西游记》存在较大差异,具有明显的民间宗教属性和浓郁的地域特征。其最初流行的时间不晚于明初,是研究《西游记》成书不可多得的珍贵资料。本次依侯冲先生藏本为底本校录。

举赞

贞观殿上说唐僧,发愿西天去取经。
唐王闻知心中喜,通关文牒往西行。
满朝文武并丞相,半朝銮驾送唐僧。
御手搭肩亲嘱咐,取了经文早回程。
能作本乡一块土,莫恋他乡万两金。
辞别了,唐王主,官使御驾。
孙行者,他本是,齐天大圣。

选良旦，并吉日，便要行程。
西方境，路迢①遥，降伏妖精。
朱八戒②，逢恶山，开条大路。
沙和尚，江湖内，广有神通。
从东土，到西天，十万余程。
每晓行，合夜住，全无退心。
有白猿，流沙河，撑舡摆渡。
旷野山，无人行，唬了人魂。
前来到，火焰山，灭生国土。
有妖精，和鬼怪，魍魉成群。
若不是，唐三藏，弘誓如海。
有谁人，上西天，去取真经。
到西天，见圣主，殷勤礼拜。
愿我佛，慈悲力，转大法轮。
开宝忏，取真经，三千教典。
敕南方，火龙驹，白马驮经。
上驮着，《华严经》，瑜伽大教。
又驮着，《大乘经》《般若心经》。
中驮着，《妙华经》，卷卷相逢。
后驮着，《金刚经》，三十二分。
辞别了，腾云路，回还本国。
刹那间，就当时，早离雷音。

---

① "迢"原作"迢"，据文意改。
② "戒"原作"界"。

又来到，西梁下，长安大国。
报唐王，排銮驾，接入皇宫。
金口宣，高僧道，冥阳大会。
展开经，放毫光，紫雾腾腾。
封高官，增禄位，情愿不受。
旃檀佛，成正觉，即是唐僧。
告圣主，赐袈裟，黄金妙相。
多谢了，有行人，度脱众生。
劝大众，都仔细，同音赞和。
普世间，闻佛号，早得超升。
《般若经》，六百卷，《金刚》第一。
今宵夜，宣科仪，救度众生。

开经偈

无上甚深微妙法，百千万劫难遭遇。
我今见①闻得受持，愿解如来真实义。

佛门请经开忏科

西方别是一家风，却行因缘妙莫通。
施主拈香勤参礼，同来此处鉴善功。

---

① "见"原作"愿"，据文意改。

妙庄严

将当坛外，布列仙桥，迎请经卷。下有出坛之偈，海众勿劳，随声应和。

文殊座下骑狮子，普贤位下白象眠。

八大金刚排左右，同来此处证善因。

南无灵鹫山佛境内诸经海会菩萨摩诃萨

出坛师（声声传佛号。在门外搭高台①一座。至香案前。在人启建。）

诸品尊经大展开，天龙八部降临来。

天花乱坠开经至，乐音金莲九曲裁。

兜率院内击②法鼓，灵山会③上撞金钟。

极乐国中谈妙法，娑婆界内讲经文。

佛法僧三宝，来临法会。

阿难陀尊者，请降斋筵。

以此振铃伸奉请，十方三宝愿闻知。

不违本誓怜凡情，此日今时来赴会。

皈依灵山演教，雪岭修因，户唵萨哩噂，释迦佛。遥望灵山，稽首焚此佛宝香，请经超度，超度亡魂地狱苦。

皈依龙宫妙典，金口宣扬，户唵达哩摩，三乘法。遥望海藏，稽首焚此法宝香，请经超度，超度亡魂饿鬼苦。

皈依树下安禅，南无高僧，户唵羯哩摩，六和僧。遥望

---

① "搭高台"，原作"塔高公"，据文意改。
② "击"原作"系"，据文意改。
③ "会"原作"佛"，据文意改。

祇园，稽首焚此僧宝香，请经超度，超度亡魂傍生苦。

三宝圣众降临来

恭闻三际平等，一性圆融。刹尘无住世之佛，则谓释迦久灭；南浮多沉沦之苦，惟云佛慈不生。不知诸佛之法座尚①温，诸佛之讲筵齐布。生本无生，灭亦非灭。但以一点最初，因民所立而成人天之世界，因执而起热恼之众生，于无身中而受身，向无趣中而成趣。莫谓法轮已久不转，试观伽蓝塔庙，何者②非古之佛量光、忍辱光、真③宝光？勿谓法④鼓尽已收声，试探贝叶琅瑜，何者非前尊之多罗藏、毗耶藏、达摩藏？发心于同时异地，证果于千像万尊。妙力难量，玄风广被。今者未叙法职，启建道场，未伸皈敬于三宝，先须迎迓乎众真。迎经真言，谨当诵持。

愿来一切诸有福，惟以坚固秘密者。
我今皈依虔诚叩，冀愿慈悲降来临。
南无三满哆。没驮喃。户唵阿噜勒伽。呷呐呷呐。娑婆诃。
南无三满哆。没驮喃。户唵达哩魔。呷呐呷呐。娑婆诃。
南无三满哆。没驮喃。户唵僧伽耶。呷那哩迦。呷呐呷呐。娑婆诃。

---

① "尚"原作"告"，据文意改。
② "何者"原无，据文意补。
③ "光、真"，原作"真、光"，据文意改。
④ "法"原作"生"，据文意改。

云来集投进师（此处告表）

　　佛身清净似琉璃，佛面犹如满月辉。
　　佛在世间常救苦，佛心无处不慈悲。
（上来我佛初宣告表，初度……）
稽首顿首，一心顶礼，皈依佛宝尊，佛宝尊，佛宝巍巍丈六身。进表文，上天庭。

　　法身玉轴号三乘，法演琅瑯贝叶文。
　　法宝醍醐甘露洒，法传海藏妙难量。
（我佛二宣告表，二度……）
稽首顿首，一心顶礼，皈依法宝尊，法宝尊，法宝灏灏演三乘。进表文，上天庭。

　　僧身玉质字声闻，僧居石上演经文。
　　僧名六合修如德，僧取圆顶瑷瑅云。
（上来我佛三宣告表，三度……）
稽首顿首，一心顶礼，皈依僧宝尊，僧宝尊，僧宝溶溶居六合。进表文，上天庭。

　　三皈三命，□□法事，遥望灵山，叹表恭闻。

恭闻人人有佛，不离自己之心；念念无差①，即造如来之境。苟或未除于妄见，何由得至于菩提？明先有着述之科，示后世皈依之②地。欲达圣都，先伸凡悃。具有请经表文，谨当宣读。（门外化财）

---

① "差"原作"修"，据文意改。
② "皈依之"原作"积皈依之步"，据文意删。

转法轮

恭闻如来出现，大开方便之门；妙法流传，广施涅槃之会。常舒慧目，普愿众生；演说三乘，显应法界。今辰孝士建立宝坛，敬伸迎请。伏冀庆云腾瑞，散玉篆于虚玄；紫雾呈祥，喷金纹于虚碧。龙篝瑞霭，宝鼎香氲。对对七承宝之琼台，现三华之浪座。宝珠林中排队仗，光移见着阁之山；菩提树畔拥楼台，愿望出玄之境。觊五魔之屏迹，想万圣之流辉。愿垂降临，大作津梁。慈悯故慈……

法众虔诚，香花礼请。

香花请，一心奉请频伽演赞，白鹤谈经，西方修道悟真如，面证满月常应供。礼请《弥陀度人妙经》《孔雀宥罪尊经》等众。惟愿度人西天菩萨位，宥罪南阎热恼文。

香花请，一心奉请诸经赞念，诸经宣扬，或酬受育之大德，或报成形之厚恩。礼请《胎骨托生尊经》《血盆救苦尊经》《唐言了仪心经》《生天救苦尊经》等众。惟愿苾蒭纷绕三千界，慈智齐修六度门。

香花请，一心奉请慈悲广大，度尽众生证菩提；喜舍宏深，誓空地狱愿成佛。礼请《观音普门品经》《地藏本愿尊经》等众。惟愿瓶润群生承甘露，锅觉长江作醍醐。

香花请，一心奉请玉轴琅琊十二部，大乘中乘及十乘。波咤唎，苏恒觉，谈出北震动。诃诃唎，哆莎发，演处神钦。萨哩嚩，窣都帝，行行灭罪；钵难陀，句句消愆。讫唎唵，西乾梵语；窣都帝婆，东土唐言。灭罪人，普度群生成正觉，早登仙境。礼请龙宫海藏秘密真言，拾方三界甚深奥典等众。惟愿拨开龙藏真经现，捧出琅琊贝叶文。

香花礼请降临来

（在此那唐僧高声大念菩萨、阿弥陀佛名号。）

南无香云盖①菩萨摩诃萨

南无释迦佛如来　　灵山演教

南无开宝藏菩萨　　愍念众生

（高公在台上问：是甚么神仙？）

尔是何人，在此高声念佛？

答：弟子羽流，代号唐僧。

问：因何念佛？

答：因如来清净之矩范，效唐僧取经之规模，故此念佛。

问：唐僧因何取经？

答：因前朝李世民君身游地府，只见一十八重地狱，无限饿鬼，俱是长枷扭手，悲悲凄凄，久埋沉沦，未获超升。不凭我佛经忏，何须修来之因，故命唐僧，拜佛求经。

问：唐僧又如何去得？

答：他有徒弟孙行者、朱八戒、沙和尚同往西天去取经。

问：去了几年几月？

答：去了一十三载寒暑。

问：多少路程？

答：共有十万八千里。

问：取的甚么经？

答：取的《大乘经》《弥陀经》《般若经》《观音经》《了义经》《地藏经》《血盆经》《胎骨经》《受生经》《药师经》《救苦

---

① "盖"原作"界"，据文意改。

经》《度人经》《生天经》。

问：取的甚么忏？

答：《梁皇忏》《千佛忏》《药师忏》《观音忏》《六根忏》《血盆十王忏》。

问：共有多少？

答：经三藏，忏三藏，陀罗神咒共三藏，取回东土，救度众生。

今设启建清净坛场，布列香灯供养。绣帷绚烂，身居妙有之尊；宝盖玲珑，上供如来之圣①。香烟缭绕，遍满于法界；矩影辉煌，飞鸣于虚空。统纪生裁，成养十类。将行法事，肃静坛场。礼请偈章，谨当持诵。

向来礼请十方三宝诸品经咒，以降香坛，大作证盟。迎经之偈，随声应和。

（此处就迎唐僧、孙行者、朱八戒、沙和尚。唱入坛。）

　　施主爇明香，殷勤不可量。

　　我佛辞鹫岭，罗汉下天堂。

　　坠坠云遮日，时时放毫光。

　　善众齐举赞，迎佛降道场。

（两班奏乐入坛。）

　　叹唐僧，号三藏，十世修行为和尚。

　　唐王敕封为卿相，一心要把西天上。

　　扫宝塔，礼金相，取得真经唐三藏。

　　取回东土度亡魂，亡魂得度上天堂。

----

① "圣"原作"共"，据文意改。

孙行者,手段强,花果山上美猴王。
五百年前闹天宫,唵嘛呢叭咪吽。
皈正宗,扫邪妄,拥护唐僧取经章。
取得经来唐三藏,惹下祸来行者当。
高老庄,朱八戒,本是上界天蓬帅。
只因淫戏天仙女,责贬凡间受苦难。
观世音,离莲座,手执杨柳洒尘埃。
点化八戒护唐僧,西天路上降鬼怪。
流沙河,沙和尚,本是天上卷帘将。
因他打破琉璃盏,将功折罪下天堂。
手执着,降魔杵,护佑唐僧取经章。
取得真经功德大,正果清净镇坛场。
观世音,离莲座,祥云捧出玲珑台。
遥望唐僧到雷音,嘱咐龙驹下尘埃。
白龙驹,到五台①,金山寺里法筵开。
三藏揭开诸经现,一口同音灭罪愆。

阿弥陀佛,座向西方境。经传东土,迢迢十万程。亲口说法,唤醒梦中人。普与众生,免难消灾障。

举常礼敬

上来礼请十方三宝诸品经咒,已降香坛。下有安座之偈,海众勿劳,慈悲应和。

菩提妙法胜庄严,诸佛座已成正觉。

---

① "台"原作"雷",据文意改。

愿献宝座亦如是，或他自作成佛印。
献□□真□□□，伽摩□□□□□。
善来□□□□□，□□善逝□□□。
哀怜□□□□□，降临□□□□□。
当就□□□□□，转大□□□□□。

登宝座

向来礼请我佛尊经，已登宝座。下有礼佛之偈，随声应和。

大慈大悲悯众生，大喜大舍济含识。相好光明以自严，众等志心归命礼。①

南无灵鹫山佛陀耶，请经功德，超度亡人苦。
南无龙宫藏达摩耶，请经功德，超度亡人苦。
南无禅定院僧伽耶，请经功德，超度亡人苦。
南无琉璃界药师佛，请经功德，愿灭亡人罪。
南无金色界孔雀佛，请经功德，愿灭亡人罪。
南无吉祥界消灾佛，请经功德，愿灭亡人罪。
南无极乐界弥陀佛，请经功德，愿灭亡人罪。
南无清净界万德佛，请经功德，愿灭亡人罪。
南无幽冥界地藏王，请经功德，愿灭亡人罪。
南无大清国，当今帝，圣寿万岁，护国人王佛。
南无礼念罢，周圆满，与施主，消灭罪，四恩三有，

---

① "大慈大悲悯众生……归命礼"，底本作"大慈□□□□大喜□□相□□□众□□□□"，据文意补。

同赴莲池会。
　　愿以□□□,普及□□□。
　　我等□□□,皆共成佛道。
(奏乐下坛,卸衣,接开经忏,朗诵无差者①。)

---

① 底本"者"字后有"□人偷□,皆男盗女猖(娼)。各坛借去,尔茶食相谕"等墨书题记。

西天取经赞

【解题】未见著录。甘肃文县尚志喜藏今人抄本，侯冲先生整理。此本内容与《佛门请经科》等一脉相承，只是插入了"陈光蕊赴任逢灾，江流僧复仇报本"的情节。因其能够体现出此类科仪的现代传承，故采录之。

昔日唐僧去取经，领旨孙行与沙僧。
九九八十一灾难，多亏观世音。（念）十磨九难。
昔日唐王亲敕宣，差命唐僧到西天。
途程最遥远，须要用心坚。（念）千辛万苦。
贫僧法力小，难去取经编。
有个孙行者，法力大无边。（念）齐天大圣。
这个孙行者，法力镇乾坤。
拿捉妖精怪，变化是神仙。（念）扫邪归正。
写一通表章，上奏天庭内。
拿了妖魔怪，带往天宫去。（念）神通广大。
师徒五个到雷音，求告如来佛世尊。
唐王有圣旨，来取法华经。（念）齐天大圣。
我佛实时唤惠安，开藏从头捡真经。
白马驮经卷，四人驾祥云。（念）流传东土。

唐王得经龙心喜,诏选高僧诵灵文。

度脱生死苦,免受地狱门。(念)神通广大。

瑜伽会启度有缘,我佛开教利人天。

自古传于今,普度世人间。(念)东土唐言。

三藏西天去,费了多少力。

取得是琅琊,摩诃僧揭谛。(念)东土唐言。

皈命敬礼,灵山会上一朵云,今日差下小凡臣。

虽然不是真罗汉,替佛说法度众生。(念)灵山演教。

礼请赞(暖坛　敬神　闭斋)

诚心仰请,教主西方大圣人,清净大海众,势至共观音。(念)千花台上。

净光普照,四十八愿镇乾坤,七宝莲池会,大德圣贤僧。(念)来临法会。

辉华三际,万亿花台辞净土,满空仙乐奏,普放白毫光。(念)证盟斋悃。

□□会上,百千诸佛降云临,满副众生愿,菩提果自成。(念)礼请上圣。

杨枝净水,遍洒三千,性空八德利人天。饿鬼免针咽,灭罪除愆,火焰化红莲。

南无清凉地菩萨摩诃萨

三炷信香,焚在炉上,普请诸佛降道场。

戒定惠香,通达诸天,缭绕遍十方。

南无香云界菩萨摩诃萨

大方广佛华严经　　法华海会佛菩萨

药师如来药师佛　　增福延寿炽盛光王佛
释迦如来释迦佛　　证盟出经释迦尊
普光菩萨普光佛　　清灾解厄普光佛
今据奏为

中华国甘肃省武都文县□乡□村住居奉

佛设供报酬恩孝信□□修设□期，道场开启，法事将行，掌坛老师差小弟子作一出经佛事，不敢推托。未入丛林，并无识见。学无半点之墨，岂有当坛之作？黑云无雨慢遮天，朽木无材空占地。花坛筵前难开口，心惊胆战悚慄慄。拙口劣舌，不会宣说。略提一颂，便当开经。

昔日有一金禅长老，在西天我佛会下。天仙地仙千万大众，听佛说法，金禅长老懒座瞌睡，不听正法。我佛观见，发下东土土魔之国。太白金星奉佛敕令，送金禅长老长安大国。见殷小姐正当三更时候，出门观望，走入身怀，当时有孕。

受胎一月，学士陈光蕊带妻洪州上任，行至中途，遇江过渡，被艄公刘洪二人，将光蕊打入黑江，将妇殷小姐强逼为妻，赴洪州上任。忽一日临月之时，吩咐娘子："生下女子，度时过日。若生儿子，不要留养，斩草除根。"小姐无奈何，难忍除灭，即请木匠做一小匣，将孩儿放在匣内投江，顺水流至，名曰金山寺，被和尚捞出，抚养成人，名唤江流和尚。

一心告辞，上长安国，凭血书信，相认外祖。殷丞相细问是实，表奏当今。唐王大怒，差官千军，前去拿贼，将刘洪二人绑到江边，剖心祭奠光蕊，被龙王得知，遣水中夜叉，即将光蕊送出江岸,放下复生。惊妻殷氏,惧喜重生,今已十五余年,如醉方醒,此乃太白金星相救。归还长安大国,和尚同父娘,在万花店相寻太婆。太婆两目不明,和尚用吐沫润洗,将舌一混,即便双目光明,一家团圆,仍洪州上任。

和尚又到长安说法,时乃观音度化,叹曰:"此是小乘,非大乘也。欲心忏罪,必须西天取来经忏,可以忏亡罪过,可以救生冤孽。"唐王即差上西天取经,功德无量。唐王大喜,銮驾迎送。出偈颂曰:

　　唐王见说心欢喜,半朝銮驾送唐僧。
　　莫忘本国一群土,休恋西方万两金。
　　寡人今日送你去,取得真经早回程。
　　功圆果满成佛位,不负孤家一点心。

开经偈(开坛门部陀罗尼　三声)
开经有偈,今为举扬:
　　贞观殿上赞唐僧,发愿西天去取经。
　　满朝君臣齐相送,通关文贴往西行。

唐僧西天取经偈
　　贞观年间有一僧,发愿西天去取经。
　　满朝文武并宰相,大排銮驾送唐僧。
　　御手搭肩亲嘱咐,取了真经早回程。
　　文武百官齐接你,镇统乾坤显威灵。
　　大唐王,传圣旨,忙排鸾驾,
　　众群臣,辞了朝,相送唐僧。

三藏师,拜辞了,唐王圣主,
选良辰,择吉日,即便起程。
带领着,孙行者,齐天大圣,
西方境,路遥远,降伏妖精。
猪八戒,逢恶山,开条大路,
沙和尚,度沙河,大显神通。
三藏师,金钵盂,九环锡杖,
火龙驹,三太子,相伴西行。
从东土,到西天,十万余里,
每日行,和夜往,全无私心。
到深山,和恶岭,迷踪道路,
磨儿岭,虎狼恶,寸步难行。
多亏了,杀虎王,送出山林,
师徒们,心欢喜,又往前行。
正往那,黑松林,火炎山过,
见妖精,和鬼怪,魍魉成群。
黑风山,黑风怪,黑熊拦路,
又遇着,蝎子精,唬落人魂。
黄风山,黄风怪,鬼王迎接,
又撞着,黄袍精,地涌夫人。
多目怪,来打搅,不能前进,
灭法国,盖仙儿,要灭唐僧。
伯眼仙,奏国王,两家斗阵,
师徒们,一见了,胆战心惊。
赌割头,下油锅,柜中猜物,

孙行者,金銮殿,大显神通。
凭神力,三件宝,全知得胜,
排銮驾,送出城,又往西行。
蜘蛛精,红孩儿,神通不小,
大力王,遣唐僧,莫处跟寻。
师徒们,无法了,对天大哭,
多亏了,南海岸,救苦观音。
半空中,同引着,木吒行者,
太白星,来到此,同救唐僧。
若不是,师徒们,神通广大,
谁敢往,佛国中,去取真经。
三藏师,一路上,昼夜忧心,
方才到,佛国中,大觉雷音。
到灵山,见圣容,殷勤礼拜,
雷音寺,大雄殿,赛过天堂。
佛如来,亲吩咐,惠安和尚,
大唐王,差三藏,来取真经。
连忙去,开宝藏,从头细拣,
叫唐僧,亲收拾,即便回程。
得真经,行不上,数十余里,
遇妖精,前拦路,抢去真经。
师徒们,显神通,腾云驾雾,
把妖精,除灭了,夺回真经。
将经卷,展放开,全无一字,
师徒们,一见了,心惊胆战。

急转来,世尊前,从头告苦。
责惠安,你为何,将无字经,
取回去,到东土,唐王问罪。
十四年,枉费心,全无功成。
佛如来,唤惠安,跪在佛前。
将数珠,拿在手,吩咐原因。
你如今,财心重,昏迷莫解,
把咽喉,来锁定,送了残生。
惠安师,慌忙了,从头细拣。
对唐僧,亲收拾,白马驮经。
前驮着,《华严经》,真经一卷,
中驮着,《妙法经》,七卷莲经。
后驮着,《金刚经》,三十二分,
《弥陀经》《观音品》《圆觉心经》。
又驮着,《楞严经》,《神咒》全本,
《大佛母》《孔雀经》《药师》灵文。
辞东土,整行了,十四年景,
白日行,夜间走,曾不休停。
过千山,并万水,城池百座,
方才到,雷音寺,取回经文。
辞佛祖,登云路,返还本土,
宝刹下,香风起,来到东京。
报唐王,差文武,远接唐僧,
排銮驾,接国师,到了朝中。
唐王主,一见了,沙门和尚,

开金匣,放毫光,惊天动地。
睁龙眼,观仔细,祥云霭霭,
舒御手,展真经,紫雾腾腾。
将经文,叫万人,流传讽诵,
世间人,狱司内,救拔孤魂。
若不是,三藏师,齐天大圣,
凡间人,去佛国,谁敢西行?
大唐朝,满寺僧,传念经文,
普天下,发善心,齐诵大乘。
唐太宗,传圣旨,仰叩大圣,
把罪人,放赦了,拜谢明君。
三藏师,铸金身,旃檀佛位。
孙行者,成正觉,菩萨之身。
猪八戒,法筵会,监斋使者。
沙和尚,阿罗汉,七宝金身。
火龙驹,得做了,天龙八部。
师徒们,成佛位,尽上天宫。
《妙法华》《般若经》《金刚科仪》,
今宵夜,开宝卷,超度亡魂。
劝大众,至诚心,同声应和,
念弥陀,称佛号,尽获超升。
石火电光能几何?可怜恩爱乱奔波。
皮干常忍资财广,莫瘦犹贪酒色多。
夕死朝生那为息,灵魂送去见阎罗。
丝毫罪福从头数,文簿分明定不错。

差送铁床铜锤狱,声言哀告苦拷磨。
我今悔恨修行晚,死后还为变马骡。
累世罪孽由自造,未能成佛岂他犹。
人人本有真如性,生死谁肯苦炼磨?
地狱门前滑似油,休叫失脚在里头。
千年轮回无出路,劝君闻早向前修。
佛在西天法东流,光明普照四神洲。
有佛住处龙天喜,无僧占处鬼神骤。
一报天地盖载恩,二报日月照临恩。
三报皇王水土恩,四报父母养育恩。
五报师傅教训恩,六报祖师转法轮。
七报檀那多陈供,八报十方施主恩。
九报九祖生净土,十报孤魂早超升。
清净法身毗卢佛,圆满报身卢舍佛。
三类化身释迦佛,当来下生弥勒①佛。
文殊菩萨悲愿众,圆光化显引众生。
观音菩萨发弘誓,千手千眼度众生。
五百五十罗汉僧,手拿数珠口念经。
十方三世一切佛,诸尊②菩萨摩诃萨。
摩诃般若波罗蜜
　　回向无上佛菩提,文殊普贤观自在。
　　普回向菩萨摩诃莎,摩诃般若婆罗蜜。③

---

① "勒"原作"陀",据文意改。
② "尊"原作"尊位",据文意改。
③ 底本后有抄写题记:"太岁庚辰年二月十九日抄完。宣科弟子尚志禄记。"

十王斋科(节录)

【解题】未见著录。侯冲先生收集有清乾隆五十四年(1789)抄本,两册。内中的唐僧西天取经文字和《佛门取经道场·科书卷》细节处有所不同,但总体框架基本一致,可相互印证。有趣的是末段有所谓"降龙禅师吕洞宾,黄龙山下发善心。弃舍道袍归三藏,击碎金冠却为僧"。道教的代表人物吕洞宾居然弃道入释,明显是佛教徒的自炫之词。这和后文所录河西宝卷《刘全进瓜》中取经人由佛门三藏变身道门尹喜其实是一样的,流露出佛道争胜的一丝印痕。

    昔日唐王一高僧,发愿西天去取经。
    取经归东土,东土荐亡魂。
    南无地藏王菩萨……
    昔日唐王一高僧,发愿西天去取经。
    誓度众生诸有情,地藏普济度[①]亡魂……
  (说)金銮殿上说唐僧,发愿西天去取经。
    唐僧闻说心欢喜,半副銮驾送唐僧。
    大唐王,传圣旨,忙排銮驾。
    众群臣,离了朝,相送唐僧。
    三藏师,拜辞了,唐王圣主。
    选良年,并吉月,便要登程。

---

① "普济度"一本作"菩萨放"。

将领着,孙行者,齐天大圣。
西方境,路途远,降伏妖精。
猪八戒,逢恶山,开条大路。
沙和尚,流沙河,显大神通。
师父掌,金钵盂,九环锡杖。
火龙驹,化白马,相伴同行。
从东土,到西天,千万余里。
每晓行,随夜走,全无杂心。
到深山,逢恶岭,迷踪失路。
魔儿岭,虎狼岩,寸步难行。
多亏了,杀①虎王,送入出去。
师徒们,心欢喜,移步前行。
正来到,黑松林,火焰山过。
见妖精,合鬼怪,魍鬼成群。
到黄河,有白猿,掌船把渡。
旷野山,路崎岖,寸步艰辛。
黑风山,黑风洞,鬼王截路。
又撞着,黄袍将,地涌夫人。
多目②怪,把来搅,不敢前进。
中西国,盖山境,要坏唐僧。
白银山,秦国王,两家斗胜。
师徒们,一见了,胆战心惊。

---

① "杀"原作"移"。
② "多目"原作"月多"。

赌割屠,下油锅,柜中猜物。
排銮驾,送出城,又往西行。
蜘蛛精,红孩儿,神通广大。
大鬼力,掳唐僧,无处跟寻。
徒弟们,无投奔,嚎啕大哭。
多感谢,南海岸,救苦观音。
半空中,常引着,木叉使者。
太白星,指引路,护持唐僧。
若不是,师徒们,神通广大。
谁敢去,佛国里,取得真经。
三藏师,一路行,忧愁不尽。
方才到,佛国里,大觉雷音。
到灵山,见圣容,殷勤礼拜。
入雷音,观佛境,霞光耀明。
师徒们,在佛前,和班礼拜。
愿我佛,发慈悲,转大法轮。
佛如来,就吩咐,惠眼圣者。
大唐王,僧三藏,来取真经。
连忙去,开宝藏,从头交点。
与唐僧,就收拾,即便回程。
取得经,回至到,十数余里。
遇妖精,拦截路,抢夺真经。
众弟子,神通大,腾云驾雾。
把妖精,灭除了,方取真经。
将真经,方展开,无有一字。

师徒们,一见了,十分忧愁。
急回首,世尊前,从头告诉。
说惠眼,开经时,问说金银。
把假经,到东土,不能超度。
枉费了,师徒们,六年辛勤。
佛来到,唤惠眼,跪在面前。
将数珠,轮在手,分说缘因。
你如今,心才动,迷心不醒。
把咽喉,来锁定,要丧残生。
惠眼师,连忙去,从头拨点。
付唐僧,见明白,龙驹驮经。
上驮着,《法华经》,真经八部。
中驮着,《妙莲经》,七卷真经。
猪八戒,横担着,《楞严》诸品。
《大佛母》《金刚经》《药师》灵文。
离东土,正行了,六年光景。
白日走,夜间行,不曾停住。
过千山,并万水,城池百里。
方才到,雷音寺,观见真经。
辞佛主,登云路,还回本国。
暂时间,香风起,来到东京。
唐王主,得知道,急宣文武。
排銮驾,焚香案,迎接唐僧。
唐太宗,一见了,沙门三藏。
皇殿上,开经卷,放大光明。

睁龙眼,仔细看,祥云霭霭。
舒玉手,展真经,紫气腾腾。
唐王主,发善心,修寺建塔。
施真经,与尼僧,道俗人伦。
若不是,三藏师,齐天大圣。
谁敢去,佛国里,取得真经。
满国人,齐向善,持斋唁佛。
见真经,超凡圣,度脱众生。
唐王主,告天地,颁行天下。
□地中,把罪人,都赦残生。
三藏师,登金身,旃檀佛位。
孙行者,得正觉,菩萨之身。
火龙驹,得正果,天龙八部。
众师徒,都成道,度死超生。
猪八戒,龙华会,净土使者。
沙和尚,阿罗汉,七宝之身。
开宝藏,展奥典,十王科仪。
赴今宵,宣经卷,度脱亡魂。
观大众,志心听,同声应和。
愿法界,闻佛说,二利沾恩。
正官圣,太宗主,明君掌管。
满朝人,敕赐侯,唐僧师徒。
众五人,往西天,求取真经。
回东土,救众生,度脱亡魂。

(唱)兜率天宫击法鼓,安阳国内撞金钟。

极乐国中谈妙法,娑婆世界演真经。
七祖闻经悟大乘,菩萨行座有功能。
普化摇铃归西去,都是超凡入圣僧。
降龙禅师吕洞宾,黄龙山下发善心。
弃舍道袍归三藏,击碎金冠却为僧。
我佛西天卧石盘,照彻三千及大千。
生死病死佛留下,我佛不免见阎君。
老君住在万阳山,烧丹炼药归心寒。
金木水火土留下,老君不免见无常。
父母恩深不可量,高如须弥德难忘。
子报父母恩深处,同证十王大道场。
十王宝卷初展开,诸佛菩萨降临来。
天龙八部开经卷,保佑孝门常清吉。

戒香定香惠香解脱知见香　一炷信香,焚在金炉上。香烟启处,遍满十方,诸佛菩萨降道场。

(入题纲　抚尺说)

昔日唐王去取经,一去十万八千程。
过了千山并万水,流沙河内最难行。
白日妖怪群群过,夜间鬼哭闹沉沉。
思量三藏多受苦,白马驮来度亡魂。
白马驮来一卷经,一会拈来又重新。
蒙师请问经题目,十王道场一卷经。
案上经文,请师敷扬。

(入仪　仪止　接吟偈)

佛说十王生天道场全卷(节录)

【解题】未见著录。侯冲先生搜集于湖北。和前录《十王斋科》一样,同为道场科仪。其中有关西游故事部分和前录几部文本大致相同,从中可见相似的文本状态在不同地域的流播。

昔日唐僧去取经,惊动南海观世音。
慧眼遥观见,神通无比伦,
净瓶常在手,嘱咐四龙君。
八爪金龙来助力,化匹白马送唐僧。
昔日唐僧去取经,安排鸾驾送唐僧。
玉手搭肩背,亲口问唐僧。
寡人亲嘱咐,早早便回程。
能念我朝一块土,莫念他国万两金。
昔日唐僧去取经,抬头观见一山林。
峨眉山又高,妖怪好惊人。
石头绊马脚,火焰自然生。
若是此山过不去,回来难见圣明君。
昔日唐僧去取经,流沙河内水又深。
波浪千层起,洪水两边分。
速观八百里,无舟怎能行?

若还此河过不去,回来难见圣明君。
昔日唐僧去取经,抬头望见一妇人。
青春年又少,守节在门庭。
满身穿孝服,礼拜告唐僧。
自从我夫身亡后,那见佛门一卷经。
妇人礼拜告唐僧,请僧转诵大乘经。
行者观仔细,看见本相形。
戒刀拈在手,便要斩妖精。
化乐天宫都不去,唐僧独坐在山林。
唐僧西天见世尊,琉璃殿上一坦平。
四时花不卸,八节草长春。
风吹香喷鼻,琉璃砌阶庭。
若在西天过一日,胜似东土几千春。
白日妖精队队走,夜间鬼使满山林。
恶蛇横满路,猛虎卧林间。
邪魔并妖怪,鬼火闹沉沉。
思量三藏曾受苦,白马驮经度亡魂。
白马驮经到五台,金山寺里法筵开。
未说孙行者,三藏实可哀。
西天去见佛,白马驮经来。
仰白道场诸善众,忙把洪名忏展开。

举香赞

(下略"启运慈悲道场忏法")

地藏本愿经(节录)

【解题】未见著录。清光绪十七年抄本,文末题"梦云洞道人作"。此经经首是西游故事,与前录几本文字相似,情节简略。应属同源。

    推开龙藏,捧出琅函。
    起经密言,谨当唱和。
    昔日唐僧去取经,安排銮驾送行程。
    御手搭肩上,吩咐与唐僧。
    寡人亲嘱咐,早去早回程。
    但守家中一片土,莫恋他乡宝和金。
 其二 随缘
    昔日唐僧去取经,惊动南海观世音。
    净瓶垂杨柳,甘露洒群迷。
    慧眼遥观见,神通妙无穷。
    八爪金龙来助力,化作白马去驮经。
 其三 所遇
    昔日唐僧去取经,前头遇见一山林。
    野火风又起,青雾接孤松。
    石头伤马足,无火自烟生。

若在此山过不得,回朝难睹圣明君。

其四复逢

昔日唐僧去取经,八百流沙水又深。

渐渐过不得,浮水好浸人。

一去八百里,阔狭一般匀。

倘在此河过不得,回朝难见圣明君。

其五得到

昔日唐僧去取经,往到西天见世尊。

和风吹鼻孔,玛瑙砌阶心。

四时花不谢,八节草长春。

若在西天住一日,胜过东土度百春。

其六回白

白马驮经到五台,五台山上白云遮。

会说孙行者,三藏受苦哉。

世尊亲说法,经句取将来。

仰白道场诸大众,琅琉玉轴此时开。

手挥金锡,掌托骊珠,香花虔诚,一心奉请幽冥教主本尊地藏愿王菩萨摩诃萨。

若人散乱心,入于塔庙中。

一称曩谟佛,皆共成佛道。

举此经偈,仗佛毫光,皇坛摄召当资亡者□□□魂下旁,在皇坛闻经听忏,领果超升求脱化。

南无三藏法师菩萨摩诃萨

持鱼法师启白

佛国三千界,金炉万寿香。

法门无漏我,同共寂珠光。

传香真言,谨当持诵。打赞或唱香焚在上方,瑞霭金炉内之赞。

灵宝观音大忏（节录）

【解题】未见著录。有民国丁巳(1917)年，傅通玄（名文臣，字斌志）抄本，两卷。名为道教灵宝派用书，内容实为佛教观音忏。民间佛道混融现象于此可见一斑。此忏卷首文字为"取经偈章"，内容与前录诸文相近。

取经偈章

上　卷

三声妙诰实难量，一念皈依大法王。
帝释钦崇看内院，龙宫真经海中藏。
五千贝叶灵文轴，十二琅函金口张。
惟愿经书开宝藏，降临法会放毫光。
大慈悲开宝藏菩萨摩诃萨
手打铙钹口念经，从头听我说原因。
贞观殿上说唐僧，发愿西天去取经。
满朝文武各官宰，大排銮驾送唐僧。
御手搭肩亲嘱咐，取经早早转朝门。
辞了唐王离大殿，晓夜行住不留停。

孙行者,他便是,齐天大圣。
沙和尚,江河里,广运神通。
朱八戒,逢恶山,开条大路。
旷野山,无人走,唬了人魂。
到西天,离东土,千万余里。
发南方,火龙驹,白马驮经。
到西天,见圣容,殷勤礼拜。
开宝藏,取真经,便要回程。
上驮着,《金刚经》,瑜伽大教。
八十一,《华严经》,七卷灵文。
辞了西天回东土,流沙河里仔细经。
又来到,西廊下,长安大国。
报皇王,排銮驾,接入京城。
有唐王,选高僧,资冥大会。
请唐僧,开宝藏,紫雾腾腾。
圣明君,封高官,全然不受。
旃檀佛,成正觉,好个唐僧。
大慈悲开宝藏菩萨摩诃萨
慈悲救苦救难观音灭罪宝忏

（下略）

交忏拜赞

【解题】未见著录。有清抄本,具体时间不详。此赞没接忏文正文,只是单独誊录了西游故事。

东土中,唐圣僧,一心发愿去取经。
唐天子,紫微星,中华国内圣明君。
大国师,玄奘僧,只有一卷《般若经》。
性发度众生,摩诃般若波罗蜜。
有魏徵,误斩金龙,逐日逐夜寻圣君。
每日里,淡圣心,得染妖星不安宁。
唐天子,宣众卿,文武百官两边分。
金銮殿,伴当今,扶助吾王万万春。
有徐勣,观星斗,金角龙王命归阴。
敕旨下,修斋诚,西天去取大乘经。
仗洪福,有道君,那怕邪魔外道精。
金殿上,赐御盛,即日登程去取经。
《瑜伽焰》《金刚经》,七卷《法华》度众生。
赐钵盂,披道襟,即便登程上路行。
五台山,悟空僧,齐天大圣不非轻。
猪八戒,妙圣僧,悟平悟伦是天星。

在途中，遇难星，全仗三人救吾身。
去之时，到雷音，步行十万有余程。
传佛旨，宣圣僧，俯伏低头不做声。
望佛祖，传真经，留下东土度众生。
佛旨下，赐真经，腾云驾雾转回程。
有童子，随东土，大显法力讲经文。
蒙佛祖，传真经，仗佛慈悲度众生。
佛放毫光现……佛放毫光度有缘。

普忏罪菩萨
（三称　给引出坛焚）
（回坛忏罪毕）

灵宝五品经会启演科

【解题】未见著录。侯冲先生搜集有赵太真（炳章）抄《灵宝五品经会启演科》，为道教科仪卷首。

启经赞

昔日一唐僧，西天去取经。取得真经转，东土度众生。（念）千辛万苦。

立滴檐前水，收了白马精。沿山八十里，劫劫伴唐僧。（念）白马驮经。

流沙河下去，遇着一沙僧。眉清真目秀，担担往前行。（念）卷帘大将。

云间猪大将，长嘴耳大神。名叫猪悟伦，劫劫使钉钯。（念）天蓬大将。

五台山前过，偶遇孙悟空。手执金箍棒，劫劫降妖精。（念）降魔大将。

火焰山前过，猛火烧人身。一把芭蕉扇，煽息□里城。（念）罗刹公主。

一到西天去，一去有半年。取得真经转，东土度亡人。（念）普度亡人。

来到长安地，唐王接经文。展开毫光现，说法瑞气腾。(念)冥明普度。

大圣流传宝经大尊(二合 咏《满江红》)

(下略)

新集取经十劝悔拨回向科仪

【解题】未见著录。有清道光三十年(1850)抄本,杨文斗书。作为科仪文本,尽管和百回本小说相比,出现时间较晚,但所录故事和小说还是略有不同,说明了此类文本的"惰性"特征,它们在自成体系的闭环中演绎自足的西游故事。

启坛取经赞
  锣鼓叮当响,梵音震如云。
  施主发虔心,西天请唐僧。
  大众至诚,赞扬请举。
  稽首皈依,来念取经。
  昔日唐僧敕旨宣,命僧只到大罗天。
  路途须遥远,两路费辛艰。(念)十磨九难。
  贫僧法力小,难去取真经。
  好个孙行者,住在花果山。(念)齐天大圣。
  猿狲法力振乾坤,降尽世间诸妖怪。
  神通广大化无边,原是灵应一真君。(念)扫邪归正。
  又有猪八戒,他是妖魔怪。
  菩萨怜悯心,唐僧随顺带。(念)神通广大。
  火龙三太子,行雨有差迟。

玉皇亲敕旨,同去取经来。(念)皈依三宝。
行到流沙河,撞见大妖魔。
上帝卷帘将,在此路难过。(念)经过险路。
西方多少路,十万八千程。
三年零六月,只到大雷音。(念)齐天梵语。
我佛释迦尊,唐僧告原因。
今奉唐王敕,特来取真经。(念)东土阐言。
唐僧辞告佛,师徒转东土。
一阵大香风,送到玉帝庭。(念)唐王梵语。
三藏西天去,费尽辛勤力。
取的是琅琊,波罗并揭谛。(念)各来正职。
齐天大圣者,卷帘大将军。
火龙三太子,八戒是天蓬。(念)救渡众生。
听念三藏偈,道感惊天地。
佛力广无边,过化生天去。(念)佛来接引。
举南无取经藏菩萨摩诃萨
举南无转经藏菩萨摩诃萨

十劝龙神赞偈

(下略)

西藏宝卷

【解题】《中国宝卷总目》著录。述唐僧奉旨取经,先后收徒孙行者、猪八戒、沙和尚。经狮蛮国,与三妖斗法;过玉鞍山,灭老鼠精,金谷洞降狮子、白象、老虎精;应天河收孽龙鳌钰,救童男女等,历经八十一难,得取真经,修成正果。故事头尾完整,只是从江流出身简单叙起,直接流沙河收沙僧,前略后详。究其名,或为《西游宝卷》与《三藏宝卷》二名误拼讹传而致。今据苏州戏曲博物馆藏民国壬戌(1922)丁财宝抄本校录。

> 清香炷炷满炉装,诵经开卷在中堂。
> 双炷红烛两分开,各公坐停听如来。
> 木鱼音响口诵经,再宣唐僧一卷经。
> 出胎产下洪州地,氽到江中好苦怜。
> 金山湾内来持停,遇见僧人众兄身。
> 寺中住下身长大,思想爹娘一双无。
> 问师讨出父母身,老师出言说分明。
> 爹在江中身亡故,母在洪州伴强人。
> 唐僧听说火心骨,心慌焦燥出寺跑。
> 年轻小僧十七春,未知东西南北行。
> 日行夜宿遭大难,未知母亲在不在。

一到洪州母子会，当朝君皇出口言。
大法禅师来圣奏，奏明金阶一唐僧。
小僧法力通天手，请他西游去取经。
唐僧命中多遭难，又有八十一大难。
运有结从三兄长，孙行者保护永安宁。
唐僧取经出门行，路逢沙僧和尚身。
手执禅杖献魂灵，跳上岸来抢唐僧。
不宣沙僧抢唐僧，再宣救难出场人。

且说唐僧到西天①去取真经，路中逢着沙僧和尚许多厉害，手执禅杖，跳上岸来就此拿唐僧，一把扯住要抢到沙滩，浮入江中。孙行者看见师父拖入江河，却被行者上前兜头一记，又打了一棒，沙妖精即将禅杖架过。二人就在江河中斗法，杀了三十有围合。沙僧斗弗过孙行者，就此阵图败了，跳入水底。却说白马原是化金龙钻入河沙，翻江搅海。沙和尚无奈奔上云头，便叫一声："你是何人？到吾门首欺吾？"回道："是大圣，吾是齐天大圣，师弟天蓬大将，匹马是西海火龙大将，一同拜从唐僧为师父，亦要到西天去取经，到了此地经过。"沙僧见说，丢了禅杖，拜到唐僧面前，即就叫言："师父，收吾便了。我是昔年大蟠桃会上圣神手徒弟，自己做了差事，打碎一只玉杯，师父罚吾在沙河内受苦。五百余年吃他来来往往无数凡人百姓人，又吃了九个取经和尚，骷髅多不看见吾今挂在头颈上。观音问吾：执此什么东西？吾就直言告禀。观世音叮嘱吩咐：唐僧也要到西天去

---

① "天"原作"游"。

取经,他被你吃了九个,以今第十个到此。教吾拜你为师,同到雷音佛国去。惟知此处,故与妖精鬼怪也。"

沙僧今日拜唐僧,法讳名称悟净身。
稽首皈依持大戒,就此肩挑行李向前行。
不是沙僧来护法,离水沙河怎得行?
师徒行走来得快,此处便是陌生行。
来到永宁于阗国,五明关上换关文。
路上行来将日暮,前无宿店后无人。
观音菩萨来变化,变作高房大宅门。
一栋瓦房多景致,门楼下面一佳人。
青春美貌颜如玉,白绫衫子白绫裙。
怀抱一男并一女,丫鬟服饰十来人。
唐僧到此来投宿,娘子相迎入后厅。
准备茶汤和夜饭,珍馐果品满装成。
又把香汤来沐浴,少年娘子说原因。
奴家今年二十七,丈夫身死正三春。
丢下一男并一女,可怜举目并无亲。
住在我家为夫妇,且今欢乐过光阴。
且说悟空朱八戒,引身施喜喜精神。
娘子不嫌容貌丑,结成夫妇过光阴。
三人尽在所前宿,八戒香房结做亲。
唐僧睡到天明亮,行者沙僧共去身。
娘子瓦房多不见,荒草野地歇安身。
松树绑去朱八戒,原来打得满身青。
高喊兄弟来救吾,登时一刻命难存。

沙僧放了朱八戒，从今改过不良人。
前边相近狮蛮国，倒换关文入内门。

却说狮蛮国王投拜虎力大仙飞上为国师，唐僧到此不敢行程。大仙说与唐僧听："你坐禅若动一动就为输。"东西摆下接上高官桌与二十个。大仙走上西边官桌顶上坐定也。唐僧走东边而去，撮起官桌顶上坐定。大仙就化作一个蜜蜂，要来吃了唐僧。却被孙行者变一条蜈蚣，躲在大仙鼻上螯了一口。大仙痛痛难熬，跌死在地上也。

大仙跌死再还魂，奏上君皇圣耳听。
吾要割头输手段，方显仙家法力真。
好法僧人来到此，割下头来重再生。
孙行者说言不妨事，头落再活似高僧。
即把悟空来绑去，刽子提刀白似银。
斩头落地像瓜滚，全无鲜血半毫分。
孙行者喝声重再活，惊动金刚护法神。
将头撮在颈圈上，悟空依旧复转魂。
文武百官多喝彩，唐僧帝皇尽欢欣。
果然高僧法力大，放你西天取真经。
悟空见说心中怒，上前扯住大仙身。
你说斩头来赌赛，须当还礼见分明。
国王说与仙人晓，斩头出口重千斤。
自作自受无人替，一时绑去大仙身。
刀破仙人头落地，地无鲜血半毫分。
大仙也喝重再活，恼了金刚护法神。
用力抛头抛出去，大仙头上血光喷。

虎力大仙身死了，却是斑斓猛虎精。
国王见了心中苦，声声只哭国师身。
三十余年扶助吾，今朝死了好伤心。
悟空奏与君皇晓，他是妖魔白虎精。
不是吾来除害命，各宫尽被虎伤身。
君皇方作知端话，拜谢唐僧救命恩。
大排銮驾来相送，送出西华龙凤门。
行过玉门关一座，钦韦国内换关文。
玉鞍山下来经过，冲冲妖气冲山林。
一见妇人年轻女，将重绑在黑松林。
妇人哭响唐僧晓，只自清明来上坟。
遇若强人来截路，套其头面剥衣衿。
把我丈夫来杀死，将奴绑缚不能行。
娘家就在西山住，师父慈悲救我身。
唐僧叫言孙行者，快救遭灾落难人。

却说唐僧看见哀哭叫救命之言，弟子忙快去救他。孙行者禀道："师父，此乃是妖精，救不得的。"唐僧道三个徒弟不肯动手，自身跳下马来，自解其缚，却被妇人把唐僧扯去，唐僧影迹无踪。孙行者大惊叫喊："朱八戒看了行李，吾与沙僧去寻若洞门。"孙行者把门打开，赶进洞门，只见妇人却与唐僧对坐，成为夫妇。此洞深有八百里路程，弯弯曲曲，不认得出路。孙行者附耳低言说："师父，有吾在此救你便了，可将敬酒女怪，便有出身之路便了。"

女怪山中方再精，欲为夫妇抢唐僧。
山洞远深八百里，行者沙僧寻师父。

变化蠓蝇飞近耳,教师将酒敬佳人。
妖精把酒来吞下,行者原来酒内存。
大圣腹中开口喊,妖精泼怪好痴心。
吾师百世真童体,岂你妖精结成亲?
早把吾师来送出,饶你一命在山林。
你若半声言不肯,霎时教你丧残生。
轻轻提起心肝肺,妖精痛死命难存。
叫言饶吾残生命,吾送唐僧出洞门。
妖精驮了唐僧走,沙僧执杖后头跟。
走出洞门八百里,火龙八戒接唐僧。
妖怪叫言饶吾命,悟空立在面前存。
那怪又变清风去,带领群妖赶近身。
行者沙僧朱八戒,各拿兵器打妖精。
打死妖魔三百六,尽是多年老鼠精。
除灭妖精多鬼怪,一方四处尽安平。
向前赶到乌衣国,倒换关文出帝君。
行者碧峰山脚下,山高路远有妖精。
大圣吩咐八戒听,同你沙僧赶路行。
二人正向前行去,撞若妖精出洞门。
老妖吩咐小妖辈,各须努力捉唐僧。
吃了唐僧一块肉,长生不老得安宁。
老妖抬起头来看,却是沙僧八戒身。
妖怪问僧何处去,沙僧回答取经文。
老妖听说心欢喜,买卖今朝上吾门。
无数冤家动了手,尽来擒捉取经僧。

老妖拿了开山斧,山前大战比输赢。
老妖诈败逃他走,大圣追风在后跟。
一程赶过山坡去,虎精众怪献成灵。
虎精捉住唐三藏,众怪牵马踏祥云。
捉进碧峰金谷洞,一齐动手走门庭。
再说老妖孙行者,斗得天昏月不明。
战得百合狮妖走,回北山岭见分明。
悟空不把狮妖走,变化清风不见形。
连人对马都不见,悟空苦楚痛伤心。
指望取经成正果,惩邪皈正度群生。
我师丧在妖精手,功不来如尽不成。
山神土地忙通报,大圣宽心且莫惊。
南岭碧峰金谷洞,洞内三妖惯吃人。
早行救得唐三藏,若是耽迟命不存。
大圣闻言暂心急,碧峰南岭去搜尽。
金谷洞前来喝骂,群妖众怪问原因。
恼了沙僧朱八戒,钉钯禅杖打妖精。
老妖手拿开山斧,众怪波罗枪一根。
虎精也把钢刀使,山前大战比输赢。

却说碧峰山金谷洞之中有三个妖精,狮子大王与一位象作元帅,与老虎称为先锋,三人思量多日,要吃了唐僧。朱八戒、沙和尚探赶路程,却与三人大战,杀了一百个围合,果然是寡不敌众。沙僧早被老妖抢去。朱八戒也要走,却被大石绊倒了,被虎先锋捉去,绑在洞中。快喊小妖同手杀来,受用了。朱八戒就说道:"我们二个是唐僧的徒弟,我名称叫朱八戒,师弟叫沙和尚,还有大哥叫齐天大圣神灵。"老妖听说心中大怒,叫言:"今日唐僧吃不成功了,说起弼[①]马温来,甚是多厉害。"众元帅、虎先锋说道:"你去与他交战,待吾二人先捉住唐僧、白马,说你吾在此,二人捉住不放唐僧再作道理便了。"

老妖摆布吃唐僧,带领小妖出洞门。
悟空唐僧洞门口,妖魔到此不非轻。
说就来了妖精到,金色狮王赶近身。
悟空抡动金箍棒,劈头便打战妖精。
早放唐僧并白马,更兼八戒与沙僧。
若说半声言不肯,杀尽妖精不见形。
老妖听说心中怕,思想唐僧吃不成。
众妖提枪枪刀出,群妖助阵比输赢。
悟空引动金箍棒,两太阳中出火星。
约战斗了三十合,重要力气不加增。
虎怪提刀忙取阵,张牙拔齿显威灵。
老妖便动开山斧,也去取阵共相征。
悟空见了心中怒,气力加添十倍增。
八百小妖齐动手,输力尽破取经僧。
大圣毫毛将一把,口中嘘气变成人。
化万亿亿身行者,各执金箍棒一根。
打得群妖逃命走,东西南北各逃生。
狮王众怪难抵挡,奔入山中闭洞门。

① "弼"字原无,据文意补。

虎怪奔迟难进洞，逃归北岭躲难星。
悟空走赶看他近，大喊妖精哪里奔？
金箍变来三百丈，虎怪打做肉泥尘。
悟空再到金洞门，洞门挂锁不通行。
大圣忽然生巧计，变成虎怪一般能。
洞门外面高声喊，败阵逃来脱回身。

却说悟空打死虎先锋，变为虎怪逃归。老妖开门，接进洞中，三个妖同坐。狮王道："果是大圣英雄厉害，战他不过。我自看守洞门了，二弟洗锅烧火，三弟动手磨刀，且拿唐僧、朱八戒、沙僧一齐杀来吃了，你我各自逃生。"孙行者正中机谋，就拿刀割断绳索，放绑了八戒、沙僧。大圣现了本相，悟能取了钉钯，悟净取了禅杖。朱八戒抡起钉钯，先拿众妖垒死。孙行者打到洞口，救出唐僧师父。又白马变化火龙，烧尽洞中多少妖怪。却与老妖大战了三合，八戒、沙僧一齐动手打死老妖，开了洞门，再往西行去取经便了。

狮妖只吃唐僧人，亲自将身出洞门。
众怪洗锅来烧火，虎妖先去杀唐僧。
三妖好是齐天圣，刀枪如风白似银。
先放沙僧朱八戒，众妖打死命归阴。
老妖死在金箍棒，白马变龙烧洞门。
灭尽妖精无挂碍，八方太平尽安宁。
又请唐僧来上马，唐僧上马泪纷纷。
此处若无孙行者，怎出天罗地网人？
礼别长安今三载，千辛万苦不非轻。
月氏国中来径遇，却是西天一半程。

国王信善皈三宝,金銮殿上待唐僧。
送出西华门一座,唐僧辞别向前行。
正逢八月中秋节,桂树生香月色新。
来到应天河岸上,鳞波黑浪少船行。
红轮西坠看看晚,张家庄上借安身。
张老夫妻心不悦,含悲啼哭泪纷纷。
唐僧问道何缘故?张公含泪告知听。
应天河口通天庙,庙内明王感应人。
旧到三年经一度,童男童女祭神明。
轮到我家来祭献,只要亲生男女身。
吾今夫妇年将老,单生一女在家门。
长大今年方七岁,只得将她祭献神。
百金买一童男子,正礼三牲就动身。
老身难舍亲生女,合家大哭泪纷纷。
唐僧听说心中苦,善哉连叫两三声。
可惜一双男和女,将他活活祭邪神。
说与悟空行者听,你当方便发慈心。
救人一命功德大,胜玄修行念藏经。
不宣张老夫妇人,再宣唐僧救双人。

却说唐僧投宿张家庄,听说要童男童女活祭神明,心中不忍。问言:"此事不祭如何?"张公回答:"老师,若然不祭,五谷无收成,瘟疫乱起,风浪波深,损害万民百姓,无可奈何只得男女活祭。"唐僧见说,便叫孙行者、朱八戒,"可能救此一对男女?"孙行者将身一摇变,变成一个童男,叫元庆。朱八戒亦显神通,可好变成一个童女,名叫许寿。灯下看来,毫厘无错，张公大喜，拜谢唐僧："老师救得我女之命，死也不忘恩，如父母一同去也。"

中秋月上正黄昏，会首千人尽降临。
祭礼三牲昇果品，活男活女祭神明。
灯火辉煌光烁耀，笙箫鼓乐闹盈盈。
一程抬到通天庙，百姓拈香拜在尘。
祝告了时天黑暗，狂风拔树唬杀人。
千人香火尽抛散，丢下祭桌三牲存。
东摆童女朱八戒，西摆童男孙行者。
行者叫言朱八戒，想必邪神就降临。
说言未完妖精到，金冠金甲现金身。
龙车凤辇朝南坐，手下跟随几百人。
妖精开口将言问，祭献盘肴是甚人？
童女当时回言答，北村我父姓张人。
妖精见说心中想，古怪蹊跷自调论。
每年祭献童男子，见我来时就丧魂。
今秋童女还说活，不惊不怕不起身。
不如先吃童男子，慢慢消停吃女人。
妖精伸出擎云手，来捉童女八戒吞。
口似血盆牙似剑，舌头餂餂吃人精。
八戒见他来动手，现出原身在庙门。
喝叫妖精休要走，我来除灭害人精。
拿去钉钯来垒下，妖精逃命走如云。
赶到应天河岸上，妖精水内去藏身。
取得大刀拿在手，立在云端问姓名。

你是何人天大胆？破人香火太无情。
八戒回言忙便答，唐朝三藏取经僧。
我与师兄齐天圣，更兼白马与沙僧。
昨日张家庄上过，说你妖精要吃人。
特来拿你妖精怪，快来归命投死精。
妖精听说齐天圣，手软心寒胆转惊。
将身径入天河去，避难逃灾不见形。
八戒悟空忙便占，前情一一告唐僧。
钉钯齿上亲看见，两个金鳞耀日明。
唐僧见了心中想，邪神却是孽龙精。
张公合宅皆欢喜，感谢唐僧救命恩。
再说老妖归水府，安定巧计捉唐僧。
满空大雪迷天地，西北冷风冷杀人。
冰冻天河八百里，唐僧早去路难行。
妖精又变男和女，来来往往冰上行。
唐僧忙忙上马走，走到天河一平程。
正好上前来赶路，一场祸事不非轻。
天河冰解如雷霆，白浪滔天怕杀人。
白马沙僧朱八戒，悟空同上九霄云。
独有唐僧遭恶手，妖精捉进冰内存。

却说唐僧蹈冰过河，走到中间，冰消浪去，却被孽龙捉去。火龙、沙僧、朱八戒、孙行者还来张公庄上安身。沙僧赶到水府与妖精交战，正是寡不敌众，不能取胜。孙行者想道："他是孽龙，必是龙王所管，我到东海去问娑羯者老龙。"大圣来到龙门，只见送书人到了，被大圣打死，拆书一看，看见上写:"小儿鼍钰,今得唐僧,拜请父母八兄同临一叙便了。"
　　悟空打死送书人,书上分明写得清。
　　上写小儿鼍钰拜,八兄父母众高亲。
　　吃了唐僧一块肉,为人不老永长生。
　　悟空见了心生怒,水晶宫内见龙君。
　　老龙下拜将言问,大圣今来为何事?
　　悟空见问呵呵笑,将书送上老龙君。
　　老龙见书吃一惊,告言大圣莫生嗔。
　　小儿因犯天杀罪,罚在天河又害人。
　　敕下鼍增并鼍广,擒拿鼍钰斩其身。
　　点动虾兵连蟹将,鸣锣擂鼓便登程。
　　鼍钰见兄亲吩咐,持刀出殿问来因。
　　鼍广鼍增忙喝骂,因何犯罪害唐僧?
　　孽龙便把哥哥骂,你今无福吃唐僧。
　　好意差人来请你,带领军兵杀上门。
　　抡动大刀便忙砍,弟兄水府比输赢。
　　来往斗战三十合,孽龙败阵去逃生。
　　逃生赶上天河岸,正撞西天大圣神。
　　铁棒打来无处躲,孽龙打死命归阴。
　　救出唐僧归北岸,二人太子转宫门。
　　张家庄上寻船送,送过天河岸上行。
　　前边又过花氏国,一路无事尽安平。
　　来到百花山一座,高山流水树青青。
　　孙行者化斋山脚来行过,唐僧闯入黑松林。
　　松林里面人烟广,尽是青春美女人。

却说来到百花山一座,喜得日暖风和。孙行者下山化斋,唐僧走进松林游玩,但见石门、石屋、石台、石床、石凳,忽见美女共有七人来接唐僧。问言:"长老何来到此?"三藏回答:"我名是唐僧,特来西天取经,求吃一斋,就行去。"女妖见说,心中大喜:"买卖上门了,只怕手下徒弟来寻。"女怪放丝裹满松林树木,却把①唐僧绑起杀来吃了。

  唐僧绑在黑松林,泪落汪汪望救星。
  孙行者化斋归旧处,问言师父乃边存?
  沙僧与到松林内,持钵化缘化斋吞。
  孙行者抬头将眼看,林中妖气密层层。
  我师撞入妖精洞,死活存亡未可闻。
  说言未了山河白,松林人家不见形。
  悟空八戒沙和尚,各执兵器进山门。
  山上牵丝如碗大,斧刀砍去不能行。
  孙行者缠住金箍棒,朱八戒钉钯也不存。
  沙僧吊起金禅杖,三人空手转回程。
  如此妖精多厉害,怎能唐僧出洞门?
  口中吐出无情火,烧尽蛛网不见形。
  白马一时来变化,变成百丈火龙形。
  悟空执棒登仙地,正是妖精在洞门。
  洗锅抹灶烧汤滚,磨刀正要杀唐僧。
  悟空见了心焦躁,使动金箍棒一根。
  七个女妖多打死,洞中好似血淋盆。

---

① "把"字原作"被",据文意改。

蜘蛛精怪皆除灭,救出唐僧上路行。
一程赶到西凉国,国中尽是女佳人。
养儿泉水成胎孕,尽养花姣美女人。
女王二八登龙位,聚集班手武共文。
唐僧正在朝前过,女皇传旨召唐僧。
唐僧请到金殿上,分宾坐停用茶津。
女王请问名和姓,三藏开言说事情。
出身就自中华国,敕身原住老唐僧。
君皇荐度孤魂众,命我西天去取经。
望王早换通关牒,借条①大陆往西行。
女王听说微微笑,唐僧休想到雷音。
我国祖传行旧例,来如有路去无门。
你今登殿为天子,我掌朝廷正后身。
百年偕老成夫妇,真掌山河度子孙。
若然半声言不肯,钢刀砍做肉泥尘。
晒干肉放衣袯里,扑鼻馨香无价珍。
三藏将言忙便答,我是修行办道人。
三生九劫真童体,决不将身染色尘。
女王见说龙颜怒,说与唐僧你且听。
你若不来犹自可,特来到此实难行。
要到西天参见佛,除非脚下会腾云。
唐僧此刻正烦恼,齐天大圣告唐僧。
来如白路去由主,我师只得许成亲。

---

① "条"原作"茶",据文意改。

我师在此成亲事,徒弟西天去取经。
面南背北唐僧座,东边行者与沙僧。
西边坐下朱八戒,女帝番王做主人。
吃了茶饭来作别,女王相送出王城。
唐僧也要同相送,送出西华龙凤门。
女王文武心欢喜,唐僧泪珠落纷纷。
远送一程来作别,忽然地曾起云来。
大树拔得连根去,飞沙走石乱打人。
唐僧骑上高头马,行者加鞭快如云。
高声作别花姣女,休想唐僧结做亲。
女王文武无言答,惶恐羞惭转帝京。
唐僧来到浮尸岭,路旁忽见一佳人。
妖气冲人来得恶,马前下拜告唐僧。
悟空拿起金箍棒,打死妖精化作尘①。

却说浮尸岭尸魔化女迷人,却被大圣打死。唐僧只骂孙行者无故杀人,不用孙行者取经去。孙行者禀道:"师父不要我去不妨,只怕你上西天不当稳便。"朱八戒叫言:"师兄,师父不用你,今也住在不要了。取经有我在此,不消用你。"孙行者再三哀告我师收留。唐僧不收,只是不肯。大圣无奈,望师三拜,两泪如雨,投东而去。唐僧、八戒、沙僧一同向西而行。

朱八戒无知逞自能,唐僧不用悟空身。
孙行者别师归震旦,水帘洞内住安身。

---

① "作尘"原作"唐僧",据文意改。

八戒唐僧来上路,庆云山在面前存。
山前与只庆云寺,唐僧进寺拜三尊。
好正佛前皈命礼,惊醒妖精出洞门。
就把唐僧来绑去,盐醋腌来下酒吞。
唐僧绑在将军柱,眼中珠泪落纷纷。
再说沙僧朱八戒,手持兵器进山门。
只因不见唐三藏,赶到黄妖古洞门。
叫骂泼妖无道理,急须还我取经僧。
若说半声言不肯,打开古洞灭妖精。
小妖通报黄袍怪,洞口僧人乱叫人。
沙僧如要唐三藏,提去禅杖劈面墩。
黄妖抢枪来隔过,二人交战定输赢。
沙僧便动金禅杖,一个妖精战二僧。
不说山前来斗法,黄妖妻子问唐僧。
老师家住何方国,为何落难受灾星?
唐僧说与娘娘晓,我要西天去取经。
却被大王来捉住,娘娘慈悲救残生。
娘娘见说心中喜,取经和尚听原因。
我自百花宫主女,现今我父坐龙庭。
八月初三龙神过,黄妖抢我进山门。
结成夫妇经三载,日夜思量忆母亲。
你从我国来经过,奏我父亲来救兵。
唐僧说与娘娘道,伏惟公主放宽心。
你若今朝来救我,我当竭力报圣恩。
娘娘走出山前喊,高叫夫郎放此僧。

黄妖依了夫人说，洞中放出取经僧。
唐僧得脱天罗网，还上西天大陆行。
八戒沙僧跟马走，前面宝相国来临。
宝相国王多行善，金殿上头待唐僧。
六宫国王来参拜，唐僧开口说原因。
庆云山前来经过，却被黄妖缚住身。
洞内百花宫主女，劝妖放我出山林。
娘娘听说心中苦，高声痛哭女儿身。
被妖抢去经三藏，日夜思量苦杀人。
说与两班文共武，谁能放我捉妖精？
救出百花宫主女，还须求拜取经人。
君皇便把唐僧拜，救其公主不忘恩。
沙僧八戒开言说，我今救你女儿身。

却说君皇问言八戒、沙僧："有怎么本事救我公主？"八戒答曰："大则移山倒海，小则飞沙走石，拔树连根去，上天入海无有遮拦。"君皇则说："大喜。"拜请登程去了。

八戒无知逞自能，腾云驾雾出皇城。
早到庆云山一座，庆云洞口骂妖精。
占人闺女非小可，万剐凌迟罪不轻。
黄妖见说心中怒，点起群妖出洞门。
见了沙僧朱八戒，无知贼秃骂连声。
前日已今饶你命，今朝何可又来临？
悟能便把钉钯垄，沙僧禅杖打妖精。
黄妖把枪来隔过，一个妖人战二僧。
上阵斗战三百合，果是妖人手段能。

手中枪法无比伦,好个蛟龙出洞门。
却被沙僧来吊去,铁鞭乱打不容情。
沙僧要命将言告,大王听我说原因。
你妻思想爹父母,前情一一告唐僧。
唐僧入朝来见圣,将言奏上圣明君。
君皇要救三公主,差我前来捉你身。
黄妖听得沙僧说,便把唐僧骂几声。
将言说与贤女子,我去朝中见丈人。
一来要杀唐三藏,妖精变做俏书生。
驾云来进皇城内,朝中说与武共文。
我是君皇亲驸马,百花公主丈夫身。
朝臣奏上君天子,入朝金銮见帝君。
国皇帝后同登殿,见其驸马貌超群。
文武满朝无比赛,端严少貌相超群。
君皇王后龙颜喜,满面生花笑十分。
请迎驸马登金殿,奉赐香茶坐饮吞。
便问卿家何处住,百花公主乃边存?

却说黄妖奏上皇后:"臣住处庆云山岭,前年老龙阵过来,天送公主到臣家中,已经三载。我妻思想双亲,教臣先来朝见。"君皇又问唐僧:"你却是妖精?卿有一表文才,真是东床驸马。"黄妖怪又奏:"此僧真是妖人,却是南山虎怪。"黄妖把唐僧一指,唐僧变作猛虎。君皇大惊,即将铁锁锁住:"若无[①]驸马到,命丧妖僧之手。"

---

① "无"字原无,据文意补。

妖指唐僧变虎精,祸遭锁禁苦临身。
败神逃生朱八戒,又来金銮见帝君。
见师变了猛虎精,口共心头自忖论。
回请悟空孙行者,救了唐僧去取经。
八戒腾云来得快,水帘洞在面前存。
低头拜见孙行者,口说黄妖手段能。
阵前捉了沙和尚,又把唐僧变虎精。
早行救得唐三藏,若晚一命实难存。
须看观音菩萨面,去救唐僧为难人。
悟空见说心中怒,可恨唐僧不说人。
听信与言朱八戒,将我赶逐不如人。
多感观音来劝化,我今只得向前行。
二人驾雾腾云去,早到黄妖大洞门。
大小群妖来杀尽,麻绳割断放沙僧。
带领百花三公主,同到金銮见帝君。
父皇见女从头问,百花公主说真情。
儿被黄妖来抢去,三拜抛散父娘身。
亏了取经唐三藏,今朝又见两双亲。
说就来了黄妖到,手执长枪骂丈人。
若然还我三公主,佛眼相看总不论。
若无妻子还我身,桑田变海尽翻身。
恼了悟空孙行者,手持金棒打妖人。
黄妖见了齐天圣,避难逃灾走上云。
大圣驾雾来赶上,一心要杀这妖精。
忽见金星来劝化,叫言息怒罢刀兵。

百花公主非凡人，她是天仙之女身。
思凡下界为公主，黄袍妖怪是魁星。
二人为正凡人样，三年夫妇凤缘姻。
今日天尊传圣旨，二人即便上天庭。
黄妖公主归天去，天子夫妻拜在尘。
大圣救言唐三藏，为何做了大虫身？
举手将师来一指，依先还是取经僧。
唐僧称谢孙行者，亏你还来救我身。
拜别国皇来上马，师徒四位向西行。
路途风霜经日久，阿真国内换关文。
火焰山中难得过，焰焰大火阻途程。

却说沙僧叫言："师兄须到平源洞，牛魔大王妻子叫道铁扇公主手中，借①去铁扇一把，方能过此山。"大圣见说，即便登程拜望牛魔大王，乞借铁扇一把。公主却将假扇借与。大圣将假扇搧山，火光愈焰。孙行者大怒，杀上源洞，与牛魔大王交战。却被公主将扇一搧，将大圣吹去三千余里便了。

假山搧山火焰生，悟空法怒战牛魔。
牛魔大圣山前战，公主亲身出洞门。
铁扇手中搧一搧，悟空心上再思尽。
变作牛魔来进洞，洞中公主远相迎。
悟空与言妻子道，变化齐天不非轻。
须把扇来藏好了，却被偷去枉劳心。

① "借"原作"拱"。

公主手中持铁扇,将来递与丈夫身。
行者得扇心欢喜,化道清风出洞门。
火焰山前搧一搧,火光搧灭冷如冰。
唐僧八戒沙和尚,平安无事过山林。
过了火光八百里,送还铁扇再登程。
赶过西方东印国,火峰山在面前存。
见一童男年纪小,红鞋绿袄着红裙。
山前路上来啼哭,说与牛家小舍人。
家住山西三五里,强人赶散躲山林。
唐僧见说心慈悲,下马亲来抱舍人。
小儿便把神通显,唐僧摄入进山林。
大圣即便来赶上,火云洞里出妖精。
红孩手把长枪使,大圣金箍棒一根。
二人战斗三十合,红孩口内火光喷。
烧坏沙僧朱八戒,悟空烧得走无门。
大圣思量难抵敌,拜请南洋观世音。
观音菩萨来解劝,放他四位望前行。
悟空救得唐三藏,师徒上路向西行。
来到西天中印国,君皇向善广看经。
独角大仙生嫉妒,想成巧计捉唐僧。

却说中印国国王师独角大仙,殿前广陈戒猛火煎滚油锅,喝唐僧:"下锅洗浴,放你西行;若不下锅,西天难去。"孙行者道:"你若下得,我也下了。"大仙道:"先当让客。"孙行者卸下衣衫,跳入油锅,洗脚、跐跟朵、竖得蜻蜓,一般呵呵大笑,又献神通变作钉铁,躲入锅底,影迹无踪。大仙喝叫元帅,即把唐僧师徒绑了。悟空情愿师徒死在一处。国王与祭献去了。

宝香锭羹设祭文,唐僧下拜悟空身。
五年随我西天去,万难千辛受苦辛。
指望取经成佛果,谁知半路两离分。
今朝死在油锅内,甚年何月出火坑?
悟空听说依先活,油锅里面打翻身。
君皇观看龙颜悦,还放唐僧去取经。
悟空见了来扯住,你下油锅我先行。
大仙也与神通去,跳入油锅里面存。
悟空见了心中想,火龙放入在锅心。
即到海龙宫里去,此龙立刻召回程。
大仙手脚都烧坏,一如烫死命归阴。
死变羚羊头蹄角,朝中文武卓然惊。
悟空奏上明天子,他是羚羊万古精。
不是我来除此害,满朝各国尽遭瘟。
君皇文武皆欢喜,拜送唐僧上路行。
又到中天西印国,太平无事换关文。
行出皇城天色晚,庆山寺里歇安身。
老僧普惠相迎接,山僧五百拜唐僧。
唐僧见僧齐下礼,千妖袈裟挂在身。
举起毫光千万道,老僧普惠起谋心。
要借袈裟来看样,明日早起送登程。
唐僧不知他使计,就说袈裟借与人。
普惠更深来放火,要烧行者与沙僧。

呼占北风来得恶,火光万道透青云。
僧房五百俱烧尽,唐僧正殿不烧身。
黑熊救火亲自到,看见袈裟无价宝。
当时便把神通显,偷了袈裟进洞门。
普惠老僧来放火,归房不见宝和珍。
失火袈裟无价宝,老僧吊死命归阴。

却说次日悟空要袈裟。众僧答道:"老僧吊死,袈裟不见。"孙行者此处又问:"可有妖精?"众僧道:"近有黑峰山洞里黑熊精,必常来往。"孙行者即便登程,见一道人来了。孙行者问道:"你人何姓?"此人回道:"吾名清虚子,黑熊大王得了千佛袈裟,特去庆贺。"孙行者便拿道人打死,变成一道人模样来到洞中,黑妖迎接。孙行者:"闻得袈裟,我赐蟠桃上寿便了。"

仙桃一只献熊精,妖精仙桃下口吞。
吃下喉咙非小可,悟空肚内叫妖精。
还我袈裟饶你命,迟了一刻命难存。
熊精哀告来饶命,我送袈裟到寺门。
走一步来行一拜,袈裟双手送唐僧。
伏望老师宽恕我,腹中唤出悟空身。
悟空又把神通献,霎时立在面前存。
黑熊见了心中怒,手执瓜锤打面门。
行者棍儿来格过,寺前交战定输赢。
八戒沙僧齐动手,黑熊打死命归阴。
打死妖精国家保,军民百姓尽欢欣。
唐僧赶路前行去,千山万水受苦辛。

周围四面多景致,国王御宴待唐僧。
万寿仙山来安歇,镇元仙人远相迎。
满盘托出人参果,献与唐僧四位僧。
唐僧见了心中怕,果儿就像小儿身。
一戒杀生并害命,决然不吃此儿身。
伏侍仙童来作笑,你们不说宝和珍。
吃得延生长不老,后园树上长生成。
一枝树来结一只,可笑唐僧认不真①。
行者沙僧朱八戒,三更走出后园门。
果然一树人参果,取下三枝当点心。
悟空把拿金箍棒,又打三记地上存。
入土果儿无影迹,三人心上尽皆惊。
恐怕唐僧来知道,还归净土睡其身。
明日朝晨天色晓,仙童开口骂唐僧。
偷我六枝人参果,取经和尚太无情。
唐僧被骂心中怒,埋怨沙僧八戒身。
行者开言心发怒,树儿打断果无存。
镇元大仙声嗔怒,扯住唐僧不放行。
还我果儿并宝树,今朝放你上西天。
若无宝树来还我,休想西天去取经。
唐僧一时无可奈,将言便叫悟空身。
你请观音来降下,方能解救这桩情。
悟空即便蹿跟躲,请到南洋观世音。

① "真"原作"荤"。

观音把树来投活，照依旧日一样能。
　　三十六枝人参果，仙人行者尽欢欣①。
　　观音依旧归南海，行者唐僧再登程。
　　前边赶到恒河岸，黑浪滔天阻路程。
　　恒河内到鳖鱼怪，阻隔途河不能行。

却说随风而去，朱八戒、沙僧不能救。孙行者拜告观音，来到河边，净瓶内将水一倾，化作滚水，鳖鱼看看命尽。观音将篮收了鳖鱼，径往南洋。

　　唐僧过了天竺国，遥上灵山见佛身。
　　怪鱼作法害唐僧，行者参见紫竹林。
　　收伏②鳖鱼皈大道，化现提篮观世音。
　　沙僧救出唐三藏，依然上马向前行。
　　赶过西天乾竺国，灵山就在面前存。
　　但有一河无船过，必定要过此河行。
　　一人撑来齐齐到，近来傍住靠唐僧。
　　唐僧看见无船底，道言难过渡河津。
　　行者八戒称无碍，沙僧挽上老师身。
　　唐僧跨上船头上，舱中水涌便心惊。
　　即便抬头看仔细，上流余下一尸灵。
　　唐僧口念弥陀佛，决是谋财害命人。
　　行者即便开言说，非是谋财害命人。
　　此尸便是师凡体，如今脱体得生真。

---

① "尽欢欣"原作"尼钦临"。
② "收伏"原作"仗仗"。

说话之间船傍岸，师徒上岸便登程。
看看行到山林内，唐僧早到大雷音。
如来佛祖升宝殿，唐僧参拜佛世尊。

却说佛祖开金口，问原因，慧眼观看，事言："你等何方僧人？来此有何贵干？"唐僧回言："弟子唐天子敕命到此拜佛求经，延国传颂，超荐亡魂。"佛言："善哉！唐皇欲取真经教你到来受苦，一番跋涉，我今赐你真经便了。"

唐僧回答佛慈悲，阿弥陀佛念连声。
如今仗佛慈悲悯，取得真经万古闻。
佛赐真经莲台下，座下阿傩授过经。
唐僧拜授虔心接，拜辞佛祖便回身。
锦缎宝藏来缚好，师徒拜别下山林。
上马登程回身转，路上犹如风送云。
一国过来又一国，一邦才过一邦临。
在路行程来得快，看看来到大邦城。
进得皇城归馆驿，文武班僚见帝君。
唐僧带了徒三个，金街朝见圣明君。
佛赐真经呈御览，真观天子喜非凡。
真经取到非容易，设坛务恤度亡灵。
水陆斋坛来济度，贞观沙门荐亡魂。
沙门传授真经典，传流时节到时今。
三藏取经归本国，惊动南洋观世音。
慈悲救苦忙启奏，奏封佛号取经人。
玉皇大帝来准奏，降敕加封三藏人。
西方佛国留名字，封作旃坛功德尊。

斗战胜佛孙行者，沙僧罗汉是金身。
八戒敕封监斋佛，佛国簿上尽标名。
取经宝卷宣圆满，大众听卷遇有缘。
只要诚心无反悔，人人能得座莲坛。
个个可能善是念，大众尽得到娑婆。

长 生 卷

【解题】未见著录。《中国宝卷总目》著录有《长生宝卷》,今存河阳虞关保抄本,实为陈光蕊故事。此为常熟张士龙藏,清光绪间抄本,讲述包括陈光蕊故事在内的全本取经故事。共计五卷。卷一、卷二主要讲述唐僧出身故事;卷三讲魏徵斩龙、刘全进瓜,唐僧奉旨取经,收伏白马、悟空、八戒、沙僧,同往西天;卷四主要讲述唐僧取经屡历劫难,最终功德圆满。卷五再讲五庄观偷吃人参果的故事(前半已有五庄观故事),情节与前几卷脱节,风格不类,应为流传过程中误羼另一体系情节。本次整理只录存前四卷,删去第五卷。

第 一 卷

且说太宗皇帝,执掌乾坤,四海清平,八方宁静。当有魏徵丞相越班启奏:"方今天下太平,只是武多文少,下诏开立科场,选天下有才的,开科取士。"太宗准奏,登时颁诏,择于三月初三日开科取士。圣旨一出,不多几日,天下皆闻,四方百姓有才的多要赴京①赶路不提。

---

① "京"原作"帝",据文意改。

且说本国海州弘农县西一外落乡,有个乡村叫聚贤村,村中有个财主,叫只陈士俊。因他家业富足,地里乡人叫他百万,所以是远地驰名,无论各府各县,尽晓得陈百万就是陈士俊。其妻张氏都称她院君。何以要叫她一声院君?因陈士俊是个财主么,当时节财主娘娘多要凑趣一声个,所以么,要叫院君尔。然而陈士俊财主是财主哉,倒少只一桩哉?奈诸公,啊晓得少啥一桩个物事倒要紧个?为人在世,种田人奔波劳碌,早起夜眠,到得热天时候,背皮晒得生豁拉了;做生意也要早起身,耽搁夜,黄昏结账费心,到得冬寒头来要归帐,那哼吃苦。就是财主一心要盘算盘剥小民,就是许多文武百官,以及当今皇帝,也今个件事情。介末说只许多闲话,到底少哈一桩该?

诸公,乃陈士俊所少一桩东西,说拉担搁诸公听也,有须惊天动地?无非少只一个儿子,诸般称心,并无男女。俗言说个,家无一担个人,尚且扒扒挖挖要弄一个家主婆,再无做只。到得后来大哉,姐家是无人肯个哉,二婚头也要讨了一个居来,无非巴望接族意思。说只许多闲话,所言陈百万,家业富足,因无男女,一心烧香布施,修桥砌路,每逢朔望,祷告天庭。所以求得一子,取名叫光瑞。自后陈士俊染成一病,无药可治,已经归天。

光阴如箭,日月如梭,张氏院君抚养已交十七岁哉,自幼攻书,天生聪明。光瑞此时满腹文章,忽闻皇榜招贤纳士。光瑞十分欢喜,即时收拾行李,拜别母亲,就要上京求名赴举。

太宗皇帝治乾坤,风调雨顺国太平。

四海清平无战马，八方宁静绝烟墩。
魏徵丞相当朝奏，启奏君皇圣耳闻。
朝内武多文士少，须当招选读书人。
君皇殿上来依奏，启宣圣旨遍天闻。
三月初三开科选，文才高广跳龙门。
山海府内弘农县，城西十里聚贤村。
积祖为善传百万，娶妻张氏院君身。
自幼修斋并念佛，求生一子智超群。
求子取名陈光瑞，父亲一命早亡身。
光瑞年交十七岁，满腹文章无比伦。
上前拜别生身母，收拾行囊上帝京。
路上风霜不必说，看了已到大东京。
一程走到城中去，茶饭店内歇安身。
鼓打五交鸡报晓，东方日出太阳红。
黄旛武士街头听，报与诸州各县人。
四海英才都聚会，各将文字跳龙门。
光瑞抽身忙赶进，场中共有五千人。
做好文章呈主考，试官将卷看分明。
五千卷纸从头看，场中要取状元名。
十卷精求为第一，三名文字最为尊。
试官呈上唐天子，果是文章锦绣成。
太宗天子龙颜喜，三名文字果然精。

乃时太宗大开金口，叫言："该班将金瓶摆好。"当朝宰相将三名卷纸抖乱，放入金瓶。皇上亲手把玉箸挕起。天子龙目一看，头一名非是别人，就是陈光瑞。皇上忙宣乃光瑞上殿，看乃容身才双全，龙颜大喜，就赐金墩而坐。略问几句，吩咐游街，赏玩琼琳御宴，然后候选。那时光瑞引了榜眼、探花等一齐谢恩，出朝下来。

　　探花中在开封府，第二榜眼洛阳城。
　　头名正是陈光瑞，状元及第受皇恩。
　　紫袍金带乌纱帽，游街赏玩帝皇城。
　　琼林御宴已赐过，同年三百独为尊。
　　状元及第皇恩受，祖上流名积德深。

乃时有当朝首相殷开山，只生二女，却无子息。因在朝观见状元才貌双全，况且正是青春年少。"我家次女十九岁，为未联姻，但不知状元可曾婚配？"当时就差家人到状元左右，打听着实，速来回复。此时家人们径到彼打听，状元却未婚配。登时回家，回复了此言。殷相一心要将次女配与状元室。诸公呀，大唐年间抛绣球为婚个，所以吩咐家人们要结彩楼。家人们忙忙碌碌结好彩楼，殷相吩咐，叫次女上楼，诸亲各眷拥护小姐候着。状元游街，要游三日。还有许多军民人等，挨挨挤挤，好不热闹气概。抛球择婿另有一番景致，何消说得闲话便了。

　　且说开山殷丞相，所存一女在家门。
　　长女宝莲为皇后，满堂小姐未联姻。
　　朝中文武为第一，官至极品太师称。
　　因见状元多容貌，彩楼结起在街心。
　　合族佳人登楼看，十分妆着貌超群。
　　亲眷邻朋也要到，未知可就这头亲。
　　梅香使女多打扮，百花簇拥牡丹心。

> 尊系父命招夫主，五百年前宿世姻。
> 状元正从楼下过，绣球打着状元身。

非同小可，哪里晓得恰正抛着状元。殷开山丞相说："必要奏明圣上，还要一个大老官作伐才是。"吩咐将状元请候到家，即日写本，待朝奏明圣上，然后结亲。许多余人请回，此言慢表。

> 丞相急忙来起奏，奏上当今圣耳闻。
> 太宗看本龙颜悦，并无阻碍去联姻。
> 此是五百年前事，凡人怎好阻良缘。
> 正谋就差秦叔宝，迎归相府结成亲。
> 三朝满月风光好，早欢暮乐称心情。
> 招赘府中将百日，圣旨一道下来临。
> 三月十六完姻事，加封官职做公卿。
> 朝廷敕封陈光瑞，洪州知府治良民。
> 太师吩咐忙收拾，女夫今且听原因。
> 赘在我门并相府，太宗天子两姨亲。
> 你到洪州为太守，带同我女一同行。
> 倘有上司欺侮你，一笔勾销做不成。
> 同年官府来轻你，问他边远去充军。
> 后来生下男和女，来往传书托信音。
> 状元拱手称依命，拜别君王出帝京。
> 又拜岳父并岳母，带领娇妻上路行。
> 光阴如箭容易过，行来将有一年春。
> 路上事情说不尽，看看相近到家门。

且说状元谢恩出朝，拜别岳父岳母以及诸亲各眷，然后起程。那各朝臣文武官员，不拘大小，尽要下程相送。还有一起女人相送。能道啥个一起女人相送？这个一起女人说起比众不同，就是当今皇后正宫娘娘，嫔妃宫女以及皇亲国戚，都来相送。何以落介？皆同状元夫人是正宫之妹，所以有一起女人相送。那末速许多文武大小官员弗是送个知府，为因状元是国戚，所以上只路，并你督抚、司道、提督、军门，尽要迎送。阿哼哼，此番陈光瑞一路浩浩荡荡，一径到家。本州府县迎接，尽行吩咐回衙理事。此刻光瑞富不可言。亲朋庆贺定了明日开场做戏，头一出敬神，第二出敬祖，然后正敬客。人人喝彩，个个称扬，好不热闹。快闹了几日，诸亲好眷各散去不提。

　　本州官职来迎送，亲朋贺喜在高厅。
　　先拜祖先后拜母，亲族长辈及乡邻。
　　大闹一番各散去，打扮上任治良民。
　　家中托付俱已毕，忽然母体不安宁。
　　且说光瑞如此下来，耽搁几日，奉旨上任，要到洪州去做官哉。里个是朝廷主意，无处多耽搁个，不管你皇亲国戚，总有皇命在身，这是限定日期。谁知母亲有病沉重。

　　正要上任洪州去，忽然母病重来临。
　　是故天不从人愿，十分沉重在床眠。
　　求神服药方方到，礼拜善星处处闻。
　　为何犯这膏肓疾，看看此病果然惊。
　　粒米不餐心着急，服药求神总不灵。
　　状元拜问生身母，亲娘在上听原因。
　　心中想吃是何物，待儿各处去搜寻。

爱吃之物须要说，自然母体得安宁。
娘说儿听就去买，一心只要买鱼吞。
九里寒天并地冻，决然无处去搜寻。
状元听说心欢喜，儿到街坊去觅寻。

那说光瑞问个母亲要吃鲜鱼，想过这个时候，九里寒天，已经几日弗开冻哉，碎鱼小虾再没有，哪里有活鲤鱼？那处不要管他，自己到街坊上去便了。诸公，此时陈光瑞是状元，身体已是翰林院，又是现任知府，啥弗差别人去买？倒要自己去买？为因母体要紧，窃恐母病别人哄骗，故而亲自到街坊上去。那陈光瑞自小在家攻书，难得出门个，所以难得有人认得。带一个安童，走到街坊上面，就到鱼行中，并无鲜鱼，心中暗想，十分忧闷，难末那处细细里一想："该末这样寒天，就是有末，也待我各行去问问看，就是价钱贵也要买。"他走得起，叫："主人家，能尕宝行里啊有鲜鱼？"店家道："没有。"又走到过边去问问。说道："有个。"那光瑞听得十分快活。卖鱼人说："日夜水不定流循环涌转，只有一个鲤鱼是惠天泉眼捉起来的，倒有十来斤，只得价钱倒贵，你不知阿买的成功？"光瑞暗想："并你价钱大小？"说道："时值公价，总要买的。乃时主人家只要你取鱼出来，不必讲价钱便了。"

听有惠天泉眼未冰冻，捉住鲤鱼喜欢心。
渔翁拿到街坊上，状元心内喜欢心。
见一鲤鱼黄金色，看来却有十来斤。
说道价钱要八两，光瑞顷刻就交银。
买得此鱼回家转，合家大小喜欢心。

摆在前厅官桌上,鱼儿翻眼动头身。
光瑞当下心思想,何故点头翻眼睛。
内中必有蹊跷事,不如放去大江心。

哪里晓得买的此鱼归家门,一家大喜。谁知此鱼与众不同,放在桌上摆尾尽颠动起来哉。鱼眼好像看人一般。光瑞看看,想:"此必非凡鱼,不如将他放了生,作区处便了。"乃光瑞恐家人们有误,亲自送至惠天泉眼,将鱼放下去。谁知此鱼放在水面,口吐人言,说道:"龙王三太子游玩洪波天罗地网也。"

为善人间少,此恩不可忘。
鲤鱼非是别一个,就是东海老龙神。
今日感蒙拯救我,后来必定报恩深。
状元祝告天和地,回到家中见母亲。
放鱼情由说一遍,母亲病患怎驱分?
张氏当时回言答,我今病体已安宁。

此时为啥张氏太太病体痊愈,身体胜好?皆为状元祝告天地,诉母患,放鱼一段事情。况且光瑞是文曲星,非但孝感动天,还有一段放鱼好意,所以母病顷刻而痊。此时合家欢乐,且请状元道:"母患已愈,不可耽搁在家,择日上任。"家中诸事托了老头掌管不提,且说亲朋邻友,各各多来相送,到十里长亭辞谢而散。那时状元吩咐开船,解缆筛锣升炮起程,带了母亲妻子,笙箫鼓乐开船,好个气概热闹。逢州过县迎送不必细说,诸公吓,一言交待便了。

离了海州洪农县,逢州逢县莫谈论。
旧岁至今足一载,分明又是一年春。

状元奉请生身母，带了妻房一起行。
　　稳驾舟船离故地，筛锣放炮向前行。
　　在路行程将半月，黑水洪江面前存。
　　行来到了江心里，狂风大作好惊人。
　　只有张氏该有命，口中半喊不能行。
　　儿到洪州上任去，分明断送我残生。
　　吩咐挽船归此岸，不知此处乃乡村。

　且说此时一路行来，已到大江心中，登时狂风大作。张氏太太不曾经过这样风波，故此连喊："我儿，吓死吾也。你今上任，我是不去了。"所以光瑞连忙吩咐将船归到此岸，但不知此地，不知是何县地界，且上岸问此明白，再作道理。光瑞吩咐不得惊动官员，上岸一路来，倒寻了一个茶坊歇店。店主名叫王小二，说此地是海门府县地界。难末状元就将母亲托付王小二，即交白银十两，且待风和日暖，再来奉领母亲便了。

　　善香丫环来陪伴，不可失信半毫分。
　　上得岸来寻宿店，海门县界暂安身。
　　店主名称王小二，付他十两雪花银。
　　我母店中来安歇，小心服侍过光阴。
殷三小姐将八宝金环分两处，婆媳各执一只，后来迎接算为凭。
　　状元拜告生身母，儿今暂别我娘亲。
　　别母行程归船去，行来已至大江心。
　　刘洪巧遇来经过，却是强徒无义人。
　　共有喽啰足四百，各执军器手中存。

却是三更交半夜,团团围住阻路程。
刘洪强盗名水贼,跳上官船就杀人。
看见人来总是杀,并无一个用人情。

且说刘洪不问情由,船头船梢上人,一行杀完哉。诸众,该末阿晓得强盗船上也有几十个人尕?刘洪在船头上杀,有个义弟名叫彪,就在船梢上杀,还有许多喽啰,所以,列位吓,头梢上人杀完,杀存在舱内六人,难喊要拿里人出来杀哉。方才杀大小几只船上人多是还算不要紧个,如今舱里人才是要紧人都是。陈光瑞此时吓得来,索落落拉抖抖也抖不定个哉。看见强盗来扯,连忙急喊道:"我非是别人,我是主人,杀弗得个!"乃刘洪把他拖出船头放下。诸公阿,为啥弗杀,倒放在船头?喊得快,所以弗存杀个,若得喊迟,也要杀哉。

官船拖出陈光瑞,水贼刘洪问姓名。
家住啥州并啥县,有何事干到江心?
快把金银来买命,佛眼相看放你们。
若还没有金和宝,一刀两段伤残生。
自古路极无君子,为官倒去拜强人。
世间多少稀奇事,便叫强人是大人。
刘洪听说重重怒,咬定牙关恨恨声。
你若思量来活命,鬼门关上再为人。
杀鬼催魂来追死,手执钢刀面上存。
状元想来难逃命,将言再告大王听。
既然不肯来饶我,免吾刀伤剑损身。
刘洪略有回心转,状元却是帝皇亲。

况有十年窗下苦,囵囵尸首下江心。
手脚麻绳来捆缚,腰坠黄石百来斤。
剥下上身衣和服,蓬头赤脚脱光精。
夹背三锤来打死,推入波涛里面存。
此刻刘洪心大恨,要到舱中取花银。
又见梅香人四个,花容美貌正青春。
刘洪一见忙喝问,快取黄金共白银。
梅香当下齐开口,将言就骂贼强人。
杀死老爷陈光瑞,哪有花银送贼精。
结得冤家深如海,还不放吾转家门。
太宗皇帝来知道,兴兵点将捉强人。
有朝一日天开眼,捉你强徒碎剐身。
刘洪李彪齐发怒,喝叫断首下江心。
你主倘然身难保,谁肯饶恕小妖精。
杀下梅香人四个,船中细细去搜寻。
夫人吓得无藏躲,急往船梢上面存。
恐怕强人来糟蹋,将身要跳大江心。
那时刘洪来扯住,虽然有脚走无门。
因见夫人多容貌,刘洪此刻喜欢心。

却说夫人见众人多被强人杀害,料想终无休歇,窃恐被强徒秽污,故此往船梢,将身就要跳入水中,却被刘洪看见,一把扯住,说:"你可是夫人?还是要官休嚜?还是要私休?"此时夫人正唬得魂不附体,慌忙之间定睛看时,却就是强徒。夫人道:"大王阿,奴奴是女流之辈,哪晓得官休私休。"刘洪道:"夫人要私休,与我结为夫妇,万事全休。若说官休,将你一刀两段,丢入江心。快快说来。"那夫人唬得心急慌忙,心慌意乱,即时听了这几句话,说道:"待我想来。"难末心里忐忑一番,自想:"我有三个月身孕,日后生了或男或女,继了陈家后代。说道官休,后来无人与我丈夫报仇,倒不如私休罢。"夫人即说道:"大王,奴家则得私休了罢。"刘洪见她依允,十分欢喜,便叫:"李彪兄弟,我刘洪将此女为妻,假冒陈光瑞就去上任做官,赚得钱来与你均分。又船内财物,尽与你们受用,待我上了任,封你一个把总,镇守江心。倘然我说破天机,原到江中一同为盗。"就此,刘洪就在船中与夫人结拜成亲,吩咐自己喽啰船只同送到洪州码头而去。那时一声答应,随即开船,威威武武,洪州进发慢表。且说殷三小姐千思万想:

殷三小姐脸通红,夫死长江苦恨深。
四面八方无出路,上天无路地无门。
却被刘洪来扯住,登时开口叫夫人。
你今与我求亲事,同去为官做夫人。
同享荣华并富贵,百年欢乐过光阴。
若有半声言不肯,一刀两段见阎君。
夫人听了刘洪话,暗暗心头自忧闷。
我若将身来死了,后来谁人做个报仇人。
体要腹中生一子,这宗冤仇报得成。
所以夫人回言答,将身情愿伴强人。
刘洪见说微微笑,满面生花长笑因。
说与喽啰并手下,李彪兄弟听原因。
我把大船交付你,金银多付你们身。

移花接木人间有，盗印谋官世上无。
就到洪州上任去，赏你把总守江心。
我若有了差治事，劫其府库下船行。
李彪回到本船去，刘洪将眼看夫人。
好似嫦娥离月殿，坐时观音少净瓶。
体态轻盈无比赛，金莲三寸不沾尘。
眼似秋波泉涧水，脸如桃花映日红。
柳叶眉毛樱桃口，海角天涯无处寻。
月里嫦娥无二样，西施姜女一般能。
刘洪就此来催促，就在江心结做亲。
夫人此时无可奈，眼中珠泪落纷纷。
腹中有孕三个月，将身无奈伴强人。
一夜五更天未晓，鸟入笼中一般能。
只有快船无快马，早到洪州一座城。
惟有刘洪多快乐，夫人叹气闷昏昏。
刘洪细细来解劝，一夜夫妻百日恩。
夫妻不是今生定，劝你欢乐过光阴。
我去为官全靠你，你今件件要当心。
向在江中无别事，劫抢钱财广杀人。
今日做官来上任，胸中不晓半毫分。
夫人相府侯门女，必是聪明识宝深。
枕边说尽甜如话，夫人无奈勉应承。
二人双双抽身起，船艄即刻送香茗。
夫人就此来梳洗，定船好像活观音。
此刻无奈微微笑，轻磨香墨假殷勤。

上写状元陈光瑞，出守洪州到本城。

报帖写完来送上，驿丞官吏到来临。

一看跪在停船岸，启禀堂前老大人。

却说刘洪原是粗鲁之人，胸中不通，笔下欠工，故此要求夫人得来代笔。倘有弗到之处，还望夫人指教。诸公听只啊是话巴奇闻尕？阿有啥状元做官，胸中不通，笔下欠工个？该末这个状元，谋官盗印，假的，原是强盗做官，所以有此奇闻。该末并非一字不识，原上过几年学个，皆为肚中不通，就像目今教书先生，也有个本事好个，肚里通个，行诗出对也有意思，稍微识只两个字，一样拉尕，告了小书骗饭吃。该么只好瞒不识字个东家，若是识字个，原无处瞒的。闲话少说，且说报帖递送，不消半个时辰，只见岸上官吏尽来迎接。只见船头禀道："洪州府同知通判。"推官经历照磨事检板，丹徒县巡把官口称："大人在上，卑职们不知大人远来，有失迎接，乞大人恕罪。"那刘洪吩咐各官一番，回衙理事，但留巡捕把总在此。难么各官叩首而退。刘洪骂道："狗官，要你二人做什么！本府在大江之中经过，遇着强徒，船内有强人数十，到我船中，把我家人使女一齐杀死。"诸公阿，强盗想一句鬼话倒要话个，何以拉介做到一个状元老爷，已是知府大人，岂无家人使女，标致童仆等情？因个刘洪是强盗，船上岂可以有这等人？所以末这句鬼话到要紧说个。刘洪道："亏本府手段高强，从幼也学些武艺，手执宝剑，力砍数人。恰一只大船，口称我那百姓李彪是也，可是强盗打劫客商？特来救护。难末同只本府尽把强人杀的，只留得夫妻性命。"此刻已有洪州府衙役侍候，喝叫："选大板过来,先打巡捕官二十大板,次将把总削职为民,即着李彪为镇江专守指挥之职,待本府上任,奏明圣上。"那时李彪喏喏连声,叩首而退。请奶奶上岸。李彪船只速速开去,只见一句是要紧,过歇拉码头上恐防走漏风声。那时放炮三声,吩咐开道。

  报帖洪州震王音,本该吏典远相迎。
  古今多有稀奇事,强徒屈打善良人。
  同僚文武来参见,太守开言说事因。
  为官须要清如水,莫将屈棒打良民。
  你若贪财并爱宝,不问死罪定充军。
  乃时各各领命退,同僚谁敢不依尊?
  反把总兵来削职,李彪当了指挥身。
  李彪做了官强盗,害了多多少少人。
  不宣刘洪上任去,卷中再表难中人。

  宣说状元做官,讲到捐纳,比众不同,头一对硬脚牌,就是状元及第捐纳个,阿无得个。然后知府职事浩浩荡荡上任升堂挑箭点卯,考个代书。然后也要去见上司,下来拜客治民。虽只强盗做官,到还清政无亏。只殷三小姐到底是官家之女,耳朵里听来也听熟,这就叫只"近朱者赤,近墨者黑"。此言慢讲,再宣陈光瑞死在江心,冤魂未散。

  状元打死长江内,三魂七魄若何能。
  一魂飘荡长江水,自有江神看此身。
  二魂跟到洪州去,城隍庙里诉仇人。
  三魂竟到阎王殿,地府三涂把状呈。
  再宣龙王归水府,左右眼跳不安宁。

凡间有甚蹊跷事，四海云游看一巡。
前边驾起犀牛角，分开水路往前行。
虾兵蟹将来领路，龙子龙孙随后跟。
鲇鱼嘴大吞人剑，鲶鱼口阔吃人精。
团鱼老将冲头阵，鳊鱼缩头不住停。
行来已有几千路，招头观见一尸灵。
龙王亲自观瞻看，原来正是大恩人。
老龙两眼纷纷泪，怒怒戚戚叹尸灵。
一叹尸灵汝不知，曾在凡间救我身。
不多几时买放我，今朝有难伤躯身。
二叹尸灵栋梁材，数两银钱救我身。
今朝做了幽冥鬼，叫我怎不痛伤情。
三叹尸灵在水中，被人谋死在江心。
在世英雄成何用，家乡遥远信难通。
四叹尸灵徒费劳，枉在金阶挂紫袍。
铁砚磨穿空费力，洪江淹死有谁捞。
五叹尸灵中状元，洪州上任去为官。
青春年少多聪俊，残生屈死赴阴曹。
六叹尸灵你可听，为官思想做公卿。
可惜今朝长江死，功不就来名不成。
七叹尸灵伤躯身，母亲却在那方存。
只道孩儿为太守，谁知死在大江心。
八叹尸灵你且知，可惜年少好姣妻。
只道百年同到老，谁知半路两分离。
九叹尸灵最可怜，千乡万里去为官。

只因贪此名和利,年少青春死九泉。
十叹尸灵空做人,文章满腹枉劳心。
万两黄金无用处,一双空手见阎君。
叹罢一番可怜话,将尸带转水晶宫。

介末诸公吓,那落人死数个,多是缺头缺脚,说不尽许多,独有陈光瑞尸灵完然如好,一章不缺,故揭海中无数许多人,想来是无名之辈,或者该遭此劫也未可知。陈光瑞非比等闲,一来嘘有黄石垂身,死灵不致飘荡;二者原是个星宿,无非有此一节大难。那时龙王叹罢,忙叫夜叉:"快把尸灵扛到水晶宫里。"夜叉忙忙碌碌扛转龙宫,将尸灵扛在逼魂床上,便将衣衫穿好,拿个定颜珠放入口中,就把温凉扇一扇,状元顷刻还魂。难末又吃仙丹一粒,故此周身无故。那龙王即说:"光瑞,朝南坐下。"此时光瑞似梦初醒,如睡初觉,如此一番惊慌下来,到了龙宫水府,又惊又喜。惊者是,相见龙王如此尊容,还有许多夜叉虾兵蟹将,遂惊骇;喜的是身垂大石,三锤打死江心,此际存活,况且完好如故。所以再三推逊,总不肯朝南而坐。直等龙王将买鱼救放一段情由就说明,才得肯坐。弗然只有光瑞要拜龙王救命之恩,那亨倒停倒拜起来,有如此个隐情。难末龙王深深八拜,再叫龙子龙孙:"即拜状元为师,请蒙训。你却有十八年灾难,且住我宫中,待灾满之后,送你出去,母子相逢,夫妻圆叙,还有好子团圆叙会。"龙王向状元说明:"仙丹法宝救你还魂,说你知道。"

龙王叹感这尸灵,感谢当初救命恩。
我不救你谁救你,今朝救你再为人。

绑脚麻绳已割断,腰间顽石早抛沉。
放在逼魂床上睡,神珠含入口中存。
温凉宝扇轻轻扇,状元此刻已还魂。
还魂举目来睁看,现见龙王好怕人。
龙王便那低头拜,四双八拜大恩人。
十日之前蒙救我,吾是金轮鲤鱼身。
恩人遭此长江内,因有大难死江心。
状元便乃回言答,启上龙王听事因。
为到洪州来上任,夫妻半夜过江心。
遇着强人并贼寇,船中杀尽不留存。
绑我打死入江心,多蒙救我再为人。
母亲惊吓上岸去,饭店里面要安身。
龙王说与陈光瑞,休想娇妻母子情。
现有小孙并幼子,我今请你做先生。
一十八年灾星满,自然送你转家门,
保你夫妻重见面,合堂公子尽相逢。
从此状元无可奈,暂居水府做先生。
再说开山殷小姐,终朝思忆丈夫身。
已伴强盗六个月,何曾欢喜半时辰。
察院案临当境地,刘洪迎接绣衣尊。
刘洪不在衙门内,小姐思量苦十分。
待我且到后园去,诉说冤情天地闻。

且说殷三小姐个丈夫陈光瑞死在江中,身虽伴刘洪已经六个月哉,时时刻刻,无弓一刻不想此事。但刘洪强徒只为未曾远出,也无处申冤。那时案察到来,刘洪因夜迎接陪着。难末小姐想来,一直无处申冤,大冤,倒不如今晚往后花园中焚香宝烛,祷告天庭一番。所以从人多不带去,独自入园,两泪交流,十分不乐。急急到了园中亭子里,点好香烛,将身双膝跪下虔诚祝告。

十字言

到后园,手拈香,双膝跪下。
殷小姐,拜上苍,祝告神明。
奴本是,殷开山,忠臣之女。
招状元,陈光瑞,合配成亲。
唐天子,选丈夫,洪州太守。
因上任,到洪江,遇着强人。
有刘洪,弟李彪,强人数十。
满船人,俱杀死,推入江心。
把我夫,陈光瑞,捆缚四肢。
丢在那,大洪江,伤了残生。
占奴家,为妻子,假官上任。
痛丈夫,陈光瑞,死得伤心。
奴有孕,九个月,临盆将至。
告苍天,生一子,易长成人。
报外公,殷开山,点将兴兵。
捉刘洪,千刀剐,杀尽强人。
愿佛天,诸贤圣,临彰报应。
殷小姐,告上苍,悲啼痛哭。
有凡音,空中过,听得分明。
到灵山,奏慈尊,诉这情因。

使一子，报冤仇，合宅修行。
　　殷小姐，十月到，生产临盆。
　此旨殷小姐意欲要大哭一场，又恐被人听见，故此暗暗述。正在祷告之时，恰有如此事情，所以观音菩萨经过。因菩萨要往西天听法，见有如此冤情大事，所以菩萨记在心头。当时往到灵山，释迦文佛叙集各方神仙，佛门弟子会集灵山讲法。会中有一旃檀罗汉，无心听法，打起瞌儿来哉。所以菩萨敕他恰惰不法，该坠跌围城中，受苦五百年。那时观音菩萨在旁启告如来："今有罗汉该坠黑暗地狱，我念可惜。凡间有殷三小姐，配文曲星，陈光瑞状元之妻，现今虔诚祷告天庭，有屈无伸。可送罗汉与光瑞为子，后与父报仇，仍往西天拜佛求经，复归佛果。"那时如来准奏，口念："善哉善哉，我今观音救罗汉托梦，快入红尘洪州府殷三小姐腹中投胎去也。"
　　殷三小姐告天庭，惊动南洋观世音。
　　且说灵山谈妙法，神明共却听经文。
　　旃檀罗汉来犯法，瞌睡无心听讲经。
　　当有普贤来敕喝，轻师慢法罪洪沉。
　　应有无情暗地狱，五百年余受苦心。
　　罗汉躬身忙下拜，低头俯伏泪纷纷。
　　观音菩萨生慈念，启告如来大觉尊。
　　罗汉无心来听得，合当黑暗隋沉沦。
　　刘洪害了陈光瑞，又占小姐结发亲。
　　怀胎三月前夫主，为今月满要临盆。
　　送他投胎要男子，出家学道去修行。

与父报仇同学道,西天拜佛取真经。
取经普度男和女,复证旃檀佛果成。
释迦文佛生慈恕,任从菩萨去施行。
殷三小姐三更觉,亲见观音点暗明。
怀胎孩儿多容貌,此儿好做报仇人。
腹中顷刻来疼痛,当时产下小儿身。
罗汉投胎非小可,红光万道下天门。
只道府衙来失火,军民人等尽来临。
等到天明仔细看,衙门不动半毫分。

且说刘洪迎接案察院,所以不在府中。夫人半夜三更肚痛起来,登时吩咐传进稳婆侍候,老娘服侍,顷刻生下孩儿。次日刘洪回衙进房,夫人将生产情由说了一遍,心生欢喜。夫人那时抱出孩儿,刘洪便将个此儿细细一看,心中想了一回,心生疑虑:"此儿冤家,不可留他在世。"就去带刀一把,又到房中,将儿要杀死,炙干与吾下酒。夫人在床,急忙放好孩儿,苦苦告求老爷,夫人说道:"看奴十月怀胎受苦,待他满月杀他罢。"刘洪见夫人如此说来,且等等他满月杀他也未迟。

刘洪当时踌躇想,说道夫人听事因。
此儿可是陈夫主,今番削草要除根。
要将此儿来杀死,那时小姐说真情。
奴有十月怀胎苦,且待满月伤儿身。
刘洪见说回心转,暂停一月且容情。
强待又要巡江去,夫人中日泪纷纷。
生儿将近一个月,巡江回府杀儿身。

子要死来母也死,你父冤仇报不成。
是日正在烦恼处,张公院子进陈庭。
因见夫人来哭泣,那时作揖问夫人。
为今添下新公子,欢乐吟敬母称心。
况且少爷容貌好,因何事体泪纷纷。
夫人不免将情说,诉与张公你且听。

且说夫人见刘洪巡江去哉,所以愈加哭得浓稔,恰遇张公院子进内。此人诚实有馀,故此诸事相信托得,故而看见夫人悲泪,所以有一番问及。难末不问犹可,一问之时,夫人熬不住哉,就将多少此情细说一番上任谋夺夫凭,说道:"张公阿!

老爷不是陈光瑞,我夫被害在江心。
向在洪江为大盗,强逼奴奴结成亲。
就夺夫凭充太守,欺公侮法害良民。
此子本是陈夫主,刘洪一见怒生嗔。
一表人才非小可,活像前夫光瑞身。
为此刘洪心不悦,那时要害此儿身。
传告孩儿遭毒死,后来谁做报仇人。"

且说张公听了这番言语,十分惊吓,遂禀道:"奶奶待小的去禀明同知推官,即时拿住强盗,此为上计。"乃小姐叫言:"张公,休得喧讲,不可响亮。此事只可你知我知,若告报同知,知道此事,泄漏不当稳便。倘被强人知道,你我性命难保,反为不美了。"张公说:"奶奶言之有理,我然后总要划策一条好计,救了小官人性命,难末才是放心。"夫人道:"公公在上,受奴一拜,多谢公公。你若救得孩儿性命,后来好报此大大冤仇,谢公公,再不忘恩。"那张公此时看见奶奶这般光景,越发惊惶,连忙跪下双手搀起。张公道:"奶奶不必如此,做小的今有心生一计,说奶奶知道。""公公快快说来。"难末张公说:"前日在东门外经过,看见有一爿木匠店中多少朱砂匣子,大小俱有。倒不如去买一个来,将官人放在匣内,抛入江中。倘然公子命该有救,有人捞去,抚养成人,日后可以报仇;倘然无人捞救,也该如此,可无难,或者有救。想来此计算为上策。"姐娘道:"此计大妙,即请便行,不可耽搁。路上须要小心,速去速来,恐怕强盗回来。"张公喏喏应连声,则要银钱就动身便了。

夫人见说心欢喜,慌忙急急取钱银。
就将钱银来交付,吩咐张公要小心。
张公回答奶奶晓,银钱主办我当心。
公公领了奶奶命,收拾钱钞走出门。
洒开大步如飞走,要买匣子转家门。
慢说张公街坊走,再来提起一灵神。
观音菩萨闻知得,化作凡间一老僧。
顶上毫光千万道,朱砂大匣手中存。
观音菩萨城来进,张公院子也来临。

且说观音菩萨在珞珈山上,忽然间掐指一算:"旃檀罗汉应该有难,我不去救,谁人去救?"即驾祥云顷刻已到洪州,就化作老和尚等在旁边。待张公正走得紧急之时,劈面一撞。张公抬头一看,却是一个老和尚。此时无心讲话,不与计较,掇转身就要赶路,被和尚一把扯住。乃张公心里好不焦躁,又不发怒。和尚道:"你要往哪里去?"难末张公见和尚头上毫光闪烁，况且手劲又好，所以不敢啰嗦，只得胡言答应。和尚说："你不必瞒吾，吾已知道。"就把买匣子情由忖透。那时张公要回答么难回答，心头疑惑。和尚说道："有人来了。"

张公掇转身来望，和尚已经不见了。
所存朱砂红匣子，不见凡间和尚了。
不是仙人定是佛，心中疑虑十分欢。
观音依旧归山去，张公也要转回程。

且说观音化作老僧，说此匣则送不能卖的，话音未绝，张公观看和尚已经不见，心中思想："此僧不是仙人，定是活佛，来此点化。想这个小官，必定逢凶化吉，遇难呈祥便了。"不免将匣收回，急急拿转衙门，将匣交代奶奶便了。

张公回转进衙门，走进里边叫一声。
取了匣子陈府内，夫人见了泪纷纷。
张公细把情由说，万事从宽劝夫人。
奶奶差吾街坊去，撞着年高一老僧。
老僧相送朱砂匣，不要银钱半毫分。
忽然化阵清风去，惊吓张公厥然能。
夫人心内如刀割，悠悠哭死再还魂。
张公不敢高声劝，低低言语劝夫人。

且说小姐见了匣子，此番哪里哭得出，亏得张公将老僧送匣情由说了一遍，难么小姐胸中稍可松动点。夫人心里想了一回："须要写张血书是要紧个。要水里去了个，必要白绫为妙。"即去取了白绫一副。诸公啊，你道这血书怎写法？夫人流泪计策已定，咬碎指头，取了白绫不用笔砚便写了。

未曾动手泪先淋,我儿出去靠天庭。
就把白绫拿在手,咬碎手指写是情。
山海府里弘农县,城西十里聚贤村。
父是状元陈光瑞,母是殷三小姐身。
婆婆寄在招商店,海门县里去寻亲。
为因上任洪州去,洪江遇盗死江心。
后来要见生身母,就是殷三小姐身。
夺妻上任将一载,至今有屈诉无门。
东京丞相千金女,可怜失节伴强人。
我儿本是光瑞主,强徒却是对头人。
包藏一对黄金镯,随儿三十雪花银。
水贼刘洪心大恶,在此削草要除根。
此事无人来收拾,惟有苍穹及众人。
恩人抚养成人日,替娘好做报仇人。
血书是你亲娘写,手指咬碎痛伤心。
此去不知生和死,全凭佛力保安宁。
若要是身真八字,九月初七子时生。
不论鳏夫并寡妇,官员道士及僧人。
将我孩儿抚养大,寻娘好做报仇人。
血书一一多写好,将书放在匣中存。

且说殷三小姐血书写完,放好匣中,又放日月金环一只,日后好做记认。再将白银二十两,黄金十两,倘有人收留拾去,以作谢金,一一放好匣中。那时张公说道:"趁强徒不在府中,快往私衙出去。则可我你二人知道,不可带人出去,切恐走漏风声。"那时夫人随身衣服,二人出了私衙,走到江边，放下匣子。夫人抱了孩儿，哪里舍得，还要吩咐几句便了。

  窃防刘洪回衙转，二人急急向前行。
  行来已到江边地，夫人抱子好伤心。
  四顾无人波涛涌，铁打心肠也忖论。
  襁褓小儿将满月，今朝与母两分离。
  娘看子来子看娘，乱箭穿心一样能。
  血书写就放匣内，谁人堪救我儿身。
  酬谢黄金一十两，还有二十雪花银。
  日月金环放一只，长成为活救娘亲。
  夫人抱定孩儿哭，受苦孩儿叫几声。
  前生修得男身体，暂离母腹便伤身。
  手捧孩儿朝天拜，嘱咐虚空过往神。
  今日吃娘一口乳，不知啥年啥月见儿身。
  救得官官娘又死，张公急断肚肠根。
  张公脱衣鞋袜重捞起，拍醒殷三小姐身。
  张公手拿朱砂匣，夫人还抱小儿身。
  心肠刀割肝欲断，难舍孩儿两下分。
  宝宝在此及身喊，还魂原抱小儿身。
  此刻张公忙催促，再前耽祸迟及身。
  夫人此时无可奈，将儿放入匣中存。
  在脚小指咬一只，成人长大好追寻。
  便将匣子封盖好，抛入江心浪里存。
  夫人哭到私衙内，正遇刘洪回转程。
  便问夫人因何事，恓惶烦恼泪纷纷。

夫人当下回言答,可惜孩儿命不存。
尸体送入洪江内,刘洪见说喜欢心。
不说刘洪心欢喜,再表洪江小舍人。
旃檀罗汉应有难,哪个神明不用心?
迎风迎水行千里,氽到金山大殿门。

且说金山大寺,有一住持,是夜得其一梦,梦见红日东方,心中疑惑,即忙坐起,细细一想,此梦必有异事,就去净手焚香,入定一时。诸公阿,啥个叫只入定?就是和尚一点无用个。此僧原有道根,能知过去未来的。此时和尚觉来像困着。能界,迷迷戬在佛前,因知罗汉来哉,听得他无心听法,罚落红尘,投胎殷三小姐腹中,与陈光瑞为子,已经临盆产下,正是刘洪强盗仇人。因刘洪巡海回来,要害此子,要削草除根,所以其母只得将此子抛入江心,倘后有人救去,后来可以与父报仇。此时罗汉有难,幸而有神明护佑,你看明日清晨,氽到寺前。不免早些起来,吩咐香火人把山门开好侍候便了。话言未了,只见东方已红,那时去到山门,只见老香火还困睡在床。长老即便叫醒香火人,急忙起身。说这个香火,就是和尚一般的,每日也有几件分内生活:第一件撞钟,第二件扫地,第三件捞柴。因大江面上,地面广阔,总有柴氽得来个,所以每日要捞柴个。难末香火撞过钟,扫罢地,然后走到江边要去捞柴。乃长老对香火道:"你看远远一件什么东西氽得来了?"急忙去到江边,将篙搭到滩边一看,却是一个朱红匣子。双手捞到山门内,打开匣盖看时,只见小儿在内,鼻息呼呼,还睡着匣中。香火将手一摸,难末惊醒,只倒哭得几声。乃长老吩咐香火抱起,看见身底下金环一只，金子十两，白银二十两，还有白绫一副。那香火人却不识宝。长老细细一看，血书十分苦切，此那天机不可泄露。即将血书金环仍旧放在匣内，吩咐香火好好将匣放在山门上边，还将钉匣不可与人知觉，日后等此儿长大自有用处。此言慢表，再宣异梦便了。

红日东升异梦惊，金山长老有精神。
清晨开好山门候，远远祥光透寺门。
上人走到江边地，见一匣子水中存。
即便捞起来观看，孩儿困睡又打昏。
内有一只金环子，更有黄金共白银。
白绫血书写名姓，冤沉海底难中人。
观见此子非凡相，眼如秋月貌超群。
两耳垂肩贤圣相，顶平额阔不凡人。
一番看罢心中想，月满孩童要乳娘。

且说寺中长老道："月里孩童不吃粥饭，要吃乳了，若无乳吃，寺中怎好养他？"内有打斋饭和尚说："山南顺村上前有个殷二娘娘陆氏，新死儿子，即乳其好，不如将金银送她，要她抚养成人，却不是好？"那时住持道："到也使得，可即就抱去，将金银一同送她。"难末香火人听了主持吩咐之言，就将孩儿抱子金银拿则，走到山前殷二娘娘门上，孩儿金银顷刻一一交代娘娘，细细托付一番。此时殷二娘娘看了此子，相貌非凡，还有许多金银首饰，此乃真真从天降下，喜不可言，俗语说个困梦头里也弗曾想着个，所以即将小儿抱在怀中吃乳几口，如同亲生一般，即取乳名叫了江流子。香火作别娘娘回到寺中不提，且说此子谁知易长成人，并无闲话少言。

山前二娘殷妈妈,新死孩儿十日临。
过继与她来抚养,赛过亲生胜几分。
二娘接乳心欢喜,看看孩儿易长成。
住持差人来探望,殷家抚养胜亲生。
一周二岁当怀抱,三周四岁在娘少。
五岁六岁知分晓,七岁攻书进寺门。
乳名叫作江流子,僧名就叫佘来僧。
念书说字多聪俊,天生聪明无比伦。
九岁披剃来落发,受戒投师做了僧。
经卷读熟无人比,诸般法谶尽皆精。
讲经说法通三教,才夺卷中一寺僧。
倏忽年交十五岁,通今洪古大才人。
寺中共有僧五百,内有饮酒吃荤腥。
江流那时将言说,五百大戒酒为尊。
削发为僧吃酒肉,只恐来世失人身。
众僧见说齐开口,尽骂江流小畜生。
无爷无娘佘来僧,方才长大就欺人。
江流接口回言答,谁说小僧无母亲。
山前二娘亲生母,那年送我进山少。
众僧见说哈哈笑,了你江流不识人。
二娘非是亲生母,难说生身你母亲。
你身叫做江流子,何方佘到我山门。
江流听了这番话,即入方丈见老僧。
扯住本师双膝跪,此番追问母外亲。
且说江流和尚走到方丈,见了师父,双膝跪下,放声大哭道："师父我问你，寺中各房僧众者，多来笑我，骂到说山前殿二娘娘不是我母亲，我要问师父生身母亲在于何处，说小徒知晓。""要知母亲下落，到头山门内，去问看山门香火人就知母亲明白了。"

南无观世音菩萨　阿弥陀佛

若要问明生身母，再将下卷宣分明。

第 二 卷

若要知母亲，问了香火老人就可知道便了也。

问我寿年六十九，看管山门四十春。

江流见说此番话，磕头求恳老僧人。

你今在此经年远，必然知我母娘亲。

快快指点分明白，万事全休总不论。

若然半言来推托，我今撞死在山门。

道人唬得心惊怕，从头至尾说分明。

你今要问生身母，朱砂匣内看虚真。

且说香火指头往上一指："你娘亲在门上。"诸公啊，香火人说，江流和尚定道亲娘蹲在山门上，啊要饿杀只个介。此时，江流细看山门，只有红匣一只。江流一唬，那落介定因："母亲死在山门上面，阿时骨头拉尕匣中不要管，待我去拿梯来，拿个匣子下来一看，便知明白。"难末，江流和尚拿了梯，摆好，上去一看，红匣钉丁上边，哪里拨得落。又取了铁锹撬，一揭开一看，匣中只有血书在内，并无母亲也。

江流见了朱砂匣，钉在山门上面存。

只见朱砂匣一个,何存看见母亲身?
开了匣儿细细看,血书写得甚分明。
上写海州弘农县,离乡十里聚贤村。
父是状元陈光瑞,母是殷三小姐身。
奉旨上任洪州为太守,过江遇着不良人。
父亲死在长江内,逼迫娘亲结做亲。
假冒光瑞来上任,贪财爱宝害良民。
怀胎十月前夫主,生下孩儿小舍人。
刘洪要害孩儿命,你娘无计救儿身。
幸亏张公来商议,将银买匣转衙门。
将儿放在朱砂匣,送入洪江浪里存。
左脚小指缺一只,江流明字我儿身。
倘若有人来救去,金银三十算劳心。
江流看罢哀哀哭,山门哭倒众人惊。
一寺僧人多来看,此番惹出祸来临。

且宣江流和尚却不是凡僧,此一哭,所以将山门哭坍,惊动合寺僧人,多走出来,不知什么响亮。谁知山门被江流哭倒。寺中和尚尽是肉眼,哪晓得江流是佛转世。惟有当家心里明白,不与他计较。那众僧看了,也须惊呆了,又惊动诸佛菩萨也。

三世如来一切佛,诸尊菩萨尽伤心。
五百罗汉皆恐泣,千贤万圣痛哀矜。
四大天王心烦恼,惊动寺中众僧闻。
毁骂江流无道理,如今急速起山门。

且宣寺内众僧一齐喧嚷道:"如今山门被你哭倒,快去化缘修造。"那江流眼泪汪汪,听得众僧如此说话,心里想道:"正好趁此化缘,寻着母亲,倒也使得。"就将血书藏过身边,取红匣放入观音佛橱内面,此进方丈拜见。师父总不阻隔,明知此事有一段磨难,就与你缘簿云,说明一番。江流不带盘费,随缘落座,夜宿早行,到洪州化缘三百两不提。且说殷开山丞相,回朝与老夫人谈及女儿:"配与陈光瑞为妻之后,已有十七年载难得见面。目下新靠进来两房家人,名叫殷龙殷虎,倒不如差二人前去,望望女儿安否,可闻夫人意下如何?"难末老夫人说:"把不能够有了。"只一句说话,说道着实,就此吩咐,买些礼物,差二人前去望望小姐女夫便了。

　　二帝太宗李世民,殷开护国助明君。

　　殷三小姐配与陈光瑞,现在洪州治万民。

　　殷开山丞相思忆亲生女,差下殷龙殷虎身。

　　二人奉了太师命,就取礼物出衙门。

　　出了王城休细表,来到洪州太府门。

　　驿承官使前来接,急忙进府送公文。

　　家人拜见陈光瑞,刘洪问起忽然惊。

　　亏得二人新靠进,未存认得姓陈人。

　　刘洪此刻心才定,不敢开言说假真。

　　且说殷龙、殷虎同了驿官书并物件拜见,刘洪大吃一惊,拆书一看,难末哉,此替世利总要说破个哉。且问其二人来历,探其消息。二人却是新进的,然后少可放心。吩咐驿官回衙理事,将岳丈送来物件收进,一同进去。倘若二人进去,恐怕夫人通知,走漏风声,故而行行步步不离。那时二人见过了小姐，磕头罢，直头起来，将太师老夫人言话细细说了一遍，再将物送上。此刻小姐泪落如珠，无言可对。二人看了这般光景，不解其详，定然父母情重，所以落眼泪个。乃刘洪明知其意，劝解不住，说道："夫人此时不必悲泪，我将来或是引见，或是庆寿，同你上京，会会岳丈岳母便了。"即便吩咐厨房备酒席，款待二人花厅饮酒。乃时刘洪同夫人劝解一番，请她写回书是要紧。多备些礼物回去，多多拜上令尊二大人。差来安童，送些盘费回家。刘洪说："夫人过其日后我同你会会双亲便了。"

　　刘洪相请殷小姐，速写回书拜二亲。
　　小姐此时无可奈，手执羊毛笔一根。
　　上写女夫陈光瑞，奴奴就是满堂春。
　　今在洪州为太守，治民如水一般能。
　　万民安乐年时好，告禀爹娘莫挂心。
　　信内物件多收毕，多多拜上父母恩。
　　何时再得重相会，有如枯木再逢春。
　　前言不尽来拜上，亲爹亲母看分明。
　　回书写得多定当，盘费物件与金银。
　　给付殷龙并殷虎，辞别行程转家门。
　　回书交付殷丞相，细说夫妻安乐身。
　　殷相夫妻心欢喜，不消挂念女儿身。
　　去一头来讲一处，再说光瑞母亲身。
　　又说店家王小二，夫妻半夜话谈论。

　　且说光瑞母亲张氏院君，想道："孩儿上任去，说就来领我，哪里晓得其中有许多磨难。"院君盘费尽用，院君看看也无人来接领，心中好苦。店小二无福气沾恩，看老亲娘举目无亲，不言不语，十分怠慢，说航船不载无钱客，饭店岂有舍救人。乃时将老亲娘直头赶出在外，无以为活，只得街坊求乞度日，啼啼哭哭，哭得眼目齐瞎，竟入孤老院中而去也。

光瑞母亲张妈妈，繁华店内暂安身。
能带盘费多用尽，此时举目并无亲。
逗欠饭钱无底物，身边零钞又无存。
只说暂住一二月，如今已过几年春。
却被小二来赶出，沿街求乞度朝昏。
儿子做官娘讨饭，张氏院君苦十分。
孤老院中安身住，朝求暮讨过光阴。
访来访去无音信，儿今一去就忘恩。
只想孩儿并媳妇，终朝思忆泪纷纷。
现在洪州贪快活，忘了亲娘养育恩。
忆儿忆得肝肠断，望儿望得眼睛昏。
朝朝夜夜来啼哭，哭得两眼不分明。
暂抛张氏思儿苦，卷中再宣一桩情。
仍说小僧江流子，洪州城内化山门。
募化山门三百两，山门修造一齐新。
七卷莲经写六卷，外有一卷未完成。
洪川募化已三载，不见殷三小姐身。

且说江流子到洪州府四门募化，无非别样，一心要想写着母亲名字。谁知七卷《莲经》已经写其六卷，至今也写不着母亲名姓，不知在于何处，心中甚是烦恼，不免且往府前去化化看如何。恰正撞着刘洪出来已，吆五喝六，威威武武摆了道则出来。乃江流跪在一边,手执缘簿,肩挑云板。刘洪在轿内观,心中一惊。刘洪心中暗想:"这也奇怪,忽然见只小和尚,为何心中一跳,必有蹊跷。"刘洪吩咐住轿,问左右:"方才街上跪了这个小和尚,在此做什么?"差人禀道:"老爷,此僧募化《莲经》,已经三载。"刘洪道:"叫他上来。"乃时手下急忙带提小和尚跪禀。刘洪问道:"和尚,你在做什么?住在哪方寺院?细细说来,若有胡言,重重处死。"江流道:"大老爷,小僧住在金山寺内,化缘在此。"刘洪道:"你要化缘做什么?"江流道:"大老爷,只因哭坍金山寺山门,众僧不服,要我化缘修造好山门,所以在此募化。蒙大老爷僧来看佛面。"刘洪道:"十足胡言!你莫非是个妖僧,山门如何哭得坍的?你快快从实说来,如若含糊而不明,就吩咐取夹棍侍候。"该诸公啊,刘洪盘问起来小和尚怎么哭得坍,未存经过官府,被刘洪一惊,细将父母冤仇始末根由说出,故而哭起来,谁知此官就是对头的仇人。刘洪喝道:"小僧一派胡言,在此搅乱街坊。扯下去,选头号头板子过来,重打二十,带进收监,回衙定夺。"江流此时投入天罗地网,牢中受苦。

　　洪州三载化《莲经》[①],今日谁知遇恶人。

　　正遇府前来募化,冤家撞着对头人。

　　刘洪摆道上省去,见一端严兖道僧。

　　喝骂僧人住何处,妖言惑众化《莲经》。

　　江流慌忙回言答,老爷听吾诉冤情。

---

① "莲经"原作"莲灯",据前文改。

父亲杀死长江内,母亲逼迫伴强人。
我今出家金山寺,特来募化造山门。
要化白银三百两,乞求喜舍这桩情。
刘洪知觉冤家到,想来必是祸殃根。
喝叫军兵与皂快,妖僧快打二十大毛板。
皮开肉来鲜血出,不问情由推入监。
代我上省回衙转,重重处死放心开。
慢表刘洪上省去,且宣合府闻知尽惊呆。
张公传进私衙内,夫人见说卓然惊。
夜梦亲儿落了发,又见亲夫活转来。
说起和尚真奇怪,要到监中看一番。
倘然正是亲生子,放救回山理应该。
若得陈门不绝代,与父报仇天赐来。

且说一个和尚受苦,殷三小姐知道,要见查监,探斥其情。吩咐张公先到监门,通信禁班知道,奶奶要来查问,各各当心。禁班道:"我在监门,未曾听见有啥奶奶查监。"张公又道:"老爷上省去吩咐,只出去的慢来。"

张公通信归内室,老头禁子忽然惊。
吾在监门年数远,未曾听见奶奶查监话先先。
罪人刑具多上好,探枷出笼要铜钱。
脚镣手扭家生好,监中一一尽周全。
按下牢中禁子话,回说张公进内边。
回进私衙说一遍,夫人忙把动金莲。

且说张公前番救了江流,此番亦要他救江流,和尚的大恩之人。张公领了奶奶走近监门,禁班将罪人重刑恰上道言未了:"张公、奶奶,不知奶奶到来,有失远近,望乞恕罪。"那夫人吩咐不得喧嚷,看看左右也无别人:"吾今到监,只因有一僧人,梦中知道,可有僧人在监?"禁子说:"奶奶,有的。"夫人:"在那哪里一间?"难末禁子领了奶奶,指着道:"奶奶,这是重刑,就是老爷回来是要问罪的。"夫人将小和尚细细能一看,泪如泉涌,勉强问他几句。

夫人吩咐休喧闹,特来查看到监门。
闻知有个小和尚,金山大寺共皆闻。
夜梦此僧非凡辈,故此前来问事因。
僧道处处皆募化,何得此地不通情。
禁班答应前引路,牵出和尚见夫人。
夫人细细来观看,此僧容貌不非轻。
完像我夫陈光瑞,声音动静一般能。
夫人仔细来思想,此间不好话谈论。
唯有暗泪喉中咽,恐其泄漏走风声。
和尚只是来救命,此番不好诉里情。

且说江流只是求救,本来满怀冤情,窃恐诉差,所以此刻不敢说起冤屈,只得求夫人救命。夫人道:"禁班,我想此僧必有缘故,我带到私衙考究一番,便知明白,再作道理。"禁班说:"奶奶之言有理。"随即放落脚镣手杻,送到私衙。夫人吩咐禁子:"回去后有重赏。""是。"禁子心里想:"这个重犯不可轻忽,然而叫俗言说,在他门下过,怎敢不低头。"不说禁子之言,且说夫人吩咐张公,拿和尚香汤沐浴,然后与他素斋,款待一席,我来问也。

夫人当下来吩咐,张公院子听事因。

昔年是你送出去，今日是你领进门。

引领此僧私衙去，待我考究问里情。

与他香汤并沐浴，备其素饭就斋僧。

且说江流香汤沐浴过，则去吃素斋，哪里吃得下，几日也弗曾好好能吃一顿饭哉。况且腿上打得这般厉害，所以蒙奶奶意思，只好少可吃口罢。难末张公领到奶奶面前，奶奶吩咐坐下，说道："小和尚，此地无人之处，你有甚冤情，细细说来，我好替你出罪。若得老爷回来，只怕性命难逃。"江流听说本来不差，今时不说待等几时，想来奶奶自然比老爷的心好点。奶奶便问：

"你住哪州并乃县，几年几月几时生？

爹娘姓甚名何氏，因何做了出家人？"

和尚此刻将情诉，奶奶在上听原因。

家住海州弘农县，离城十里聚贤村。

父亲就叫陈光瑞，母是殷三小姐身。

问我姓来没有姓，问我名来没有名。

乳名叫做江流子，僧名叫做伞来僧。

父亲杀死长江内，母亲落难伴强人。

朱红匣子生身母，血书写的甚分明。

为因哭倒金山寺，特来此处化山门。

七卷莲经写六卷，不见殷三小姐身。

只为寻娘遭落难，感蒙奶奶大恩人。

夫人听了这番话，顷刻眼泪落纷纷。暗想：

今日孩儿来相会，此时怎好说真情？

就把真情来说出，恐防泄漏害残生。

低声说与江流道,付银百两造山门。

夫人道:

"我今问你金山寺,寺中共有几多僧?"

江流回得奶奶晓,"连我江流五百僧。"

"你今先往金山寺,我今即刻到来临。"

江流领银来拜别,来到金山寺内存。

且说江流和尚真在因无人之处,细把真情说了一遍,内中谁知奶奶就是亲生之母,此刻舍银一百,想来奶奶是个软心肠人,所以舍银一百,哪里晓得其中缘故。江流拿了银子,回到寺中慢提。母亲总无消息,如何也。且喜老爷不在衙门,如鱼脱网,似鸟离笼。休表鸟无出笼、脱钓、网穿之欢,且把金山寺择日动工起造山门,免受众僧之气。不多几日,将银造好山门不提。再宣夫人晓得和尚是亲儿,只好算得七成帐,晓得乃落介,因有外傍有假。诸公吓,奶奶只为此僧观看脚指头暗记,所以弗能十分相信中,疑虑必要到金山寺内,烧香舍素,借因其事,验明脚指,才好办事申冤。此言慢表。且把夫人吩咐张公拿十两银子,赏与禁子,说道:"和尚奶奶审过一番,本来冤枉,将和尚放去。倘若老爷回来,提起小和尚,要回报得干净,相的正,说:奶奶审过,是冤枉个,就放去。后来还有重赏。"张公道:"晓得。"把银子送与禁班,便将奶奶吩咐之言,细细言明此事。禁班道:"多时弗晓得,奶奶倒有点软心肠个。叫得人钱财与人消灾,不要管他,大家做好事罢。"禁子道:"替我谢谢。老爷回来,我自有回报清洁,不要管啥奶奶之事。"作别回身,那张公回复夫人知道。此话少表。再说夫人假病在床沉重,将荷叶洗面煎水，洗了几日，登时面像装金一般黄悴。

　　夫人只忆亲儿子，看看憔悴减精神。
　　假病在床已数日，刘洪回转府衙门。
　　六房书手忙迎接，不见夫人为何因？
　　刘洪哪晓其中意，谁知诈病卧床存。
　　刘洪慌忙问使女，使女回言病重身。
　　老爷上省回来日，夫人茶饭未曾吞。
　　刘洪忙进房中问，可曾服药问灵神。
　　连喊数声不答应，夫人只算不知闻。

且说刘洪问知夫人有病，心慌意乱，所以小和尚这件事情无人提起，只顾叫喊夫人。夫人将乱语狂言，唬刘洪魂飞魄散。夫人只说："服药无效，问卜无灵，要你性命，神佛不能容情。"诸公啊，俗言说唬老公势头，况且刘洪贪色之徒，乃落介谋官盗印，占此殷三小姐为妻，岂不是贪色之徒？夫人明知进房，所以装得来。轻言低语，慢慢反转身来，心中有惊有喜，惊的恐其走漏消息，喜的此番连捏造几句说话。夫人道："老爷回来了，方才我朦胧之中问我，你哪里晓得我病体，只是烧纸服药无灵。只因十年前过海遇着风浪，许下心愿，现今催讨便了。"

　　刘洪急忙问夫人，愿许何处何庙庵？
　　夫人即便忙回答，许在金山寺内存。
　　僧鞋僧袜并僧帽，忽倏之门十七春。
　　不然却是多弗信，前日三更梦有因。
　　得其一梦正奇怪，寺中差一个伽蓝讨愿心。

说道：

"有个和尚将缘化,被夫屈打好伤心。
小僧收在监牢内,亦是金山寺内僧。
若不完愿将僧放,此番断送我命难存。
我还不信僧人放,登时身体起昏沉。"
假做一番感应话,吓得强徒汗临身。

且说夫人说话,句句吓洪强盗,无非逼他速急备办还愿的意思。刘洪又道:"但不知夫人,寺中僧人知数多少?"夫人道:"有数的,五百个,各要五百双便有。"难末刘洪一想,自古道:夫妻有福同享,有祸同当,这过些些小事,有何难处。"且请夫人不必忧虑,待我升堂,立刻吩咐,叫地方限定五日内,须要齐备完成,再将小僧释放回寺。"夫人又道:"老爷,我已审过,他说冤枉,我就放去不可带紧便了。"刘洪道:"放了僧人有何碍,休将此事挂肝心。"

僧人放去多休说,只讲许愿一章情。
夫人又乃将言说,十几年前许愿心。
光瑞与奴来上任,洪江风浪大吃惊。
当时亲许金山寺,僧鞋僧袜进山门。
还要僧帽来施舍,办饭供斋五百僧。
夜梦伽蓝来催讨,说起金山忽然惊。
若弗还愿休想活,奴奴即刻命归阴。
刘洪见说忙回答,且请夫人放了心。
代我一一俱齐备,速到金山了愿心。
刘洪即便升堂坐,吩咐工房吏典人。
着落地方并保甲,限了五日要完成。
金银油米并柴草,如若迟延问罪名。

府堂出票如火速,该图方长尽遭瘟。
不消几日俱齐备,一切送进府堂尊。
刘洪香房请夫人,同到寺中了愿心。
夫人见说心烦恼,怎生回脱贼强人。
忽然生一脱身计,金山寺内有灵神。

且说夫人想了一计,道:"啊呀,老爷你是去不得的嘘。"刘洪道:"夫人,应该夫妇同去,为何我去不得?"夫人道:"老爷,奴奴既与做了夫嫁,谁不是花烛上夫妻,只好瞒了凡人,怎能瞒得神明佛道?况且大寺院里四大金刚,擎棒执剑,专杀凶要恶等人。你若到彼,恐遭大劫即刻。"诸公啊,俗言说的,莫听妇人之言。凡为女个,是多会骗人点个,但是世上等人,偏偏要听娘娘说话,必多烦劳。闲话少表,且说刘洪速乃听了夫人,十分相信十年于外着意的话便了。

刘洪听说哈哈笑,夫人说得不差分。
从来未说知心话,今日原来说出真。
只见夫人才高广,恐为不美我临身。
即刻吩咐从人备轿马,不可耽搁便行程。

又说刘洪吩咐各各当心,香斋、供饭、鞋袜一齐搬到船上完备,请夫人登轿。出了衙门,呼吆喝六,抬到船边,出轿登舟,刘洪回进衙门便了。吩咐服侍夫人,需要小心已毕,回进衙门不提。

刘洪听了夫人话,唬得心头忐忑能。
善恶到头总要报,丝毫不错半毛分。
想着自己心上事,举头三尺有神明。
强徒做了亏心事,不敢金山见世尊。

从人皂快并使女,伏侍夫人了愿心。
起程望往金山寺,筛锣放炮向前行。
登舟一路滔滔去,顺风顺水过江心。
看看来到金山寺,歇船带揽闹淫淫。
夫人即便来吩咐,衙役人等船上存。
不可上岸来入寺,从人哪敢不依遵。

且说夫人吩咐,衙役人等,不得上岸入寺斋僧。非此别事,内中夫人恐防泄漏风声的意思,故而只带亲信一个上岸,来到山门,火速进殿也。

夫人移步朝前走,使女即便后头跟。
夫人走到客堂上,方丈闻知接夫人。
便叫奶奶身坐定,香茗即便送夫人。
奶奶即便开言说,当家住持听分明。
今到宝刹非别事,了愿消魔又斋僧。
货物东西在船上,差僧一一快拿来。

又说夫人吩咐当家方丈一一知道。主持吩咐香火、徒子徒孙,将奶奶船上,扛掮搬拿,鞋袜僧帽并柴米油盐,多少一齐搬到寺中。众僧不多片刻,船中货物搬到。夫人道:"柴米油等搬进厨房,斋众僧的。所以有僧鞋袜帽,烧水洗足穿的。"当家住持和尚又吩咐撞钟,烧热水,众僧务要拜了奶奶,亲眼洗足穿鞋的。住持晓得,明知奶奶此事吩咐已毕。忙忙碌碌,撞钟烧水一时忙得极了。

夫人行到天王殿,礼拜莲台佛世尊。
拜罢了时抽身起,众僧逐一进山门。
热水脚盆俱完备,奶奶吩咐众僧闻。

洗一僧来穿一付,特来施舍众僧人。
听得此言心惧怕,奶奶此话不分明。
不是斋僧并布施,必然要害灭山门。
洗脚穿鞋非小可,太师知道命难存。
众僧乃晓其中意,吓呆足有半时辰。
奶奶吩咐不妨事,只为十七年前许愿心。
乃时只得将身拜,拜了夫人大善心。
僧人从了夫人命,洗脚穿鞋不住停。
尽是方丈亲眼见,不见孩儿少指僧。

且说夫人见众僧几百,不见少指小僧,心中不悦,问道:"你们还有多少在哪里?"方丈道:"夫人,内中有的不在寺内,在山樵柴。又有净山,所以在外。"吩咐再去撞钟,急撞三声,听见了发梆撞钟,飞奔回来,跑得来,上气不接下气,气喘呼呼。还有几个跑得脚坏手搭,拐脚烂膀。几个生疮,本不好意思出去,奶奶听见,吩咐总要一齐到个,所以落只后哉,只得放些葱豆菊花等物煎汤,解解臭气,即刻穿着鞋袜。不见缺指小僧。夫人又对住持说道:"我来非为别件,要见骨肉亲儿。如今不见,十分悲泪便了。"

撑拐老弱僧一众,丑执般般太不同。
穿著四百九十九,要见亲儿应无踪。

说:"寺中和尚鞋袜尽里哉!"

夫人烦恼双流泪,骨肉今朝难会见。
无人替报冤情事,我今定要赴黄泉。
此来非为别件事,寻儿做个报仇人。
今日算来无好处,投入洪江大中心。

寻见丈夫陈光瑞,立起身来向外行。

众僧见说慌张了,奶奶你且放宽心。

禅堂还有江流子,未知可是你儿身。

听说此言身暂定,揩干眼泪问一身。

若有僧人忙唤出,住持回言听原因。

他今课诵未完卷,经卷诵完就来临。

且说传了江流知道,乃知奶奶是亲生之母,只因前日在洪州受了如此糟蹋,江流所以不好意思出去。却被香火人催得紧急,无奈走到殿上,见了奶奶,参见叩头,说道:"小僧因诵经未完,不曾迎接,多谢①奶奶救命之恩。"夫人问:"前日府衙中舍银一百两,可是有的,江流?"江流道:"有的,多谢奶奶。如今山门造好。"奶奶说:"些些小事,如今众多僧人着好鞋袜,你与我穿着袜。"和尚不知奶奶就是亲生②之母,只得告言道:"奶奶,小僧只为缺只左脚小指,僧众看见笑我话柄。代我取内面去着罢。"夫人听了这句话,眼泪已经落出来哉,说:"此乃父母遗体,怎好取笑。快快洗足穿鞋。"江流即刻洗脚。夫人细看左脚,缺一小指,此正是我亲儿只个。夫人放声大哭:"儿啊,自从月内分离我儿,已经十八春了。今日母子相逢,胜是枯木逢春,古镜重磨一般。儿啊,快须速速去见外公,与父报仇,不枉亲娘一场辛苦。"此刻江流方才晓得就是母亲便了。

江流启禀拜夫人,鞋袜将来把我门。

---

① "多谢"二字原无,据文意补。
② "生"字原无,据文意补。

左脚指头缺一只,众僧不晓这桩情。
若在人前来洗脚,却被众僧作话文。
奶奶知情见了实,抱定孩儿大放声。
父是状元遭大难,你身遗在腹中存。
生下你来一个月,强徒要杀我儿身。
我就放你朱红匣,送到洪江浪内存。
谁想我儿该有命,蒙师扶养得为僧。
今朝母子重相会,古镜重磨月再明。
江流知悉亲生母,低头下拜泪纷纷。
十月怀胎娘辛苦,儿今学道报娘恩。
父亲伤在长江内,飘荡孤魂十八春。
儿若不把仇来报,枉在阳间世上人。
夫人叮嘱江流子,先见婆婆年老人。
张氏年交六十八,繁华店内歇安身。
店主海门县内王小二,未知存亡可安宁。
一对金环分两处,今将一只付儿身。
寻着婆婆张妈妈,一样金环就是真。
乃时再到京中去,我父殷开护驾臣。
当朝一品为宰相,太宗皇帝两姊亲。
我有家书付与你,送到京上相府门。
拜上殷丞外公府,兴兵点将捉强人。
与你白银五十两,晓行夜宿用当心。
早望我儿京中去,报了夫仇称我心。
江流一一多知道,劝母总要放宽心。

夫人道:

"快快早到京中去,娘亲仍去伴强人。"

慢说母子千般话,夫人吩咐寺中僧。

此时夫人对住持道:"此时众僧香火等情,吩咐不可走漏风声,传扬出去,被强盗得知,非同小可。"乃当家吩咐众僧:"此事泄漏风声,切不可。被强徒知道,我等金山寺难保。"众僧道:"再也不敢。"此时分离作别,出了山门送母亲。众僧送夫人,谢恩叩头已毕,下船各各回寺。再说江流送母开船而去,又到寺中拜别师父,此去不知几时回来。又众僧作别。住持吩咐几句,一言交代。江流即刻起程,小小行李,拿了忙忙就走便了。

夫人原到洪州不必说,江流和尚上东京。

海门县界来经过,寻问婆婆张院君。

东切访来西又问,不知问道啥时辰。

住表江流访问事,且宣婆婆张院君。

且说张氏院君,却是状元知府亲母,为何流落在此,受尽苦难。暂停饭店二三月,谁知一隔十八年,再也不见状元差人来接去同享荣华。乃知内中有一番周折之难,然而去乃里打听得着便了。

张氏院君县衙访,并无消息半毫分。

叫冤衙役说不孝,做了沿门求乞人。

说乃王小二看见张院君吃尽盘费,无人接去,店也吃坍,将她赶出。无有为活,无奈只得求乞在街坊,已经十八年了,住说求讨。且言江流忽然问到王小二店中去寻,道:"店家,问你店内可有张氏妈妈?"酒保说道:"十七年前,有个状元知府,名叫陈光瑞的母亲,叫做张氏老太太,住在饭店。想来知府大人一家凶多吉少,杳无音信。店家王小二吃完,院君无奈,只得求乞度日,终日思想儿媳,哭得两眼无光。如今在孤老院中。"小和尚听见,说一声:"是我亲婆婆!"酒保听了,甚是惊然,为人老来无子,贫苦楚愁,伤不忍闻了。

　　江流作别便抽身,问访婆婆年老人。
　　慢提江流和尚坊街问,且宣婆婆老夫人。
　　张氏婆婆街坊讨,朝求暮讨过光阴。
　　思想我儿陈光瑞,双目无光不见人。
　　夜宿碍镇孤老院,三桩异梦好惊人。
　　一梦云遮秋夜月,二梦花枯树断根。
　　三梦重磨明古镜,醒来不觉又天明。
　　婆婆正在烦恼处,且说慈悲观世音。
　　化作先生来圆梦,告言婆婆听原因。
　　一梦云遮秋夜月,你儿被害在江心。
　　二梦花枯并树断,可怜媳妇伴强人。
　　三梦重磨明古镜,且喜孙儿寻你身。
　　先生化道清风去,婆婆哭得眼睛昏。
　　只骂孩儿并媳妇,负义忘恩背母亲。
　　婆婆哭得伤心处,江流和尚问来临。
　　可是婆婆张妈妈?张氏听了卓然惊。
　　一把扯住西洒不肯放,不由分说骂连声。
　　只道孩儿陈光瑞,面上巴掌打不停。
　　逆子离娘十八载,有何面目见娘亲?
　　掐咬俱全心内恨,鲜血淋淋不认真。

江流被打倒好笑,婆婆何苦打吾身?
我是金山小和尚,你今口内骂何人?
妈妈全然不肯信,还骂孩儿哄我身。
把手将头摸一摸,果是光头年少僧。
张氏妈妈将言说,为甚孩儿做了僧?
江流说与婆婆道,我父光瑞死江心。
我母满堂春小姐,强人占去做夫人。
光瑞就是婆亲子,殷三小姐媳妇身。
生下吾来未满月,强徒要绝我们根。
母亲将儿放在朱红匣,徉到金山做了僧。
我今年纪十八岁,特来寻见老年身。
再到东京外公府,兴兵要捉贼强人。
婆婆细细盘问到,抱定孙儿大放声。
自我老身命该薄,可怜媳妇伴强人。
且喜孙儿来见面,犹如光瑞再重生。

且宣江流和尚说道:"婆婆啊,孙儿临行,母亲嘱咐我八宝金环一对,说道婆婆也有一只。倘然寻着了婆婆,将环凑对为真。"乃张氏说道:"孙儿啊,婆婆受苦,不肯将环换脱,日后好作对证。今日如此,即在要问,取出金环成对。"江流就跪在地中:

"江流祷告天和地,拜求佛力与神明。
助我婆婆眼重明,身安体健过光阴。"
祝罢已毕将舌舔,动了佛天观世音。
左眼舔了右眼舔,顷刻两眼又重明。

且说江流子将婆婆眼睛舔了几舔,登时重明。各公啊,就叫"孝感动天"。乃时,婆孙二人欢天喜地,二人又拜谢虚空,又谢孤老县中一切人等。将婆婆仍送到王小二店中,江流吩咐店家:"我有白银十两付你,将我吾婆婆好生看待。我别处去哉,去一去就来迎接婆婆便了。"

　　此番店主得了奇闻缘何故,只得诺诺应连声。
　　张氏八宝金环不肯费,母子表记见分明。
　　凑成一对无差误,不然怎辨假和真。
　　江流拜谢天和地,舌舔婆婆两眼明。
　　谢了县中人一众,仍送王家店内存。
　　付出白银一十两,店主一闻卓然惊。
　　岂知十七年前事,今日相逢是异闻。
　　店官跪在尘埃地,拜迎妈妈进厅门。
　　不说张氏逢好处,再表江流赶路行。
　　夜宿早行多日久,登山涉水费辛勤。
　　每日三餐休细说,赶到东京一座城。
　　走进东京城一座,看看红日落西沉。
　　白马寺中借歇宿,就问殷开相府门。
　　众僧说与江流道,开山殷府广斋僧。
　　每月初一并十五,四方僧道尽来临。
　　香斋茶饭多齐正,每位青钱六十文。
　　四个馒头并寿面,斋其半载到如今。
　　江流见说心欢喜,专等来朝进府门。
　　恰遇明晨初一日,不可错过善良辰。
　　夜间乃得安稳睡,天明早早各抽身。
　　进到开山殷相府,果然府内广斋僧。

江流也到高厅上，次第挑行已百僧。
　　　持诵茶怀经一卷，香斋供佛甚殷勤。
　　　每位衬钱六十文，馒头四个重三斤。
　　　果品点心长寿面，众僧吃罢谢抽身。
　　　独有江流身不动，呆呆坐下不抽身。
　　　开山丞相心疑惑，便问小僧为人情。

且宣殷府斋僧，众僧齐散，独有江流不去。殷开山便问："小和尚，馒头四个，衬钱六十，可存收了？"江流答道："多蒙丞相恩舍，但是有的。"乃时殷丞相怒道："你好大胆，不知法度的和尚。目今红日已经西沉，因何不去？"江流禀道："非是别样，只因洪州满堂小姐带得家书在此，且到后堂，请老太太出来相见，开书请看。"乃丞相听得两句言语话，登时回嗔作喜："有何书信？此事老夫人不知，小和尚随我进内。"见了老太太，和尚参见太太，双手将书送与丞相，说道："外公请看。"乃殷丞相即书一看，倒觉惊然了。

　　　江流即是仝来僧，说与开山丞相听。
　　　洪州满堂春小姐，传书寄信到来临。
　　　须到后堂好说话，太太相见诉哀情。
　　　开山见说称奇异，口不开言自忖论。
　　　女夫有啥蹊跷事，和尚传书上我门。
　　　便叫小僧归内室，太太便问小僧身。
　　　江流即便忙下拜，躬身四拜外公身。
　　　拜罢外公并外母，殷开山夫妇卓然惊。
　　　女夫女儿无主意，外甥舍与出家人。
　　　上写满堂春小姐，舍羞泣血拜双亲。

将奴嫁与陈光瑞，敕授洪州知府身。
来到洪江交半夜，江心遇着恶强人。
刘洪李彪为强盗，带领强徒数十名。
先杀家人并使女，后杀光瑞丈夫身。
占我为妻同上任，李彪倒做指挥身。
光瑞有孕三个月，后来生下此儿身。
刘洪就要将儿杀，母亲哀告救儿身。
嗣后刘洪接察院，放在朱红匣内存。
长江徛到金山寺，陈门不绝这宗根。
此事宗然天护佑，披剃为僧十八春。
我有血书写明白，左脚缺指写分明。
难得此僧重相会，说出根由滋味情。
伏望外公生慈怒，兴兵点将捉强人。
殷相看书心大怒，跳断红靴脚后跟。
只道女夫为官好，世间少有只姻亲。
太太见说嚎啕哭，合门大小泪盈盈。
开山说与江流道，外甥不必挂忧心。
明晨奏与唐天子，领兵自去捉强徒。

且宣殷丞相，到了来日清晨，奏上太宗皇帝知道。皇帝准奏，皇开金口，即召江流和尚进朝拜见君皇。各公啊，平民百姓哪有处见万岁？这个是状元之子，况且依只亲眷是宰相外甥之亲，所以江流即刻入朝见圣。见有黄门官引进，俯伏金阶。皇开金口："你就是江流和尚？细将冤枉情由奏来！"此刻和尚将父亲遭难事情乘机奏上。如今文武官员听了，无有一个不下泪。乃天子敕令："殷丞相领兵六万，拿捉强徒,与国除恶,与父报仇。即日起兵,不得迟延。意从水路进兵,直抵洪州。"君王御赐法名唐三藏,国号又名唐僧。殷丞相同了唐僧谢恩,就退出朝回衙,然后领兵径往洪州去了。

开山丞相奏明君,拜圣三呼奏事因。
太宗皇帝准依奏,敕文一道召明僧。
江流俯伏金阶下,生成相貌不非轻。
言词对答如流水,三教经书般般能。
君皇见了龙颜悦,敕封三藏法师称。
如今赐号唐三藏,报仇为转再加封。
就差太师殷丞相,活捉仇人祭父亲。
太师立刻兴人马,唐僧即刻谢皇恩。
大发精兵共六万,辞别君皇就出京。
水陆并行来得速,催兵日夜赶路程。
船过黑水洪江近,正逢日落夜黄昏。
殷相吩咐船傍岸,恰遇强徒也到临。
火箭明枪并火炮,口中只说要钱银。
强徒李彪多猛勇,跳过官船上面存。
开山丞相哈哈笑,好笑强徒不识人。
吩咐先锋忙动手,李彪即刻就遭瘟。
船内官兵齐动手,杀尽喽啰一众人。
刀砍强人头落地,枪挑劫贼堕江心。
后船接送齐傍岸,强人杀尽不留存。
船中宝贝无其数,无价黄金共白银。
殷相忙慌来吩咐,就将宝贝赏三军。

绑缚李彪来拷打,江心乐杀几年春。
诸般重刑熬不过,落船一一尽招成。
刘洪打劫数年载,指挥李彪众人闻。
同谋状元陈光瑞,占夺殷三小姐身。
刘洪相替为太守,乃时赏我指挥名。
倘若上司来拿捉,刘洪就要一同行。
掳掠金银并府库,带同妻子下江心。
供招写得多明白,冤家正遇对头人。
唐僧殷相心欢喜,天网恢恢作证明。
李彪跳到官船上,飞蛾撞火自烧身。
开山细想心中怒,要杀洪州一府人。
天明早到洪州府,小将军前报事因。

且宣蓝旗兵,先报丞相,将近洪州,清发马牌,围困洪州,杀尽满城百姓。乃时唐僧即忙对外公说:"国家以爱民为先,只应该捉刘洪强盗,不可杀害百姓。外公妆扮巡海御史,先发马牌到府去,刘洪必然来拜。"丞相闻言,心中大喜,足见外甥大才。即发马牌去报洪州去,一一依从外甥,逐一吩咐也。

李彪拷究就招成,推入囚车锁紧身。
拿住刘洪同问罪,取心滴血祭冤魂。
蓝旗通报洪州到,白旗将令去施行。
开山丞相忙传令,杀尽洪州众万民。
唐僧见说忙开口,外公行事不思寻。
洪州百姓原无罪,为甚无端害万民。
杀害良民非小可,伤天灭地损人心。

倘若刘洪逃了去，踏遍天涯无处寻。
宗要刘洪不知觉，装做巡海去施行。
刘洪必然来迎接，那时拿住去无门。
丞相依了外甥说，就做巡海御史身。
吏典当时忙传说，洪州府内下公文。
霎时摆起公和馆，后将迎接太师身。
驿丞通报陈光瑞，迎接巡江御史身。
一府官员多来到，官兵轿马振淫淫。
殷相江流舱中坐，船头吏典报原因。
洪州知府陈光瑞，带领同知通判身。
推官经历并知事，特来迎接绣衣尊。
开山举目来观看，岸上官员数十名。
乃时不好就动手，麻绳铁索响铃铃。
丞相离然忙乘轿，威风凛凛鬼神惊。
竟到公馆升堂坐，群刀御手两边分。
刘洪恶贯今当满，参见巡江御史身。

且宣殷丞相已进公馆，升堂坐定。唐僧扮作跟随，亦在旁边。众人一时哪里知道。况且众人未惊，唯有刘洪心惊肉跳，自思："如今不好了，必然仇人现报了。况且巡海恐存有劫夺意思。不要管他，且去见他，看他如何。"哪晓得十八年前事发了，刘洪再无逃脱。那丞相吩咐，速拿强盗，今要碎剐凌迟方得畅快。一面差人报知府堂小姐知道了。

丞相此刻怒生嗔，喝叫手下捉强人。
阶下军兵齐动手，顷刻捉住黑心人。
上下衣衫多剥去，只留裤子在其身。

先打四十番黄板，打得皮开肉见筋。
单绑捆来双捆缚，绳宽又用水来淋。
刘洪绑在阶台下，偷油老鼠一般能。
同知通判心惊怕，跪在阶前问是因。
洪州有甚蹊跷事，绑起堂前老夫人。
开山丞相心大怒，府县官卿尽吃惊。
江流在旁来解劝，外公息怒讲宽洪。
惟有刘洪判死罪，府县官员免罪名。
唐僧又到府衙内，拜见生身老母亲。
满堂小姐难见面，悬梁吊死命归阴。
江流放下生身母，通报开山丞相闻。
丞相心慌并意乱，来见满堂小姐身。
眼红口鼻流鲜血，气断咽喉活不成。
殷相此刻心悲切，高声痛哭女千金。
千山万水来救你，爹娘未会就丧身。
悬死一身犹自可，我今何面见夫人？
老妻只忆亲生女，眼泪巴巴望断肠。
连忙姜汤来灌下，悠悠苏醒转还阳。
开眼看见江流子，又见生身老父亲。
小姐拜下生身父，含羞带泪说原因。
奴奴失节无面目，今番有何面目见夫身？
不肖女儿少见识，将身伴了贼强人。
殷相解劝亲生女，莫把愁怀挂在心。
事到其间无可奈，现有孩儿报父恩。
刘洪李彪多捉住，碎剐凌迟风化身。

且说开山叫言:"女儿,已经捉住两个强徒,已在江中杀脱无数。此事不必悲泪,不必奏与圣上,任凭女儿决断。"小姐答道:"父亲,可请高僧府堂礼忏诵经,追荐丈夫。将刘洪当天烧化,做个照天蜡烛。把李彪斩了,破腹取出心肝五脏,待儿亲到江边祭丈夫。吾孩儿全亏张公两次相救,如今大恩之人,应该报答。"乃时丞相从女之言,一面请高僧府堂超度女婿,道场七天满日。一面即写祭表一道,同到江边拜祭光瑞魂,诸色完备便了。

　　水贼刘洪恶贯盈,照天蜡烛火来焚。
　　李彪取心来破腹,洪江滩上祭夫魂。
　　高僧写表龙宫去,上写殷三小姐身。
　　领了孩儿同在此,又同殷相众亲朋。
　　捉住刘洪烧天烛,李彪斩首取心肝。
　　祭夫魂魄陈光瑞,屈死冤魂早超生。
　　烧化祭文来下礼,哀声痛哭丈夫身。
　　龙王接表亲观看,馆中去请老先生。
　　告与恩人陈光瑞,江边妻子哭声频,
　　一十八年灾星满,命该夫妇叙欢情。
　　光瑞此时来拜别,别了龙王就起身。
　　龙宫水族齐相送,送上沙滩浅水存。
　　小姐苦告来祭奠,水中影影有人声。
　　此番小姐哀哀哭,大哭陈郎含屈身。
　　非是奴奴无烈性,只因要做报仇人。
　　守大孩儿年十八,通报爹娘老父亲。
　　捉住仇人来祭你,妻儿今日见夫魂。

夫魂慢慢来行走,带领妻儿一同行。
小姐祝告方才罢,跳入洪江浪内存。
光瑞将身来透起,上前伸手救妻身。
江流殷相吩咐救,扯起双双两个人。
光瑞一见殷丞相,将身俯伏地埃尘。
岸上众人齐看见,各人落魄失三魂。
和尚完然如天打,吓坏殷丞相一人。
夫妻抱头号大哭,说尽多年离别情。
我被强人来打死,将身推入大江心。
幸有龙王来救我,龙宫水府做先生。
目下灾星今已满,送我阳间再做人。
又喜夫妻重相会,又有孩儿岳父身。
为今只少生身母,未知死活若何能。

且说光瑞在龙①宫龙王家避难,教训学生一十八年,灾星已满,龙王送起,说:"夫妻子母团圆。"又讲一番苦情慢提。且宣殷相道:"贤婿女儿多年离别,一时难尽,且回衙门将钱发褥,待众僧回庙,再做道理是了。"殷相道:

离别苦情说不尽,且转衙门再理论。
将钱和尚发回庙,官员百姓送贺纷。

且说光瑞回衙,官员百姓听说在龙宫水府一十八年,此时透起,多道:"稀奇稀奇,难见奇闻。"故而官员百姓齐到府衙来贺喜,备宴席散,不一提起,各各官员百姓回衙转宅,俱发回去。殷相又吩咐知县,将刘洪残害良民十八年罪犯,当

---

① "龙"字原无,据文意补。

面圣。赦一应罪犯,开监放出。将张公偿他花银。各犯人尽来谢恩。张公受赏,亦来谢恩。各归家内,感恩不提。再言光瑞道:"我母亲生死未卜。"江流答道:"爹爹,孩儿奉母命,到海门访着婆婆,如今成计在王小二店中。"光瑞只道:"岳父,你同众军士先回京去,小婿先到海门候见母亲。要回家望亲戚相见,又要祭祖,将家事料理交托,然后合家上京,面见圣上、岳父母便了。"殷丞相道:"贤婿之言有理。老夫先回京去,要选一官,洪州治民要紧。等候你到京复旨便了。""晓得。"

　　翁婿作别出衙门,丞相登轿归船忙动身。
　　军士人等回朝转,众官一一送行程。
　　慢提丞相归朝事,且宣光瑞妻子身。
　　备驾登舟来得快,海门地界面前存。
　　不多数日海门到,寻见生身老母亲。
　　寻到王家饭店内,店倌迎接礼向行。
　　母子此时来相见,嚎啕大哭说原因。
　　昔日做娘曾劝你,何须苦苦望功名。
　　我儿不肯依母说,只为功名伤害身。

光瑞道:"嗳呀,母亲,孩儿只为过江被害,生身养育之恩尽皆抛离。"将身跪下,叫声:"母亲!不孝孩儿求拜母亲恕罪。""孩儿何出此言?命中所致,不必如此。"问儿媳妇在与何处。"贤妻船中等候。"光瑞登账,前后饭钱一并算清。店主送出作别,回店不提。然后同母下船,殷三小姐一见婆婆,出舱迎接,叫声:"婆婆,孩儿媳妇忤逆不孝!"张氏老太太道:"孩儿媳妇何必如此,听我道来便了。"

弃官一面归故里，吃斋念佛早修行。
光瑞妻儿依母劝，早修功德报宗亲。
今朝心喜重相会，骨肉相逢又再生。
慢说船中千般语，且表开山回帝城。
开山丞相忙吩咐，军士官员不必论。
丞相回衙不必宣，女婿到京再理论。
休表太师府内事，再提光瑞转回程。
顺风顺水无耽搁，已到弘农本县城。
吩咐定船歇马头，随时上岸到家庭。
文武各官求迎接，各归衙内理事管军民。
苍头见主归故里，即忙出外便相迎。

且说光瑞上岸到家，急忙吩咐将钱备办伙物，等回来今要拜祖扫墓。苍头领命，去备办一应俱全，回转又吩咐厨房烧煮。"是，晓得。"

厨房里面烧煮羹，祭奠焚香拜祖坟。
祭扫祖先方已毕，尽来贺喜闹淫淫。
亲族人等来见礼，香茗送过酒来临。
席上言谈亲朋问，便问光瑞任上情。
洪州知府十八载，未通信息到如今。

光瑞将被害事情说一遍，一言交代总表明。

光瑞又乃将言说，众亲听我说原因。
要将家计来料理，我今一门四口上东京。
岳丈开山专等我，等我到京奏帝闻。
亲戚细细来商议，家私交代族中存。
交代议明筵席散，众亲各各谢抽身。

光瑞送出墙门外，回厅开口说原因。
便叫母亲妻共子，如今也要上帝京。
下了舟船来得快，经有数日到东京。
定船带缆来上岸，付过船钱不必论。
赶进皇城街坊走，招头相府面前存。
一家四口归相府，同享荣华去安身。
满堂小姐归内室，拜见爹娘二大人。
郑氏太太见了亲生女，有如枯木再逢春。
与女抛离十八载，你娘刻刻挂于心。
传闻女夫遭恶死，铁树开花月再明。
父母年老花甲满，团圆筵席叙欢情。
五更三点皇登殿，整备衣冠拜圣君。
文武百官同叙会，扬尘舞道口称臣。
有事官员来启奏，无事百官出内门。
班中闪出殷丞相，启奏君皇天子闻。
臣蒙圣上洪州去，剿灭强徒得太平。
今有光瑞并家小，又同三藏共生身。
又有随行诸帅将，回朝启奏圣明君。
君皇见奏龙颜喜，亏你劳力费心勤。
敕赐锦墩对面坐，御酒三杯赐三人。
卿家清正传天下，朕封官职你们身。

且说太宗天子赐开山、光瑞、江流三人加官加职："殷丞相封为护国老太师，妻郑氏封为一品太夫人，陈光瑞封武英殿阁老，满堂春小姐封郡主娘娘，又张氏老太太封贞节夫人，江流三藏德行双全，拜了封国师，钦赐圣恩洪福大寺。

朕当朝暮参礼,听法问经。"三人谢恩退出朝门。

殷相光瑞受皇恩,执掌朝纲治万民。
独选唐僧登宝殿,拜称三藏国师称。
圣恩宝寺来居住,聚集聪明五百僧。
朕当早晚请参拜,讲法谈经无比伦。
各人就此来谢圣,退行百步出朝门。
三藏蒙赐国恩出,圣恩寺内讲三乘。
天子焚香皈命礼,六宫三院尽闻经。
佛法大兴无此赛,只为江流德行深。
五百世童为真体,三千世作出家人。
只为当初弘誓重,发愿西天去取经。
伤其九世骷髅子,火焰沙河里面存。
大众取经如何样,请开下卷听宣扬。
愿以此功德,普及与一切。
宣卷保平安,消灾增福寿。
春夏秋冬福,东南西北财。
三阳从地起,五福自天来。

第 三 卷

万善闻归一处修,酒色财气尽皆休。
解脱四般方为道,空闲时刻念弥陀。
南无□□菩萨　阿弥陀佛
修行皆是心为主,外善内恶在为修。
今日在坛宣宝卷,大众虔诚心要和。

说那大唐太宗天子登位以来,四方太平,风调雨顺,国泰民安,朝内文武尽是忠臣,闲话不提。今有本城一个姓张名成,捕鱼为活,家中老母年已八旬外,捕鱼供养慈亲。连日生意俱无,来到袁天罡仙师手中起课:生意有无。仙师便占一课,天罡曰:"你明日捉得一鱼,价值千金,你一朝发迹。你去罢,若有人问你,不可说出今朝起课之事。""晓得。"

　　张成见话心中悦,转等来朝天色明。
　　莫说张成心内喜,再言龙皇太子身。
　　泾河老龙三太子,端阳放学去闲行。
　　闯入张成丝网内,渔翁拿住走无门。
　　此鱼身体金黄色,准秤称来三十斤。
　　渔翁得鱼心上想,买鱼谁肯出千金。
　　虾兵蟹将回宫矣,启奏龙皇圣耳听。
　　太子游玩贪快乐,化作金鳞去远行。
　　却被渔翁倒捉住,此鱼定要卖千金。
　　龙皇见奏心忙乱,变作凡间秀士能。
　　一程来到天街上,抬头果见小龙身。
　　点头眨眼流鲜血,老龙苦切泪纷纷。
　　便叫渔翁来卖我,问其鱼价许多银。
　　渔翁说与官人道,此鱼正要一千金。
　　起课先生亲许我,城南下网得金鳞。
　　若无千金休要买,鱼腹明珠值万金。
　　我今拿到家中去,钢刀割腹取珠珍。
　　龙皇见说双流泪,说与渔翁听我因。
　　我把千金来付你,不要伤害此鱼身。

千两白银交付你，将鱼放入水中心。

鲤鱼得水回宫去，化作青龙去是云。

老龙便把渔翁问，起课先生是何人？

渔翁开口将言答，袁天罡是国师人。

龙皇听得心中怒，一心要斩姓袁人。

我今且到他家去，看风下堑害他人。

老龙来到袁天罡门首，就占一课，叫道："天罡，明日天宫下多少雨？你约来有多少雨？"袁天罡道："明日午时三刻下雨四十八点，水流三千里，水深三尺三寸，普济万民。酉时云开雨散，依旧天晴。"老龙道："果然有准么？""有准。""如若有准，明日当送千金与你。若有差迟，打碎招牌，赶出皇城，不许你在此起课。"二人赌咒，决不失信便了。

万古各有灵仙师，天机玄妙少人知。

阴阳皆有准，凶吉定无差。

六爻分造化，八卦定乾坤。

八卦变道天地理，六爻搜尽鬼神机。

且说老龙回转水府，即日上界圣旨已下，敕命老龙行雨，却与仙师断课毫厘不错。龙王心下思想："不如改了时辰，换了雨点，可以赶出先生出城，叫做借刀杀人。何等不美？"即改时辰，辰时起风，播了云，雷震。未时降雨，雨下四十点，水深二尺八寸，水流二千五百里。戌时云收，然后星斗交辉。

只因赌咒去改法，减雨差池害万民。

众星皆恼怒，天神尽生嗔。

启奏灵霄殿，玉皇敕旨文。

泾河老龙刻犯死，魏徵监斩丧残生。

次日,老龙依旧改装前日秀才模样,来到袁天罡家中,便骂:"妄言祸福妖人,煽惑人心。泼汉,你卦不灵,雨点皆差,时辰皆错,快出皇城,不容你在此起课。"先生曰:"我倒不差,可惜你行雨倒差了,过了时辰,减了雨点,犯了天条。天差人曹官魏徵丞相,明日午时三刻在斩龙台上斩首号令。"

先生开口说原因,我数无差件件真。

龙王无道理,减雨错时辰。

克减天庭雨,伤损害良民。

现犯天条难解救,魏徵监斩命归阴。

龙王见说,吓得魂飞魄散,慌忙跪下告言:"先生,我就是龙王,只因与先生开口,捏改天庭敕令,谁知弄假成真,犯了天条。伏望先生救我一命,后当报答。"天罡曰:"你今要救,须去哀告当今天子,方可有救。只消特旨召魏徵进宫,过了时辰,方保无事。"老龙叩谢回宫,即将夜明珠一颗、碧玉带一条、温凉扇一把,交至三更时分,亲自朝见太宗皇帝万岁也。

老龙朝见圣明君,罪犯迷天不放松。

太宗正在三更梦,梦见龙王叫救人。

臣因行雨来差错,监斩官员是魏徵。

我王救活残生命,子子孙孙保你恩。

太宗梦见回言答,说与龙王且放心。

天差魏徵来斩你,朕躬保你不伤身。

明日若还不救你,寡人替你丧残生。

太宗惊醒龙床上,宝贝明珠还在身。

五更三点王登殿,聚集班僚武共文。

受了龙王金珠宝,朕今须要救龙身。
文武君臣班来退,独选魏徵进殿门。
随驾进宫来赐座,弈棋相伴圣明君。
魏徵不敢来推阻,棋局躬身对圣人。
约近午时三刻到,魏徵恍惚少神思。
太宗相救龙王命,特召魏徵一个人。
挨过恶时无妨事,不枉龙王求救心。
午时三刻看看过,魏徵梦醒拜明君。
臣奉玉皇来敕旨,午时三刻斩龙身。
斩了老龙方梦醒,望王宽恕老臣身。
龙头现在朝门外,号令昭彰众万民。
君皇见奏亲来看,观见龙首心内惊。
三更梦内来求救,朕躬许救老龙身。
启召魏徵棋众对,不知一梦斩龙君。
三件宝贝依然在,谁是龙君来丧身。
太宗观见龙头后,神思恍惚减精神。

说那老龙,自斩之后,灵魂来到阴司阎王殿前告:"那当今皇帝,许救我命,不想魏徵依旧斩臣之首。又受我三件宝贝。伏望阎君快捉太宗,前众执对。"阎王准奏,忙差金童玉女去请太宗,前众执对,理此一案。那太宗自斩龙王之后,心神恍惚,病倒龙床。看看七日之后,命尽将无,鼻息中微存一线之气。文武众臣、皇亲国戚、三宫六院并无主意,人人惊慌。魏徵启奏:"太子,大家不必惊慌。臣有一友,姓崔名珏,在生曾在驾前为礼部尚书,一生正直无差。死后十王殿前为判官。梦寐之中,常常相会,故所知也。臣有一封书，可保陛下还阳便了。"就将一封书焚于龙榻之前，吩咐龙体不可动，好生看守。过了七日，就有佳音。只见太宗气绝，一灵渺渺出五凤楼前去了。只见前面空中，有只白蝴蝶飘然落地。太宗走到蝴蝶边一看，见一封书信，上外边写着是"曹官魏徵托陛下送于判官讳珏开拆"，太宗藏过书信，向前走去。正是：

太宗一命赴幽冥，玉女金童拥护身。
杳杳冥冥泉路远，昏天黑地步难行。
太宗一路前行去，城池一座面前存。
匾额横书七个字，幽冥地府鬼门关。
男女死后俱到此，进了关时难转回。
长幡宝盖来随从，行来已到恶狗村。
善人走路来经过，恶犬低头不做声。
若是恶人来经过，扯破衣裳咬断筋。
又过破钱山一座，望乡台上看分明。
自身卧到龙床上，嫔妃王后守尸灵。
太宗心内来思想，未知有转到宫门。
进了鬼门关一座，披头散发好惊人。
建成元吉王兄弟，多来扯住太宗身。
口口声声还我命，太宗无处避其身。
金童玉女来喝骂，放他过去见阎君。
龙王太宗来对会，不可无礼甚施行。
二魂放了唐天子，孟婆亭下献茶津。
二童说与唐王晓，此汤吃了不还魂。
太宗见汤不要吃，一经前行头不回。

来到奈何桥边看,一寸三分万丈高。

二童引领仙桥过,早到阎王宝殿门。

太宗引过仙桥,只见道旁一官儿跪迎。太宗问曰:"何官?"官曰:"臣在生蒙先皇曾受礼部尚书之职,殁后今做阴司判官,姓崔名珏。"太宗想着只一封书,便道:"崔先生有一封书,魏徵丞相寄朕带你的。"连忙取出。崔珏接来拆开一看,说道:"并无别语,只要陛下还阳的意思。臣保陛下还阳便了。"崔珏引见阎王,只见十殿阎君降阶迎接,分宾坐定。茶过一巡,阎君开言便问太宗道:"龙王求救陛下,陛下许救,仍而斩之,何也?"太宗道:"龙王改了雨点,错了时辰,自犯天条,与朕何事?况魏徵一梦而斩龙首,朕实却不知阴司之事,非朕之过也。"阎王曰:"此事前定数,不该催捉陛下到来。实在老龙在此叫屈,故尔请陛下到来。望陛下恕我等之罪。"着崔判官查看陛下南瞻部洲大唐天子该登位几载。阎王曰:"陛下登基几载了?"太宗曰:"登位一十三载了。"崔珏查看,只见大唐天子一十三年天下。崔判官拿起笔来,添上二划,连忙献上。十王一看,道:"陛下还有二十年天下,快送陛下还阳去罢。"

铁面阎君不认情,太宗并及老龙尊。

今日二人来对理,从头一一断分明。

老龙行雨来差错,罪犯天条该斩身。

唐王私受三般宝,二王犯罪一般能。

但看阴间生死路,判官文簿递阎君。

阎王亲自观查看,字字行行写得真。

龙王阳寿年四十,行雨差除丧残身。

太宗皇帝仁慈主,还有阳年二十春。
太宗理合还魂转,先送龙皇去托生。
阎王说与唐皇晓,玉英御妹夭亡身。
生死皆是前生定,承蒙送我转还阳。
朕思无物来酬谢,便将果瓜送来临。
阎王送到唐天子,去游地府铁围城。
崔判朱彩来引路,太宗观看向前行。
最苦血湖池地狱,红波滚滚好惊人。
阿鼻地狱有害怕,铁城高广黑漫漫。
男女鬼囚来到此,桑田变海不翻身。
十八层地狱来行过,狱中黑暗绝光明。
绑的绑来捆的捆,刀山锯解好惊人。
破腹抽肠心肝取,油锅磨骨碎纷纷。
牛头马面拿铁棒,夜叉鬼卒不容情。
来到枉死城中过,无数冤鬼拖住身。
口叫世民还我命,今朝争得脱身行。

太宗出了十八层地狱,又撞见无数冤魂缠住。"这些冤鬼,却是六十四处的烟尘,七十二路草寇,尽被唐将杀死,罪归于陛下,今日皆来讨命。"崔朱二判喝道,判官又禀道:"众冤魂不可放肆,休得无礼。"判官又禀道:"陛下须要三万金银。""尽有,怎能到得阴司来?"判官道:"现有开封府,有一个善人,姓相名良,同妻林氏。他有三库金银,借寄在阴司。借他一库,方可使用。"太宗大喜,亲书借票,"就烦二卿作中,即将金银散众。"崔珏引领太宗便上路:"小臣拜别,请陛下回驾,快请高僧修建水陆大会,众鬼方可托生。"言罢,将手一推，太宗又临阳世。"阿吓，跌死我也。"开眼一看，只见众宫人。

  皇孙皇子众宫人，看定尸灵随护身。
  这有心头一块热，死后七日再还魂。
  龙床上面翻身转，三宫六院尽欢欣。
  吃个参汤来登殿，合朝文武贺明君。
  太宗天子开金口，说与三公八位臣。
  只为老龙来对理，请归地府见阎君。
  游观十八层地狱，苦切心伤胆战惊。
  又被冤魂无方数，前来讨理阻途程。
  幸借开封相良银十万，散于冤魂脱难行。
  判官叫做冥阳会，超度孤魂出苦门。
  敕赴殿前胡敬德，开封府内去还银。
  敬德开封去访问，相良奉素广修行。
  其妻林氏同修道，并无男女在家庭。
  做过预修十三次，草屋三间居安身。
  朝廷送还银十万，相良不受半毫分。
  将银起造能仁寺，万古传名直到今。

  却说太宗忙出皇榜一道，遍行天下："不论军民人等，有人肯去进瓜果到阎王阴司去者，子孙代代封官。"皇榜一出，惊动丰州姓刘名仲宝，其妻李氏名翠莲，去世多年，并无子嗣，一生好善。来到京师，王门官引进见驾。王曰："卿住在何处？姓甚名谁？你且奏来。""是，晓得。"

  家住丰州兵原县，姓刘名锡仲保称。
  愿到阴司进瓜果，望皇在上内微臣。

卿命不惜阴司去，朕今心内不安宁。
敕封刘卿皇兄弟，死后不必怨寡人。
端正香烛并瓜果，刘锡缢死见阎君。
挑其瓜果阴司去，歇在阎王宝殿前。
阎王一见心中悦，仁愿君王信实人。
难得刘锡忠肝胆，不惜身躯送果来。
查看阳寿还未绝，判官启奏众阎君。
还有刘锡妻李氏，屈死阴司二十春。
姻缘未断该阳世，富贵荣华在后存。
十王听奏来吩咐，玉英御妹要亡身。
借他尸首还阳转，御妹灵魂回体身。
李氏魂魄来到殿，送他夫妇转还阳。

且说皇宫御妹身死，正要入殓。玉英悠悠苏醒，太后说："你醒了么？"谁知身体是玉英的，灵魂是翠莲的，虽是醒了，哪里认得太后。只见她两目怔怔，并无言语。再说外边刘仲宝醒转，见了君王后，细将阴司之事说了一遍，方才晓得御妹李氏借体还阳之意。太后就认为继女，刘仲宝就是皇亲了。

善人本是好根基，刘仲夫妻再得生。
只有屈死阴间去，哪有屈活在阳间。
善人好是松柏样，恶人好比像浓霜。
太阳一照分高下，唯见青松霜却无。

太宗召到唐三藏，号称玄奘大法师上殿，赐坐金墩，告言阴司之事，还阳一段。烦劳大师，修建冥阳大会，水陆道场，乃荐父母兄弟并及地府冤魂超生净土。唐僧奉旨，选五百位高僧，在金銮殿上启建水陆道场大会，就斋戒沐浴，个个焚香礼拜。

　　太宗皇帝敕沙门，水陆冥阳度众魂。
　　金銮殿上修斋事，高僧五百请来临。
　　掌坛法主唐三藏，君皇下拜把香焚。
　　九日道场将完满，观音菩萨下祥云。
　　善才龙女分左右，来到金銮宝殿门。
　　唐王天子并文武，六院三宫礼拜尊。
　　高僧五百并三藏，拜请观音转法轮。
　　观音大士开金口，吩咐唐僧听事因。
　　太宗修建冥阳会，无经怎得度亡灵。
　　若度亡灵登彼岸，早到西天取佛经。
　　我把袈裟来赐你，如来留你取经人。
　　此衣价值数万两，天下人间没处寻。
　　火不能烧水不湿，途中黑暗放光明。
　　还遇火龙孙行者，更兼八戒与沙僧。
　　四人护法相帮助，助你西天去取经。
　　西天取得真经到，孤魂一切尽超生。
　　即日起身西天去，四桩法宝紧随身。
　　观音言罢归南海，天子朝臣喜十分。
　　唐僧对天来叩拜，拜谢南洋观世音。
　　太宗就命唐三藏，雷音佛国取真经。
　　远隔番邦十八国，千山万水路途程。
　　通送文牒十八道，番邦倒换向前行。
　　择选良辰并吉日，拜慈父母别亲身。

唐王圣驾亲来送,半朝銮驾送唐僧。
御手相扶称御弟,取得真经早转程。
剪下龙袍衣袖口,以为僧帽做头巾。
即着文武来相送,尉迟老将送行程。
唐僧身坐银鬃马,官僚护送起行程。
逢州过府官县接,早到金州一座城。
西凉总兵陈如玉,远迎三藏进关门。
接进关中住一宿,差兵护送往前行。
双岐山中来经过,一群猛虎出山林。
大叫一声惊天地,唐僧马上胆魂飞。
加鞭打马前行去,随护僧人尽丧身。
独自一人来行走,看看红日落西沉。
东山听见猿猴叫,西山听得虎狼声。
唐僧马上无主意,怎到西天去取经?

且说三藏行到双岐山下,随从之人皆死,独自单身,看看红日西沉,耳边只闻狼虎之声,心中甚是害怕,无处逃生。忽见一个猎户,连忙下马跪他,叫救命。那人手执①钢叉,走近前来,答曰:"我乃本山猎户,韩伯钦是也。且问长老何来?"三藏答曰:"我奉皇命,往西天取经拜佛。"伯钦曰:"长老,且到寒舍暂宿一宵,明日早行罢。"唐僧大喜。二人同到家中,款待一宵,就请长老诵经几卷。亡魂显圣,说道:"孩儿,我亏了大师诵经,我超生去也。"天明,伯钦来谢长老,用过早膳来送长老,一程而行去也。

---

① "执"字原无,据文意补。

唐僧因被虎狼吟，幸遇南山韩伯钦。
一宵安然身无事，天明早膳送登程。
独一单身朝前走，思量难到雷音求取经。
来到番邦西夏国，倒换关文即便行。
五行山下来经过，忽听山中叫救人。
声声只叫我师父，转等明师五百春。
今日大师来救我，同归佛国取真经。
唐僧不免将言说，你是何州甚县人。
压在五行山底下，如何认得我唐僧。
大圣回言忙便答，我是猴皇石内生。
天地同生多勇猛，水帘洞内独为尊。
玉皇召我天庭去，官拜天宫弼马温。
只因大闹蟠桃会，原到本洞去安身。
讨了蟠桃并寿酒，自号齐天大圣称。
海中取得金箍棒，大闹龙宫杀众星。
花果山前排阵势，生擒天将众神君。
哪吒太子忙逃去，托塔天王败阵行。
三界万灵无敌手，天罗打得碎纷纷。
灌口二郎无敌手，战今五百没输赢。
再请观音来助战，净瓶抛下好惊人。
将我懵头来打下，绳穿索绑到天门。
刀剑斩来身不坏，火烧水浸不伤身。
老君捉去丹炉炼，四十九日火中焚。
炼得铜皮并铁骨，金睛火眼说妖精。
就把老君来打倒，炼炉打得碎纷纷。

趁势杀到灵霄殿,要夺玉皇大帝尊。
满天星斗皆逃散,六丁六甲去逃生。
玉皇上帝心中怕,亲到灵山请世尊。
释迦文佛神通广,被他提住不能行。
移座五行山押住,将我压住好伤心。
观音菩萨来吩咐,服侍唐僧去取经。
唐僧听言便启问,怎能救你出山林?
大圣便叫唐师父,你上山顶看分明。
去了山顶六个字,我身即刻出山行。

且说大圣大叫道:"师父,弟子等师父五百年了,于今日才到。蒙师父取去山顶上六个大字,我便可出来了,服侍师父,一路上西天取经便了。"唐僧听得,步上山顶上一看,确有六个金字,是大明真言咒,曰:"唵嘛呢叭咪哞。"唐僧轻轻取下了。大圣叫言:"师父,先走三十里,不要惊坏了。"唐僧走去,只听得一声雷震霹雳之声,大圣出了山,拜见师父为徒,就此受戒,取名孙行者,法名悟空,肩挑行李,护送师父去了。

悟空礼拜唐三藏,同到西天去取经。
两界山中来经过,斑斓猛虎要伤人。
虎跳过来惊人怕,摆爪张牙赶近身。
悟空取出金箍棒,一横拿来八百斤。
乃虎见棒身不动,忽而打得肉泥能。
毫毛变作青锋剑,取下皮来裹在身。
虎头做盔皮作甲,上下通身是虎形。
化得斋饭与并仙果,香茶来递我师尊。
行者化斋沿途过,日日供师赶路程。

唐僧见了心中悦，汤饭饥餐得称心。
前见黑峰山一座，锣声响亮黑松林。
五百年前孙行老，今朝要杀众强人。
一众强人来杀出，钢刀出鞘讨金银。
唐僧马上来苦告，我是西天去取经。
自别中华来路远，身边没有半文银。
强人说与唐僧晓，丢下行囊与我们。
一众强人齐动手，多来抢马夺衣裳。
恼了悟空孙大圣，金睛怪眼火光喷，
耳边取出金箍棒，一恍拿来手内迎。
强人自投天罗网，并无一个脱逃生。
可怜强人五百个，头开脑破不留存。
唐僧见了双流泪，善哉连叫两三声。
打死强人无其数，罪业如山似海深。
认可放生并救命，今后不可再伤人。
大圣开言忙便答，吾师说话欠通文。
深山野地强人广，虎豹妖魔鬼怪精。
我不丧他他丧我，如何下手不用情。
三藏见说忙便骂，正是毛头业畜精。
摩顶受戒来随我，岂容胡乱杀生灵。
行者被骂心中怒，便叫唐僧不识人。
我是花果山上住，乃个人儿不奉承。
不拜三清并玉帝，一世何曾服侍人。
只为观音吩咐我，发心随后取真经。
横行三界无拦挡，天上人间我独尊。

今日你来轻贱我，如今各自奔前程。
行李袈裟丢在地，腾云驾雾去如风。
唐僧此刻心中苦，离鞍下马泪纷纷。
观音菩萨空中现，说与唐僧且放心。
若是齐天孙大圣，不做忘恩负义人。
且在此山来坐定，悟空顷刻到来临。

说观音菩萨半空中吩咐："唐僧，若无大圣，难到西天。我今付汝金箍帽一个，若行者来到，可将此帽传与。你付与行者戴了头上，然后好去见佛，伏你了。又将神咒传你，他若强，你就念起咒来，他就头疼起来了，你住咒，他就不疼痛了。自后再不倔强了。"菩萨驾云南海去了。只见行者来到唐僧面前跪下，叫声："师父，恕徒弟之罪。"三藏曰："起来。有一顶花帽在此，赐汝戴了罢，好去见佛，方成真果。"行者大喜，将帽戴在头上。唐僧念起咒来，只见行者倒地乱滚，花帽变就一个箍儿。行者大叫："头疼，痛死我也。"回头看见师父念咒，大叫道："师父莫念，莫念。"唐僧住口，行者就不疼痛了。行者摇身一变，变作狼虎形象，想害唐僧。唐僧见了惧怕，又默念真言。行者要想将金箍花帽儿拿落，谁知就像生根的一般，再去不落了。三藏曰："徒弟，如今可服我了么?"大叫："师父，如今再不要念了，弟子不倔强了。如今服侍师父，一路往西天取经。"就此挑了行李，唐僧上马，又向西天佛国取经而去。

大士发心救众生，唐僧发愿取真经。
金箍收服齐天圣，今往西天见佛尊。
行过永安关一座，波斯国内换关文。

冷泉山下来经过，忽见苍龙要吃人。
头尾约来三百丈，张牙舞爪吃唐僧。
悟空此际惊慌乱，慌忙马上抢唐僧。
幸得三藏抢下马，马儿却被恶龙吞。
连鞍带马来吃下，原归水府去安身。
唐僧可惜龙驹马，恶龙吞去影无踪。
恼了齐天孙大圣，冷泉潭内捉龙身。
金箍棒变三百丈，冷水潭内污泥津。
大龙水底身难住，手执钢叉来驾云。
便骂猴精无道理，你敢欺人上我门。
行者喝言真孽畜，我是齐天大圣僧。
服侍师父西天去，雷音佛国取真经。
你把马儿吃了去，我师怎得向前行。
水龙便把唐僧拜，孽龙得罪我师身。
我是西海龙皇三太子，违条罚在冷泉中。
观音菩萨亲吩咐，服侍三藏到西行。
如今师父收弟子，小龙变马去驮经。
此龙果是神通大，变只白马坐师尊。
三藏上了龙车马，安稳一路去登程。
日行千里如风送，赶到西安大国城。
倒换关文来上路，晓行夜宿不存停。
过了冷泉潭地界，看看日落夜黄昏。
高老庄上来投宿，合家烦恼不欢欣。
三藏问道何缘故，员外开言说是因。
我家有件稀奇事，羞人惶恐不堪闻。

有女玉兰年十八,去年招赘姓猪人。

初到人才多聪俊,如今变作怪妖精。

云来雾去无踪迹,合家烦恼尽伤心。

恼杀老夫无摆布,院君苦死好伤心。

且说高员外请进唐僧、行者,告言:"你女婿是妖怪,起初还好放出女儿来,如今有三个月,连女儿都不放出来了。"三藏曰:"为何不请天师除妖?"高老道:"不瞒长老说,除过三次,反被妖怪几乎打死,故而再不敢动手。"行者道:"如今叫你女儿出来,待老僧打死妖怪。老僧就宿在你女儿房中,等妖精来,拿了他,结果他性命便了。"高老听说,大喜,急忙房中唤出女儿。行者变了玉兰模样,宿在销金帐内。约至三更,妖精来了,怪风一阵在床前。行者道:"你是何方怪物?奴家父亲要请天师来了。"那怪物道:"说什么天师地师,悉听你请。三十六天将,七十二地星来,我也不怕。"行者道:"他请齐天大圣。"四字唬得汗淋。那怪说:"果然当真?当真请齐天大圣?他好不厉害,我顾你不得了,只得逃命去也。"那怪化道清风而去。行者急站起来,追到山林脚下。那怪手拿九齿钉钯,兜头就钯。行者将金箍棒就打来,二怪两面相争,未知胜败如何。

泼怪逃走山林去,悟空站起赶妖精。

九齿钉钯拿在手,搂头就垒悟空身。

悟空手执金箍棒,战得天昏地不明。

看看战到三十合,妖精败阵去逃生。

逃到福灵云机洞,洞中关得紧腾腾。

悟空随后来追赶,果是仙宫一样能。

行者抡动金箍棒，洞门打得碎纷纷。
妖精听得将言骂，谁敢欺人上洞门？
拆散婚姻何道理，还要欺人赶上门。
行者说与妖精道，我是齐天大圣僧。
近来投拜唐三藏，同到西天去取经。
高老庄上来借宿，道言有女玉兰英。
却被你身来哄弄，把你妖精了命根。
妖精听说低头拜，告言大圣听原因。
我是执掌天河地，天蓬元帅我为尊。
只因戏弄嫦娥女，玉皇罚我下天庭。
谁想投胎投错了，如今做了野猪精。
观音菩萨今劝我，服侍唐僧去取经。
要求大圣宽容罪，高庄同去拜唐僧。
二人行到高庄上，拜见唐僧说本心。
取名叫做猪八戒，法号称为叫悟能。
吩咐丈人并丈母，叮咛嘱咐玉兰英。
我今受戒西天去，另招佳婿奉终身。
退婚写得多完备，肩挑行李往前行。
行到野猪山一座，山中臭气不堪闻。
猪屎堆来三丈原，马儿到此步难行。
亏了悟能猪八戒，发开山路向前行。
过了此山八百里，天波国内换关文。
来到流沙河岸上，滔天黑浪好惊人。
河岸团团三千里，河中有一怪妖精。
只闻水底一声响，泼怪妖精出洞门。

且说流沙河中,有一妖精,常常兴波作浪,害人不少。是日唐僧岸边经过,河中一声响亮,波浪中跳出一怪。乃妖怪要吃唐僧,却被悟空看见,兜头一棒。那妖精将禅杖架过一边,就在流沙河岸上大战三十余合。那怪大败而逃,原往水底而走,却被白马仍化金龙攒入沙河,翻江搅海。妖怪无奈上岸来,叫声:"你是何人?敢上门欺我。"行者答曰:"我是齐天大圣,同师父往西天取经的。"那沙鱼精怪丢了禅杖,即便拜倒在地,口叫:"师父,我是上天卷帘大将。上界蟠桃赴会,打碎琉璃玻璃盏,罚在流沙河中,受此苦处,至今五百余年。吃人无数,约计吃过九千九百九十九个取经和尚,骷髅不沉,共计一万。我受观音菩萨嘱咐,随拜唐僧为师,到西天取经便了也。"

沙僧就此拜唐僧,法号名称悟净身。
稽首皈依持斋戒,肩挑行李往西行。
不是沙僧同随去,黑水河中怎得行。
骷髅变做莲舟样,顺风相送去如云。
过了黑河八百里,同登岸上向西行。
来到永宁于阗国,倒换关文又向行。
路上行程将日暮,前无宿店后无村。
庐山老母来指点,化作高堂大宅门。
一带瓦房多景致,门前立一女佳人。
青春美貌颜如玉,白绫衫子黑绸裙。
怀抱一男并一女,丫环仆妇许多人。
三藏到此来投宿,娘子相迎入内庭。
整备素斋并夜饭,美品精洁好香茗。
重又香汤并沐浴,少年娘子说原因。

奴家青春二十七,丈夫身丧已三春。
丢下男女年已小,可怜举目靠何人。
任尔师徒人四个,不拘乃位任奴情。
住在我家为夫妇,掌管家私做主人。
我今与你为夫妇,且图欢乐过光阴。
师徒四个重商议,你推我让在中厅。
三人尽到前厅宿,八戒香房结做亲。
唐僧睡到天明亮,行者沙僧共起身。
娘子瓦房多不见,荒崖草地歇安身。
树上吊起猪八戒,将他打得满身青。
高叫师兄来救我,若迟一刻命难存。
沙僧放了猪八戒,从今改过只调心。
挑了行囊并行李,师徒四位向前行。
前边来到狮蛮国,倒换关文入内门。

却说虎力大仙称为国师。唐僧到此放下行李,大仙说与三藏道:"我与你坐禅,若投足收身就为输。"东西排起桌子,搭起高台而座。大仙飞上西边台顶上坐定,行者就把师父撮上东边台上坐定。那大仙就化一群蜜蜂,飞来叮唐僧,多被行者拍死。行者也变蜈蚣一条,在大仙鼻梁上一口,大仙疼痛难熬,跌死在地。

大仙跌死再还魂,奏上君王圣耳听。
我要砍头交手段,方显仙家妙道真。
砍下头来重再活,放你西天去取经。
行者道言不妨事,砍头再活是高僧。
行者将头来割下,全无鲜血出来淋。

悟空喝言重再活,周身依旧复重生。
文武百官皆喝彩,唐僧帝主尽欢心。
果是高僧多法力,放你西天去取经。
悟空见说心中怒,上前扯住大仙身。
你说斩头来赌赛,须当还礼见分明。
国王说与仙师道,轻轻出口重千金。
自作自受无人替,一时拿起国师身。
刀砍国师头落地,也无鲜血半毫分。
大师一喝重再活,恼了金刚护法神。
用手把头丢远去,大师头上血光喷。

列位,你可晓得,行者头砍下,有一昼夜不死之本领。虎力大仙只得一时三刻,护法抢去一时三刻,出血不活。

国王见了心中苦,声声只哭国师身。
二十余年辅佐我,今朝死得好伤心。
悟空说与君王道,他是妖魔白虎精。
不是我来除此害,三宫六院被他吞。
君王方始知其细,拜谢唐僧救命恩。
大排銮驾来相送,送出西关上路行。
玉安山下来经过,重重妖气在山林。

见一佳人啼哭,老鼠精作法,想唐僧成亲,二来吃他长生不老,晓他过,预先时候定计好了。

见一妇人多美貌,看是佳人来上坟。
将身高吊松树上,大叫唐僧救命恩。
遇着强人来截路,夺其头面剥衣襟。
把我丈夫来杀死,将奴绑住不能行。

奴家住在西山下，师父慈悲救我身。
唐僧就叫行者去，快去相救此人身。
行者叫言师父道，赶路不必救妖精。
此处深山荒野地，不是妖来定是精。
不知行者可肯救，再将下卷接前因。
共马师徒并五位，天竺国内取真经。
过了九九之灾难，时来一日到雷音。
东胜神州人不修，不杀猪羊定杀牛。
不敬三光并师长，父子兄弟结冤仇。
真经怎得到东土，下卷之中细宣明。

　　黑峰山打死强徒，师父骂行者，行者不服唐僧，去了。三藏流泪。观音赐花帽紧箍咒，收伏以后不强。上本西夏、波斯、西安、大天波、永宁、于阗、狮蛮国共六个国一关。双岐山失散，单遇南山脚下韩伯钦救，又遇夏国，见五行山，去大明真言咒"唵嘛呢叭咪吽"六字，得齐天大圣。两界山虎打死，又黑峰山强人打死尽。永安关波斯冷泉潭，得龙驹宝马，日行千里。西安高家庄玉兰英女，猪八戒婿，降伏八戒，是上方天蓬元帅。云栈洞收弟。天波流沙河岸，沙鱼精僧。于阗庐山老母，哄八戒成亲。又狮蛮国是，西关换了关文，国师虎力大仙，比法灭国师。玉安山老鼠精作法下本节，上本共六道关文。

第 四 卷

　　修行念佛最为高，三台北斗在云霄。

凡人作恶能记簿,灶家菩萨奏天朝。
酒色财气四堵墙,多少愚人在内厢。
世上有人跳得出,胜如神仙不老长。
慢表偈言归正章。再将宝卷讲宣扬。

再说唐僧因见妇人啼哭求救,叫言:"徒弟,快去救他。"行者道:"此那妖怪,不要睬她。"唐僧见徒弟不肯救她,自己跳下了马快救。谁知未近其身,未解其绳,唐僧却被那妇人抢去,影迹无踪。行者大惊,慌忙叫:"八戒、沙僧看了行李,我去寻来路。"寻去看见洞门,行者将洞门打开,赶进去,只见妖怪与唐僧对坐,要与唐僧结为夫妇。你道此洞有多少进深?有八百余里,其中有三百个曲弯,非是齐天大圣不能进去。变了蚊虫飞得进去,躲在唐僧耳上叫声:"师父,有我在此,救你出去。你可将酒灌醉女妖,好出洞门。"

女妖山中万载精,抢进唐僧要结亲。
山中深远八百里,行者寻师赶近身。
化作蚊虫飞进去,指师将酒劝佳人。
妖精把酒来吃下,行者原来酒内存。
大圣腹中开言说,妖精泼怪好痴心。
我师十世真童体,岂与妖精结做亲。
早把我师来送出,且饶你命在山林。
若有半言言不肯,霎时将你丧残生。
轻轻手提心肝肺,妖精痛死叫饶人。
求师饶我残生命,吾送唐僧出洞门。
妖精驼了唐僧走,呼腰曲背向前行。
走出洞门八百里,火龙八戒沙僧接唐僧。

妖精叫言饶我命，悟空在肚细思情。

乃行者在妖肚中思想："方才她吃酒，我乃乘势入肚。若从口中钻出，恐被她咬死。吓，有了，我将金棒撑住牙关而出。"

就把金棒来拿起，撑住牙关出口门。
那妖又化清风起，带领群妖去俟云。
行者沙僧猪八戒，各将军器打妖精。
打死妖精无其数，尽是多年老鼠精。
除灭妖精并鬼怪，一方四境尽安宁。
即日起身前行去，乌夷国内换关文。
出京来到碧峰山，山高路远有妖精。
大圣忙叫猪八戒，同与沙僧探路程。
二人正向前行去，撞着妖精出洞门。
老妖此际众吩咐，各须勇力捉唐僧。
吃了唐僧一块肉，长生不老长精神。
老妖抬起头来看，却是沙僧八戒身。
妖精问僧何处去，沙僧回答取经人。
老妖见说心中喜，买卖今朝上我门。
无数妖精齐动手，尽来要捉取经人。
恼了沙僧猪八戒，钉钯禅杖全妖精。
老妖手使开山斧，众妖围住捉沙僧。
虎精也把钢刀使，山前大战比输赢。

且说碧峰山下，金镕洞中，三个妖精。老妖狮大王，第二象元帅，第三虎先锋，三人十分厉害。三人心下思想，要吃唐僧。八戒、沙僧探路，却与三妖大战百十余合，果是寡不敌众。沙僧却被老妖捉住,八戒要走,却被大石绊倒了,被先锋捉去,绑在洞中柱上,快叫小妖杀来受用。八戒道:"我是唐僧的徒弟,猪八戒便是。他是沙和尚,还有师兄在外。""你师兄叫什么名氏?"八戒道:"我师兄名氏若说得出来,你们多要唬死住着。""到底叫啥名氏?""叫齐天大圣,在外叫。"老妖见说,心中大惊,仰面一跤,连忙爬得起来,叫言:"兄弟,唐僧是吃不成了。说起弼马温官,好不厉害。我想这个唐僧吃不成的了。"象元帅、虎先锋道:"狮大王,你去与大圣交战,我去捉唐僧。"老妖道:"说得有理,我就去交战,二弟捉住唐僧再理会。"

老妖排阵捉唐僧,狮妖大战好惊人。
悟空说与唐僧道,妖精到此不非轻。
话犹未了妖精到,金色狮王赶近身。
悟空抡起金箍棒,劈头乱打怪妖精。
老妖手提开山斧,山前大战比输赢。
妖精诈败归山洞,大圣追赶后头跟。
一程赶到前边去,虎精象怪显威风。
虎精捉住唐三藏,小妖缚马驾祥云。
捉进碧峰山镕洞,登时缚住走无门。
再说老妖孙大圣,战得天昏地不明。
狮妖大败来逃走,化道清风不见形。
悟空不把狮妖赶,且回北岭见师身。
和人连马多不见,大圣心中苦十分。
指望与师成真果,改邪归正度群灵。
吾师丧在妖精手,功不成来名不成。

忙唤山神来细问，大圣休忙心莫嗔。
南岭碧峰山镕洞，洞内三妖惯吃人。
早行救得唐三藏，若除一刻命难存。
大圣闻言前行去，碧峰南岭去搜寻。
看见洞门高声骂，小妖禀报老妖闻。
快放我师师弟辈，若迟一刻命难存。
老妖见说心惊怕，思想唐僧吃不成。
狮妖提枪来出洞，群妖助战比输赢。
悟空抡动金箍棒，大战妖精火直喷。
虎妖提刀来助战，象妖力气不能增。
老妖心内多慌乱，张牙舞爪显威风。
悟空见了心中怒，力气加增十万分。
大圣毫毛拔一把，口中吹气尽成人。
变为无数孙大圣，尽执金箍棒一根。
打散群妖逃命走，东南西北各逃生。
狮王象怪难抵住，奔入山中闭洞门。
虎妖奔迟难入洞，逃在北岭躲灾星。
悟空赶上看看近，大喝妖精哪里奔。
金棒变成三百丈，虎妖打做肉泥尘。
大圣赶至镕金洞，洞门关得不通风。
行者忽然生巧计，变成虎怪一般能。
洞门外面高声叫，败阵逃灾得脱身。

悟空打死虎怪，即变虎怪一般，走到洞门口，老妖开了洞门相见，三妖同坐。狮王道："行者果是英雄无敌，三弟洗锅，二弟磨刀，且把唐僧、八戒、沙僧、白马一齐杀他吃了，你我各自逃生。"悟空见说："正中我心。"手执钢刀，划断绳索，放了众位。大圣现了本相来打，悟能取了钉钯，悟净手拿禅杖。八戒先把钉钯垒死象怪。老妖与行者大战一阵，八戒沙僧一齐动手，打死老妖，救出唐僧上马，把合洞妖精一齐杀尽清，唐僧仍往西天去也。

  灭尽妖魔无阻碍，八方平静尽安宁。
  唐僧依旧来上马，心中思想泪纷纷。
  此处若无孙行者，怎出天罗地网门？
  虽别长安今三载，怎能一日到西天？
  月氏国中来经过，却是西天一半程。
  国王好善归三宝，金銮殿上拜唐僧。
  三藏辞别前行去，国王相送出西门。
  正逢八月中秋节，丹桂清香月色明。
  来到应天河岸上，难过翻波黑浪中。
  日落西山看看晚，张家庄上住安身。
  张老夫妻心不悦，合家啼哭泪纷纷。
  唐僧便问何缘故，张公含泪告师听。
  应河岸边通天庙，庙内神明感应灵。
  轮到我家来祭献，尽要亲生男女身。
  我今夫妻年五十，单生一子在家庭。
  舍弟只生女一个，一样同年七岁身。
  两家共生男和女，合家悲哭痛伤心。
  唐僧听说心中苦，善哉连叫两三声。
  可惜一双男和女，将他活活祭邪神。

唐僧投宿张公庄上，见说童男童女活祭，心中不忍，开言叫声："居士，若不祭，如何？"张公道："倘若不祭，五谷无收，一方人物，多要受其灾难。"行者在旁听得，叫言："张公，快唤你家小孩子出来，在我身上，救你两家小男小女两条性命便了。"张公叫贤弟，同唤出一双男女，立在厅上。行者、八戒看了，摇身各变男女，毫无差错。张公大喜，即便拜谢唐僧、行者、八戒便了也。

中秋月正夜黄昏，在位千人尽降临。
多到张公大厅上，要取童男童女身。
一呈抬进通天庙，灯烛耀光照日明。
祭礼三牲并果品，童男童女献神明。
笙箫鼓乐震天淫，众等拈香拜献神。
焚香点烛大家拜，道士合境文疏细通诚。
祝告之时天地黑，狂风飞石好惊人。
众人看见多唬散，丢下三牲祭礼神。
东摆童男猪八戒，西摆童女悟空身。
行者叫言猪师弟，想必邪神就降临。
道言未了妖精到，金盔金甲现金身。
妖精开口将言说，祭献无肴是甚人？
童女即便开言答，此庄就是姓张人。
妖怪见说心中怒，古怪蹊跷自忖论。
每年祭献童男女，见我来时就丧身。
不如先吃童男子，慢慢消停吃女人。
那妖伸出拿云手，来捉童男八戒身。
口似血盆牙如剑，见了之时怕杀人。
八戒见他来动手，现出原形在庙门。

喝叫妖精休动手,我来除灭害人精。
行者即便来打过,妖精逃命走无门。
钉钯金棒来打过,二人来杀妖怪精。
赶到应天河岸去,妖精水底去藏身。
取了大刀拿在手,立住河边问姓名。
你是何人能胆大?绝人香火太无情。
八戒即便开言说,唐朝三藏取经人。
我家师兄孙大圣,还有八戒与沙僧。
与民除害来拿你,快来投死免刀兵。
妖精见说孙大圣,手软心寒胆战惊。
转身径入应河去,避难逃灾脱难星。
八戒悟空便回转,将情一一诉唐僧。
只见钉钯齿上毫光现,两片①金鳞耀日明。
张公旁边来听得,感谢高僧救命恩。
合家大小多欢乐,素斋款待更殷勤。
卷中慢表张家宅,且宣妖精要吃人。
再说怪妖归水洞,安排巧计捉唐僧。
登时大雪迷天地,西地凉风冷杀人。
水断天河八百里,起身早看雪高几尺行。
妖精又化男和女,来来往往在冰行。
按下妖精安排定,引动唐僧冰上行。
张家早膳多用过,送辞早早就行程。
唐僧只得来上马,走到天河一半程。

---

① "片"原作"人",据文意改。

正要上前原走上，一场祸事到来临。
　　霹雳一声冰开冻，波浪滔天怕杀人。
　　八戒沙僧龙驹马，悟空同即尽腾云。
　　只有唐僧遭恶手，妖精捉去水中存。

　　且说唐僧蹈冰过河，走到中间，来去约有一半，忽然一声响亮，八百里河冰一概消洋，却被妖精捉去。八戒、沙僧、行者、白马驾云而起，原到河边。沙僧便钻入水底，来与妖精就战，正是寡不敌众。行者在岸，不见沙僧起来，也入水底。那怪进洞去了，行者正在观看，只见一个小妖，他便手提起金箍棒，将小妖打死，落出一封书来。行者拿起来一看，书上写着："小儿鼍钰，今得唐僧在此，拜请爹母并诸亲友兄弟同来。孩儿顿首百拜。"

　　悟空打死送书人，书上分明写得真。
　　上写小儿鼍钰拜，要请爹母兄弟们。
　　吃了唐僧一块肉，为人不老永长生。
　　悟空见了心中喜，来至水晶宫内存。
　　老龙一见忙下礼，大圣为何到来临？

　　且说行者打死小妖，并及老龙知道。龙王唬得目定口呆，求情启问大圣便了。

　　悟空见问呵呵笑，将书递与老龙睁。
　　龙王见书吃一吓，告言大圣莫生嗔。
　　小儿应犯天条罪，罚在天河又害人。
　　就命鼍增并鼍广，擒拿鼍钰斩其身。
　　点起虾兵并蟹将，鸣锣擂鼓便登程。
　　鼍钰见兄来发怒，持真出殿问原因。

鳌增鳌广忙喝问，因何犯罪害唐僧？
鳌钰便把哥哥叫，你今无福吃唐僧。
好意差人来请你，反领军兵杀上门。
抡动大刀来砍过，弟兄水府比输赢。
来往战经三十合，鳌钰败阵去逃生。
大败全输天河岸，撞着齐天大圣僧。
大圣手执金箍棒，业龙打死命归阴。
救出唐僧归北岸，两个太子转宫门。
张家又留师徒僧，天明早去送行程。
张公即忙备船送，送过天河岸上行。
前边又过百花村，一路无灾多太平。
来到百花山一座，高山流水树青青。
行者化斋下山去，唐僧闯入黑松林。
松林里面人烟广，尽是青春年少人。
石屋生来非凡相，石台器皿尽俱全。

那三藏来到百花山上，喜得日暖风和。行者下山化斋，唐僧闲步玩耍，只见石门里面，石屋、石台、石枕、石床。忽见美女七人来接唐僧，问言："何来？"三藏道："我是唐僧，往西天取经，乞求一宿，明日早行。"女妖见说，心中大喜，买卖上门求了。又问："共来几僧？""师徒四位。"女妖怕他徒弟寻来，七个女妖把丝裹满山林，就把唐僧绑住，正好充饥便了。

唐僧绑在黑松林，眼泪汪汪望救星。
行者化斋归来转，不见师父哪边存。
八戒沙僧抬头看，只见马儿不见人。

　　　　沙僧走入松林去，问言师父哪边存？
　　且说便问："马儿，师父哪里去了？"答言："走入松林之内①去也。"列位可晓到，有口吐人言，是龙王三太子便了。
　　　　行者抬起头来看，林中妖气雾腾腾。
　　　　我师闯入松林内，妖精捉去怎生能。
　　　　三人各执兵器械，直进林中寻师身。
　　　　牵满松林如窑大，刀斧砍去不能行。
　　　　砍打则见不能坏，三人疑虑说言论。
　　　　如此怪物能利害，怎得唐僧脱难星？
　　　　白马原是火龙变，火龙百丈现原形。
　　　　口中吐出无情火，烧尽蚕丝不见形。
　　　　悟空执棒寻山洞，正见妖精在洞门。
　　　　洗锅抹灶来烧火，磨刀正要杀唐僧。
　　　　唐僧哭死还魂转，快来救出免伤身。
　　　　悟空见了心焦躁，抡动金箍棒一根。
　　　　七个女妖都打死，洞中好像血湖盆。
　　　　都是蜘蛛来成怪，即时救出吾师身。
　　　　唐僧仍旧上马西行去，西梁②女国到来临。
　　　　西梁国内无男客，国中尽是女佳人。
　　　　若要养儿泉井照，成胎尽养女人身。
　　　　女王二八登龙位，聚集班僚武共文。
　　　　唐僧正在朝前过，女王传旨召唐僧。

---

① "内"字原无，据文意补。
② "西梁"原作"西洋"，或为音讹。

女王就问名和姓,三藏开言说事因。
出身原是中华国,敕封三藏号唐僧。
君王超度孤魂众,命我西天去取经。
望王早换关文票,出城早往望西行。
女王见说呵呵笑,唐僧休想到雷音。
我国祖传男人到,来时有路去无门。
今朝请你为天子,我做朝阳正宫王后人。
若要半声言不肯,钢刀砍做肉泥能。
将肉晒干充饥腹,触鼻喷香无价珍。
唐僧苦苦来哀告,我是修行行道人。
女王见说龙颜怒,说与唐僧你且听。
要到西天参见佛,除非脚下会腾云。
三藏正当烦恼处,齐天大圣告唐僧。
我师在此成家计,徒弟西天去取经。
取得真经归本国,复来参见我师尊。
女王见说心中悦,大排筵宴请唐僧。
首席三藏来坐下,东边行者与沙僧。
西席八戒众坐定,女帝藩王做主人。
行者起身来谢宴,女王相送出王城。
唐僧也要同相送,送出西华龙凤门。
远送一程来分别,忽然平地起风云。
刮地大风拔起连根树,飞沙走石好惊人。
撮上唐僧众坐马,行者加鞭去似云。
高叫三声女王帝,休想唐僧结做亲。
女王文武无言答,惶恐羞惭转帝京。

唐僧来到浮尸岭,路旁忽见一佳人。
悟空举起金箍棒,打死妖精不见形。

且说浮尸岭经过,岭南有个魔,化做女妖想吃唐僧,迷人,却被行者打死。唐僧道:"悟空,你无故打死人,这里不容你去取经了,快些别处去罢。"行者道:"师父不要我去便罢了,只怕你前路难行。"八戒道:"师兄,师父不要你去,再有吾在此就不响了。取经有我在此,不消用你了。"行者再三哀告,唐僧闭了眼,口不答,这是不用。无奈两泪交流拜别,从东原往花果山去了。唐僧与两徒原往西天去了。

八戒无知自逞能,唐僧不用悟空身。
庆云山前有座寺,唐僧进寺拜三清。
正要佛前来拜佛,惊动黄妖出殿门。
就把唐僧来捆绑,盐醋拿来下酒吞。
三藏绑在将军柱,眼中珠泪落纷纷。
再说八戒沙和尚,手拿禅杖进山门。
就叫泼妖无道理,快些还我取经人。
若要半声言不肯,杀尽妖精无一存。
小妖通报黄袍道,洞外僧人叫杀人。
老妖点起兵和器,手举长枪出洞门。
沙僧要救唐三藏,便将禅杖打妖精。
黄妖把枪来隔过,二人交手定输赢。
八戒使起钉钯坌,一个妖精打二僧。
不说山前来对战,黄妖妻子问唐僧。
你僧住在何国度,为何落难受灾星?
唐僧说与娘娘道,我要西天去取经。

却被大王来捉住,望娘娘救我命残生。
娘娘听说回言答,将言一一告唐僧。
八月初三龙阵过,黄妖摄我进山林。
结成夫妇今三载,日夜思量忆母亲。
我是百花公主女,现今奴父坐龙庭。
你从我国来经过,奏与爹娘起救兵。
唐僧说与公主道,我当竭力报深恩。
娘娘出洞来高叫,哀告亲夫放此僧。
黄妖依了夫人话,洞中放出取经人。
唐僧得脱天罗网,正上西天去取经。
八戒沙僧随连走,来到宝香国内存。
国皇出殿相参拜,唐僧启奏我王闻。
我在庆云山经过,却被黄妖捉住身。
洞中百花公主女,劝夫放我出山林。
国王听说心中苦,娘娘听语泪纷纷。
被妖摄去今三载,日夜思量苦杀人。
说与两班文武晓,谁能救出我儿身。
若能救出百花女,官封万户不非轻。
文武两班齐声奏,除非要拜取经人。
君皇便把唐僧拜,救其公主不忘恩。
沙僧八戒开言说,我今救你女儿身。

君王问道:"有本事?"八戒道:"大则扳山塞海,小则飞沙走石,上天入地,毫无阻挡。"君王大喜,发兵护送,登程前去庆云山捉妖便了。

八戒沙僧自逞能,腾云驾雾出王城。

早到庆云山一座，沙僧洞口骂妖精。
黄妖听骂心中怒，点起群妖出洞门。
前日已曾饶你命，今朝何故又欺人？
悟能就把钉钯㧱，沙僧禅杖打妖精。
黄袍枪法来隔过，妖精便战二僧人。
手中枪法多厉害，好似蛟龙出洞门。
八戒算来战不过，逃灾躲难走如云。
沙僧也要来逃走，却被黄妖捉进门。
就把沙僧来吊起，铜锤皮鞭抽打好伤心。
沙僧要命将言告，大王饶我听真情。
你妻思念爹和母，将言一一告唐僧。
我师启奏君王晓，差我前来捉你身。
黄妖听说心中怒，就把唐僧骂几声。
将言说与妻子晓，我去朝中见丈人。
一心要杀唐三藏，妖精变做俊书生。
驾云便进皇城内，说与朝中文武听。
我是皇上亲驸马，百花公主丈夫身。
朝臣奏与君皇晓，召进金銮见帝君。
国皇皇后同登殿，见其驸马貌超群。
请进驸马登宝殿，御赐香茗坐锦墩。
便问卿家何处住，百花公主哪方存？

且说老妖奏上君皇："臣住在南岭村庆云山。前年忽然龙阵过，天送宫主到家，至今三载了。我妻思念爹母，叫臣前来朝见万岁。"万岁又问："唐僧，你说妖精其实不是妖精，倒是东床。"黄妖又奏道："唐僧是南山虎怪。"黄妖把唐僧一指，就变一只黑虎，君皇大惊，吩咐将铁索锁颈。自此妖精进来之后，无数宫娥被他吃了。若无行者到来，合宫之人尽被妖精之口吃了。

手指唐僧变虎精，铁链锁颈苦临身。
败阵再宣猪八戒，来到金銮见帝君。
见师变作斑斓虎，口共心头自忖论。
还请悟空前来到，好救唐僧去取经。
八戒腾云来得快，水帘洞内见师兄。
低头拜见孙大圣，说起黄妖手段能。
阵前捉进沙和尚，又把唐僧变虎精。
早行救得唐三藏，若迟一刻命难存。

且说观音在南洋珞伽山上，掐指算就，驾云来至花果山，吩咐行者救师父去也。

须看观音菩萨面，去救唐僧不识人。
行者总看观音面，我今只得往前行。
驾云一刻来得快，早到黄妖大洞门。
大小群妖多遭难，麻绳割断放沙僧。
带领百花公主女，同到金銮见帝君。
国王见女从头问，百花细细诉原因。
儿被黄妖来摄去，三年抛僻父娘亲。
亏了取经人三位，今朝又得见慈亲。
说犹未了黄妖到，手执长枪骂丈人。
若无妻子来还我，桑田变海尽翻身。
恼了齐天孙大圣，妖精飞上九霄云。
大圣驾云来赶上，一心要杀怪妖精。

黄妖见了孙大圣，手执长枪来战尊。
忽见金星来解劝，叫言息怒免刀兵。
百花公主非凡类，她是天仙织女星。
思凡下降为公主，黄袍妖怪是魁星。
二人只为凡心动，三载夫妻宿世姻。
今日天曹传玉旨，二人即便上天庭。
举手忙将师一指，依先原是取经人。
拜别国王来上马，师徒四众往西行。
路途阻隔何日了，阿真国内换关文。
火焰山前来走到，焰焰烈火阻途程。

且说沙僧叫言："师兄，须到牛魔王妻子那里，铁扇公主处，借她铁扇来，方能过得此山。"大圣见说，随即来到平源洞，进洞拜见公主，乞借铁扇。公主便将假扇借与。行者就将此扇去搧火，火光大焰，把行者毛都烧去。行者大怒，就杀上洞来，与牛魔王交战，却被公主将扇一搧，吹去路程三万余里便了。

假扇搧山火更生，悟空发恼战牛君。
牛魔大圣山前战，铁扇搧来无影踪。

说乃可晓得，行者一个筋斗要打十万八千路，乃这三万里路，一霎时又转来了也。

悟空变做牛魔样，洞中公主出来迎。
须把扇儿来藏好，悟空变化不非轻。
公主将扇来取出，付与夫君藏好身。
悟空将扇拿在手，现了原形出洞门。
火焰山前扇一搧，火光尽灭冷如冰。

唐僧八戒沙和尚，平安无事过山林。
过了火山八百里，送还宝扇去登程。
行过西山上印国，火峰山在面前存。
见一孩儿年纪小，红鞋红裤着红兜。
山前路上来啼哭，说是牛家小舍人。
家住西山三五里，强人赶散躲山林。
唐僧见说生慈念，下马亲来抱舍人。
小儿便把神通使，唐僧摄去洞中存。
大圣即便忙赶上，火云洞内出妖精。
红孩便把长枪使，大圣金箍棒一根。
二人大战三十合，红孩口内火烟喷。
烧坏沙僧猪八戒，悟空烧得走无门。
大圣思量难抵敌，拜请南洋观世音。
观音菩萨亲来到，红孩足踏火车轮。
菩萨手执柳枝洒，火焰烟尽冷如冰。
红孩俯伏低头拜，五十三参见世尊。
此刻红孩归佛教，相随菩萨转南洋。
大圣救出唐三藏，师徒上路向前行。
来到西天中印国，国王好善广看经。
独角大师生嫉妒，排成巧计害唐僧。

话说中印国王，国师名称独角大仙，殿前设立煎滚油锅，叫："僧人下锅洗浴，放你过去。如不下锅，休想到西。"行者道："你下去得，我也下去。"国师道："当先客人先下。"行者就卸下衣衫，跳入油锅，呵呵大笑，登时又变做铁钉，就影迹前无。唐僧告言国王，乞求香烛羹饭，拜见祭悟空便了。

纸锭香羹说祭文，唐僧哭拜悟空魂。
指望取经成真果，谁知半路两相分。
悟空听见心中惨，跳出油锅外面存。
君皇一见龙颜悦，还放唐僧去取经。
大圣将仙来扯住，你下油锅我便行。
大仙也有神通法，跳入油锅里面存。
悟空见了心中怒，火龙放入在锅心。
大仙登时都烧尽，一时烫死命归阴。
悟空奏上君王晓，他是羚羊万古精。
不是我来除此害，满朝文武尽遭瘟。
国王文武多欢喜，拜送唐僧上路行。
又到西天下印国，太平无事换关文。
行到王城天色晚，清云寺内借安身。
老僧普惠相迎接，众僧数十拜唐僧。
唐僧见众齐下拜，千佛袈裟挂在身。
满殿毫光来照着，老僧普惠起谋心。
要借袈裟来看样，明朝清早送还呈。
三藏不知他使计，就脱袈裟借与僧。
普惠更深来放火，要烧三藏共三人。
悟空知悉神通使，护住唐僧师父身。
忽转北风来得恶，红光万道透青云。
僧房五百多烧尽，唐僧正殿不烧身。
黑熊救火来到此，看见袈裟无价真。
当时就把神通显，偷了袈裟进洞门。
普惠老僧来回转，归房不见宝和珍。

失了袈裟无价宝,老僧吊死命归阴。

且说此日,悟空要袈裟,众僧道:"老和尚吊死了,袈裟不见了。"行者道:"此处可有妖精?"众僧道:"我这里有座黑峰山,山中有个道人,常常来往。"行者听言,即便登程而去。见一个道人,行者便问道人。答曰:"吾是叫虚子仙,今有黑熊大王,得了千佛袈裟,特去贺他。"行者听言,便把虚子仙打死。大圣变作虚子仙一样,来到洞口,黑熊来接。行者道:"闻得我师得了袈裟,特来庆贺者,有仙桃在此。"黑熊欢喜,连连拜谢便了。

　　仙桃献上黑熊精,接过仙桃口内吞。
　　吃下之时非小可,悟空肚内叫妖精。
　　还我袈裟饶你命,若迟一刻命难存。
　　黑熊哀告饶我命,还你袈裟到寺门。
　　走一步来痛一痛,袈裟双手献唐僧。
　　悟空拿了金箍棒,撑住门牙出外来。
　　熊精一见心中怒,手执铜锤打面门。
　　行者将棒来隔过,寺前交战定输赢。
　　八戒沙僧来动手,黑熊打死命归阴。
　　唐僧上路前行去,千辛万苦受载辛。
　　万寿仙山来安歇,镇元仙子远相迎。
　　满盘托出人参果,献与唐僧四众人。
　　唐僧见了心中怕,参果好像小儿身。
　　我戒杀生不害命,决然不吃此儿身。
　　那时仙童呵呵笑,你们不吃宝和珍。
　　吃了长生并不老,后园树上长生成。

一百年来结一果,何来作果害唐僧。
三人思想来起意,要到园中作贼精。
果然一树人参果,取下来时当点心。
悟空棒打人参果,打落三只地下存。
人参落地无踪影,三人心内尽惊慌。
明日早起天色晓,仙人开口骂唐僧。
偷我六个人参果,取经和尚太无情。
唐僧被骂心烦恼,埋怨沙僧八戒身。
行者闻言心烦恼,将树打断果无存。
镇元大仙生法怒,扯住唐僧不放行。
还我果儿并果树,放你西天去取经。
三藏一时无可奈,行者便与我师闻。
我请观音来到此,悟空即刻就登程。
请到菩萨离南海,观音速刻到山林。
登时把树来接活,照依旧日一般能。
三十六个人参果,镇元行者皆欢欣。
观音大士归南海,行者唐僧再赶程。
前边来到南河岸,波浪滔天阻路程。

且说唐僧来到恒河沙岸边,波浪滔天,怎能过去,正在心中烦闷。忽见河中现出一个老鼋,其大非凡,口叫:"师父,我来度你过去。"行者道:"不要到半海中沉下去。"老鼋道:"再不敢的,只求师父见佛,与我带问一声,几时方得成其正果就是了。快下来过去。"一众师徒连马一齐下岸,上了鼋背,就过海去了。来到西边,连忙上岸,远远望见另有一番世界便了。

老鼋也要脱凡胎,度过唐僧西岸来。
　　黄金遍地无人取,太平无事不关门。
　　走过西乾天竺国,灵山就在面前存。
　　唐僧拜到山门口,一进山门人影无。

且说唐僧来到山门立住,只见旁边走出一人,口中常念阿弥陀佛。唐僧说道:"此处可是灵山?我要拜佛求经。"那人道:"你要拜佛随我来。"师徒连马一齐随行,来至后边。只见一条阔河清水,水深万丈,并无船渡。只见上流一只小小花船,一人在上念佛而来。那人道:"快快下船来罢。"唐僧道:"如此小船,又无船底,怎好过去?"只有行者原是晓得,二佛来渡我师父唐僧。行者连忙扶了师父,就连马一同下船,来到船上。乃人把船摇去,那唐僧就此脱却凡胎,摇到灵山滩岸上山去了也。

　　唐僧拜上灵山顶,宝殿清天接白云。
　　前有风调并雨顺,给孤长老把山门。
　　大雄如来登宝殿,巍巍不动紫金身。
　　文殊普贤为上首,阿难迦叶两边分。
　　佛前五百阿罗汉,佛后三千揭谛神。
　　八部天龙恭敬礼,万尊菩萨两行分。
　　唐僧四众低头拜,拜请如众转法轮。
　　弟子唐僧归命礼,唐朝御旨请真经。
　　伏望佛祖生慈念,宝忏经文转法轮。

且说时,如来佛即与取经五众摩顶受记:唐僧成旃檀功德佛、悟空成斗战胜佛、悟能成三界符官、悟净成水天、白马成不动如光佛。付经三百部,瑜伽大教取归东土。唐僧启奏如来:"太宗问我几年回国,弟子许定六年,到此已经六载,转去还得六载,可念唐皇悬望。焉能就得到本国?"如来曰:"即差四大金刚,送你回去,卯时起身,午时就到。"即拿金钵藏经三百部,拜别我佛如来,白马登程。不消半日,早到本国。再言唐皇在望经台上,遥见唐僧回国,满朝文武,上前三呼三拜,迎接法宝。众官择日修建冥阳大会,超度众生灵魂便了。

天子朝官心喜欢,大排銮驾接唐僧。
法宝殿前非小可,毫光万道透天门。
金銮宝殿修齐事,济度河沙众鬼魂。
天子拈香皈命礼,满朝文武志诚心。
三十六宫多念佛,七十二院尽修行。
唐僧开阐金刚卷,普济群生出苦轮。
自此鬼魂皆得度,九州十显尽超身。
父母宗亲生净土,九元七祖上天庭。
自从留下瑜伽教,永远通流度众生。
唐僧取经成正果,流传宝卷度群灵。
大众有缘同聚会,消灾延寿保长生。
今日斋主功德大,同到莲池上品尊。
参明般若经中意,是报巍巍天地恩。
佛前明烛辉煌亮,香在炉中化作灰。
正要佛前来忏悔,西池王母又来催。
经也完来卷也完,佛也欢来人也欢。
斋主满门添吉庆,合堂大众永安康。
为上良缘三世佛,文殊普贤观自在。

诸尊菩萨摩诃萨,摩诃般若波罗蜜。
愿以此功德,普及于一切。
□□□□□,□□□□□。
南无灵山会上佛菩萨　阿弥陀佛

唐僧取经宝卷

【解题】《中国宝卷总目》著录。郑州大学图书馆藏民国抄本。封面题"民国二十四年　留耕堂姚洪才诵"。此卷情节别具特色。如把鹰愁涧(本文作"殷勤涧")收龙马和闹龙宫借金箍棒糅在了一起。更为出人意表的是,读者熟知的百回本第八十一难——通天河老鼋作怪,师徒们落水的原因,在这里演绎成了一段特殊公案:"通天河内癞鼋精,托我问问佛世尊。他在河内八百载,渡了多多少少人。佛爷取出紫金盒,八个馒头里面存。惟有八戒多贪嘴,偷了四个当点心。元朝江山八百载,朱朝分了四百春。后来出了朱洪武,搅得江山不太平。"元、明的朝代更迭在这里是因为八戒贪嘴偷吃了佛祖给老鼋的四个馒头,这一改动,使故事充满了谐谑色彩的同时,也展现了民众对历史的别样阐述。另,此卷结末云"今朝宣完取经卷,听卷之人保平安。要知后来根由事,刘全进瓜再分明",可知"刘全进瓜"是取经故事的后续,这一点和现存百回本的情节结构有很大差异。另有张家港乐余镇向群村朱庆妹藏本与此情节近似,但较为略简。

　　紫香炉内把香焚,表起唐僧取经人。
　　若问此人根由事,自然说你众人听。
　　(说)唐僧取经,出在唐朝年间,父亲陈光汝,母亲殷氏宰相之女，名叫殷三小姐。只因洪江上任遇了强盗，陈光汝打死江中，殷氏肚中有孕三月，到后来剩下一子，名叫江流。小官人装在匣里，抛下江面漂到金山寺下，金山和尚收留，做了出家人了。

不说江流和尚做，再说朝廷圣主人。
唐王早登金殿上，便问朝廷武共文。
孤家那日进地府，三曹对案许愿心。
一许西天经来取，二许进瓜了愿心。
三许龙楼三道表，扬旛挂表请尊神。
那个代孤把经取，那个进瓜地府门。
那个代孤经来取，公卿快快奏分明。
走上茂公忙俯伏，我王万岁听忠臣。
若是西天将经取，凡人不能到雷音。
朝廷文武不能去，必须挂榜招高僧。
该因我王洪福大，自有高僧取经人。
唐王听说龙心喜，依了茂公老先生。
上写大国唐天子，要拣高僧一个人。
有人西天将经取，封为朝廷第一僧。
榜文挂在午朝门，晓谕天下众僧人。
不说朝廷榜来出，再说江流出家人。

（说）江流和尚闻得朝廷出榜，我上前去，揭下榜文。看榜之人叫道："去京见王。"唐王万岁见了和尚，龙心大悦，叫声："和尚，代朕西天取经，可要人马？可要几月？多少粮草？"江流道："万岁在上，小僧叩见。西天取经路途十万八千里，不要人马，不要粮草，一路募化到雷音寺。取经只要一匹龙驹马,跟随只要二个人了。"

唐王听说心欢喜,卿家听我说原因。
既然虔心西天去,封你法名叫唐僧。
取得三藏经来到,回来封你第一僧。
光禄寺内办酒席,管待和尚出家人。
光禄寺里酒席揭,打发和尚往西行。
圣王送出金銮殿,八大朝官送出城。
唐僧上了龙驹马,惊动南海观世音。
观音菩萨掐指算,知道唐僧取经人。
年纪才交十八岁,未知真心不真心。
我到下方去走走,试试和尚出家人。
若自真心西天去,指条明路他动身。
若有三心并二意,叫他上路遇虎吞。
观音大士摇身变,变个凡间女佳人。
耳上八宝金环子,又戴翠花放光明。
内穿白绫小袄子,外面又加小背心。
描金膝裤鸳鸯带,大红鞋子跳三针。
手内花篮提一边,装作采花女佳人。
唐僧策马向西去,遇到菩萨变佳人。
高叫美人快过去,马来踏了你当心。
菩萨听说忙开口,叫声和尚出家人。
急急忙忙那里去,从头说与我知音。
唐僧说道西天去,朝拜如来佛世尊。
观音菩萨回言答,叫声和尚出家人。
西天路上去不得,碰碰打打有妖精。

遇到芦柴都妖怪,路上之中都妖精。
劝你莫到西天去,面前庄上去招亲。
倘若生下男和女,出家和尚有后根。
唐僧开口一声骂,大胆油头女光棍。
我是真心经来取,说什招亲不招亲。
马上加去三鞭子,佯佯不听去如云。

(说)菩萨暗想,自修行之人,虔心西天取经,待我指条明路。菩萨变一个年老婆婆,手拿拐杖,站在三岔路口。唐僧见婆婆道:"婆婆,我小僧奉旨西天取经,只因三岔大路,哪条路到西天?"菩萨道:"你往此条路走,如西天便了。"

婆婆不自别一个,就如南海观世音。
晓得你把经来取,特来引路你当身。
你有三个小徒弟,我来说你尽知闻。
五云山上孙行者,是你徒弟第一人。
高家庄上猪奴精,是你徒弟第二人。
流沙河内沙鱼精,是你徒弟第三人。
殷勤涧换来马匹,能在西天取经文。
倘若有了急难处,叫我三声观世音。
唐僧低头来作揖,菩萨驾云动了身。
不说菩萨驾云去,再说唐僧取经人。

(说)唐僧在老虎山经过,忽然一阵狂风,山上老虎来了。大大的,牛马大的,张开口要吃人。唐僧道:"不好了。"幸亏来了打猎一人,马叉一把拿在手中,开言便骂老虎:"大胆畜生,不可吃了此人,你把唐僧吃,谁有取经之人。"老虎能知人言语。

唐僧一见心欢喜，大王老虎叫几声。
你能打得老虎走，同我西天取经文。
取得三藏经文到，封你值殿大将军。
太保听说心欢喜，师父在上听原因。
我名就叫刘太保，大号名叫刘伯钦。

（说）太保姓刘名伯钦，受了三太子的恩，把高山管虎，若要同你取经，怕老虎吃人。太保道："师父胆小，我今送你过山了。"

唐僧上马前头走，后跟太保刘伯钦①。
二人在路行得快，五行山在面前存。
太保这里高声叫，师父在上听原因。
这边山头是我管，那边山头是别人。
马叉一响来分别，作别唐僧转山林。
唐僧抬起头来看，五行山在面前程。
山上有个毛猴子，他的道行怕煞人。
石矶娘娘化精行，变成一个猴子精。
受了日精并月华，变化无贫无比伦。
大闹天宫多厉害，封为齐天大将军。
又闹地府森罗殿，封为长生不老人。
又闹东海水晶宫，龙王封为弼马温。
又闹西天雷音寺，宝塔压住不翻身。
五座宝塔压在地，上面压的是经文。
待到唐僧来取经，才能放他出山门。

---

① "伯钦"原作"白青"。

猴子来到山脚下，不知害了多少人。
若是打他山下过，人人俱是丧心命。
真遇唐僧山来过，猴子要想吃他身。
抖抖毛衣擦擦眼，站起来把把腰伸。
猴子说道多厉害，你个和尚什么人。
看看和尚有道理，他在马上不动身。
忽然想起从前事，佛爷吩咐我当身。
师父骑马山前过，便是开口叫唐僧。
唐僧西天经来取，才然放我出山林。
高叫师父快救我，情愿同你取经文。
一声叫来如雷响，惊天动地怕煞人。
唐僧说道不好了，只怕光头要断根。
你要吃我快的吃，鬼声高吵为何因。
猴子又把开口说，师父在上听原因。
我是不如别一个，我是多年猕申精。
当初佛父拿住我，名叫嘛呢叭呢吽。
唐僧听说嘛呢佛，只是我的旧营生。
直到的个高山上，果然山上有经文。
口内不住把经念，即吐人言把话云。
我同师父经来取，师父代我取个名。
唐僧说道用不着，五毛行上不像人。
看我行上生得配，专拿妖精作怪人。
唐僧听说心欢喜，叫声猴子听原因。
取名叫你孙行者，法名悟空你当身。
猴子听得忙称谢，行走一路就动身。

师徒二人来得快，来到树下躲躲身。
　　猴子肚里想主意，想到天宫盗宝珍。
（说）猴子想盗的宝珍，王母栽的桃子，偷他几只，吃了天宫仙桃便是长生不老。想定主意，一个筋斗迁到斗牛宫内，偷了几只仙桃，也自一个筋斗回程，好送师父吃。口的自己吃。唐僧吃仙桃了。
　　猴子说道不好了，龙马被盗是怎生。
　　唐僧一吃心胆小，西天路上去不成。
　　猴子说道不要紧，去找保正问他身。
　　一直来到山脚下，土地老儿你是听。
　　我的师父龙驹马，那个偷去马行口。
　　快将龙马还与我，一笔勾清不利能。
　　不把龙马交还我，一记巴掌打你身。
　　土地老爷唬一跳，叫声齐天大将军。

说："师父，要怪北海龙王三太子，白面王爷嫡外甥，只因行错风雨，罚他充军于罪了。"
　　许多日子不成吃，四年未曾开了荤。
　　见你师父龙驹马，何关我事半毫分。
　　猴子听说心焦躁，遭他娘娘棒头瘟。
　　高叫师父等一等，我到北海走一巡。
　　猴子翻身他去了，来到龙宫里面存。
　　说起猴子多厉害，到了龙宫把利论。
　　龙宫兵将抬头看，殿上坐了猴子身。
　　凸头脑来凹眼睛，浑身毛衣发了青。
　　虾兵蟹将忙开口，你是何方作怪人。

猴子听说回言答，叫声虾兵蟹将人。
你要问我何名姓，我今说与你知闻。
花果山上生长我，我如齐天大将军。
你家主人龙王佬，与我有亲非外人。
虾兵蟹将听得说，急急忙忙报事因。
外面来了毛东西，一口大话唬煞人。
龙王听说这句话，想是来了弼马温。
连忙来到高厅上，果然不差半毫分。
龙王一见忙开口，叫声齐天大将军。
猴子向前拱拱手，便把表兄叫几声。
我同唐僧经来取，殷勤涧内遇妖精。
却是你的三太子，抢去龙驹下口吞。
我到尊府无别事，要匹龙马取经文。
你把龙驹交还我，欢天喜地早动身。
不把龙马交还我，操得龙宫不太平。
龙王听说我晓得，我去问问小畜生。
一直来到后宫内，大胆畜生了不成。
如今龙马要你变，同到西天取经文。
取得三藏经来到，封你白马大将军。
太子听说将恩谢，两眼珠泪落纷纷。
晓得猴子若不得，自己惭愧难见人。
伏在地下打个滚，变匹龙马爱煞人。
配上鞍桥红绳扣，送与猴子弼马温。
才能行走到雷音，猴子一见喜欢心。
闻得西天多妖怪，话不虚言果然真。

我有二个毛拳头，怎能西天打妖精。
表兄可有兵和器，借件宝贝与我身。

（说）龙王道："有了，送你定海针，去打妖精。此定海针，三丈六尺长；若是大小，比那罐缸一样大，秤斤要十万八千斤。"猴子口气一吹，刚刚放在耳根边，身骑龙马回程。叫师父上马。

唐僧上了白龙马，猴子保驾后头跟。
正行举目抬头看，六盘山在面前存。
当头一棒锣声响，来了盗贼短路人。
缠头白布多厉害，鬼头刀儿要杀人。
一个就叫奔儿把，一个就叫把儿奔。
一个叫做哼儿哈，一个叫做哈儿哼。
一个叫做青头嫩，一个就叫嫩头青。
六个强盗多厉害，拦住来路客商人。
有人打从山下过，总要丢下买路银。
若有银子来买路，放你师徒过山林。
没有银子来买路，钢刀底下丧性命。
唐僧说道不好了，只怕光头要断根。
猴子听说冲冲怒，遭他娘的棒头瘟。
伸手耳后摸一摸，拔出金箍棒一根。
我今本是山中长，我今本是山中生。
山中和尚念山经，同你今朝扯个钉。
当头就是一棍子，哈儿哼就断了根。
一连就是几棍子，六个强盗打了尽。
且把强盗衣剥下，费些银子盘费银。

好衣留与师父来着，配的留与我身穿。
唐僧见了心大怒，你个猕申惹祸根。
还是出外去修行，沿途打死许多人。
若是佛爷来晓得，岂不埋怨我当身。
孙行者听说心不悦，便说师父不成文。
我今为你将他打，反来埋怨我当身。
跟了和尚有甚好，沿途讨饭活现形。
三日五日没饭吃，肚肥靠着脊梁筋。

说："化着一顿饭，放开口是吃，吃得肚肥流星样。"行者道："行程路去，待我一个筋斗来到，水帘洞在面前。"行者到了水洞快乐。不说孙行者，要说观音娘娘晓得弼马温。观音大士心中一想，送他宝贝。一朵祥云变道姑出家人，且将七字传成十字送宝珍了。

有唐僧，见道姑，忙忙施礼。
尊仙长，称道姑，且听贫僧。
唐天子，许愿心，要将经取。
小贫僧，领圣旨，西天取经。
五云山，收住了，齐天大圣。
他是我，徒弟子，同到雷音。
六盘山，遇见了，强盗短命。
见行者，金箍棒，打死六人。
我说他，言和语，不听教训。
那行者，心烦恼，别我回程。
有菩萨，听得说，开言便道。
叫一声，唐三藏，听我原因。

我一身，只为你，虔心诚意。
　　特送你，无价宝，好收猴子。
　　花花帽，紧身兜，交付于你。
　　紧箍咒，念熟了，叫他头疼。
　　我老身，到东边，劝他回转。
　　他才然，归顺你，同到雷音。
　　唐三藏，接宝贝，低头下拜。
　　那菩萨，显神通，离了埃尘。

（说）观音大士叫声和尚，你把宝贝在手中，变个货郎买卖。唐僧听说："晓得。"货郎鼓儿摇几下，猴子洞内往外行的，等（下缺）唐僧道："你买不起，此物冬暖夏凉之宝物。"猴子道："把我穿穿的帽子拿来戴的了。"

　　帽子拿来头上戴，宝衣一件穿上身。
　　我道欢喜翻筋斗，只得得罪你当身。
　　一个筋斗来得快，水洞就在面前存。
　　行者来到水洞口，哈哈大笑到来临。

（说）唐僧宝衣宝帽，把孙行者骗得到手逃走了，水洞里也如无法想。唐僧道："有了菩萨赐我紧箍咒，在此试试，看灵不灵。"顺念三遍，由是可倒念三遍。猴子疼痛难当。行者道："衣帽不好，快的脱衣帽便了。"

　　左一脱来右一顿，一头猴毛抓干净。
　　睡在地下打一滚，铜箍越紧二三分。
　　行者说道不好了，脑门钉下扒头钉。
　　忙忙来见唐三藏，看他串会医头痛。
　　一个筋斗来得快，去见师父取经人。

我个头里疼不了,请你师父医头痛。
唐僧说道医不好,等你疼疼就不痛。
行者听说慌了张,我条性命活不成。
叩求师父来医好,一定同你取经文。
唐僧伸手摸一摸,一直摸到耳朵根。
唐僧说道好了罢,即刻除了十分痛。
孙行者说道真古怪,这个妙法怕煞人。
师父可以传与我,我也算计别个人。
唐僧说道不传你,你是不如正经人。
从今不可犯我法,同我西天取经文。

(说)唐僧道:"下次再犯我法,即刻就头痛。"行者听说,汗毛一立。猴子两眼擦了说道:"下次不敢。"师徒两人说罢,一反手拿行李到西天取经。师徒二人行走路上,弯弯曲曲,真快。忽然抬头一看,小小村庄一座,我一看日落西山,走近前去一问,是高家庄。高家庄上借宿安身,问高老头子。高老头子道:"你两人为何?"唐僧道:"师徒二人要借宿。"高老头子道:"别日还可借宿,今日借宿万万不能。我对你说,我家有个小女,名叫高素珍。打从玉水河边过,惹了山中猪仙人,今朝黄道之日,约他今夜到来招亲。倘遇着猪妖精,恐怕伤你二人。"行者一听有妖精二字,想我的营生来了。猴子道:"偏偏要借宿,保你捉住妖精便了。"

高老听说心欢喜,请你师父捉妖精。
我今留你点心饭,快把素菜就端正。
一碗豆腐一碗粉,一碗皮儿共面筋。
一碗红枣共山药,一碗百合共香菌。

满满盛了八大碗,请请和尚出家人。
唐僧说道吃饭咒,行者说道哄谁人。
唐僧吃了二碗饭,猴子吃了二大盆。
小姐睡在香房里,猴子高楼捉怪精。
准备妖精来到此,我要伤他命残生。
高老听说心欢喜,捉住妖精谢你们。
叫声我儿素珍女,前来拜谢师父们。
小姐向前端端拜,多谢师父救我身。
行者睁开两只眼,眼见小姐貌超群。
行者在地一个滚,变成一个女千金。
我在楼上来安歇,等候猪精到来临。

(说)黄昏之后,猪奴精到来。手拿猪府灯笼一盏,八人轿子动身,三个百子炮。高老一见,忙把扯住轿杠:"叫你做亲。我直言告诉你,今日有算命先生的,岳母请将你夫妻把把八字,夜头不能点灯。倘然你要点灯,不死男人要死女。"猪精道:"好好好。"

妖精听说心欢喜,与你岳父不点灯。
走到当堂身作揖,拜拜丈母与丈人。
各公在此略一遍,我到楼上会千金。
洒金扇子拿在手,一步三摇像书生。
一头走来一头说,口里不住叫美人。
美人你今看看我,蟒袍玉带色色新。
腰内束了蓝腰带,粉底乌靴足下蹬。
有朝一日为皇帝,正宫娘娘你为尊。
猪奴就把春心动,伸手去摸女千金。

（说）猪子摸摸小姐，斗大毛头短发。猪奴想道：剪脱头发，为要在底下摸摸看。看一双大脚想到：小娘十八变，变得十分丑形，今夜看不清，可惜不能点灯，明日再细看。不管歹好去亲了。

　　行者听说冲冲怒，拔出通天棒一根。
　　当头一棒打下去，猪精跌倒地埃尘。
　　扒起身来往外走，房门关得紧吞吞。
　　猪奴求说放我走，九天仙女不招亲。
　　高老听说哈哈笑，手内拿了新麻绳。
　　行者拿了麻皮绳，捆着妖精拉出门。
　　直来到了书房内，拜见唐僧取经人。
　　妖精说了饶饶我，情愿跟你去修行。
　　唐僧一听心欢喜，就与猪子取为名。
　　取名就叫猪八戒，法名叫做猪悟能。
　　有了徒弟人两个，西天路上不怕人。
　　高老庄上过一夜，今朝要到路上行。
　　唐僧上马前头走，后跟徒弟二个人。
　　师徒三人往前走，流沙河在面前程。
　　河里有个沙鱼精，千万道行能变人。

话说沙鱼精千年道行，想着要吃唐僧肉，与天同庆。沙鱼精一个滚，变成一个人在水中，假作落在水中喊："救命！有人修行来救我，子子孙孙做公卿。"唐僧在马上就高叫两个徒弟："你到河边救救河难之人。"孙行者忙开雌雄眼睛一看，河内个人，看他头上青气，一定不是正经人。行者道："师父，我你三人只管走路，不可救他。"唐僧道："大胆畜生，你见死不救,该当何罪?你见犯法之人,你不去,等我自己救了。"

九股禅杖拿在手,开言便叫落难人。
快快抓在禅杖上,拉上岸来有性命。
妖精接着禅杖尾,唐僧用力一把拉。
大胆妖精伤天理,反把唐僧拉水中。
行者一见慌张了,八戒说得要断根。
行者即忙开口说,叫你八戒听原因。
旱路妖怪我能捉,水中妖怪我不能。
八戒说道我来去,水中妖怪自我能。
一人不能拿妖怪,你要同我捉妖精。
行者摇身一个滚,变成一个假猴狲。
伏在八戒背心上,同到河里拿妖精。
八戒河中倒猛子,行者淹死水中存。
八戒站在岸上笑,笑你一只猴狲精。
只在岸上凶得很,到了水中要你命。
只为你凶我遍你,西天路上充甚魂。
沙滩上面我睡睡,高家庄上去招亲。
不说八戒睡着了,再说行者弼马温。
要救师父身在岸,登在岸上保登登。
行者水中一个滚,变成一个勾死人。
头就有个笆斗大,腰身大得不相心。
八角瓜锤拿在手,铁线一条手中存。
一直来到沙滩上,叫声八戒坏畜生。
你把师父淹死了,阎王面前把状论。

我是阎王着来的，拿你当堂问你身。
八戒唬得魂飞了，菩萨在上听原因。
同名同姓勾一个，望你饶了命残身。
行者听说饶你的，同我前去捉妖精。
九齿钉钯拿在手，跟了行者捉妖精。

（说）孙行者与朱八戒二人，齐到沙河内，拿捉沙鱼精。捉到鱼精去取经。

不了师徒就要走，连马带人往前行。
正行举目抬头看，火焰山在面前存。
此山上有八百里，正是南来北往人。
三个年头不落雨，黄泥当糕卖与人。
唐僧说道完了帐，西天路上去不存。
行者说道不要紧，我有主意说你听。
狮子洞里牛魔王，他家有件宝和珍。
待我去到狮子洞，盗他无价宝和珍。
一个筋斗来得快，狮子洞在面前呈。
行者来到狮子洞，牛魔北海拜生辰。
猴子就变牛魔王，一摇一摆进洞门。
铁扇公主忙开口，叫声大王你是听。
你到北海去拜寿，因何即刻转家门。
猴子听说回言答，叫声公主听原因。
他家生日记错了，明日才是正生辰。
耳听外面妖风起，来了一班贼道人。
我家有把分火扇，收在高山要小心。
铁扇公主忙不住，开箱倒笼取宝珍。

忙把扇子拿在手,交与行者弼马温。
你把扇子收好了,我怕失了宝和珍。
行者听说心欢喜,心中计谋八九分。
一个筋斗来得快,火焰山在面前呈。
猴子念动开扇咒,放开无价宝和珍。

(说)一把扇子,一扇风来二扇雨,扇又三扇,田苗生青。猴子道:"正正宝贝,带他西天去。"行者道:"只会放开不会收进,不能带去。"扣住边骨无人收进了。

唐僧师徒不在了,牛魔王爷转家门。
望见家中蝎蝎大,莫非失了宝和珍。
铁扇公主掐指算,晓得猴子弼马温。
盗我宝贝也罢了,讨我便宜了不成。
八把飞刀拿在手,去赶行者弼马温。
我要赶若孙行者,剥他皮来抽他筋。
一直来到火焰山,看见无价宝和珍。

(说)牛魔王到,叫声:"公主,宝贝在此,不要再赶。倘若孙行者,他是大大的道行,他是安天会上拜过师父。也是自家人。"牛王爷道:"公主拿了宝贝,拿了宝贝慢慢回家转了。"

不说火焰山上事,再说唐僧师徒们。
过了火焰山一座,师徒四人赶路程。
正行举目抬头看,蝎子山上到来临。
多年蝎子成了精,开了招商客店门。
招牌挂在大门口,不下男人下女人。
八戒说道天色夜,下了招商客店门。

唐僧道话没下处，只得招下女人身。
你看招牌写大字，不招男人下女人。
行者说道真奇怪，下的都是女人身。
师父我来将身变，变成一个女佳人。
唐僧变个年老汉，八戒沙僧变佣人。
行者变了裙衩女，下了招商客店门。
蝎子妖精来看见，好个标致女佳人。
今日晚上高高兴，叫你吃酒饮杯巡。
开言便把小姐叫，家中可有丈夫身。
猴子说道你问我，家常说来听原因。
九岁做个小媳妇，十一岁上失了婚。
我今年方十九岁，正正好个女佳人。
蝎子听了哈哈笑，放量开怀饮杯巡。
一口吃了瓶把酒，妖精吃得醉沉沉。
伏在桌上打瞌睡，口里不住打呼声。
行者看他来睡着，拔出通天棒一根。
腰里解下丝鸾带，扣住妖精半腰中。
照定头上一棍子，打得蝎子现原形。
两个翅膀来开放，一飞飞到九宵云。
行者抬头看一看，妖精也会放风筝。
当门放起无情火，烧杀多少蝎子精。
师徒元如路上走，陈家庄上到来临。
看看不觉天晚夜，前去借宿要安身。

（说）师徒四个人要安宿，唐僧道："陈家老儿，我今借宿。"陈老道："过路的师父，前面有龙王庙，庙里有鲤鱼精，在此呼风唤雨，多多厉害。宿在庄上不安宁的了。"

童男童女来还愿，村庄人家有收成。
今年各村轮流转，我家今年到轮来。
所以今早轮到我，我家就只二个人。
借宿请你别处去，不可害了多少人。
行者听说有怪精，我的生意到来临。
今日偏偏借宿夜，包你妖精赶动身。
陈老听说心欢喜，就请和尚捉妖精。
今日留你点心饭，足足烧了二大盆。
八戒吃饭了不得，放开嘴来只是吞。
行者说道快的吃，今夜要去捉妖精。
八戒说道多吃的，只将各人顾个人。
八戒吃饭像狼虎，听见捉妖委别人。
或男或女随你变，随你变什么人人。
八戒听说尖了嘴，光光算计我当身。
就在地上打个滚，变成婆娘丑煞人。
头就有个笆斗大，腰比夹箩一样能。
上阻天来下阻地，正正像个夜叉能。
行者说道用不得，懒惰婆娘不像人。
行者伸手拍一拍，短了三尺有余零。
行者这里摇身变，变成一个小郎君。
猪头三牲多买到，香烟纸马办完成。
一直来到龙王庙，祭祭妖怪鲤鱼精。

（说）鲤鱼精听了炮响，到庙里去吃人。虾兵蟹将道："大王，你去吃人，带块骨头我吞。"大王道："晓得。"波浪滔天去了。

八戒看见怪人到,唬得身上汗淋淋。
行者说道先吃我,我比猪子肥十分。
就在地上一个滚,变成一个铁背人。
鱼精张开口来吃,嚼出火星好惊人。
行者一见高声骂,遭你娘的棒头瘟。
金箍棒头撑在嘴,心肝五脏扒干净。
叫声八戒快的打,短头放下开后门。
八戒听说忙不住,依了行者弼马温。
九齿钉钯拿在手,照定鲤鱼不容情。
妖精打得惊心怕,浑身打得血淋淋。
当初钉钯九个齿,如今只剩四个钉。
晓得唐僧经来取,等我带你把冤申。
六月炎天下大雪,黄河冰冻三寸冰。
虾兵蟹将也要变,变成男女多少人。
登在河里超近走,要害唐僧取经人。
不说妖怪生毒计,再说师徒赶路人。
离了陈家庄一座,洞庭河在面前存。

(说)看见河面冰冻,就在冰上抄近走。走到河中,妖精大翻身,当当一声将冰冻打翻,唐僧跌下水中。行者、八戒道:"不好了。"

唐僧该因不得死,来了救命观世音。
手内拿只鱼篮子,一驾祥云到来临。
一直来到江边上,骂声孽障了不成。
害之别人倒也罢,要害唐僧不该因。

你是七三木鱼子,放你配了鲤鱼精。
快快跟我上山去,同我山上去修行。
鲤鱼精变木鱼子,困在鱼篮内面存。
虾婆虫变了蜻蜓样,观音老母关后门。
不说观音收妖去,陈家庄上就太平。
后来置下兰盆会,七月十五到如今。
过了洞庭河一座,蟋蟀山到面前存。
七个蟋蟀道行大,变成七个女佳人。
身上衣衫都脱下,池塘里面浴来洗。
八戒看见春心动,口内涎水往下淋。
好个标致裙钗女,登在池内洗其身。
不是师父同行走,也要池里浴来净。
高叫师父你先走,我要歇歇到来临。
唐僧行者去远了,八戒慌忙脱衣衫。
帽子衣服都脱下,脱下裤子岸上登。
高叫姑娘莫怪我,我要池内净其身。
就在池里一个滚,变成乌鱼水中存。
东一拱来西一拱,前来调戏女佳人。
蟋蟀说道作了怪,池内有个鬼迷人。
肚脐冒出一件物,缠住八戒好色人。
东一束来西一束,好似浑身麻皮绳。
八戒高叫猴大哥,快来救救我当身。
行者听说连声儿,忙到池边看分明。
行者说道真古怪,今日真真好新闻。
蟋蟀山上高叫兄,叫你和尚听原因。

（说）妖怪道："我们是黄花女子，因何调戏我们？"行者哈哈大笑，叫声："姑娘，我们是出家的，从来不趁乱欺人。我们打他一棒了。"

蟋蟀怕羞逃去了，八戒上岸动了身。
行走路上那样快，子母河在面前存。
唐僧说道饥饿了，哪个要去化饭吞。
行者说道我来去，募化一斋好超身。
唐僧说道口内渴，吃口水来润润心。
唐僧吃了子母水，八戒饮了大半樽。
沙僧就拿水来吃，肚内微微有些痛。
行者化得斋来到，包子馒头共点心。
高叫师父快快吃，吃了要到路上行。
唐僧说道不能吃，沙僧又说命不存。
八戒说道死得快，等等奴奴命残身。
肚内痛得难得过，这个日子过不成。
行者听说没主意，两只眼睛白登登。
叫声师父且熬住，快到王家饭店门。
王家饭店前来到，唐僧就在床上睡。
八戒沙僧快痛煞，即刻就要见阎君。
王婆听说只一跳，便叫师父一众人。
我是寡妇开饭店，病人莫入我门登。
不要房钱你出去，不可害了我家门。
行者说道不要紧，叫声奶奶你放心。

（说）行者道："肚疼难过，不是急症害，你不要紧。你胆大，我说你听的。吃了子母河内水，肚内疼痛。"王婆听得：

"只怕有孕。"八戒听说有孕二字:"只有女人养儿,哪有男人生产。"王婆道:"出家人,女子养儿过门出,男子养儿两肋出。"唐僧、八戒、沙僧说道:"不好。"行者道:"没有主意。"叫声关店:"奶奶,我拜托你催催生。"王婆道:"我寡妇开店,怎与和尚催生。若要师父不痛,除非乱石山上宝贝。有落产井在此,吃了井水,就住疼了。"

　　行者听说何难处,我去偷他宝和珍。
　　一个筋斗来得快,乱石山上到来临。
　　拔出猴毛吹口气,变个吊桶一根绳。
　　丢下吊桶取井水,一个筋斗转回程。
　　来到王婆饭店内,交与王婆年老人。
　　待我师父医好了,多少银钱送你们。
　　王婆听说心欢喜,手拿酒杯进房门。
　　少吃点心痛住了,吃得多来丧残身。
　　三个马桶坐上去,听我吩咐你当身。
　　叫你振来你就振,好把妖精养脱身。
　　上一拱来下一拱,好像孩儿出洞门。
　　放了几个空心屁,肚中才然住了疼。
　　唐僧说道才好过,八戒沙僧病离身。
　　王婆老娘会作怪,手拿白米进厨房。
　　一气盛了几钵水,毛米治粥照见人。
　　后来做下毛米粥,唐僧传流到如今。
　　八戒沙僧说秽气,这个稀粥烫煞人。
　　看看将来到满月,一众和尚有精神。
　　八戒沙僧西天多不去,要到东天取经文。

西天路上去不得,水在河内变妖精。
唐僧说到西天去,东天路上无正经。
若是东天有经取,省得费了许多心。
八戒说道不晓得,我来告诉你当身。
一字经来二字经,姑娘念的三字经。
三字经来四字经,书房学生读五经。
五字经来六字经,火烧大娘念灶经。
七字经来八字经,少年大娘有月经。
九字经来十字经,街上娘子做屁经。
唐僧说到用不得,这是混账不算经。
王婆饭店来满月,师父徒弟要动身。
慌慌忙忙往前走,弱水河在面前呈。
上无天来下无地,鹅毛落水顷刻沉。
唐僧说道不好了,弱水河要淹死人。
唐僧说到正为难,河内爬起癞妖精。
抬头看见人四个,见了和尚修行人。
你们要过弱水河,我可驮你四个人。
驮你过河非别事,托你问问佛世尊。
江山可能我几分,可能出世掌乾坤。
唐僧答应我晓得,不必道人细叮咛。
一气驮到西岸边,唐僧上岸赶路程。
唐僧上马路上走,望见雷音到来临。

(说)唐僧道:"雷音寺到了,听得钟鼓叮咚响。"师徒四人来到雷音宝殿。阿弥陀佛。唐僧来到大门口,下马只见宝塔,仙风道骨,七字八字九字,穿成十字,进庙门了。

唐三藏，进寺门，抬头观看。
见多少，无价宝，世上难得。
头门内，长果品，花红柳绿。
二门口，长的是，五谷丰登。
三门口，种的是，几样小菜。
丝瓜子，扁豆花，架上牵藤。
四金刚，八菩萨，分为左右。
李天王，托了塔，保驾随身。
当中间，坐的是，阿弥陀佛。
十八尊，真罗汉，两边分坐。
唐三藏，到殿前，双膝跪下。
将表来，拆开来，呈上佛尊。
佛老爷，看表来，心中欢喜。
叫阿那，阿伽法，早发经文。
这一部，《金刚经》，交付与你。
《金刚经》，带回去，超度亡魂。
这一部，《血盆经》，交付与你。
《血盆经》，带回去，超度妇人。
这一部，《三官经》，交付与你。
《三官经》，教女儿，总要随身。
有五经，并十咒，天花乱坠。
《梁王忏》《大悲忏》《法华真经》。
唐三藏，接了经，慌忙收拾。
五祭祀，三叩首，佛叫平身。
且不言，佛老爷，将经来送。

还将那,七个字,接念前文。
八戒上前双膝跪,我佛如来在上听。
通天河里癞鼋精,托我问问佛世尊。
他在河内八百年,渡了多多少少人。
佛爷取出紫金盒,八个馒头里面存。
惟有八戒多贪嘴,偷了四个当点心。
说元朝江山八百年来,朱朝分了四百春,
后来朱洪武出兵,江山不太平了。
不说书后开言语,再说猴子细思寻。
将身来到山顶上,且去偷看宝和珍。
山前山后山左右,青枝绿叶甚分明。
各式果品有斗大,仙草吃下变仙人。
越吃越喜越要吃,许多仙品口内吞。
吃过之时想主意,带的种儿转回程。
东土西瓜谁人作,便是取经带回程。
百样花名总开放,惟有甘蔗自长成。
地下种的好葡萄,也要带些转回程。
师徒四人回家转,通天河到面前呈。
癞鼋道人长伺候,专等唐僧师徒们。
刚刚来到一半路,癞鼋开口问原因。
托你问问佛老爷,回文说些我听听。
八戒取出紫金盒,交与癞鼋老道人。

(说)癞鼋忙开金盒,看到内边四个馒头,少了四个,为何元朝的江山八百年,朱家分四百春。皇帝先让你做,等我淹煞众生了。

就把身子沉下去,师徒淹死在水程。
行者一见驾筋斗,带了师父动了身。
来到东河上了岸,浑身是水湿淋淋。
经文放在地下晒,经卷湿水字不明。
有个拿在手内晒,手中怎拿许多经。
那边楝树一掌平,铺在楝树上面存。
如今楝树一字平,唐僧手内晒过经。
乌鹅禅师云中过,看见树上多少经。
东都原是建业地,不可带这许多经。
此经若带东土去,猪马牛羊总变人。
忽然一阵狂风去,刮去万卷好经文。

(说)一阵狂风,吹得经文落乱,也有吹在水。唐僧连忙捞起《心经》三卷。行者拿了《心经》三卷,超度五经十小咒了。

世上经文多是假,《金刚》《心经》真真经。
禅师云头高声叫,唐僧师徒你是听。
你是西天真禅子,放你东都去为人。
今朝替你将经取,回去封赠你当身。
东都刘全妻翠莲,天星临凡两个人。
刘全穷苦来处馆,翠莲穷苦做针功。
二人该落皇宫内,无人引他接你身。
他家有只金钗子,世代流传到如今。
你可去到刘家去,化得金钗宝和珍。
刘全若要金钗子,逼煞翠莲女千金。
又来刘全将瓜进,翠莲借尸转还魂。
夫妻皇宫来聚会,你去还他宝和珍。

乌鹅禅师腾云去，唐僧取经转回程。
来到金殿朝皇帝，三呼万岁口里称。
唐王天子龙心喜，御手相搀呼御僧。
御僧你的功劳大，代朕西天取经文。
西天路上任你到，你处寺里你为尊。
唐僧谢恩辞驾去，要正权臣立乾坤。
唐僧宝卷宣完成，斋主人家保太平。
今朝宣完取经卷，听卷之人保平安。
要知后来根由事，刘全进瓜再分明。
今日宣得取经卷，神欢人乐天喜欢。

(三槐雷坛)取经卷(节录)

【解题】未见著录。抄本,年代不详。封面题"慧真志",慧真(僧、道身份不详)应为抄诵者法号。文末有一大段祭拜专用的"表疏"文字,中有"今则醮筵初启,科范宣行,为此谨具申文一函,俯表拜上,诣玉几下呈进……"字样。从这段文字可知,此卷为流传于湘西北地区的"雷坛"科仪。本卷的特点是把斩龙、入冥、进瓜故事穿插在江流故事中间,后接悟空出世、闹天宫,再接西天取经。其中的闹天宫部分情节和百回本小说近似,但有关取经的一些细节,如关于三位弟子的排序,依次为——孙悟空、沙和尚、朱八戒,和平话系统一致。所以,此卷应该是受到百回本小说影响,但又保持部分旧貌的本子。

皈依道场海会诸佛菩萨
  佛 佛 众生
皈依十方一切法,法轮常转度亡魂。
  僧 僧 迷津
皈依三宝作登盟,拔度亡者往西行。
  夫此道场者,乃唐王游阴之故。盖谓太宗皇帝亲见阴司有诸地狱,受苦众生在于地狱受无量苦,东故西沾,难为解脱。于是唐王复返阳世,发大誓愿:未来世中,一切人人,

《三槐雷坛》取经卷(节录)

同缘种智。是故我今庶为既讼,名曰唐氏。原来取经之事,可以消灾获福,可以拔度亡魂。临案对演,诚心渴仰,外肃形仪,内启敬意,端言恭敬而主之颂者,均获利益。

唐王明大道,佛日照乾坤。
唐贞观,十三年,清平无事。
有一个,玄奘师,大德高僧。
就把他,出世间,根由说起。
俾后人,才知道,取经原因。
他本是,陈光蕊,状元之子。
嫡生母,姓殷氏,诰命夫人。
夫妇们,受皇恩,洪州上任。
领官诰,实愿往,清政良民。
忽一日,至江河,登舟涉远。
遇刘洪,船家长,狗肚狼心。
见殷氏,姿容美,心怀恶意。
把状元,推下水,谋夺夫人。
那时节,也只得,出从他便。
暗地里,痛伤悲,怎得离身。
自此后,心怀恨,忧愁过日。
倏然间,未满月,产下婴儿。
那刘洪,真恶毒,纵心要杀。
彼殷氏,善劝免,得幸偷生。
暗地里,置木匣,贮儿在内。
下金钗,写血书,祝告神明。
愿我儿,成人大,状元及第。

得官诰，迁爵位，答报恩情。

将婴儿，至江心，顺水漂送。

对虚空，求保佑，全仗神明。

却说刘洪将状元推入水中，欲害他命，实要淹溺而亡。谁知命不皆绝，有一巡江使者急报龙宫太子说："陈光蕊被狼心刘洪推入水中，欲害他命。"龙王太子听说："状元乃吾恩人，我今不救，待等谁救？"亲领龙众眷属，将状元捞救，扶入龙宫，设宴款待居住。却说殷氏见状元遭强人之手，无计脱逃，只得出从他便。未满一月，产下婴儿。刘洪欲杀害他命，被夫人劝免。暗置木匣，将钗刺破指头，写下血书，祝告神明，将婴儿贮在木匣内，顺水漂送。正是：

千层浪内翻转身，百尺高竿得命归。

不数刻，才流至，洪山寺前。

到此处，恰有个，暗里神明。

得东寮，一老僧，拾取抱养。

渐长大，抚成人，容貌殊形。

五岁时，入学堂，诗书广记。

习经文，明理性，一念精诚。

讲儒书，谈经法，人皆钦仰。

作寺中，住持僧，善感良民。

他原是，金蝉师，再来托体。

殷夫人，故生下，智慧聪明。

却说袁守诚、李淳风在泾河隐居，两人终朝谈论道德，讲说仁义。一个担柴，一个垂钓，每日卜课下钓善过时光。

(三槐雷坛)取经卷(节录)

突入长安大旱,万民忧虑。巡江使者闻知卦灵,报入龙宫。龙王大怒,想我泾河水族,被他累取,何处安身?兴动水兵,断送他二人之命。众水臣启奏:"龙王不必如此。化作凡间老叟,去卜一卦。若课有灵,别计可使;卦若无灵,将他逐出外境。"龙王依奏,化作老人,来至长安卜课。问曰:"何日有雨,大救万物?"守诚曰:"今日午时,帝颁敕旨,差泾河老龙明日巳、午、未时兴云布雨,大泽群生。"龙王听毕回宫。忽然上帝降旨,俯伏迎接,展开雨卦,分①毫不差,不然将时辰错过。后作一计,将他逐出。正是:咦!

只为一着错,满盘皆是输。
却说道,二贤士,隐居泾河。
他两人,在此处,终日欢欣。
有一个,担柴卖,卖钱度日。
又一人,钓鲜鳞,善过平生。
他两人,平相往,终朝谈论。
讲道德,说仁义,乐道安平。
却一日,把文王,《周易》卦讲。
说守诚,卜卦灵,推断如神。
我每日,卜一卦,方出下钓。
果然间,卦有准,断不虚名。
正说间,不觉得,巡江使者。
听守诚,卦最灵,谨记在心。
急转回,到龙宫,报知此情。

---

① "分"字原无,据文意补。

老龙王，听说罢，怒发雷霆。
我泾河，众水族，是我眷属。
每日间，被他取，何处安身？
细思想，袁守诚，好没此理。
我明日，兴水兵，断送他命。
众水臣，忙启奏，龙王息怒。
恐上天，知眊了，不得安宁。
倒不如，趁此时，长安大旱。
一国中，老幼民，各个忧心。
你明日，就化作，凡间老叟。
到他家，卜一卦，讨过假真。
他若是，卦不灵，逐出外境。
假若是，卦有准，别计施行。
老龙王，听水臣，忙去问卜。
袁守诚，卦占了，才说原因。
说今日，午时辰，帝颁敕旨。
差泾河，老龙王，雨救良民。
霎时间，分点数，圣旨载定。
明日里，巳午未，立沛甘霖。
把卦中，雨泽事，一一说了。
劝长安，老幼民，各个安心。
老龙王，听说了，忙回宫出。
忽然间，半空中，降旨宣行。
泾河龙，忙俯奏，迎接玉旨。
展开看，与卦象，不差毫分。

众水臣,就商议,错过时辰。
这便是,胜过了,守诚先生。
因此上,老龙王,错行雨部。
把自己,断送了,出丧幽冥。
次日里,雨行后,喝骂先生。
这村夫,托神龟,断卦无灵。
今日里,便要你,认承死罪。
免在此,假卦象,擅诱良民。
守诚道,我本是,卦中君子。
审卦相,推吉凶,怎的无凭?
我知道,你就是,泾河老龙。
敢在此,说死罪,要我当承。
断明日,午时分,又颁敕旨。
差魏徵,斩泾河,老龙王身。
泾河龙,听说了,慌忙跪下。
望先生,施恩德,救我残生。
守诚道,我本是,庶民之子。
怎敢往,上帝前,说得人情?
倒不如,趁此时,出托梦兆。
唐太宗,尤恐怕,救得你身。
老龙王,听说了,就托梦兆。
唐太宗,醒来时,紧记在心。
次日里,众文武,朝贺已毕。
留魏徵,下象棋,延过时辰。
岂知道,他那里,阴灵出斩。

把泾河,老龙王,身首两分。
唐太宗,喝骂相,待醒来相。
敢在此,金銮殿,戏弄寡人。
魏丞相,忙俯奏,口称万岁。
望我王,赦小臣,万罪宽刑。
适才间,不觉得,上帝敕旨。
差小臣,斩泾河,老龙王身。
唐太宗,听说了,心中忧闷。
忽然间,想起来,无计区分。
此时节,也只得,退还宫出。
入皇宫,不觉得,有病沾身。
三四日,病重了,心惊骇怕。
得魏徵,保御驾,略得安宁。
五六日,招名医,不能救治;
魏丞相,写家书,付在胸襟。
倘我王,一时间,恐归阴府。
我有个,崔珏臣,是我知心。
他与我,夜梦中,时常相会。
因此上,冥司里,略得知闻。
他做了,五殿王,左阁丞相;
奈何桥,亲自来,迎接王身。
将此书,迭与他,自有分晓。
望我王,休要忘,紧记在心。

却说泾河老龙,违误天条,屈丧幽冥,满怀不服。曾与太宗托梦赐救,谁知帝敕魏徵来斩。我虽已死,决不干休。

《三槐雷坛》取经卷(节录)

故缠太宗归阴对审。太宗受疾,心中骇怕,留魏徵保驾,略得安宁。出榜晓谕,天下名医,无人救治。魏徵写家书一封,付与太宗。倘我王不能愈,恐归阴府。我有知心一人,名曰崔珏,在五殿左阁为相。若将此书付与崔珏,自有金童玉女相迎。太宗接书,两泪如珠。咦!

人如春梦终须短,命若风灯岂久长。

唐太宗,亡日满,亲游地府。

果然间,奈河桥,崔珏相迎。

将此书,迭与他,一同前往。

不一时,就到了,睹见阎君。

五殿王,见阳间,唐王帝主。

离宝座,下金阶,亲自相迎。

说唐王,在阳间,见死不救。

有泾河,老龙王,阴状现存。

就分付,崔丞相,簿中查看。

暗看时,寿满了,一十三春。

把阳间,魏丞相,家书看了。

暗地里,书采笔,两画添成。

算唐王,又有了,二十余春。

在阳间,掌山河,社稷乾坤。

阎君道,我看你,阳寿未满。

我分付,崔丞相,送你返魂。

实要你,到阳间,崇兴佛教。

明性道,登极乐,永绝冥程。

泾河中,老龙王,返阳超度。

方免得,阴司里,执对冤魂。
唐太宗,见阎君,返回阳世。
到阳间,赍御瓜,酬谢王恩。
崔丞相,领唐王,一同前往。
猛然间,枉死城,高万由旬。
只见他,四壁中,无有门路。
忽然间,起狂风,吹出冤魂。
都向前,扭住衣,不放王行。
三十六,七十二,枉死冤魂。
在阳间,屈杀我,讨钱要命。
崔丞相,喝住了,才得离身。
崔玨丞,叫唐王,亲立文约。
到库中,与库官,借贷钱银。
开封府,令公婆,有钱住库。
不然间,这冤魂,怎得离身。
唐太宗,立文约,库中借贷。
把冤魂,支分了,散胆游行。
崔丞相,叫唐王,返阳超度。
方才了,这冤魂,脱苦超生。
唐王主,正行间,观鱼戏水。
崔丞相,推入尸,顷刻返魂。
因此上,唐太宗,一时苏醒。
众文武,及后妃,个个欢欣。
把阴司,罪苦事,一一说明。
自此后,至庶人,不胜心惊。

就分咐,尉迟公,开封府去。
赍金银,交过了,略说原因。
这是我,唐王主,亲游地府。
在阴司,借贷了,特送酬盟。
开封府,令公婆,一家敬信。
当天地,忙俯奏,拜谢王恩。

却说唐王游诸地狱,见许多罪人,受诸苦楚,涕泪悲泣。叹曰:"所为何来?皆是前生不信阴功,造下无边大罪,死后堕落沉沦,只得甘心领受,伤叹不已。"忽见枉死城中,一阵狂风,吹出无数冤魂,扭住唐王,俯地奏曰:"你在阳间尊居九五,屈杀我等性命。今日讨钱要命。"崔珏喝住,叫太宗亲立文约,与库官借贷支偿,方才脱离枉死冤魂。唐王依允,与库官借贷。此钱乃开封府令公婆逢诞之期买楮焚化,所债之库。将此钱借贷万贯,以还元辰之债,用资枉死,枉死冤魂方离此地。崔珏领唐王观鱼戏水,将他三魂推入尸中,顷刻苏醒。满朝文武、后妃个个欢喜。命胡敬德往开封府酬公婆所债钱银。复宣两班文武,谁到阴司进献御瓜?次日,刘全奏曰:"小臣愿往。"王曰:"尔既愿往,自有加封。"全领御瓜,急到剩亭,系死归阴,来到冥府五殿。阎罗天子见刘全手捧御瓜,不胜欢喜,将进之物齐收。复看刘全,"阳寿未满,送你返魂。你有一妻,姓李名玉莲,只因不信佛法,三年前悬梁而死。如今尸体已坏,怎得还阳?查至唐王御妹,命数已尽。不免差鬼使把御妹三魂追了,将玉莲七魄推入,借尸返魂。"又将刘全送回阳世,二人匹配。自此之后,人人行善,个个修真,可见阴司①分明善恶。命天下军民人等,重修寺院,装彩佛像,崇兴大教。咦!

阳间不修善,阴司见分明。
将金银,修寺院,斋僧布施。
请法士,谈经文,普度众生。
唐太宗,又问道,两班文武。
谁肯去,领御瓜,都见阎君。
有一个,名刘全,小臣愿往。
领御瓜,到剩亭,系死归阴。
五殿王,见刘全,心生欢喜。
把御瓜,亲收了,才说原因。
我看你,生死簿,阳寿未满。
我这里,差童子,送你返魂。
你如今,在案前,细听分咐。
还有个,李玉莲,是你妻身。
三年前,劝化他,不肯修因。
因此上,头悬梁,屈死归阴。
他如今,尸坏了,难还阳世。
我这里,自有个,别计施行。
唐太宗,亲御妹,他今该死。
这才是,与你妻,容貌同形。
当时节,差两个,青衣童子。
入皇宫,将御妹,追取三魂。

---

① "司"字原无,据文意补。

引玉莲,入皇宫,推入尸内。
顷刻时,因此上,借尸返魂。
却又来,把刘全,送还阳世。
李玉莲,到阳间,又寻夫君。
唐太宗,也只得,听从他便。
将玉莲,与刘全,匹配前因。
细思想,阴司内,真乃奇异。
可见得,世间上,因果分明。
大唐王,自此后,心心向善。
见阴司,诸地域,念念修真。

却说殷氏暗置木匣,将婴儿顺水漂送,上有龙天保佑,下有鬼神扶持,流至见金山寺前。幸遇沙弥江边担水,忽见心有一木匣,内按小儿悲声。心启慈念,将担捞救,拾入寺中,见长老师傅。开匣视之,果有婴儿在内,身傍血书一封。原来陈光蕊之子,被狼心刘洪谋害。长老将婴儿为徒,取名玄奘。及至长大,智惠聪明,心怀道德仁义,意存孝悌忠信。幼而敏慧,长而和逊。谈论玄奥,讲诵秘典。一日幸遇太宗出榜,晓谕天下各寺高僧讲经说法,莫能如意。只见玄奘高僧,果慰龙颜。谈经而天花乱坠,说法而地涌金莲。文武官员听法而心通意解,士庶人民闻经而信受奉行。内有观音大士至此听经,便说:"此经是小乘法语,还有大乘三藏妙典,在西天雷音竺国。若得此经,能度现生灾厄,能超出世灵魂。"唐王闻说,心中欢喜,便传两班文武,何人去取真经?无人答应。玄奘奏曰:"小僧愿往。"王曰:"朕闻大乘经乃三藏妙典,赐尔文武兵卒,龙驹白马。敕姓唐,法号三藏,准备金银，择日登程。"咦！

　　唐僧取经往西天，一去十万零八千。
　　唐王主，出榜文，晓谕天下。
　　访高僧，并道士，讲说经文。
　　每日里，访高僧，莫能如意。
　　有一个，玄奘师，大德高僧。
　　只见他，升宝座，巍然不动。
　　不染尘，不染垢，口念真经。
　　众文武，保御驾，听说道德。
　　无有个，不侧耳，听讲玄文。
　　那时节，不觉得，观音大士。
　　他在此，法堂上，也听玄文。
　　便说道，这还是，小乘法语。
　　大乘经，在西天，竺国雷音。
　　大唐王，就说道，两班文武。
　　谁肯去，到西天，取得真经？
　　玄奘师，发弘愿，我今愿往。
　　取真经，到东土，普度众生。
　　唐太宗，听说了，心中欢喜。
　　就赐他，百十骑，同往西行。
　　此时节，与玄奘，结拜弟兄。
　　众文武，都称贺，御弟宗亲。
　　我问道，大乘经，三藏妙典。
　　敕赐你，三藏名，天下高僧。
　　舒玉手，携三藏，叮咛嘱咐；

《三槐雷坛》取经卷(节录)

到西天,取真经,早赴朝廷。
满朝中,文共武,馈送赆礼。
三藏师,亲收了,择日登程。
临吉日,辞别了,唐王帝主。
众文武,随御驾,相送唐僧。
三藏师,起身往,登程几日。
百官僚,同御驾,各自回程。
此时节,领众官,一同前往。
十数日,初过了,外国关津。
正行时,忽抬头,高峰峻岭。
又有个,虎狼峪,寸步难行。
多亏了,杀虎王,送过山出。
众官员,心欢喜,又往西行。

却说花果山一块大石,乃五百年前被太乙真人炼化,飞至此山。受天地之灵气,采日月之精华,化质成形,生出猴精,石胎抱养。居住水帘洞,朝夕快乐,自称为尊。虽是猴体,心与人同,思想悟道。访遇菩提祖师,为徒学道三春,诸法习在胸襟。取名悟空,玄宗上派,神通变化,法力无比,仍归本洞。集众猴商议,外国偷窃军器,立寨安营。本洞书旗号"齐天大圣"。到四海借求宝贝,老龙王胆战心惊,把诸宝却然不受,才把昔年禹王遗迹,定海神针,行者拿入手内,祥光自现,瑞雾腾腾,重有十万余斤。行者欢喜,复归本洞,群猴称羡为尊。忽一日,在洞门外石上打睡,被鬼使拿去心魂,来至五殿。问曰:"此是何地?"阎君曰:"乃是阴司地府,五殿是也。"猴曰:"我好打睡,被你访我到此。好好将老僧名字除了，送我返阳，方才罢休。"阎君只得把笔除名，送还阳世。复又持棒打到凌霄宝殿，说道："此殿让与老孙。"玉帝大怒曰："尔乃何精，敢出此言？"猴曰："我乃水帘洞齐天大圣是也。神通广大，变化无穷。"帝曰："尔既有能，不必狂为。进前受封，赐尔弼马温。"悟空满心欢喜。撞入蟠桃大会，偷吃御宴，撒手欢欣，又至御园私摘仙桃。玉帝闻知，就差天兵百万，莫敢追寻。李老君知道，将他安入八卦炉中，意欲烧死。谁知悟空藏入巽宫风位，炼成慧眼金睛，能视妖魔。炼了七日，依然无损，老君只得奏闻玉帝。分付斩首，斧斤不入。又差李靖往西天请佛收复猴精。佛驾祥云来至东土，悟空见佛微微冷笑曰："汝有何能，敢来降我？吾有筋斗，纵有十万八千。"世尊道："你这猴精，偏说大话。纵有筋斗，难打我手掌心。"行者不服，偏说定要打过。世尊将悟空覆上一掌，轻轻收服，压在五行山下。俟至五百年后，相伏唐僧到西天取经，方成正觉。正是，咦！

纵有神通能变化，难逃真如性圆明。

却说道，孙行者，齐天大圣。

生世间，喜攀缘，应指人心。

他原是，花果山，石胎胞养。

采日精，并月华，化质成形。

居水洞，与群猴，终朝快乐。

众称贺，美猴王，大帅元君。

却一日，忽思想，修行慕道。

就访到，菩提祖，学道三春。

他起名，孙悟空，玄宗上派。

《三槐雷坛》取经卷(节录)

叫行者,便习学,无字法门。
他虽然,是猴王,聪明智慧。
把诸法,都学了,习在胸襟。
法学了,能变化,神通广大。
仍教他,归水洞,本处安身。
众群猴,都集会,共同商议。
出外国,偷军器,立寨安营。
水帘洞,一坑道,径通大海。
他翻身,就走到,东海龙庭。
鳌广王,并龙子,龙家眷属。
见悟空,性骁勇,胆战心惊。
问四海,老龙王,借求实贝。
霎时间,众龙王,集会东晶。
就送他,真宝物,却然不受。
才送他,镇海铁,十万余斤。
他轻轻,拿在手,祥光自现。
就化作,金箍棒,大小随身。
这原是,大禹王,亲留遗计。
疏九河,住洪水,定海神针。
他得了,此一物,仍归本洞。
众群猴,一见了,不胜欢欣。
却一日,洞门前,石上打睡。
被阎王,差鬼使,拿去心魂。
到地域,鬼门前,心惊骇怕。
十殿王,也见了,胆战心惊。

叫阎王，把簿看，名字除了。
十殿王，心中怕，把笔除名。
嗔鬼王，快引他，回送阳世。
众鬼王，也只得，送去返魂。
因此上，孙行者，回还本国。
众群猴，都称美，世上为尊。
立黄旗，上写着，齐天大圣。
说天上，并地下，谁敢当名。
忽一日，玉帝尊，真仙大会。
众天神，并万将，朝贺玉京。
因开了，南天门，御眼观看。
说下方，出猴精，大胆杀人。
当时节，就差遣，天兵天将。
下天罗，并地网，莫敢追寻。
却才把，孙行者，收上天去。
就赐他，弼马温，使自游行。
一筋斗，就打入，蟠桃大会。
把御宴，偷吃了，撒手佯行。
又走到，蟠桃园，偷吃仙桃。
方才到，老君府，水火炉门。
看见了，九转丹，吃了几个。
李老君，知觉了，使他游行。
把悟空，却赚到，炼丹炉中。
炼七日，并七夜，不损毫分。
他翻身，就寓在，巽宫风位。

满七日,跳出炉,拍手欣欣。
说老君,不正大,偏行霸道。
险些儿,把老孙,冻死残身。
持金棒,就打到,凌霄宝殿。
叫玉皇,金銮殿,让与老孙。
玉帝尊,当时节,龙颜大怒。
就分付,众天将,斩首施行。
孙行者,神通大,斧斤不入。
玉帝尊,亲见了,无计施行。
却分付,李靖王,西天请佛。
请如来,大觉尊,收服猴精。
孙行者,见如来,微微冷笑。
不知道,如来佛,筋斗难行。
世尊道,这猴精,偏说大话。
纵筋斗,难打过,吾手掌心。
孙行者,不知道,如来妙法。
怎逃得,真如性,天智圆明。
孙行者,抖精神,偏说大话。
看如来,这妙计,怎的施行。
把悟空,覆一掌,轻轻收服。
五行山,压住了,不动毫分。
候后来,五百年,方才取去。
扶唐僧,程途上,降伏妖精。
每日里,遇妖精,妖魔鬼怪。
设千谋,并万计,才得安宁。

从东土，至西天，百万余里。
每日行，夤夜走，不得消停。
师徒们，一路上，忧愁不了。
遇八十，一难星，最苦难禁。
遇九峒，十八妖，妖魔鬼怪。
经险道，渡关津，寸步难行。
多亏了，孙行者，齐天大圣。
灭妖精，除鬼怪，万苦千辛。
若不是，三藏师，真心慕道。
谁敢出，往西天，取得真经？
如来佛，后分咐，观音大士。
赐金箍，咐咒语，相伴唐僧。
把悟空，却收了，皈依三宝。
拜唐僧，为弟子，随伴西行。
忽一日，筋斗云，依然打去。
三藏师，念咒语，顷刻归身。
从今后，孙行者，不敢违忤。
发弘愿，往西天，护持唐僧。
先收了，沙和尚，参拜三藏。
次收了，朱八戒，归伏唐僧。
众徒弟，发弘愿，同往西去。
谁敢往，佛国内，去取真经。
过千山，涉万水，城池百座。
方才到，佛国内，大觉雷音。
到西天，见佛国，人形殊妙。

《三槐雷坛》取经卷（节录）

一个个，性飘然，迥去风尘。
见青松，并草木，馨香馥郁。
又听得，半空中，鼓乐仙音。
入雷音，观不尽，如来胜境。
不由人，心善念，慈泪沾襟。
见琼楼，七宝台，金沙布地。
黄金殿，白玉阶，龙喷祥云。
见如来，三十二，庄严妙相。
巍巍然，不动容，大觉世尊。
师徒们，到佛国，一齐下拜。
愿我佛，舍慈悲，转大法音。
如来佛，就分付，迦叶弟子。
说唐王，命三藏，求取真经。
连忙去，开宝藏，从头捡点。
捧真经，出琅函，依次分明。
般若经，大乘经，三藏妙典。
与众僧，亲收拾，白马驮定。
赐清风，驾云车，回还本国。
刹那间，香风送，来到东京。
师徒们，在云中，下垂青目。
见本国，大唐朝，按落云程。
唐太宗，差文武，迎接三藏。
摆銮驾，接国师，来入朝庭。
睁龙眼，仔细观，祥光霭霭。
舒玉手，展真经，紫雾腾腾。

将经文,劝世人,流通诵念。
世间上,阴司内,救度众生。
唐太宗,传圣旨,教天大赦。
犯罪人,都赦了,拜谢明君。
命天下,修寺院,行大善事。
亲佛教,重缁流,布施斋僧。
三藏师,证全身,旃檀相佛。
孙行者,得证果,斗战佛名。
朱八戒,龙华会,净坛使者。
沙和尚,阿罗汉,四果仙人。
《般若经》《金刚经》《圆觉》《心经》。
令后人,在初学,入德之门。
若有人,至诚心,受持读诵。
除杂心,解真空,自性圆明。
那时节,唐太宗,亲游地府。
命三藏,取真经,实是原因。
或有心,持念时,吉祥云蟒。
良宵景,宣科仪,保命延生。
唐僧道场已圆成,诸佛菩萨降来临。
超度亡人登彼岸,现存人眷得安宁。①

---

① 后有一段小字祝祷文,略。

孙王宝卷

【解题】未见著录。又名《孙王真经》,上下两册。年代不详。应是流传于冀北一带的西游故事。细节上和百回本小说还是存在一定差异,民间色彩较强。河北师范大学戴建兵作过探考(详见《太行山〈孙王真经〉臆测》,《邯郸学院学报》2017年第4期)。

上　册

打开经卷,放光明,宝经卷内,金字亮。
孙王本是,天地生。仙体凡胎,人间行。
孙王生性,性急躁。慈悲善心,救众生。
为救众生,求佛法。昆山拜师,苦练功。
各种兵器,都学会。能变山川,人和精。
恩师命他,下山去。孙王恳求,不肯行。
恩师再三,劝他去。为他起名,孙悟空。
下山多多,行善事。千万莫提,师父名。
悟空别师,把山下。寻找仙山,安身形。
走遍千山,和万水。安居花果,水帘洞。
花果山上,群猴拥。水帘洞中,孙王称。

花果水帘,千万好。没有宝械,在手中。
为救众生,不怕险。东海龙宫,去求情。
东海龙王,心意善。赠悟空,定海神针,
重量大,一万八千还有零。
猴王得了,金箍棒。称心如意,救苍生。
龙王赠宝,事后悔。一怒上天,奏玉帝。
诬告孙王,夺海宝。闹的东海,不安宁。
玉皇一听,心头怒。指派托塔,李天王。
命他带领,天兵将。捉拿花果,美猴王。
孙王听说,气愤怒。驾云大战,四天王。
金吒木吒,和哪吒,战败而归,禀父王。
玉皇听说,打败仗。无计可施,苦思量。
太白金星,把计献。招安悟空,上天堂。
封官许愿,看天马。弼马温官,骗孙王。
孙王知后,心大怒。怨恨玉皇,不应当。
不看御马,下天界。四转花果,做猴王。
太白金星,二献计。二请孙王,上天堂。
玉皇封他,齐天圣。齐天大圣,美名扬。
玉皇命他,桃园看。看桃护园,责心强。
蟠桃大会,三月三。各路神仙,都请全。
独自无有,圣齐天。齐天大圣,心不甘。
桃园偷吃,仙桃果。长生不老,寿万年。
下天巧入,老君洞。趁机吃下,金仙丹。
仙丹本是,老君炼。吃了仙丹,能成仙。
老君丢丹,心急烦。玉皇面前,告齐天。

玉皇听罢，怒冲冠。决心发兵，拿齐天。
兵好派来，将好调。怎奈无法，拿回天。
观音菩萨，把计献。委派二郎，拿齐天。
二郎杨戬，战大圣。各显神通，法无边。
七十二变，相占先。全凭天犬，助了战。
孙王被擒，天王殿。斩妖台上，把他斩。
因他吃了，老君丹。斩妖台上，斩他难。
老君此时，把计献。真君丹炉，把他炼。
玉皇准本，神火炼。炉里真火，炼齐天。
四十九天，火不断。炼成火眼，金睛仙。
炼成金背，钢铁体。刀枪不入，杀他难。
玉皇大帝，无计施。天兵天将，也胆寒。
观音二次，把计献。奉请西天，如来佛。
如来佛祖，施佛法。五指山下，压齐天。
齐天大圣，性本善。生性刚强，不服天。
佛主为了，天宫安，五指山下，压齐天。
五指山岭，虽然重，镇压不住，齐圣天。
如来佛祖，赐法符。符镇五指，奈何天。
大圣无奈，把罪受。请问观音，何时休？
观音菩萨，微微笑。单等西天，取经人。
大圣问声，是哪个？五百年后，三藏僧。
大圣闻听，真无奈。只好被压，受苦刑。
日月如梭，光似箭。转眼到了，五百年。
大圣山下，日夜盼。只盼师父，早来临。

下　册

展开宝卷,放光芒。　经卷里面,闪金光。
孙王被压,五指山。　单等师父,来救他。
东土大唐,有一僧。　名叫玄奘,是他名。
大唐贞观,是明皇。　奉信佛教,信念强。
为了黎民,安乐业。　国泰民安,永无殃。
听说圣僧,叫玄奘。　佛法根深,志坚强。
宝寺院里,把他请。　结为金兰,封弟皇。
观音菩萨,赠袈裟,　黄罗手杖,赠给他。
贞观皇帝,委派他,　西天取经,为天下。
唐皇为了,表诚意,　亲自扶他,上了马。
临别之时,赠法号。　三藏圣僧,就是他。
三藏告别,离京区。　提鞭打马,奔西天。
一日来到,五指山。　忽听山下,有人喊。
唐僧下马,向前看。　见一猴王,压山下。
唐僧问他,因何故。　压在山下,受苦刑?
猴王闻听,把泪下。　叫声师父,你听言。
我本名叫,孙行者。　花果水帘,是我家。
五百年前,性情傲。　大闹天宫,闯祸端。
观音菩萨,告诫我,　单等你师,来救你。
你师名叫,唐三藏。　救你出山,上西天。
三藏师祖,听此言,　心中大喜,谢苍天。
观音菩萨,嘱咐我,　五指山下,救徒弟。

怎奈山高，宽又大。如何救他，出山峰？
正在此时，为难处。观音驾云，到山前。
叫声三藏，和大圣，莫要为难，我来救。
观音揭去，压山符，山蹦石飞，出山峰。
大圣叩首，千万谢。叩谢观音，救我恩。
观音开言，叫大圣，拜认你师，去取经。
三藏大师，望空谢。观音驾云，回天宫。
三藏问他，名和姓。行者就是，我的名。
三藏再三，暗思想。给他起名，孙悟空。
孙王听言，把师谢。多谢师父，起法名。
师徒二人，同心力。跋山涉水，去取经。
高老庄上，收八戒。芦沙河里，收沙僧。
师徒三人，遭路难。黄草坡前，收白龙。
悟空头前，把路探。迎敌战妖，打前战。
八戒牵马，保僧驾。马前马后，他照应。
沙僧后边，挑着担。一路辛苦，无怨言。
一路风尘，奔西天。西行一万，八千里。
路过九妖，十八洞。山高陡曲，实难走。
洞洞里面，有妖精。黄土坡上，战狼怪。
无底洞里，捉妖精。盘丝洞里，斗蛛怪。
金推三打，白骨精。火云大战，红孩儿。
观音相助，收回天。师徒四人，往西行。
通天河边，战龟王。火焰山下，路难行。
铁扇公主，要行凶。铁扇搧起，火焰生。
孙王智斗，枇杷精。孙王巧变，一萤虫。

巧入枇杷,腹内中。强逼交出,灭火扇。
搧灭山火,上西天。跋山涉水,过千山。
过了一洞,又一山。过了九妖,十八洞。
扫清妖魔,到西天。师徒四人,往前走。
来到雷音,大寺中。道路都是,方砖砌。
两边又栽,万年松。一对狮子,张牙爪。
影壁墙上,画青龙。钟鼓两楼,两边盖。
四大天王,真威风。师徒四人,进大殿。
十八罗汉,站两边。上坐释迦,如来佛。
金身金光,亮腾腾。西天如来,开口笑。
叫声三藏,师徒听。真心取经,西天上。
取经路上,受灾殃。念你师徒,艰辛苦。
各封金神,披袈裟。大圣保师,功劳大。
封为金神,在佛家。金身塑立,遍天下。
除恶扶善,救众生。孙王助师,取藏经。
千古流传,扬美名。善男信女,来敬奉。
全家平安,保太平。供奉孙王,孙大圣。
有求必应,显神灵。孙王经卷,诚心诵。
阿弥陀佛,永安宁。

齐天大圣真经(节录)

【解题】未见著录。抄本,年代不详。又名《南无齐天大圣真经宝忏》,上中下三卷。此忏文讲述齐天大圣孙悟空出世、拜师、闹天宫,被压五行山,受戒西行,与猪八戒及沙怪一道保唐僧西行,取得真经。所述内容与百回本小说基本一致。但开头、结尾都有大段祝祷文字。尤其文末,强调"凡有所求者,即求即时得"。科忏文本特征明显。今以复旦大学许蔚如不来室藏本为底本校录。

卷　　上

开经偈
　　手执金棒耳内藏,花果山上我为王。
　　一个筋斗万里十,即刻一时便回乡。
　　南无齐天大圣新降真经
　　南无齐天大圣斗战胜佛
　　东胜神洲地,一个傲来国。仙地花果山,山中一大石。
　　日月过宫时,怀孕在石穴。天地开张日,忽然石分裂。
　　石中终生我,金光冲天射。上帝座灵霄,心中不要忒。

即命千里眼,打开南门觅。望见花果山,石中生猴猕。
即旨奏上帝,上帝无疑忒。吾今出身时,与猴共一脉。
朝与众猴游,夜与众猴歇。与猴上山去,山中摘果悦。
与猴下水去,水中浴尘洁。寻到源头水,水中游石碣。
金银并琉璃,珊瑚与琥珀。玉石为栏杆,金钱成蝴蝶。
诸宝作景致,赛过龙王宅。山中好奢华,与猴好玩劣。
称吾美猴王,众猴作呼协。取篙放竹排,漂洋过海浙。
听人说言语,看人学法则。夺得钩客衣,遍身好佩牒。
恭拜须菩提,求师学道诀。蒙师取姓氏,取姓为孙子。
取名号悟空,姓名从此决。学道三年满,道学未全叶。
一朝祖师怒,打吾三王剑。等至三更后,终把后门轭。
双膝跪床前,祖师传默诀。称吾是能人,伶俐聪明哲。
蒙师而指点,部分昼与夜。教吾演变化,洗耳听师曰。
教吾筋斗云,一时任南北。十万八千里,不消一时刻。
毫毛八万四,变化无穷极。寺前演变化,变作松与柏。
众人好喧哗,祖师怒气诀。要吾归家去,不许在寺院。
休说我徒弟,道法①莫陋泄。来到花果山,众猴将悲泣。
大圣去后时,却被魔王猎。伤我子孙们,个个都流血。
捉我猴家子,不知无数只。追我无出处,躲在山间隙。
吾今闻大怒,便与魔王劫。与吾交战时,魔王好蛮貊。
连战十数合,魔王被吾折。夺得魔王刀,山中作武扐。
齐天大圣新降,真经法卷上终。
愿以此功德,普及于一切。诵经保平安,消灾增福寿。

---

① "法"原作"风"。

卷　中

相求海龙王，赐我方天戟。吾拿无用处，复赐神珍铁。
小如绣花针，大似转轮车。复赐黄金甲，鱼鳞金叠叠。
上赐冲天冠，下赐步云靴。归来见众猴，众猴彩猴色。
复至森罗殿，烧了轮回册。众猴四万七，不受阎王迫。
长生永不老，不怕追魂魄。龙王与冥王，上天奏金阙。
告吾是妖孽，便把众神克。上帝闻此语，即差李太白。
宣吾上天曹，侍立上帝侧。上帝问众臣，马监少官吏。
封吾弼马温，吾嫌官职挟。倘若马有错，还要受罚责。
一时心中怒，便把官职曳。来到花果山，自把桅杆摄。
称齐天大圣，自己把名贴。独角鬼王至，进供黄袍献。
上帝闻此语，咬牙嚼齿龅。宣吾复天曹，侍立众臣列。
命吾管桃园，吾将蟠桃窃。王母祝寿诞，便将酒宴设。
即命七仙姑，摘桃迎宾客。吾去偷美酒，琼浆与玉液。
美酒偷下山，便把朋友结。上帝闻知道，即差天兵灭。
来至花果山，两下动兵戈。哪吒用金棍，巨灵用斧钺。
又差五雷神，半空显威烈。又差四天王，动伞弹琴瑟。
举剑放鳄鱼，便把猴兵隔。又差二郎神，便把长枪现。
他变金弹鸟，吾变戏水蛇。诸神无奈何，老君弄诡谪。
丢下金刚琢，一时伤吾额。吾今昏迷里，将吾上缧绁。
投吾八卦炉，四面用火烨。七七四十九，全不见烈火。
炼红金精眼，识得妖与孽。复至灵霄殿，灵官来阻塞。
上帝无奈何，颁来老佛面。受吾五行山，上面用押帖。

山中无春秋，不记甲和乙。日月少转轮，阴阳失调变。
铜汁铁丸饮，不觉年五百。头上生石芽，耳后生草蕨。
唐僧取经去，吾今喊救赦。念动六个字，上把押帖揭。
吾今终出去，一身打流血。路上剥虎皮，方把下体遮①。
长老解袍袄，赐我短衣褡。将吾取名字，名叫孙行者。
与师挑担去，同把路途涉。
愿以此功德，普及与一切。礼忏保平安，消灾增福寿。

卷　　下

来至云栈洞，猪妖称豪杰。手拿九齿钯，大耳长嘴舌。
与吾交战时，猪妖力不继。猪妖被吾捉，大耳被吾灭。
捉来见长老，长老解放赦。取名猪八戒，便把洞府舍。
同师去经取，别了高小姐。来至浮沙河，沙怪好猛烈。
八戒用钉钯，沙怪举杖接。一闻取经人，丢杖来拜谒。
一师三徒弟，同把道路涉。师徒来上路，同至西凉国。
此国无男子，尽是女人列。大国男子肉，女国做香麝。
女王闻师至，拱手相迎接。接至金銮殿，待为王家客。
长老求御笔，女王换文牒。尊师为帝王，女王愿为妾。
长老心不喜，要吾用计策。吾用脱身计，终把女王别。
来至火焰山，师徒受火热。相求牛魔王，终把宝扇借。
借得芭蕉扇，一扇火熄灭。一连数扇搧，火炎化成雪。
张停国天旱，三年六个月。井底起青烟，河中水无波。

---

① "遮"原作"现"。

齐天大圣真经（节录）

吾去求上帝，上帝怒气铁。此国人混杂，全无阴果德。
上把神灵欺，下将五谷亵。馀谷收上界，如山堆成砌。
一鸡吃三米，一犬吃三麦。麦儿要吃完，米儿要吃没。
烛火烧铁锁，要断为两截。了完三件事，终把滂沱泄。
大圣无奈何，推倒砚池碟。即降滂沱雨，三日雨黑墨。
师徒同上路，来至西天国。来至雷音寺，跪地把佛谒。
佛会传经人，阿难和迦叶。水中涌波涛，透湿经书页。
将经坡前洒，本本都看到。风吹见白帙，全无半点墨。
复去求经字，钵盂相酬谢。归来见唐主，唐主心欢悦。
将吾封官职，又赏金和帛。吾本吃斋人，不受公侯伯。
上帝传旨意，师徒受敕赦。封吾为佛神，同生极乐国。
吾今之圣像，世人来雕刻。监庵立朝宇，便把明山择。
永世受香烟，四时享丰节。为富来求吾，田产任阡陌。
为贵来求吾，金榜定报捷。为寿来求吾，再加你耄耋。
为嗣来求吾，定赐你英杰。为病来求吾，定除你灾厄。
为乱来求吾，定除你寇贼。为禾来求吾，除螟害苗虫。
为雨来求吾，即赐滂沱泽。凡有所求者，即求即时得。
愿以此功德，普及与一切。我等与众生，皆共成佛道。

谢天谢地谢三光，风调雨顺谢国王。
诵经降福佩圣泽，愿祈人物永吉祥。
回向因缘三世佛　一切护法诸神圣　诸尊菩萨摩诃沙　摩诃般若波罗蜜
　　体解大道发无上心，自礼真经当愿众生，深入经藏智慧如海，统领大道一切无碍。

佛说齐天大圣都督法王菩萨真经

【解题】未见著录。抄本一册,年代不详。张青松赠本。全名《佛说齐天大圣都督法王斗战胜佛菩萨经》。与前两种大圣宝卷相比,大圣出身、取经等情节皆一语带过,科仪色彩更为浓厚。另有西北民族大学张天佑藏民国抄本可供参考。

> 转佛镇邪是吾身,千变万化显神通。
> 金箍一展天地大,降妖缚邪自古闻。
> 诸神妙道全不怕,三界乾坤任意行。
> 不动一步十万里,齐天大圣显威灵。

净口真言
　　唵,修利修利,摩诃修利,娑婆诃。

净身真言
　　修多利,修多利,修摩利,娑婆诃。

安土地真言
　　南无三满多,没驮喃,唵,度噜度噜,地尾萨婆诃。

奉请八大菩萨
　　南无观世音菩萨摩诃萨　　南无弥勒佛菩萨摩诃萨
　　南无虚空藏菩萨摩诃萨　　南无普贤王菩萨摩诃萨
　　南无金刚首菩萨摩诃萨　　南无妙吉祥菩萨摩诃萨
　　南无除灾障菩萨摩诃萨　　南无地藏王菩萨摩诃萨

开经偈
　　无上甚深微妙法，百千万劫难遭遇。
　　我今见闻得受持，愿解如来真实义。
　　佛说齐天大圣督都法王斗战胜佛菩萨经
　　仰敬齐天大圣者，三界至灵孙悟空。
　　天地交泰玄真相，花果山中显威灵。
　　手拿定海金箍棒，一个跟头十万里。
　　上游玉皇黄金殿，下闹龙王水晶宫。
　　西护唐僧取经去，灭了九妖十八精。
　　东助观音救苦难，收了水母降火龙。
　　凡人有难急投告，云端池上显真形。
　　天之精来地之精，三气交泰合真形。
　　唵嘛呢叭咪吽，行者悟空速降临。
　　焚香念起金箍咒，齐天大圣显金容。
　　静则一声常清静，动则变化百万形。
　　收尽天下邪魔鬼，横堂五乐永无踪。
　　或有不伏神与鬼，金箍棒下丧残生。
　　远捉急拿解酆都，永远受罪不脱身。
　　若还漏网走一个，罪罚当方土地神。
　　弟子焚香今朝告，大显神通捉妖精。

急降急速急人鬼,先斩鬼首后斩身。

我今启请望来临,大赐雷威驾拥护。

南无大慈大悲观世音菩萨说大圣二十四感应急奉急降

【第一段】

南无大慈大悲,混沌未分,一气浑太空,太极既判,九色满大千,灵应自古传。混元。

齐天大圣督都法王斗战胜佛即降香坛上

【第二段】

南无大慈大悲,日精月华,花果山前家,清风明月,水帘洞是家,逍遥真堪夸。自在。

齐天大圣督都法王斗战胜佛即降香坛上

【第三段】

南无大慈大悲,菩提传法,七十二变化,身驾筋斗,法力广无涯,闹天宫如麻。英雄。

齐天大圣督都法王斗战胜佛即降香坛上

【第四段】

南无大慈大悲,斗牛宫里,千变共万化,盗窃丹药,圣母会乱驾,诸神俱惊怕。刚烈。

齐天大圣督都法王斗战胜佛即降香坛上

【第五段】

南无大慈大悲,凌霄殿下,神通更广大,我佛施法,六字真言大,将在山脚下。炼己。

齐天大圣督都法王斗战胜佛即降香坛上

【第六段】

南无大慈大悲,扶唐修行,誓愿取真经,到处前行,遇难亲赴身,即刻显威灵。护道。

齐天大圣督都法王斗战胜佛即降香坛上

【第七段】

南无大慈大悲,逍遥自在,即逢妖魔怪,耀武扬威,除缺六贼害,心神受忍耐。降魔。

齐天大圣督都法王斗战胜佛即降香坛上

【第八段】

南无大慈大悲,昭格十方,火眼似电光,金面无私,普济世无双,神鬼俱称扬。慈悲。

齐天大圣督都法王斗战胜佛即降香坛上

【第九段】

南无大慈大悲,香坛演经,象神俱通灵,齐天大圣,猴王位至尊,彩霞遍神通。显圣。

齐天大圣督都法王斗战胜佛即降香坛上

【第十段】

南无大慈大悲,祷雨求晴,举头有神明,观音面前,来讨净水瓶,普济降甘霖。救苦。

齐天大圣督都法王斗战胜佛即降香坛上

【第十一段】

南无大慈大悲,雷部来往,遍身是金光,雷声霹雳。诸邪皆受殃,威灵显大王。至尊。

齐天大圣督都法王斗战胜佛即降香坛上

【第十二段】

南无大慈大悲,善生恶亡,天理自昭彰,败坏大节。三纲并五常,押赴见阎王。立法。

齐天大圣督都法王斗战胜佛即降香坛上

【第十三段】

南无大慈大悲,违背亲师,抽肠锯分尸,秽污三光,捉压在冥司,正直总无私。除逆。

齐天大圣督都法王斗战胜佛即降香坛上

【第十四段】

南无大慈大悲,宰杀耕牛,罪恶实难留,一世辛苦,力尽刀尖游,捉屠刀山头。治罪。

齐天大圣督都法王斗战胜佛即降香坛上

【第十五段】

南无大慈大悲,大斗小秤,昧人瞒己心,撒抛五谷,大圣显威灵,逃过是非谁人。伐恶。

齐天大圣督都法王斗战胜佛即降香坛上

【第十六段】

南无大慈大悲,立庙开坛,七十二名山,著词立法,到处乐清闲,恩泽遍尘寰。显化。

齐天大圣督都法王斗战胜佛即降香坛上

【第十七段】

南无大慈大悲,诵经礼忏,灭罪又消愆,字字真诠,行行莫可乱,补经庭是验。感应。

齐天大圣督都法王斗战胜佛即降香坛上

【第十八段】

南无大慈大悲,到处降祥,普设献供养,神符召请,速至下天堂,逢妖定遭殃。行化。

齐天大圣督都法王斗战胜佛即降香坛上

【第十九段】

南无大慈大悲,霹雳金光,捉妖又降祥,正直无私,差使天兵将,誓断妖魔王。神武。

齐天大圣督都法王斗战胜佛即降香坛上

【第二十段】

南无大慈大悲,宅舍相冲,妖邪常来侵,尊神降临,显圣在空中,家宅永安宁。净宅。

齐天大圣督都法王斗战胜佛即降香坛上

【第二十一段】

南无大慈大悲,动土兴工,一千二百神,火眼金睛,身驾金(筋)斗云,凶神各回宫。安神。

齐天大圣督都法王斗战胜佛即降香坛上

【第二十二段】

南无大慈大悲,人逢百难,虔拜即到坛谈,显圣空中,赐福施灵丹,顷刻即得宁。灵应。

齐天大圣督都法王斗战胜佛即降香坛上

【第二十三段】

南无大慈大悲,宝经三藏,取来归故乡,水陆大会,超神度死亡,迎接是唐王。功德。

齐天大圣督都法王斗战胜佛即降香坛上

【第二十四段】

南无大慈大悲,四人一心,取经在雷音,善果完成,太白捧敕封,同来登上乘。成真。

齐天大圣督都法王斗战胜佛即降香坛上

香坛启请佛大圣,祈晴祷雨救万民。
正法感应降真灵,狂风恶气永无踪。
清风吹动百草生,金光速现降当空。
千变万化显神通,金面无私除妖氛。
奉命敕令行大法,斩妖除邪不留停。
南无慈悲观世音,止住烈风救万民。
手执杨柳一枝青,大慈大悲降甘霖。
万姓得沾大圣恩。

大圣感应降坛前,狂尘恶气不伤田。
清风鼓荡禾苗盛,习习和光满大千。
千变万化金像现,正直无私气冲天。
领命世间行正法,邪魔妖风永不翻。
南无慈悲观世音,止住妖云救万民。
手执杨柳一枝青,大慈大悲降甘霖。
万姓得沾大圣恩。

大圣感应自古闻,妖氛敛迹布缤纷。
双睁火眼烟尘散,祥光紫雾弥长空。
宝像圆明镇八极,威灵感应面前存。
大显神通行正法,断绝妖云不见形。
南无慈悲观世音,止住迅雷救万民。
手执杨柳一枝青,大慈大悲降甘霖。
万姓得沾大圣恩。

大圣感应冠群英,雷出不震颂升平。
手执金箍云端坐,轻雷动荡万物萌。
雷翁电母齐拱手,聪明正直有同心。

圣光凛凛行正法，断绝霹雳不闻声。
南无慈悲观世音，止住妖雨救万民。
手执杨柳一枝青，大慈大悲降甘霖。
万姓得沾大圣恩。
大圣感应降妖氛，非常冰雹永不闻。
草木发荣禾苗盛，耕木同钦大圣恩。
金睛普照行正法，永镇邪魔不正神。
我今启请降来临，降魔除魅镇乾坤。
风云雷雨齐应节，飞浅动植各遂生。
愿以此功德，普济与一切。我等与众生，皆共成佛道。
揭天神揭地神将，揭天揭地娑婆诃。
起凌不凌娑婆诃，降妖除邪捉鬼精。
降妖一位神鬼惊，手拿金箍紧随身。
金箍打在鬼祟身，脑破肉绽化为脓。

波罗波罗　密切密切　横板吒唎娑婆诃

都天大灵官，烈烈震乾坤。刀兵四十万，挂在营盘中。左呼左神将，右呼右将军。前妖后妖，摄令神文下，急急如律令。

凡请大圣念咒

达哪呢摩哪（一气三遍）

南无大慈大悲观世音菩萨说齐天大圣督都法王斗战胜佛真经终。

唐王游地狱(节录)

【解题】濮阳县档案馆所藏,抄本,年代不详。封面题"己酉/王玉兴读/唐王游地狱"。此宝卷"可能是受民间教派东大乘教——清茶门教影响下的某一支派所诵经卷"(参见韩洪波,《新发现宝卷〈唐王游地狱〉考述》,《江苏海洋大学学报》人文社会科学版,2020年第4期)。与百回本《西游记》以及同题宝卷最大不同之处在于,赌斗双方不是袁守诚和化身秀士的泾河龙王,而是化身农夫的魏徵和化身少年的白龙。这样就省略了渔樵问答、袁守诚卖卦等情节。

二人走圣养灵机,来问唐王游地狱。
因何地狱去游看,弟子不明求佛指。
为佛要是指及我,度化虔良劳不辞。
法王此说这一问,满心欢喜笑嘻嘻。
搬过绣墩身旁坐,从头至尾对面提。
有一日,那魏徵,心中闷倦。
独一人,出城去,闲来踏青。
一步步,慢行走,来到郊外。
遇着个,行雨的,小小白龙。
有白龙,变了个,少年童子。

遇魏徵，私打扮，不像公卿。
徵不知，少年童，白龙以变。
龙子说，私扮的，是个老农。
小白龙，看天象，扬说一句。
休看旱，不久的，大雨时行。
徵问他，下何雨，什么时辰？
白龙答，天过午，暴雨狂风。
魏徵说，小童儿，你且住口。
拿着个，小孩子，怎知天宫。
小童说，我不知，莫非你晓？
情愿欲，领高教，对我点清。
魏徵说，你领教，我就赐教。
依我说，作浮云，细雨清风。
小白龙，心中话，未从出口。
难道说，俺龙家，成了蟒虫？
心不说，意不服，扬长而去。
叫小童，你回来，咱有话明

小白龙只此呼叫一声，停足站住，扭项回头，粗而言曰："老农唤我，有何话讲？"徵曰："无事不把你们唤回，既是唤回你来，就有话明。方才你说，天过午时，下个粗风暴雨，果真否乎？"白龙答曰："老农讲出此话，是何意也？如话不应，算俺龙宫海藏之地，反为草蟒野虫之窝。"徵曰："既代如此，你与我打赌击掌否乎？"童子曰："吾何慊乎哉，要是下了清风细雨，情愿将龙头输于老农。"老农说："要是下了粗风暴雨，情愿将吾的《百中经》输给小童。"二人打赌击掌已毕，拱手分离，各自回本宫而去。这魏徵走至半路途中，心中暗想："乃白龙以变是也。"这小白龙腾空而去，心中暗想："常闻唐王之臣，有《百中经》者，独魏徵一人而已。"小白龙归了本位，展开雨布，留神观看，倒是为何？

　　刮清风，下细雨，上造已妥。
　　猛抬头，失一惊，把事办错。
　　怒一怒，将雨布，扔在桌下。
　　愁而闷，闷而愁，这该怎么？
　　坐不安，卧不宁，前走后退。
　　光瞒恕，造雨布，上位古佛。
　　在宫中，他正然，愁眉不展。
　　猛观见，玉妹来，一位婵娥。
　　不好不好真不好，我的大事谁能了？
　　谁要了了我大事，我就赏他三件宝。
　　小姐上前连声问，哥哥为何这寄毛？
　　一头碰到滚龙柱，脚又蹬来手又跑。
　　妹妹你是不知道，我把大事办坏了。
　　将头至尾说一遍，你看这事怎么消？
　　小妹想起一条计，更改雨布命可逃。
　　雨布以上是细雨，改成粗雨而飘飘。
　　果然下的粗风暴雨，把《百中经》拿来我也瞧瞧。

　　兄妹二人这才眉间展开，欢天喜地，正在龙宫花园之中，游玩看景。猛听的迅雷一声响，好惊好惊。这是何人来到？上差来到。

　　小白龙，听此言，心惊胆战。

叫玉妹,你回宫,我上前看。
走近前,双膝跪,求问圣旨。
你为何,私改就,暴雨粗风?
这圣旨,恁二人,造下大罪。
一字字,一行行,对你喧喧。
把婵娥,该压在,乌龙山下。
看起来,斩龙头,律上当该。
上差擎旨驾祥云,吓得白龙迷昏昏。
不觉的魂飞天外,虽未死如见阎君。
婵娥正在宫中坐,心慌意乱不定神。
出了宫门见客舍,问问哥哥便知音。
只见龙身常在地,四体不动闷煞人。
叫声哥哥速速醒,速速醒来对我云。
我兄历来无错事,不该害他命归阴。
骂声上差真大胆,算你错打定盘星。
哥哥醒来说一遍,与你闹个老天红。

"哥哥醒来,哥哥醒来!"不多一时,龙身少动,猛然醒来。二话不提,好一场惊怕人也。

妹妹把事办的粗,不该私改这雨布。
自从妹妹你一改,反叫二人都受辱。

天作孽尤可违,自作孽不可活。越思越想越难受,二人抱头大哭,纵然哭一龙宫之内,谁人替咱把罪除?

婵娥泪恓恓,想起一条计。
白龙怒气冲,"你计再别提。
用计改雨布,咱把上神欺。

不把你计用,何等受此屈?"

妹妹说:"你叫我说说,好则遵之,不好则不遵,何妨?"哥哥说:"你说说,我也再听听。"

昨日里,哥哥你,也曾说过。
谁要能,了我事,赠宝三名。
想魏徵,是唐王,爱卿一个。
这桩事,托唐王,也就满行。
常言说,聪明人,一点就动。
一句话,提醒了,小小白龙。
说妹妹,这条计,想的不错。
能救我,白龙命,免死乃生。
驾祥云,真来在,唐王门下。
摇身变,小道童,忙进皇宫。
见唐王,双膝跪,跪而不起。
双手举,三件宝,玉珠有名。
唐王爷,接在手,真来好宝。
一避水,一避火,一避尘风。
小道童,有何事,快对我讲。
或是祸,祸是福,或是吉凶。
眼含泪,对唐王,诉说一遍。
快忙着,救儿童,小小性命。

细听道童说了一遍。"我要救你,这可还不难,你且回去,心里放宽。"一日唐王宣魏徵上殿,内臣奉旨一声高叫魏徵上殿。"臣接旨上殿,参见万岁万万岁。将臣宣上殿来,有何军情议论?""无事不把爱卿宣上殿来。朕当闷闷不足,心忙意乱,看咱朝中实无平治勇将,又无善战精兵,是以为虑。如爱卿与我同到花园之中,咱二人动盘围棋,可以解吾之忧也。不知你愿去否乎?""臣愿去不辞。"

他君臣,才回到,花园之中。
安棋盘,执棋子,声声仃仃。
受人托,忠人事,刻心在意。
留神观,单看着,这个魏徵。
这君臣,他两个,不在棋上。
都有些,心肠可,各留神通。
这魏徵,抬起头,细看红日。
方才到,已巳时,未到五更。
叫爱卿,不用想,独招一手。
眼看着,这盘棋,你输我赢。
这魏徵,把太阳,二番又看。
天正午,到了刻,去斩白龙。

魏徵此时曲肱而枕,就如睡着一般。唐王怎可晓得?凡体不动圣体动,迷人不杀性杀人。只见魏徵曲肱而枕。"我就拿定主意,昨日受过白龙之托,则必忠人之事。今我救他不死,以后必有重谢。"不多一时,魏徵便醒来:"好乏好乏,好一场惊惊杀杀。"唐王说:"什么事?"魏徵遂问而答,重言而对:"好一场惊惊杀杀之事也。"唐王说:"爱卿作一梦乎?"魏徵答曰:"正是。"唐王说:"梦见何物?"魏徵答曰:"吾在梦中,手使三尺之剑,斩去一龙之头,岂不惊惊杀杀者也?""只听魏徵把梦说,才知我把事办错。早知梦中斩龙首,我把他惊醒是也。总然后留说什么。白龙要是告下我来，我也总难活。"

　　小白龙，见阎君，双膝跪倒。
　　对上神，说一遍，甚是苦情。
　　唐王前，龙进他，三件宝贝。
　　最不该，爱我宝，不救吉凶。
　　从头上，讲至尾，诉说一遍。
　　说你个，五阎君，怒气冲冲。
　　唐王前，龙求救，满应满许。
　　到如今，落了个，言不顾行。
　　命城隍，与土地，你去拿他。
　　抄魂族，引铁牌，拿在手中。
二神奉君命，出了狱门，下的天来，直往京城去了。
　　叫一声，唐万岁，你是胡闹。
　　你贪财，你爱宝，叫俺受劳。
　　见唐王，抄魂旗，用手拉住。
　　来至到，你与我，同到阴曹。
　　不觉的，眨眼间，忽然来到。
　　见阎君，双膝跪，不敢胡闹。
　　下边跪，是何人，抬头说话。
　　遂答曰，是唐王，特把君朝。
　　你为何，爱财宝，不救龙命？
　　唐王说，非爱财，不救不保。
　　用的计，选爱卿，去把棋下。
　　眼看着，他不动，曲肱睡着。
　　见过人，闹急荒，动乎四体。

谁料想,睡着了,才把账交。
梦中里,斩龙头,已经落地。
总后留,见白龙,依何去学。
千不是,万不是,你我不是。
哀上神,饶过我,送我还朝。
细听的,这唐王,说了一遍。
说的个,五阎君,大犯斟酌。
我在说,依律上,与他定罪。
怕的是,屈此人,我也无好。
再说是,我放他,还朝回去。
又恐怕,上神知,不把我饶。
要不就,且叫他,游狱一遍。
一切的,大小罪,没他受了。
差土地,你给他,头前引路。
十八层,一处处,全都游到。
第一层,见的是,人身锯解。
血淋淋,成两片,一手一脚。
想这人,在阳间,作何生理?
只因他,管闲事,水火两挑。
那个强,扶那个,替谁说话。
该使水,不使水,反用火烧。
那家弱,欺那家,贬了又贬。
该用水,不用水,倒用火烧。
有唐王,观罢此,刻心在意。
回阳间,劝我民,莫与他学。

第二层，钩脊筋，鸭鸭浮水。
就如那，洗澡的，脚蹬手跑。
想这人，在阳间，作何生理？
只因他，作买卖，易不公交。
大斗来，小斗去，良心丧尽。
恨不能，将十指，填在嘴嚼。
有唐王，观罢此，刻在心意。
回阳间，对我民，莫与他学。
第三层，又到来，割舌地狱。
割了舌，剜了眼，正是难睄。
想这人，在阳间，作何生理？
只因他，妞翁姑，又把家搅。
骂四邻，和乡党，不称他意。
无孝悌，无廉耻，绝不害臊。
也不论，门枝近，一祖一脉。
也不论，亲戚人，朋友之交。
逐日里，站街头，扬声高骂。
还怕人，一个个，听不真着。
有唐王，观罢此，刻心在意。
回阳间，劝我民，莫与他学。
第四层，又来到，刮脸地狱。
先剜眉，后了耳，又把鼻削。
想这人，在阳间，作何生理？
只因他，巧打扮，又把眉描。
擦浓粉，抹桂油，艳妆美女。

逢外的，叫旁人，爱见好瞧。
有唐王，观罢此，刻心在意。
回阳间，劝我民，莫与他学。
第五层，又来到，刀山地狱。
看一看，俱是些，快剑明刀。
想这人，在阳间，作何生理？
只因他，使嫉妒，又用奸狡。
有凶事，把人家，扭在房上。
他坐在，流平地，去看热闹。
哪晓得，害旁人，如害自己。
上刀山，扒剑树，血流飘飘。
有唐王，观罢此，刻心在意。
回阳间，劝我民，莫与他学。
第六层，又来到，油锅地狱。
过来个，毛使鬼，忙使叉挑。
想这人，在阳间，作何生理？
只因他，撒米面，东西多抛。
并不思，这米面，来处不易。
舍不念，天地恩，父子受劳。
有唐王，观罢此，刻心在意。
回阳间，劝我民，莫如他学。
第七层，又来到，铁狗地狱。
多少狗，如猛虎，混咬刮叨。
想这人，在阳间，作何生理？
只因他，不戒口，混和乱挑。

挑张家，父子分，兄弟难散。
挑李家，姑媳生，妯娌又吵。
如何作，如何受，天不别人。
铁狗咬，筋骨崩，肉烂皮焦。
有唐王，观罢此，刻心在意。
回阳间，劝我民，莫与他学。
第八层，又来到，寒冰地狱。
一个魂，也不见，静静悄悄。
旁边看，有一个，穴如井桶。
往下看，黑洞洞，好似口捞。
想这人，在阳间，作何生理？
只因他，好抹黑，窃取偷盗。
或是银，或是钱，得在他手。
光想着，吃而喝，赌而又嫖。
也不论，贫共富，一齐贼害。
霎时间，命归阴，定罪不饶。
有唐王，观罢此，刻心在意。
回阳间，劝我民，莫与他学。
第九层，又来到，刮心地狱。
我只见，疼的他，泣涕号号。
想这人，在阳间，作何生理？
只因他，嘴里甜，心似苦包。
外面里，也装点，善人模样。
而其实，暗藏着，一把钢刀。
有唐王，观罢此，刻心在意。

回阳间,劝我民,莫与他学。
第十层,又来到,火床地狱。
剥的他,皮沾骨,两手还挠。
想这人,在阳间,作何生理?
只因他,好放火,常把人烧。
谁要是,敬进他,便是借取。
或粮食,或棉花,钱使几吊。
谁要是,得罪他,怀仇不忘。
也不定,那一天,给他点着。
有唐王,观罢此,刻心在意。
回阳间,劝我民,莫与他学。
十一层,又来到,水涝地狱。
只听得,受罪鬼,齐哭乱嚎。
想这人,在阳间,作何生理?
只因他,不行正,但好犯挑。
犯挑来,那个得,正头向主。
一个个,卖在水,他把钱捞。
不料想,意外财,命穷不富。
反落了,一身罪,下在水涝。
有唐王,观罢此,刻心在意。
回阳间,劝我民,莫与他学。
十二层,又来到,铜汁地狱。
这个鬼,端铜汁,满满一瓢。
用钢刀,摇开口,忙往里倒。
只听得,受罪鬼,一声咳嗽。

小鬼说，喝饱罢，不用留量。
比不得，阳间水，渴了再浇。
想这人，在阳间，作何生理？
只因他，说出话，如吃枪药。
倒叫人，听在耳，实难在咽。
又调词，又架讼，舌快如刀。
有唐王，观罢此，刻心在意。
回阳间，劝我民，莫与他学。
十三层，又来到，火鏊地狱。
看旁边，果然是，一盘火鏊。
上烤着，七个鬼，滚滚不止。
将比就，小鱼儿，锅内煎炒。
想这人，在阳间，作何生理？
只因他，饮暖酒，好吃热肴。
假装醉，站街头，胡言乱语。
手舞之，足蹈之，谁敢招之。
我骂的，是光棍，一切人物。
谁要是，不出来，算你怂了。
有唐王，观罢此，刻心在意。
回阳间，劝我民，莫与他学。
十四层，又来到，狼牙地狱。
狼牙棒，打罪鬼，不住直敲。
打的是，那些鬼，左滚右滚。
前一蹦，后一踮，无处脱逃。
想这人，在阳间，作何生理？

只因他,好贪些,意外财宝。
明里诓,暗里骗,得法就使。
要见了,便宜事,慌手慌脚。
怒一怒,恨一恨,财不找我。
想妙法,生巧计,怎么得高。
有唐王,观罢此,刻心在意。
回阳间,劝我民,莫与他学。
十五层,又来到,磨研地狱。
只见他,骨成面,血又红了。
想这人,在阳间,作何生理?
只因他,心里虚,意不实着。
一日里,就师前,诓法拐道。
听几句,道中语,逢人直学。
夸智慧,骗公明,天机泄露。
作恶簿,主清账,定罪不饶。
有唐王,观罢此,刻心在意。
回阳间,劝我民,莫与他学。
十六层,又来到,碓捣地狱。
见一鬼,执着杵,不住直捣。
想这人,在阳间,作何生理?
只因他,漏天机,全不计较。
常言说,知法于,犯了法律。
定罪孽,重重加,谁敢私饶?
碓里捣,磨里研,罪不算重。
十八层,都受到,那才合条。

有唐王，观罢此，刻心在意。
回阳间，劝我民，莫与他学。
十七层，又来到，石碾地狱。
积的那，骨肉飞，血崩大高。
这唐王，近前来，仔细观看。
小鬼说，离远些，沾了黄袍。
想这人，在阳间，作何生理？
只因他，在道中，混闹乱搅。
又欺师，又灭祖，眉粗眼大。
总有些，师兄弟，都看不着。
自觉着，本事大，武艺不小。
你叫他，于佛家，对着滔滔。
讲道德，说仁义，一句不句。
观乾坤，看福利，稀松一包。
芝麻粒，在杏筐，如何显他。
偏似个，咬群驴，怪能发刁。
有唐王，观罢此，刻心在意。
回阳间，劝我民，莫与他学。
十八层，又来到，笼蒸地狱。
添上水，坐上笼，使使火烧。
你看他，在笼里，上蹿下坐。
好似那，玩龙灯，如顶狮包。
想这人，在阳间，作何生理？
只因他，侵地界，爱人禾苗。
好想口，爱便宜，无有尽足。

又损人,又利己,净想拔高。
　　有唐王,观罢此,刻心在意。
　　回阳间,劝我民,莫与他学。
　　唐王观罢十八层,层层里面动武刑。
　　见了许多受罪鬼,只因作恶又行凶。
　　唐王虽然无受罪,吓得胆战心又惊。
　　有心再到下司看,无非罪鬼受苦情。
　　总然看他无有益,不如从此回去东。
　　唐王一心要还阳,出了狱门细思量。
　　想想我在东土时,都说地狱有天堂。
　　不见天堂在何处,有佛有祖住那方。
　　猛然抬头只一看,紧对狱门一片黄。

"叫小鬼再商量,先许我把地狱游,不许我去看天堂。"小鬼说:"唐王不说,话你错讲。这个家你敢当来,我敢当?"唐王说:"那怕不往那里去,外圈看这黄房。"小鬼说:"那里不是你们去,不如从此远望望。"

　　唐王这才留神观,这片好房真稀罕。
　　玉石旗杆安双斗,上边黄旗绿镶边。
　　透玲牌坊有多少,上造金字方又圆。
　　松柏大树长得好,瑞气生云把他缠。
　　紫金狮,丈二高,摇头摆尾卧两边。
　　把门将军分文武,丑的俊的不一般。
　　这个手举降魔棍,那个怀抱搅龙鞭。
　　这个拿着照仙镜,那个背矢弓上弦。
　　四个将军看已毕,抬头又望上边观。

门楼高大安脊兽，口口吞金活勾连。
黄楼登的金砖砌，绿微微的玉瓦漫。
有立匾来门上悬，人人可爱又可观。
四个金字如斗大，法王大帝写上边。

观其外来知其内，那里边也不知有多少神仙。虽有巧匠也是难描难画，虽有明人也不能传。这紫圣景观之无尽，言之无穷。"奉求鬼哥，到在君王面前，借他金笔玉砚，待我使上一使，即给他送还。"小鬼说："你想那金笔玉砚，原是君王专用，你借为何？"唐王说："既有借者有一用，观把天堂之景，地狱之凶，欲在此狱门以旁，留诗一首，此处并无笔砚，可教我使什么以留此诗句？"小鬼听说，不敢怠慢，慌慌忙忙来到君王面前，诉说一遍。君曰："将笔砚快与他送去。"小鬼拿笔砚慌忙走近前，笔砚双手举，与你把磨研。唐王拿笔在手，蘸了个十分饱足，把那墙上吹了一口，净了净土尘，不免在此留诗一首。诗曰：

天堂紧对地狱门，恶事易做善难寻。
有人犯了阎王律，定是由天不由人。
善恶本是两条路，任凭君子何处寻。
鬼哥送我回阳转，投得名师修自身。

唐王将这诗句作完，坠了一笔，从之改之，藏之修之，成之为之，岂不乐之乎也。小鬼闻听唐王诗句，作的极好，随着夸了两句："无怪乎尊为天子，富有四海，真真堪为万民之君王也。"小鬼说道："想你在这地狱里，游了一十三刻，又在此处观那天堂之胜景，七刻有余，共合二十之时也，已经不短，我送你还阳去吧。"

有唐王,去还阳,心中暗想。
不住的,意悲切,凄凄凉凉。
又可怖,又可惊,耳闻目见。
回东土,劝我民,戒了桩桩。
可惊怕,是地狱,多少罪鬼。
可喜的,是天堂,一片黄房。
回阳间,众爱卿,要是问我。
那地狱,容易讲,难论天堂。
不过是,劝百官,多做好事。
不过是,劝我民,都归良方。
为官的,不要你,慢上残下。
爱民人,如子弟,落个清良。
为民的,先戒住,酒色财气。
和乡邻,敬天地,孝顺爹娘。
四海民,都尊住,我的言语。
敢保你,无罪孽,脱过阎王。

不多一时,来到阳间,行入方寸宝地,可喜可喜,可惊可惊,如临深渊,如履薄冰之上也。爱卿一齐向万岁去问:"得的什么病,实在闷煞人,对俺说实话,好去祷鬼神。"唐王睁开眼,观见众爱臣:"朕无病和苦,提我性归阴。众卿两边站,听我诉清真。"

十八层,恶地狱,全都游到。
曾见过,许多的,受罪之人。
也曾见,上刀山,去扒剑树。
也曾见,割了舌,剜了眼睛。

也曾见，刮脸狱，割鼻了耳。
也曾见，下水涝，又卧寒冰。
也曾见，碾上轧，骨崩肉烂。
也曾见，上火鏊，笼里又蒸。
也曾见，钩脊筋，鸭鸭浮水。
也曾见，下油锅，刮心之刑。
十八层，恶地狱，处处游到。
吓得我，骨头酸，浑身又疼。
出地狱，又只见，一片黄玉。
好好好，好好好，好好难行。
阴司里，光见那，天堂极好。
极着我，到此处，说也不清。
这个说，俺未见，全都不信。
那个说，莫非是，中了邪疯？
一个个，扭着脸，彼此相看。
说一遍，又一遍，总是不听。
讲此言，众爱卿，为何不信？
咱君臣，如父子，哄你不成？
讲在我，论在我，信不在我。
修在我，养在我，谁替我行。
众爱卿，阴阳隔，把你逮住。
今不听，明不听，误了前程。
你未闻，朱子训，绸缪之语。
勿临渴，招了忙，再去打井。
从今后，出旨意，用心一定。

谁要能,传真道,选他进京。
进京来,要传我,真诀一点。
骑骏马,做高官,大有显名。
各州县,各镇店,遍传旨意。
直传到,八个月,无人敢应。
都怕的,是皇爷,诓哄百姓。
去求荣,恐受辱,倒把命坑。
这唐王,只等的,心焦意乱。
并无有,一个人,来渡黄宫。
想必是,我无福,命薄之子。
有真道,和真教,不该我行。
一日里,坐金殿,宣我卿相。
审一审,问一问,真道谁明。
以我说,文共武,那个通道。
猛想起,斩白龙,就是魏徵。
叫内臣,将魏徵,宣上殿来。
我与他,有话说,对面相明。

内臣领了万岁命,叫声魏徵仔细听:"皇爷宣你议论大事情。"魏徵听说,不敢怠慢,摄齐升堂把殿登。见了万岁双膝跪:"今朝宣臣有何情。""无事不把爱卿宣上殿来,我问大道你通否乎?"魏徵说:"光知道事父母能竭其力,事君能致其身,五经四书,贯通了然,了然贯通。我万岁一提道字,都叫我闷之乎也。"

唐王说,咱君臣,处的不错。
你为何,明知道,把我糊弄?

想爱卿,斩龙头,怎么能去?
又欺我,又瞒我,假托梦中。
因为你,斩龙头,担惊不少。
汲汲乎,差一点,把我命坑。
小白龙,在阴间,把我告准。
五阎罗,提我性,去到狱中。
要不是,在君前,说的妥当。
就把我,下了狱,受罪无穷。
论从前,你哄我,如欺童子。
到如今,亲眼见,哄我不行。
说的个,魏丞相,无言可对。
我有心,说实话,光怕走风。
魏徵便开言,吾君莫急跋。
今日在此地,如何把道传。
退殿下朝去,再说也不晚。

唐王闻听此言,满心欢喜:"爱卿与我同到内堂,好哇不好?"魏徵说:"倒也罢了。"

二人同行到内堂,有件大事再商量。
还得我君去传旨,只恐他人听其详。
无为妙法人听去,君臣失散谁敢当。
唐王听说这句话,慌忙传旨出内堂。
一声高叫众臣子,个个听旨尊君王。
各在各宫按本位,不许你们胡乱嚷。
那个要是离宫按,斩头为令把命伤。

唐王传旨已毕,复归内堂。见了魏徵,欣欣然,微微笑道:"爱卿可以传吾道矣。"魏徵不敢忽然而答,心中暗想:"有心先传其道,只恐吾君蒙昧不明,再说先论其玄妙,又恐犯了天机,泄露天条。想他今为国君,我为家臣,不如先从国家上比在道理,也是有的。"

魏徵开言把话说,小臣谈来有失错。

有心谈论国家事,还得吾君莫怪我。

唐王说:"想咱一君一臣,同在内堂,何言不许谈论,何语不许讲完?你纵然说的有些失错,为君赦你无罪。"魏徵说:"既然如此,是你稳定文意思,听我一语。"

想当初,为国的,尧舜禹汤。

有文武,和周公,七代明贤。

数一数,哪一个,不在此处。

俱都是,学中庸,常习义方。

洪福老,清福到,三寸气断。

归故家,还就他,正果还阳。

也曾闻,汤放桀,武王伐纣。

只因他,无道德,大不贤良。

鲁春秋,那本是,孔子留下。

明传当,暗传道,三纲五常。

读书人,才求名,名挂金榜。

自然的,蒙恩惠,莫敢或遑。

行道人,来求神,神仙成就。

那一个,不感念,悭地良方。

中国地,都知道,孝悌忠信。

礼和义,廉共耻,大事八桩。

观天下，有九州，五湖四海。
　　虽万古，与千秋，谁不称扬。
提起一切古人，言之不尽，不如先传其真诀，然后再论其道法。"尊声万岁，你可晓得君不传臣，臣不传君，父不传子，子不传父，兄不传弟，弟不传兄，夫不传妻，妻不传夫之理乎？"唐王答曰："我曾晓得，君臣、父子、兄弟、夫妻皆不相传之理，然而未求之焉。能得之者乎？"魏徵曰："常说不以规矩，不能成方圆。"唐王这才撩袍端带，双膝跪倒，口称："爱卿，是你受我一拜。"魏徵慌忙离座，双手拉起："小臣怎敢受万岁一拜，有罪，有罪。"二人从此正其衣冠，净手焚香，才得其道矣。

　　有魏徵，双膝跪，诚心敬意。
　　上求我，三教主，都来临凡。
　　今日里，俺君臣，同发宏愿。
　　只要我，神圣保，得把家还。
　　现世里，助加你，身轻体泰。
　　百年后，保佑你，卧化归天。
　　各关口，造他名，莫要拦当。
　　地府里，抽了丁，一笔勾完。
　　借凡口，传圣道，有感有应。
　　才显出，诸佛祖，甚是妙玄。
　　外领善，与内庆，全都请罢。
　　回东土，传我君，妙诀一点。

　　二人起的身来，君让其臣，上位请坐。唐王俯伏在地，跪而不起，口称："师臣传我道矣。"徵曰："万岁请坐，听我一语。"

  视听言动非礼勿,能免生老渡病苦。
  戒诸酒色和财气,百般无罪莫非福。
  有天有地就有人,有道有德也有神。
  今遇小臣亲指点,龙华三会一处人。
  咬住银牙含住口,四门紧闭不透风。
  打开眉头三皇锁,独自一人来往通。
  七言诗句留三首,看看小臣行不行。

  魏徵把这功夫的规矩说了一遍,唐王听在耳内,记在心中:"朕当谢我师臣,飞信传教,大大受劳,得恩莫忘,何时去报?"默默存神,低头记较:"想我身为天子,人皆称之,金口玉言,封谁何职,必至何职,纵和我封他一封,亦是报其恩情。""封我爱卿你为一国之宗师,再赐你龙头拐杖,上殿不参,下殿不辞。"魏徵遂即双膝跪倒案前:"小臣在下,多谢我万岁的高封。"徵曰:"道也罢了,话也说完。"遂即起的身来,一心要走。走至堂阶,唐王双手拉住:"师臣暂且回来,还有句话说与你。"魏徵这才退步复位,端然正坐:"万岁有何话说与?""吾不明也,望你言。"魏徵说道:"讲道不离身,打铁不离针,道讲身之外,算个糊涂人。铁打针之下,器械安能分。"

  讲道德,说仁义,四个好字。
  怕的是,人不知,胡言乱语。
  论道字,两加一,精与神气。
  他三人,成一人,独自走行。
  论道德,他二人,十四孝子。

和而好,好而和,一心相同。
论仁字,是性命,一身父母。
修二人,养二人,常走天宫。
论义字,他就是,雨加王字。
杀不死,刮不烂,武艺高能。
唐王听说迷蒙蒙,不得天理口胡语。
爱卿真是武艺大,无怪你去斩白龙。

"你于是雨加王字,文武双全,比谁不能。"魏徵曰:"取笑了,取笑了。"唐王说:"一切古理我不语,读遍四书念五经,道德仁义四个字,也跟书上同不同?情愿师臣你讲讲,小王我也再听听。"魏徵说:"你耐听来我耐谈,调贤领众不嫌烦。道法仁义四个字,比在书上有何难。君子爱道不爱贪,去道这才贫煞人。道者本也财者末,常以此言劝国君。仁者常存恻隐心,义者恒怀羞恶心。"又云:"道也者,不可须臾离也。虽有造次颠沛之时,亦不可离,如其可离非道也。想这非道之言,不可胜言,不可胜讲。亦不过,择其善者而从之,其不善者而改之。"

君子尊德而乐道,义路礼门常遨游。
仁者乐山心里净,得之不修枉徒劳。
人之初,性本善,良心在头。
性相近,习相远,只在人求。
苟不教,性乃迁,善所不至。
教之道,贵以专,心钻意求。
昔孟母,择邻处,人以类聚。
子不学,断机杼,三娘所留。

窦燕山,有义方,无非学教。
教五子,名俱扬,万古千秋。
养不教,父之过,弃不中也。
教不严,师之惰,贤徒怎收。
子不学,非所宜,无才无料。
幼不学,老何为,怎把名留。
玉不琢,不成器,卖无高价。
人不学,不知义,南到斗牛。
为人子,方少时,神清气爽。
亲师友,习礼义,有好前途。
一而十,十而百,百而千万。
有多少,好徒弟,谁肯不修?
三才者,天地人,如同一线。
三光者,日月星,照临无休。
才养住,君与臣,父子夫妇。
有春夏,和秋冬,四时周流。
学仁义,礼智信,五常之道。
自然的,归家转,得住高楼。
德不修,学不讲,闻义不徙。
不善事,不能改,替你担忧。
有三宫,和六院,嫔妃十二。
一个个,要学而,来把气抽。
勤有功,戏无益,养心寡欲。
戒之哉,宜勉力,莫要胡求。
精一惟微孔子道,允执允中传满天。

行之久矣恐其差，再就有道而正焉。

"想我师臣来讲书之先，至于孔孟之书，周公之礼，三教九流，诸子百家，无不通晓，既读书之后，反倒昏昏焉，迷迷焉，似钻黑洞之人矣。欲我师臣将那一切的世理，比在道禅，方可解吾之昏迷矣。"有魏徵，便开言："世理道理皆一般，在家常常孝父母，何用烧香在高山。天堂修成真佛祖，朝阳正果不临凡。纵有良田千千顷，难换圣中九叶莲。虽有高楼万万座，不如圣中一个砖。"

世界上，总富贵，有名有利。
阴司里，造下罪，不由自己。
有名的，那阎罗，脸面最大。
有利的，使不上，怎图利息。
哪怕你，富而富，黄金百斗。
脱不了，轮回苦，生来死去。
哪怕你，贵而贵，尊为天子。
地府内，落下罪，谁敢来替？
讲世礼，与道理，无穷无尽。
把我的，万岁爷，叮咛几句。
正心修养齐其家，而后可以平天下。
当学尧舜三代事，莫学桀纣好贪花。
君臣二人归家转，陪伴老母赴龙华。
说龙华来道龙华，谁知龙华是老家。
有人能赴龙华会，就是长生不老家。
为臣我把话说完，此理还得你去传。
非人不能传天道，天道只得借人传。

你也传来我也传,天下这才得其传。

贫也传来富也传,贵也传来贱也传。

好也传来歹也传,好的能以保其传。

传要失到歹人手,造罪于他累无干。

(下略)

斩龙卖卦全传

【解题】《中国宝卷总目》著录。又名《唐太宗游地府》。全八卷。金河老龙为与袁天罡赌斗争胜,逆旨行雨,触犯天条。在袁的指点下求助太宗皇帝李世民。太宗允诺代向魏徵求免,不料魏徵梦中斩杀老龙。老龙赴幽冥告状,阎君勾太宗地府对簿。魏徵求情于表兄判官崔珏,崔珏偷改生死簿,判太宗还阳。此故事传本较多,卜者多半名为"袁天罡"(非是《西游记》百回本中的袁守诚),另有作"鬼谷子"者。此本"泾河龙王"作"金河龙王",应是方音所致,可知此本流传地域之广,遍及南北。另有"金角老龙"之说,似应为"金河龙王"的进一步讹变。本次参考民国西一山堂印本及无名氏手抄本校改。

卷 之 一

紫金炉内把香焚,表起渔樵一双人。
渔翁名叫张士旺,沿河打网过时光。
长安旱荒三年整,黎民百姓受饥荒。
渔翁正在家中坐,樵夫担柴走得忙。
渔翁一把来扯住,便把樵夫叫一场:
你的生意多茂盛,我今贫穷受饥荒。

自幼不学庄农事,学的张网过时光。
已有三年不下雨,停罾晾网苦难当。
明日你把柴来打,我也跟你上山冈。
倘若赚得钱和钞,买些粮米度时光。
樵夫听说忙回答,渔哥你且听衷肠:
提起打柴真正苦,每日奔波把山上。
黄毛老虎来作伴,白面猩猿在山冈。
脚蹬草鞋多劳苦,怎比逍遥散心肠。
抛罾晒网船头上,满船装来买柴粮。
我在山中不住手,天天只是砍柴忙。
挑到街上换粮米,一日只够度时光。
倘若一天错过去,巴巴结结受饥荒。
这个生意不好做,怎比消闲过时光。
目今大国长安地,有个卖卜袁天罡。
你可去问他一卦,几时有雨下此方?
说罢樵夫他去了,单表渔翁张士旺。
听见此言多欣喜,去到长安走一趟。
数十铜钱随身带,吩咐婆儿看门坊。
渔翁迈步将门出,转过西来往东方。
一路行程来得快,到了长安大国邦。
穿街过巷向前走,只见卦棚搭街坊。
真真有个卖卦的,周围男女乱忙忙。
问的求财可得利,行人几时得回乡。
庄农问的田禾事,无后之人问儿郎。
争讼官司可取胜,病人几时得安康。

卦棚之内多热闹,走进渔翁张士旺。
上前施礼忙作揖,口称先生听衷肠。
我名叫个张士旺,江湖取鱼过时光。
整整三年不下雨,停罾晾网受饥荒。
请问先生占一卦,何日有雨下此方?
天罡先生忙回答,便把渔翁叫一场:
大卦铜钱三十六,求课只要钱九双。
你可点香去下拜,我来占课问文王。
老君炉内香烟起,叩求周易大帝王。
渔翁向前忙下拜,忙坏先生袁天罡。
今有张旺来问卜,望神判断吉和凶。
单单拆来拆单单,三个金钱手中央。
一连三课占下去,恭喜渔翁不可当:
今夜子时天作变,明日寅时大风狂。
交到卯时上三刻,三尺三寸降下方。
此雨不往别处下,下在长安一地方。
雨过以后天又好,依然红日出太阳。
渔翁听说心欢喜,会了卦钱急回乡。
来到家中方坐下,见了婆儿说短长。
夫妻二人忙收拾,背了网索走得忙。
老翁挑的桩和索,婆儿拿的网和桩。
一直来到金河口,九龙口内把网张。
老头就要先下簖,叫声婆儿扶住桩。
枣木榔头拿在手,认定桩头只是夯。
左一钉来右一夯,震动金河老龙王。

龙王坐在龙宫内，面红耳热不安康。
不知外面有甚事，震得我来不安康。
差了夜叉人两个，出了龙宫看端详。
两个夜叉将身变，变作青春少年郎。
将身来到金河口，看见婆儿把网张。
两个夜叉一声喝，喝声婆娘像疯狂。
你这老儿好古怪，因何你把旱网张？
长安三年不下雨，河内旱得起灰扬。
你今不必鱼来取，再过二年到此方。
渔翁一听心焦躁，骂声年少小才郎。
长安有个卖卦的，先生叫个袁天罡。
他说明日有雨下，叫我前来把网张。
猛虎下山讨测语，为何责备我身当？
不看你是少年客，迎面赏你几巴掌。
两个夜叉慌忙了，忙到龙宫报端详。
欠身来到龙宫内，水主在上听衷肠。
叫声水主不好了，出了妖魔鬼怪王。
长安出了大骗子，名字叫个袁天罡。
他说明日有雨下，哄得婆老把网张。
夫妇二人来下桩，故此震动我主上。
龙王听说心焦躁，头顶当中冒火光。
既然出了大骗子，我会先生袁天罡。
叫声龙儿看守海，我到长安问天罡。
龙王说罢将身动，一驾祥云离海洋。
拨开云头临凡世，变作青春少年郎。

逍遥巾儿头上戴,身穿一领绛黄衫。
腰束绛色罗绦子,粉底乌靴足下登。
洒金扇子拿在手,一步三摇不慌忙。
在路行程来得快,长安早到面前存。
进了皇城门三座,卦棚搭在大街上。

卷 之 二

龙王一见抬头看,卦棚里面闹忙忙。
卦棚里面人又广,走进金河老龙王。
龙王来到卦棚内,叫声先生袁天罡。
一问先生买一卦,几时有雨到此方?
二问先生买一卦,今年可中状元郎?
三问先生买一卦,晓得住在那一方?
天罡先生抬头看,认得金河老龙王。
并非问我来买卦,分明与我斗高强。
先生并不来说破,故意开口叫一声。
叫声相公烧点香,代你占课问文王。
一连三课占到底,叫声相公听衷肠:
好了好了真好了,明日有雨到此方。
明日子时天作变,寅时即起大风狂。
交到卯时下大雨,三尺三寸不可当。
不多不少三尺雨,落在长安救饥荒。
雨过之后天又好,依然现出红太阳。
龙王听了这一说,骂声先生太猖狂。

天公行雨何人晓,为何信口乱胡谈。
明日若还有雨下,送你金银百馀两。
明日若还无雨下,招牌打得碎瓤瓤。
从今不许来卖卦,不许哄骗这一方。
天罡先生微微笑,叫声相公听衷肠:
金银招牌不为宝,各赌人头又何妨。
龙王①即便回言答,就赌人头又何妨。
明日若还有雨下,我的人头挂街坊。
明日若还无雨下,先生人头挂街坊。
二人打掌来赌头,惊动众人总作忙。
一个街东来伸手,一个街西伸巴掌。
长子拖了矮子走,矮子逡巡踮足望。
胖子挤了只是喘,瘦子挤得泪汪汪。
还有聋子听不见,硬着头皮问得忙。
把个瞎子挤倒了,乱在地下拱裤裆。
走下几个年老的,上前劝住人一双。
有雨无雨天作主,二人何必争短长。
先生劝回卦棚去,相公劝回转家乡。
不表二人赌下咒,表起仙童人一双。
二人借雨来回转,回奏灵霄张玉皇。
玉皇大帝开金口,行雨派到那龙王?
太白金星忙启奏,口称万岁听端详:
若还问起行雨事,派到金河老龙王。

---

① "龙王"原作"天罡"。

玉皇大帝听得奏,便叫金童人一双。
差你去到金河口,去到金河老龙王。
限他明日卯时刻,雨落长安救饥荒。
只下三尺三寸雨,四十八点随后扬。
两个仙童领玉旨,一驾祥云降下方。
下了三十三天界,龙宫早到面当阳。
仙童站在云端内,叫声金河老龙王。
今有上方玉旨到,快快迎接张玉皇。
龙王听说忙不住,就排香案接上方。
打发仙童归上界,龙王拆开看端详。
一行上面看到底,两行上面着了忙。
一连看完数行字,捶首顿足泪汪汪。
大太子来二太子,三子前来问父王。
我父龙宫因何事,捶胸顿足为那桩?
龙王一见龙儿到,叫声龙儿听父王:
你父曾把长安上,遇见先生袁天罡。
你父与他来赌斗,各赌人头挂街坊。
今日上方玉旨到,犹如先生所言同。
大子听说忙不了,二子低头不则声。
转过小龙三太子,父王不必泪汪汪。
他说三尺三寸雨,下他六尺又何妨。
他说雨下长安地,偷下山东又何妨。
把雨偷下山东境,杀他人头挂街坊。
龙王一听龙儿说,我儿巧计果然强。
就在龙宫过一宿,次日天明外庭光。

连把铁鼓敲三棒,海内鱼兵乱忙忙。
四海龙王俱来到,总来相帮老龙王。
龙王点起诸神到,串成十字到西方:
老龙王见玉旨鉴貌辨色,为甚的心慌乱悚惧恐惶?
执令旗忙登了宫殿盘郁,急急忙传将令律吕调阳。
点太子人三个孔怀兄弟,手提了花胡帚骇跃超骧。
风婆神带领了云腾雨致,行雨神带领了臣伏戎羌。
雷公神霹雳响空谷传声,闪电母驾起那珠称夜光。
北斗神手执的剑号巨阙,足踏的二将军率滨归王。
又点那普天星日月盈昃,点二十和八宿辰宿列张。
传虾兵和蟹将川流不息,一个个来披挂束带矜庄。
老龙王在前面矩步引领,后跟的行雨神府罗将相。
至西天忙跪下稽颡再拜,众神将齐督候宇宙洪荒。
佛主爷开放了仁慈隐恻,早发下甘露水赖及万方。
砚池中偷三点金生丽水,只淹得山东地诗赞羔羊。
多因那行错了九州禹迹,这龙王逃不过捕获叛亡。

卷之三

龙王丹墀来跪下,口称佛主听衷肠:
长安三年不下雨,多发几点救饥荒。
佛主听说全不睬,俫俫不听念《金刚》。
砚池三点黑墨水,龙王即起恶心肠。
就将龙尾只一扫,砚池里面扫个光。
龙王偷了黑墨水,一驾祥云离西方。

雾送风驰来得快,山东六府面当阳。
先是青天明朗朗,后来乌云起四方。
东南一块乌云起,西北一片紫云光。
两下云头搭了界,乌天黑地不可当。
当头一个霹雳响,雷声闪电放毫光。
先是微微风儿起,然后变作大风狂。
大树刮得连根倒,小树刮到根朝上。
车篷犹如飞蝴蝶,草堆刮得精大光。
孩子刮得翻筋斗,老头刮得打踉跄。
婆子刮得仰老巴,将将跌在树根上。
呜哩呜呀只是叫,原来压了尾巴桩。
刮得媳妇花了眼,抱住公公当娃娃。
盘古到今千万载,那有今年这风狂。
先是毛毛雨儿下,然后平倒一般同。
早上下到茶时候,茶时下到午时光。
看看午时三刻到,三尺三寸雨下光。
三尺白水犹自可,三尺黑水苦难当。
平地下了六尺六,淹到柳树头儿上。
冲倒多少楼房屋,淌去多少好衣裳。
猪马牛羊多淹死,鸡鹅鸭浮水面上。
浪打尸首无其数,臭气冲天不可当。
下方神祇奏了本,一本奏上张玉皇。
玉皇大帝心大怒,违犯天条不可当。
灵霄宝殿传玉旨,定斩金河老龙王。
差的唐朝魏丞相,五月端阳斩龙王。

不表天宫传玉旨,再表龙王转海洋。
龙王来到龙宫内,歇龙亭上把身藏。
猛然想起心中事,要会先生袁天罡。
叫声姣儿看了海,我到长安走一趟。
龙王说罢将身动,一驾云头离海洋。
云内滔滔登凡地,依然变作少年郎。
迈步如梭来得快,长安早到面当阳。
进了铁箍门三座,卦棚到了眼前光。
龙王进了卦棚内,就把先生骂一场:
你说今日有雨下,何曾有雨到此方?
不必在此来卖卦,早把人头挂街坊。
口内说来忙动手,招牌打得碎瓢瓢。
先生课筒扔掉了,铜钱撩得满街坊。
天罡一把来扯住,叫声相公听衷肠:
只说你是凡夫客,原来金河一龙王。
叫你雨下长安地,偷下山东那一方。
山东六府不要雨,遍地俱是水汪洋。
浪打尸首无其数,臭气冲天不可当。
当方神祇奏一本,一本奏上张玉皇。
玉皇大帝心大怒,天条要斩你身当。
差的唐朝魏丞相,明日即斩你身当。
不必在此东道赌,只怕龙头不久长。
龙王听说魂掉了,双膝跪在地中央。
只说先生凡夫客,原是大仙降下方。
先生若还救得我,送些宝贝你身当。

天罡先生忙回答,叫声失时老龙王。
看你昨日来打赌,全然不睬你身当。
龙王你既哀求我,指条明路你回乡。
世上凡人难救你,除非当今帝主王。
唐王是个爱宝的,魏徵是他老丞相。
你求万岁人情讲,快将宝贝献唐王。
唐王收了你的宝,自然代你说分上。
不必在此哀求我,快快进宝献唐王。
龙王听说心欢喜,谢谢先生转海洋。
一驾祥云来得快,龙宫早在面当阳。
将身来到龙宫内,快把铁鼓敲三棒。
惊动太子人三个,总向前来见父王。
我父龙宫因甚事,为何铁鼓敲三棒?
龙王一见龙儿到,大声冤家骂一场:
为你错行风和雨,天条要斩我身当。
差的唐室魏丞相,明日午刻斩父王。
天罡先生指点我,快将宝贝献唐王。
快快开了宝藏库,金钱宝贝往外扛。
龙子听见父王说,慌慌忙忙开库房。
连忙开了宝藏库,金银财宝往外扛。
金十箱来银十箱,珊瑚玛瑙动斗量。
两个儿子忙不住,串成十字开库房:
老龙王在龙宫恓惶掉泪,叫太子人三个听我衷肠:
你与我慌忙的开了宝库,将金银和宝贝去献唐王。
叫龙儿忙开库将宝搬出,一件件真宝贝各放毫光。

一献上万岁爷还魂帽子,还魂鞋穿上足死去还阳。
还魂枕还魂床珍珠几斛,玻璃盏水晶盂燎日争光。
金十箱银十箱玛瑙琥珀,珊瑚树夜明珠去献唐王。
有夜叉将宝贝件件搬出,有宝贝无其数紫气霞光。
只等到三更鼓人俱散了,老龙王拿宝贝各放毫光。
云内走雾内行抬头观看,远望见金銮殿燎日争光。
将金银和宝贝俱多放下,老龙王急忙忙跪在龙床。
且将十字收留住,四卷之中再表扬。

卷 之 四

龙王跪在龙床下,口称万岁你在上。
我今不是别一个,我是金河老龙王。
只因错行风和雨,天斩我身罪难当。
差的我主魏丞相,明日要斩我身当。
几件菲物来呈上,求主与我说分上。
主公若还救得我,保你江山得安康。
唐王梦中回言答,叫声金河老龙王。
你今放心回转去,人情包在我身上。
龙王又乃开言叫,万岁在上听衷肠:
你今叫我回转去,把个凭据我身当。
唐王天子开金口,叫声金河老龙王。
你今放心转回去,一担总在我身上。
魏徵若是斩了你,就将我命来抵偿。
龙王一听心中喜,谢谢主公返海洋。

不表龙王回转去,阳台惊醒唐明皇。
唐王惊醒是个兆,一身香汗湿衣裳。
高叫太监前引路,后宰门外看端详。
来到后宰门外看,只见宝贝共金银。
金银宝贝无其数,紫气腾空放毫光。
唐王天子开金口,叫声太监往内扛。
宝贝扛到皇宫院,金银扛到宝库房。
唐王来至皇宫院,手按胸前自主张。
要与魏徵说明白,宝贝与他两分张。
不如召他将棋下,免得孤王说分上。
人情不用开口讲,宝贝独自与孤王。
唐王算计停当了,五更三点坐朝纲。
五更三点王登殿,两班文武见君王。
两班文武各自散,单表魏徵老丞相。
倒伏金阶忙启奏,我主万岁驾在上。
唐王天子开金口,叫声卿家听衷肠:
孤家心中多烦恼,与你下棋散心肠。
魏徵一听魂掉了,俯伏金阶奏君王:
自古君臣分上下,怎敢与王比高强。
唐王说的不妨事,恕你无罪在朝纲。
忙叫太监摆棋子,君臣二人比高强。
象棋盘内四方方,先红后黑列成行。
朝南坐的唐天子,魏徵赐坐御案旁。
君臣二人棋来下,红先黑后决高下。
车行直道马行斜,炮打当头隔一象。

隔河听了炮声响,将君吓得乱忙忙。
唐王走了别脚马,魏徵提车去捉相。
一个要着不提防,赢了万岁唐明王。
唐王拍手哈哈笑,可是卿家棋手强。
一盘棋子不为胜,再下两局又何妨。
忙把棋子重摆下,再定输赢比高强。
又是一个冷着子,又赢万岁唐明王。
唐王拍手微微笑,算算卿家棋手强。
两盘棋子不为胜,再下三盘又何妨。
你若赢孤棋三局,替主三日坐朝纲。
若还失了输一着,削职为民转还乡。
魏徵一听魂掉了,提心吊胆放心上。
早晨下到茶时候,茶时下到午时间。
看看下到午时上,六丁神将着了忙。
玉皇差了六丁甲,去召魏徵斩龙王。
六丁神将空中叫,叫了魏徵老丞相。
看看外面午时至,怎不快快奔海洋?
魏徵一听魂吊了,魂飞魄散头顶上。
欲待我把龙王斩,拂了万岁地主情。
若还不把龙王斩,逆了上方罪难当。
魏徵正在为难处,六丁神将着了忙。
瞌睡虫儿拿在手,洒在魏徵他身上。
魏徵正然将棋下,不意朦胧少威光。
袍袖一展棋落地,棋子掉在地中央。
魏徵低头拾棋子,不料伏在御案旁。

就在御案打瞌睡，喜坏万岁唐明皇。
叫声朝臣莫吵闹，再让魏徵睡一场。
等他一觉睡醒了，免了孤王说分上。
讲情不用开口说，宝贝独自与孤王。
唐王只说他瞌睡，谁想他魂走外邦。
七孔里面出了窍，渺渺茫茫半空中。
随身没有刀和剑，那有宝剑斩龙王。
幸逢五月端阳节，菖蒲多少插当门。
拔根菖蒲当宝剑，这口宝剑胜龙泉。
不必磋磨并百炼，放在身边斩龙王。
自从魏徵传留下，如今菖蒲庆端阳。
也是龙王该如此，半空长起斩龙桥。
六丁神将前引路，提剑只奔海东洋。
云雾滔滔来得快，龙宫早到面当阳。
六丁神将忙不住，龙宫取出老龙王。
龙王被拿嚎啕哭，哀告魏徵老丞相。
我献万岁无价宝，万岁准我说分上。
魏徵丞相一声喝，喝声该死老龙王。
你犯天条该斩你，谁人替你说分上。
监斩官儿芦棚内，只等辰时斩龙王。
将将正正午时到，魏徵丞相作了忙。
菖蒲宝剑拿在手，照着龙王颈项上。
咯拉一声分两截，血淋龙头落在旁。
扳倒喷出焦木水，血流沙场满天红。
两块热肉连连跳，飞血冲到满地汪。

忽然一棒天鼓响，又见龙星落西方。
龙子龙孙嚎啕哭，手抱尸身泪汪汪。
按下龙宫收尸事，再表魏徵老丞相。
要知魏徵上天事，再到卷五说分明。

卷 之 五

手提龙头到天堂，去见灵霄张玉皇。
玉皇大帝开金口，便叫卿家魏丞相。
你本是个文曲星，差你下界保唐王。
待你功成圆满了，不回本位为那桩？
龙头提到凡间去，挂在昏王午门上。
魏徵丞相领玉旨，带了龙头奔下方。
下了三十三天界，午朝门到面前存。
龙头挂在午门外，丞相真魂入顶梁。
七孔里面入了窍，俯伏金阶拜君王。
臣该死来臣该死，臣该万死罪难当。
非是为臣打瞌睡，我到金河斩龙王。
唐王天子听他奏，卿家说话哄孤王。
既然卿家不该死，恕你无罪在朝堂。
唐王天子全不信，黄门官儿把本上。
奏上主公不好了，出了妖魔鬼怪王。
午朝门外冤枉事，血淋龙头挂门堂。
唐王天子冲冲怒，喝骂魏徵不忠良。
既要去把龙来斩，也该启奏与孤王。

孤王收他金和宝,朕今许他说分上。
不看往日功劳大,今日要你去抵偿。
魏徵一吓忙启奏,俯伏金阶答君王。
臣与主公将棋下,未曾提起说分上。
臣瞒君来该有罪,君瞒臣来理不当。
说得唐王大没趣,闷闷无言口不开。
袍袖一展君臣散,魏徵回头出朝房。
不表魏徵回相府,再表万岁唐明王。
唐王回到皇宫内,来了无头老龙王。
手提龙头嚎啕哭,悲悲切切入朝纲。
走上前来忙扯住,无道昏君骂一场。
既然得我金和宝,为何你不说分上?
怪你爱宝将我误,害我人财两空忙。
龙王只说心焦躁,手提龙头打唐王。
唐王一见魂掉了,值殿官员在那厢?
魏丞相来魏将军,封为加官人一双。
秦叔宝来尉迟恭,封为后门人一双。
又宣南山钟进士,封为钟馗拿鬼王。
前后宫门要你管,龙王不得见唐王。
龙王一见冲冲怒,无道昏君骂一场。
阳世凡间无法你,我到阴间去告状。
一阵阴风他去了,渺渺茫茫入幽邦。
阴风飘飘来得快,鬼门关在面前存。
要知后来什么事,串成十字告明皇:
老龙王到地府嚎啕痛哭,哭啼啼泪汪汪苦痛悲伤。

提了头向前走唤声不绝，提了头双流泪哭诉衷肠。
一头走一头哭自己埋怨，我主见死不救惹下灾来。
一埋怨我宫中巡海夜叉，说是非哄动我即把吾伤。
二埋怨我不该长安买卦，与先生打甚赌拼甚高强。
三埋怨我宫内龙儿太子，听信他言共语害我父王。
四埋怨我不该错行风雨，把风雨行别处改换地方。
五埋怨当方神天宫奏本，张玉皇知道了就把我伤。
六埋怨我不该招牌打去，袁天罡知道了复道其详。
七埋怨这昏王很无道理，收我宝爱我财不讲分上。
八埋怨监斩官魏老丞相，把我头割下了挂在朝纲。
九埋怨钟馗神宫门把守，不放我拉唐王去见阎王。
十埋怨不曾写告状呈子，怎能够与昏君对审冤枉。
老龙王哭不了千辛万苦，一头走一头哭只喊冤枉。
有牛头和马面开言便道，骂一声无头鬼哭奔那方。
老龙王一听了回言便答，叫鬼使你在上听诉冤枉。
我不是无收管孤魂野鬼，我乃是金河口行雨龙王。
行错了风和雨理当该斩，献唐王无价宝不说分上。
你为何叫魏徵反斩吾身，把我头割下了好不心伤。
我今日投阎罗三面对案，叫唐王到阴司对审冤枉。
有鬼使听得说高声大骂，骂一声无头鬼诬告明皇。
唐天子他乃是真命帝主，文曲星魏丞相扶保大唐。
你今日告主公该当何罪，告这等大谎状石上栽桑。
骂一声无头鬼快快滚出，休在此胡吵闹信口乱谈。
老龙王听得说放声大哭，惊动了森罗殿十殿阎王。
是何方冤枉鬼将他引进，我问他诉的是什么冤枉。

老龙王跪丹墀哀哀苦告,尊一声阎罗王听我冤枉。
我不是无收管孤魂野鬼,我乃是金河口行雨龙王。
行错了风和雨理当该斩,恨唐王收我宝不说分上。
他为何叫魏徵反来斩我,把我头斩下了好不凄凉。
为他家做皇上吃辛受苦,管风调和雨顺护国安邦。
六月天来行雨浑身是汗,腊月天下大雪冻得心凉。
昏君王坐龙廷安闲快乐,那知道行雨龙受苦难当。
十阎君听得说冲冲大怒,骂一声无头鬼诬告唐王。
唐天子他乃是真命帝主,文曲星魏丞相扶保唐王。
骂一声无头鬼胡言乱语,告主公你今日罪过难当。
老龙王听得说唏嘘欲绝,呼阎罗你在上听我衷肠:
我若是诬害他甘受斩罪,他若是误斩我你作主张。
那阎罗听得说将状来准,这桩事恨君王爱宝贪赃。
叫鬼使将孤魂今且押住,森罗殿发勾票去捉唐王。

卷 之 六

十殿阎君冲冲怒,可恨当今失天良。
你做一朝人王主,怎做贪财爱宝郎。
急差牛头和马面,立刻去拿这昏王。
旁边忙坏崔判官,执笏启奏我主上:
唐王乃是人王主,牛头不可把他伤。
我主须宜用柬帖,好请阳间唐明皇。
阎王听了判官奏,即遣童儿人一双。
青衣小帽差两个,去请万岁唐明皇。

不表阴间出勾票,表起阳间唐明皇。
万岁睡到半夜内,得了一兆好惊惶。
只见玉树连根倒,断了一根紫金梁。
一树梅花遭风落,棒打鸳鸯两分张。
唐王醒来是个兆,一身香汗湿衣裳。
五更三点王登殿,忙宣官员把兆详。
袁天罡来李淳风,他与主公把兆详:
梦见玉树连根倒,主公江山不久长。
断了一根紫金梁,恐主财身不久长。
一树梅花遭风落,要请我主入幽邦。
还有棒打鸳鸯散,主与娘娘各分张。
唐王天子心中怒,合骂详兆人一双。
那里与孤来详兆,分明有意骂孤王。
喝叫金瓜和武士,拿他二人下牢房。
孤王三日身有事,仍放你们在朝纲。
孤王三日身无事,定斩二人不容情。
金瓜武士忙不住,立拿二人下牢房。
不表二人下牢去,再表文武把兆详。
魏徵听了这件事,袖占一卦早知详。
梦见玉树连根倒,主公江山不久长。
断了一根紫金梁,我主财身不久长。
一树梅花遭风落,定然我主入幽邦。
龙王地府告下状,要请我主入幽邦。
适才暂到茶时候,就有勾牌人一双。
唐王一听魂掉了,叫声卿家听衷肠:

只说孤王长在世，谁想今朝见阎王。
孤家三宫和六院，怎能舍得离世上。
东宫太子年纪小，不能接位掌朝纲。
孤王若还归地府，那个保驾见阎王？
魏徵丞相忙启奏，我主在上听衷肠：
臣有一个崔表兄，□班名字他身当。
为臣写封书和信，叫他搭救主还阳。
唐王言道快些写，写封书信与孤王。
丞相手拈翠毫管，站立御案写几行。
上面写的唐王来，拜上表兄得知详。
今有主公归地府，□你搭救转还阳。
救得主公还阳转，亲上加亲世不忘。
不救主公回阳转，断绝亲情两分张。
书信一封写完了，玉印三个押中央。
挂在明皇颈项上，点火焚化玉阶上。
黄绫袋子来封它，检点清楚交唐王。
又将烧饼做七个，主公拿在袖内藏。
恶犬庄上难得过，方得买路过村庄。
不表阳间来摆布，表起阴间鬼一双。
森罗殿上发勾票，来提万岁唐明皇。
城隍庙里挂了号，土地引他入朝纲。
童儿来到金銮殿，阳世主公听衷肠：
我乃不是阳间的，本是阴司人一双。
无头龙王告了你，要请我主入幽邦。
唐王听言慌张了，叫声阴差人一双：

孤家三宫和六院,怎肯舍了离世上。
东宫太子年纪小,不能坐位掌朝纲。
别邦外国勾一个,望求饶了我孤王。
你今若是饶了我,纸锞送你几十箱。
童儿听了微微笑,阳世主公听衷肠:
阳间只爱金银好,阴司难买这无常。
金银买得生死路,富的不死穷的亡。
死时难顾儿和女,船开怎能顾岸上。
叫声主公休留恋,同我快快见阎王。
唐王听言放声哭,两个童儿着了忙。
摄魂令牌只一拍,把口一张完了账。
唐王天子闭了眼,二目紧闭不则声。
他的真魂出顶上,倒在龙床玉枕边。
三宫六院同来哭,太子年少哭父王。
魏徵叫声不要哭,三日之后又还阳。
忙把尸首来搭起,放在金殿还魂床。
又怕尸首烂坏了,水银放在腹中央。
文官戴起孝帽子,武官穿起孝衣裳。
三宫六院总挂孝,金殿改作守孝堂。
金瓜武士看尸首,太子年少伴龙床。
不表阳间来守孝,又表唐王入幽邦。
童儿引路前头走,后跟当今唐明皇。
城隍土地将他送,阴阳界到面当阳。
过了界牌关一座,只见阴来不见阳。
荡荡悠悠来得快,鬼门关到面当阳。

开关正放唐王走,闯出无头老龙王。
龙王一见唐王到,手提龙头打唐王。
唐王一吓慌张了,战战兢兢胆寒慌。
万岁正在为难处,面前来了一忠良。
太尉帽子头上戴,牡丹一朵插顶上。
左手执的乾坤圈,右手提的狼牙棒。
响亮一声打下去,龙魂打在地中央。
既然地府告了状,自有阎王作主张。
且等审讯明白了,休要在此乱猖狂。
龙魂被他打去了,唐王天子问衷肠。
要知唐王后面事,下卷之内再表明。

卷 之 七

你是何人来救我?太尉判官奏君王:
家住扬州天星巷,黄金镇上有家乡。
父亲名叫朱四保,母亲张氏老安康。
生下我名朱太尉,自幼跌落下靛缸。
满身染得虾青色,红发青面丑难当。
阎王见我多忠厚,封为判官在幽邦。
闻听主公归地府,特地前来接唐王。
唐王有了朱太尉,有人保驾放心肠。
太尉引路前头走,后跟万岁唐明皇。
不曾行了多时候,面前又到一忠良。
头上戴的乌纱帽,执笏前来见明皇。

唐王天子启金口,你是何人扶孤王?
崔珏判官忙启奏,参奏我主听衷肠:
小臣名字叫崔玉,也在朝中伴君王。
老王殿前为丞相,所生莺莺女姑娘。
可恨张生无道理,偷情把我门风丧。
老臣气死归地府,苦告地府十阎王。
阎王见我多忠直,封为判官掌阴邦。
三十六判我为首,掌管生死第一郎。
闻得我主归地府,特地前来接我王。
唐王听说崔判官,就把表兄叫一场。
伸手怀中摸一把,书信一封手中央。
一封书信拿在手,交代判官你身当。
崔玉一见书和信,拆开封皮看端详。
一行上面看到底,二行上面着了忙。
一连看了几行字,太尉表兄叫一场。
今有主公归地府,望你搭救转还阳。
太尉判官忙启奏,崔兄听我说衷肠:
今日要救唐天子,要与众人去商量。
崔玉听说言道好,年兄说话正在行。
两个判官前引路,后面跟的唐明皇。
一路行程来得快,前面到了公义堂。
通会判官三十六,都上前来拜唐王。
太尉判官忙开口,一众年兄听衷肠:
今有主公归地府,望你搭救主还阳。
好个有用胡判官,生死册在手中央。

查到贞观唐天子,一十三载坐朝纲。
今已坐了十三载,注定阳寿命该亡。
查到金河老龙王,三十三年在海洋。
今年坐了十三载,还有廿年做龙王。
一众判官叹口气,不能救得唐明皇。
好个摄魂朱太尉,一众年兄听衷肠:
今日要救万岁主,除非偷柱去换梁。
唐王寿换龙王寿,龙王寿换与唐王。
幸喜是个小十字,加上两竖在中央。
先将册子改换了,相请万岁见阎王。
一众判官前引路,唐王就在后跟上。
在路行程来得快,森罗宝殿面当阳。
报到一声唐王到,阴阳礼行着了忙。
阎王上前忙施礼,阳间主公听衷肠:
你在阳间管百姓,我在阴司做鬼王。
算来阴阳同一理,我管阴来你管阳。
欲要留你茶一盏,不得还阳见故乡。
欲要留你酒一盏,昏迷世界不还阳。
茶酒总不来相请,相请主公早还阳。
言语未了人来了,来了告状人几双。
第一个是何良甫,头顶状纸告唐王。
第二走上单雄信,也有状纸告唐王。
第三无头老龙王,头顶状纸叫冤枉。
阎王当时翻了脸,无道昏君理不当。
既做一朝人王主,怎能爱宝又贪赃?

你今受他金和宝，我今作主你抵偿。
忙差牛头和马面，与我扯下这昏王。
旁边忙坏崔判官，执笏启奏我主上。
说起贞观唐天子，还有阳寿在世上。
第一打死何良甫，君打臣来理应当。
第二打死单雄信，他要造反乱朝纲。
第三无头老龙王，自犯天条罪难当。
龙王阳寿将近绝，注定生死入幽邦。
提到金河老龙王，一十三岁在海洋。
今年做了十三载，阳寿已绝入幽邦。
说起贞观唐天子，三十三年在朝纲。
今年做了十三载，尚有廿年在世上。
阎王听了判官说，上前扶起唐明王。
不是判官来启奏，险些得罪你身当。
你的阳寿犹未绝，我今打发你还阳。
无头龙王死得苦，请僧超度他身当。
听闻阳间西瓜好，送些西瓜我尝尝。
唐王天子忙回答，阴司主公听衷肠：
孤家若是回阳去，许下愿心在幽邦。
第一许下将经取，第二进瓜入幽邦。
第三龙楼三封表，申文进表请神王。
六月炎天瓜不进，数九冬天献瓜尝。
冬瓜南瓜总不进，西瓜北瓜你尝尝。
阎王见他愿心大，差人送他去还阳。
差的摄魂朱太尉，相送万岁转还乡。

太尉判官前引路,万岁就在后跟上。
在路行程来得快,恶犬关到面当阳。
七条狗有江猪大,张牙舞爪奔唐王。
唐王取出七个饼,才得买路过村庄。
过了恶犬关一座,又是一关挡唐王。
若问此关名和姓,枉死城到面当阳。
要知枉死城中事,八卷之中说短长。

卷 之 八

也有没手没脚的,也无头来又无项。
一众孤魂来阻住,无道昏君骂一场。
你在阳间多快乐,我们战死在沙场。
今日地府碰了你,把些金银又何妨。
若有银钱我们用,今日放你去还阳。
若无银钱我们用,一同前去告昏王。
唐王一听慌张了,叫声卿家听清爽。
孤家在世为人上,金银宝贝满库装。
今日来至地府内,身边纸锞没半张。
阴司可有放债的,借他银子几千箱。
借他一倍还十倍,百倍填还他身当。
太尉判官忙启奏,主公在上听衷肠:
阴司有个向良庙,向家婆老人一双。
若还要借钱和钞,要与向老去商量。
太尉判官前面走,明皇就在后赶上。

路上行程来得快，向良庙至面当阳。
太尉上前开口说，叫声向老听衷肠：
今有主公归地府，借你银子几千箱。
借你一倍还十倍，百倍填还你身当。
向家老儿依从了，向婆在旁只是杠：
别人借钱犹自可，唯有不信这昏王。
今日要借钱和钞，低头要拜我娘娘。
唐王天子冲冲怒，指定油头骂一场：
我是一朝人王主，岂能低头拜婆娘？
崔玉旁边来相劝，便把主公叫一场：
阴间不比阳间事，将计就计借钱两。
你若不借钱和钞，冤家不放你还阳。
明皇万分无可奈，方才作揖乱忙忙。
唐王天子来作揖，向家婆娘笑一场。
当今万岁来拜我，何怕地府众鬼王？
唐王拜了向婆子，世上男人怕婆娘。
借了银子千万串，布施地府众鬼王。
人人怕还《受生经》，十倍填还到幽邦。
君臣二人来得快，兖州地界面当阳。
兖州有个阴阳界，半面阴来半面阳。
一边阳的管国库，一边阴的管鬼王。
前行来至阴阳界，崔玉心中自主张。
主公不下阴阳界，怎送万岁转还阳？
判官后面忙开口，我主万岁听衷肠：
日后主公还阳转，看看表弟魏丞相。

恐其冒犯我的主，恕他年老在朝纲。
主公听了忙开口，卿家不必挂心上。
判官又乃开言道，叫声唐王听端详：
为臣送驾来到此，不能相送你还阳。
你看上山下山虎，空中龙问水龙王。
唐王一听心中慌，低头来看水龙王。
崔玉当时忙不住，陡然生了坏心肠。
就在背后打一掌，唐王天子转回阳。
文官除去孝帽子，武将又脱孝衣裳。
主公请坐龙登位，文武百官拜君王。
唐王天子开金口，满朝文武听孤王。
魏徵宣上金銮殿，恭喜唐王又还阳。
主公步下龙登位，卿家平身听孤王。
敕赐锦墩左边坐，龙凤香茶献得当。
千亏你来万亏你，多多亏了你身当。
不是卿家书和信，孤家怎得又还阳。
寡人封你曹国公，永不提你上京邦。
曹州钱粮我不要，留与卿家你身当。
门前赐你下马牌，文武百官拜府堂。
小主储君从此过，也要下马拜丞相。
免死金牌敕赐你，有罪不加你身当。
唤起三宫和六院，满朝銮驾送还乡。
丞相一见心中喜，谢主隆恩出朝纲。
万岁御驾来相送，两班文武送丞相。
不言魏徵归故土，再表万岁唐明皇。

次日五鼓登大宝,两班文武听孤王。
孤家前日归地府,三个愿心在身上。
一许西天将经取,二许进瓜入幽邦。
第三许下洪门会,申文奏表请神王。
此乃三条大心愿,那个卿家代孤王?
那个能到西天去,何人进瓜入幽邦?
那个代孤将经取,寡人了愿放心肠。
茂公军师忙启奏,我主在上听衷肠:
在家不能将经取,除非出家大和尚。
唐王天子听得说,又叫文武听孤王。
寡人不愿做皇上,情愿出家做和尚。
我若修行了愿心,亲自西天走一趟。
两班文武忙启奏,主公万岁听衷肠:
主公写下皇王榜,招选天下大和尚。
榜文一道写完了,玉印三方正中央。
差了天差人两个,榜文挂在午门上。
要知何人来揭榜,请看取经唐三藏。
斩龙一段唱完了,再表江流大和尚。
一心西天把经取,吟诗一首上天堂。
诗曰:
自古害人先害己,不信请看老龙王。
若还不把天罡害,龙头怎挂午朝邦?

李翠莲舍金钗大转皇宫

【解题】《中国宝卷总目》著录,又名《还阳传宝卷》《借尸还魂宝卷》《送南瓜宝卷》《金钗宝卷》《逼化金钗宝卷》《刘全进瓜》等。此卷版本众多,本次以《俗文学丛刊》第四辑所收民国刊本为底本录入。

富贵荣华不可求,看来皆因前世修。
芦林村中一妇女,年方七岁便回头。
斋僧斋道多施舍,持斋好善逐日修。
未知善人家居住,听我从头说根由。

话说丰华县李家村有一李员外,所生一女叫做李翠莲,配与芦林村庄刘全为妻,所生一女,叫做刘美英,又生一男,叫做保童。翠莲自幼持斋好善,他丈夫每每劝之不改。一日夫妻闲坐,刘全又劝之曰:

刘全开口笑满腮,我劝贤妻听明白。
人生那有百年寿,不吃不穿为何来。
衣食本是前修就,前修今享理应该。
我劝贤妻斋开了,莫要学那无知孩。
翠莲闻听丈夫劝,倒惹心中不自在。
出言便把丈夫叫,为妻言语记心怀。

凡事劝人多行善，千万莫劝人开斋。

李狗刘假劝刘氏，打入地狱难出来。

从今早把善缘种，持斋念佛舍钱财。

话说李翠莲持斋行善，刘全心中不喜，叫他开斋，他不依。从这话不题。却说那唐王天子，要往西天取经，传下圣旨，请金山寺唐僧。唐僧本姓陈，他父陈光蕊，母亲殷凤英，因遭不幸，将唐僧抛在江中，漂流金山寺，长老救出，收为徒儿，起名江流和尚。后来唐王又封御名，称为三藏，领了唐王圣旨，去取真经。到了五行山，收来孙悟空，又收八戒、沙僧与白龙马。师徒四人，一同西行。

唐僧领旨正登程，满朝文武来饯行。

师徒登上阳关道，八戒牵马担着经。

沙僧前面开道路，后跟悟空保唐僧。

那日来到芦林庄，腹中饥饿不能行。

师徒四人抬头看，观见广亮一门庭。

话说他师徒四人，行了数日，那天来到芦林庄上，见一门庭广亮，甚是整齐。八戒叫道："师父，这必是一家善人，不免化顿斋饭吃了，再往前行，有何不可。"他师徒四人，放下行李，盘膝打坐，敲动木鱼，化顿斋饭罢了。

师徒们大门外盘膝坐定，手敲着木鱼儿一连数声。

唐长老不住的真经来念，惊动了翠莲女吃斋善人。

李翠莲在经堂正念真经，忽听见大门外木鱼声响。

忙起身离经堂走出门外，见师父施此斋种我善情。

观见了唐长老一声便叫，我这里愿结缘斋道斋僧。

问师父或化米或是化面，没现成叫丫环急忙去整。

只因是我丈夫出外讨账,把锁匙带了去没在家中。

话说翠莲观见唐僧,叫道:"师父,我家斋饭不整,丈夫讨账未归,锁匙带去,手中无有银钱与你,这有金钗一对,拿去换几两银子,好作路上盘费罢。"

唐僧接钗笑嘻嘻,师徒有缘到这里。
腹中饥饿难行路,多蒙善人相周济。
徒儿切把钗收下,中途路上做盘费。
一来唐王洪福大,二来师徒命该的。
今遇善人金钗赠,路上买饭好充饥。
师徒离了芦林庄,直奔丰华县内去。
进城去把金钗卖,撞着刘全惹是非。
他把金钗买到手,准备回家审明白。

话说那刘全,在街上讨账,只见唐僧手拿金钗所卖,刘全认的是他妻子的金钗,便问:"师父,你这金钗是那里来的?"唐僧说:"我从芦林庄所过,有一位善人,施舍与我的。"刘全心中想道:好个贱人,破我的家财,回家定不与他干休!"便问:"师父,你这金钗要多少银子,卖与我罢。"唐僧说:"我要十二两文银。"刘全遂即取了十二两文银,将金钗买到手内,回到家中,看见李氏翠莲,不由心中大怒。

刘全进门怒气发,叫声翠莲听心下。
每日梳洗金钗戴,今日为何不戴他。
翠莲闻听心害怕,花言巧语把话答。
我今得了头疼病,乌云不整戴什么。
刘全既听怒冲天,贱人不必将我瞒。
你做此事我知道,想要哄我难上难。

金钗舍与唐长老，要求福缘上西天。
　　你把金钗来舍了，叫你一命染黄泉。
　　翠莲闻听笑开言，叫声夫君休胡猜。
　　我从未出大门外，那见唐僧来化斋。
　　总有化斋长老到，我也不肯舍金钗。
　　刘全一听冲冲怒，骂声翠莲下贱才。
　　既然金钗未从舍，快快与我拿出来。
　　金钗在来你也在，金钗不在你有灾。
　　翠莲听说回房去，心中踌躇巧安排。
　　故意搜寻柜箱找，不见金钗好奇怪。
　　无奈劝夫且息怒，你等为妻快找来。

刘全说："金钗舍与唐僧，你往那里去找？"翠莲情知事露，随说道："金钗是我娘家带来的，舍与不舍，与你何干？"刘全听说，心中大怒，用手一指，挽住头发，一顿好打。

　　刘全一阵怒气生，骂声贱人少张精。
　　你今把我家产败，叫我一时也难容。
　　无情大棍拿在手，浑身上下使棍楞。
　　打的翠莲疼难忍，鲜血湿透衣几层。
　　刘全越打越加怒，翠莲心中暗想情。

　　话说那翠莲，被刘全一顿苦打，头发凌乱遍体流血，疼痛难忍，心想一死，不由就痛哭起来了。

　　李翠莲在小房放声大哭，骂了声刘全夫无义之徒。
　　直只为舍金钗斋僧行善，逐日里执大棍苦打小奴。
　　全不念咱夫妻结发情义，只逼的我翠莲无有门路。
　　千思想万思想不如一死，早死了也免得受你凌辱。

刘全说:"贱人!"

　　刘全既听怒不息,骂声翠莲贱贼妻。
　　要死你可早些死,早些死了我才喜。
　　今天不把金钗现,一时三刻难容你。
　　投河奔井早些走,刀割悬梁任你去。

话说那刘全,直逼翠莲一死,惊动邻居,都来解劝。拉开刘全不提。却说他一双孩儿,玩耍回来,见他母亲痛哭,即忙问道:"母亲为何啼哭?"翠莲说:"我儿那晓,听娘道来。"

　　李翠莲见儿问两泪双倾,拉着儿扯着女大放悲声。
　　因为娘修善果金钗施舍,儿的父回家来逼娘性命。
　　娘有心寻自尽一身死去,恐撇下乖乖儿无人照应。
　　李翠莲只哭的咽喉哽哽,旁边里哭坏了美英保童。
　　劝母亲免悲伤儿把泪止,俺姊妹到前庭去讲人情。

话说美英、保童,眼泪汪汪来到前庭,见了他那爹爹,双膝扎跪,口称:"父亲呀!"

　　姊妹二人泪盈盈,双膝扎跪地流平。
　　我母总有吓不是,还望爹爹把母容。
　　母亲若有好和歹,撇俺姊妹谁照应。
　　刘全一见儿和女,双膝扎跪来讲情。
　　一手拉起姣生女,一手拉起儿保童。
　　我今不打儿的母,姊妹不必放悲声。

话说那刘全,见一双儿女跪在面前讲情,说道:"我儿莫哭,我饶了你的母亲,恁吃饭去罢。"哄的孩儿去了,刘全将金钗拿着,来到房中,叫声:"贱人,你说你没舍金钗,这是什么东西？你有何面目见人，我实不留你，早早寻个自尽去罢！"刘全说了几句毒话，往前庭去了。翠莲思想一会，眼中落泪说道："夫君呀！为我舍了金钗，每日打骂，何日是好？不免把一双儿女叫来，嘱咐他几句，寻个自尽了罢。"因叫道："孩儿在那里，快来。"美英、保童听母呼唤，急忙来到面前，翠莲将儿女抱在怀中，说道："儿呀！"

　　翠莲一阵泪满腮，忙把姣儿抱在怀。
　　你父娶了后娘到，要你姊妹先下拜。
　　清晨烧下洗脸水，小心事奉莫迟挨。
　　从今不比有娘在，任恁姊妹来耍乖。
　　只要他不打骂恁，强是念佛吃长斋。

翠莲嘱咐孩儿几句，想着寻死。美英大了，听母之言，知其寻死。拉住他母的衣裳，放声大哭起来了。

　　姊弟两个泪如梭，拉住娘衣双跺脚。
　　你今一死还罢了，撇俺姊弟怎么过。
　　要死娘们一处死，同跟娘亲见阎罗。
　　姊弟越哭心越痛，翠莲心中似刀割。

翠莲小姐见儿女痛哭，寻死不便，因说道："儿呀，不用啼哭，娘不死了，你两个先睡去罢，等娘上起这对鞋，再睡不迟。"两个孩儿，只当实话，先去睡了。小姐见儿女睡着，自己说道："罢罢罢，不免寻个自尽便了。"

　　翠莲一阵泪悯悯，看看姣儿又看女。
　　为娘将你都撇下，撇下姊弟谁疼你。
　　小姐哭到伤心处，点灯开柜穿上衣。
　　手拿麻绳去上吊，一本真经揣怀里。

麻绳搭在梁头上,挽个套儿圆的的。
套外本是阳关道,套内就是阴司地。
银牙一咬上了吊,三魂飘飘归了西。

话说李翠莲未死之时,一口冤气早冲到森罗宝殿。阎王老爷正坐,忽然一股冤气过来,便叫鬼使,将孽镜抬过来,照上一照,看是那里屈死好人。鬼使将孽镜抬过一照,说是丰华县芦林庄,有一李翠莲,吃斋好善,舍了金钗,刘全逼他悬梁自缢。阎君听说,便叫仙童走来。仙童答应一声,双膝跪下,口称:"阎王天子,唤童那边使用?"阎君说:"今有丰华县芦林庄,有一善人李翠莲,舍了金钗,刘全逼他悬梁缢死。用你前去,引真魂前来,我好问他个明白。"

二位仙童笑嘻嘻,领了金牌出地狱。
驾定祥云往前走,丰华不远在咫尺。
仙童进了城隍庙,见了城隍问信息。

话说仙童见了城隍,说道:"阎君有牌,命俺请李翠莲善人入阴。"城隍开言,将仙童送到芦林庄上,交与土地。土地领了仙童,来到刘全门首,门神引入内宅,见了灶君。灶君将翠莲真魂交与仙童,仙童送在土地庙中,等他儿女奠汤,叫他母子再会一遭,这且不提。单说那刘全,在前庭睡觉,忽听见乌鸦乱叫,说道:"不好了,昨日因为翠莲舍了金钗,是我带酒还家,将他苦打一顿,或者他寻了无常,也是有的。"不免到后边看来。

刘全前庭睡朦胧,忽听乌鸦叫几声。
猛然翻身忙扒起,浑身肉战心内惊。
起身慌忙往后跑,卧房里面看分明。

　　　　看见贤妻悬梁吊，捶胸跺脚大放声。
　　话说刘全，见李氏吊死，哭了一声，惊醒一双孩儿，说道："不好了，你母亲悬梁自缢，快忙拿刀来，割断麻绳，捂住口扪扪，扪过来，大家造化。"两个孩儿闻听，慌忙起来，拿刀割断麻绳。刘全抱在怀内，扪了多会，不见过来。父子三人，放声大哭，好不可怜人也。
　　　　刘全一阵好凄惨，抱住贤妻李翠莲。
　　　　只管一身你死去，撇下孩儿谁可怜。
　　　　皆因你把金钗舍，气我一时怒冲天。
　　　　拿棍把你打几下，使性悬梁染黄沙。
　　　　叫声贤妻过来罢，过来居家好团圆。
　　　　刘全哭的肝肠断，美英保童泪不干。
刘全抱妻痛哭，他那一双儿女瞒怨道："爹爹呀！"
　　　　保童一阵泪涟涟，怨声爹爹叫声天。
　　　　一对金钗值多少，逼的我母染黄泉。
　　　　母子若得重相见，除非南柯一梦间。
美英又怨道："爹爹呀！"
　　　　美英一阵泪切切，哭声娘来怨声爹。
　　　　一对金钗值多少，逼我母亲把俺撇。
　　　　母女若得重相会，除非同见阎王爷。
　　话说那两个孩儿，拉住他母，哭死几次。刘全心如刀绞，不由又放声大哭道：
　　　　刘全痛哭双跺脚，叫声贤妻怎不活。
　　　　你死一身只顾你，叫俺父子怎么着。
　　　　一双孩儿年幼小，撇与为夫怎成搁。

刘全哭的如酒醉，家奴院工把话学。
劝声员外不哭罢，那见人死能哭活。
刘全止住腮边泪，吩咐众人橙灵箔。

话说刘全被众人劝止，吩咐将尸抬在灵箔以上，说道："孩儿，天色已晚，不必哭了。等到天明，再作定夺。"说罢，倒在床上沉睡。他那一双儿女，思想母亲，如何睡着。忽听更鼓声响，不觉又大哭起来了。

【哭五更】

一更里，泪恓恓。狠心娘，在那里，为何撇俺扬长去。鞋破袜烂谁与做，衣裳破了露着皮，没娘孩子谁挂虑。从今后灰埋土染，娘不在谁与浆洗。

二更里，泪如梭。狠心娘，你听着，闪的叫俺怎么过。俺再饿了把娘叫，烧饼油馍谁放着，姊弟怎能不受饿。从今后总然饿死，没娘孩何人想着。

三更里，泪交流。狠心娘，不回头，想娘叫俺实难受。没娘谁与俺洗脸，没娘谁与俺梳头，擦屎刮尿不嫌臭。从今后灰头土脸，没娘孩恰似鬼囚。

四更里，泪盈盈。狠心娘，不回程，可怜俺娘难扎挣。三灾八难谁照管，头疼发热谁见怜，没娘孩子怕害病。一时开发寒潮热，娘不在谁问一声。

五更里，泪涟涟。足跺地，口叫天，狠心母亲看看俺。兄弟不从把婚配，孩儿无有学针线，没娘孩子谁管教。从今后家中无主，谁与俺做吃做穿。

话说两个孩子哭到天明，刘全说："我儿不用哭了。吩咐家奴,将汤烧下,你姊弟身穿孝服,去土地庙中奠汤去罢。"两个孩子听说,叫家奴烧了浆水,抬起来到庙内,不由又哭起来了。

  姐弟二人进庙堂,来与母亲奠浆汤。
  美英浑身穿重孝,保童披麻拄哀杖。
  泼了浆水烧了纸,祝告土地放我母。
  若还放回我的娘,焚香摆供呈庙堂。
  祝告一毕出庙走,姊弟哭回停灵公。
  到母跟前把母看,母亲仍然不还阳。
  姊弟哭的悲哀痛,亲戚邻友叹断肠。

话说刘全,吩咐奠汤一毕,备办棺椁成殓,这且不提。单说翠莲灵魂,在土地庙中看见他那儿女,前来奠汤,心中甚是凄凉,不由一阵叹道:

  "见姣儿不由我泪珠滚下,这一会止不住眼泪巴巴。
  咱母子阴阳隔不能讲话,倒教我为娘的心如刀扎。
  我只说长住世儿伴娘驾,又谁知别孩儿地角天涯。
  你的父他那日带酒还家,见为娘舍金钗他把怒发。
  拿大棍把为娘苦苦拷打,无奈何寻自尽将儿闪杀。
  我有心上前去与儿知话,怎奈得阴阳隔不能话答。
  悲切切闷恹恹庙中坐下,还不知到何日才能归家。"

仙童说:"跟我走罢,误了时辰,阎君见怪,吃罪不起。"翠莲跟着仙童来到阴司,路上好不惊怕人也。

  李翠莲随仙童往前所走,阴司里雾腾腾大不相同。
  朝上看并不见日月星斗,往下看黑暗暗不知东西。
  有三亲合六眷不见一个,孤零零冷清清随着仙童。

一童子挑灯笼引路前走,见河边一金桥甚是光明。

话说翠莲跟着二童子正往前走,只见前边灯笼火把,黄幡宝盖,人役轰轰,不知是何去处,问道:"仙童,这是什么地方?"仙童说:"这是金桥。善人不知,人在阳世,吃斋好善,入引之时,阎君命鬼卒,执着黄幡宝盖,在此送善人,金桥所走。作恶之人,入阴之时,来到此处,那把桥鬼卒将他打下桥去受罪。"翠莲闻言,四下一观,只见那桥前桥后桥左桥右,无数的冤鬼好不惊怕人也。

李翠莲上金桥四下观定,桥底下尽恶鬼许多无穷。
虎吃鬼狼伤鬼一还一报,投河鬼没头鬼不得脱生。
跳井鬼悬梁鬼还得人替,胎前鬼产后鬼伤了性命。
开斋鬼众鬼卒铁汁灌口,破戒鬼铜火柱常抱怀中。
车碾鬼马踏鬼浑身血染,冻死鬼饿死鬼受罪不轻。
杀人鬼防火鬼十恶不善,打入在阿鼻狱承受苦刑。
赌博鬼浪荡鬼悲寒叫苦,行善人作恶人到此分明。
李翠莲看罢了金桥一座,有金童领着路下桥前行。

话说翠莲下了金桥,童子高叫道:"下边是奈河了,跟着我来罢。"翠莲跟着仙童,见黄幡宝盖两边排着,把桥大王拱手而立。翠莲过去,思想罪人委实难受,不由叹道:

"翠莲思想往前行,再转阳世劝众生。
总要吃斋行方便,今生积下来世用。
各人修福各人享,各人买马各人乘。
行善不论富与贵,富贵贫贱都能行。
富者舍财修善果,贫者舍力奔前程。
丹阳马祖成正果,邱祖长春证仙翁。

一贫一富成仙道,不在富贵在阴功。

各人造罪各人受,今生受罪怨前生。

奉劝世人早惺悟,改过迁善出火坑。"

翠莲正往前走,又见灯笼火把一片光明,便问仙童道:"前边又是什么地方?"仙童说:"前边就是银桥了。"翠莲上桥一看,又是一座好桥:只见桥前桥后桥左桥右,皆是一派的银光。

李翠莲上银桥四下观定,这银桥数丈高雾气腾腾。

玉栏杆银狮子银砖铺地,明晃晃亮堂堂一片光明。

五梆锣当当响头前所走,后跟着李翠莲一对明灯。

把桥的那判官不敢坐下,牛头鬼马面鬼来往接回。

只说是行善人无有好处,谁知道入阴司神鬼钦敬。

行善人送上他银桥所走,作恶人打在那奈河之中。

奈河里那罪人委实难过,有铜蛇和铁狗嚼咬无情。

那河水红澄澄臭气难近,巡河鬼立逼饮不敢作声。

李翠莲观罢了奈河之苦,见前边一高台甚是威风。

话说李翠莲观罢奈河之苦,下了银桥,见前边一台,问道:"仙童,前边又是什么去处?"仙童说:"这就是望乡台了。"翠莲说:"何为望乡台?"仙童说:"为人死后三日,到望乡台上看看家乡。"翠莲说:"我也上去,看看我的儿女。"仙童说:"跟我来罢。"

李翠莲上望乡抬头观看,见儿女在灵前恸哭伤情。

美英女身披麻穿着重孝,保童儿拄哀杖大放悲声。

烧金银和钱纸灵前摆供,为儿女报劬劳礼应孝行。

儿女们哭娘亲悲声不断,有为娘想姣儿泪珠常倾。

再不能与姣儿同食同饮,再不能与姣儿言语相亲。

我总有衷肠话欲要告禀,无奈何阴阳隔难叙难明。

看罢了家乡中一切情景,泪汪汪下望乡随着仙童。

翠莲下了望乡台,又往前走,到了一座仙庄,问童子道:"这是什么去处?"仙童说:"那就是恶狗庄了。"

翠莲来到恶狗庄,许多恶狗卧路旁。

见了生人围住咬,囫囵吞人谁敢当。

铜蛇头里拦住路,恶狗后头撕衣裳。

翠莲一见心害怕,童子回禀莫惊忙。

仙童说:"善人不必心惊,这狗虽厉害,见了善人,居然不动。"翠莲说:"恶狗何以知人善恶?"仙童说:"凡人为善,头上有祥光透露,恶狗见了,自然不动。凡人为恶,头上有黑气迷空,恶狗见了抢着争吞。善人不信,你看那恶狗铜蛇,在那里伏伏不动。"翠莲见了,不由喜道:

"翠莲一阵喜气扬,观见恶狗在两旁。

善人到此稳稳卧,恶人到此撕衣裳。

只说行善无好处,谁知阴司有荣光。

判官前来拱手请,黄幡宝盖排两厢。

仙童灯笼引着路,阎王迎接大殿上。

神钦鬼敬多光彩,不枉持斋苦一场。

正是翠莲往前走,前边一岭名辞乡。"

话说翠莲走过恶狗庄,越了辞乡岭,又见前边两座山甚高,问仙童道:"前边又是什么山?"童子说:"是破钱山、京鸡山了。"

翠莲来到破钱山,许多恶鬼把人拦。

有钱放他过山去,无钱拉住扒衣衫。

翠莲吓的心胆战，金童急忙走进山。

一声喝住众恶鬼，还不回避敢来拦。

把他当就那一个，他是善人李翠莲。

阎君差我把他请，胆大谁来敢要钱。

阎君老爷知道了，准备打恁一百鞭。

众鬼一听都散去，喜坏善人李翠莲。

随着金童往前走，霎时又到一庄前。

翠莲过去许多大山，又来到一座庄村，见一老婆婆手提瓦罐卖汤。翠莲走的饥又饥，渴又渴，要买汤喝。仙童说："不可喝他，喝了迷真乱性，这是暖心丸一粒，噙在口内，不饥不渴。跟我来罢，前边就是鬼门关了。"

翠莲举目把眼睁，鬼门关上两盏灯。

一盏灯儿光明亮，一盏灯儿昏不明。

明灯送鬼脱生去，昏灯拉鬼枉死城。

阳世阴司都一般，到处无钱不能行。

惟有善人天堂走，作恶之人推火坑。

翠莲过了鬼门关，前进又见一座牌坊，上写"总路口"三字。一条路上鬼门关去，一条路上十八层地狱去，一条路上森罗殿去。仙童引定翠莲，上森罗殿扬长去了。

翠莲随定仙童行，见一牌坊在当中。

牌坊前边槎枒树，牌坊后边是火坑。

谁人造下这牌坊，挡住总路实难行。

话说翠莲见那槎枒树，层层叠叠，有枝无叶，俱如枪头一般。只见那北边枝上，穿着些男子，南边枝上，穿着些女子，俱在那里叫苦不止，悲声难闻。翠莲走着，不觉来到森罗殿前，抬头一看，好不惊怕人也。

　　翠莲正行把头抬，森罗殿上排着牌。
　　打动三声升堂鼓，判官鬼卒两边排。
　　牛头马面齐声喊，有罪鬼魂战哀哀。
　　阎君观见翠莲女，吩咐快忙请上来。
众鬼说："请善人上殿判话。"翠莲说："来也。"
　　翠莲闻听阎君请，对着阎君诉分明。
　　只为持斋行方便，丈夫逼死我性命。
　　阳世有个唐长老，奉旨西天去取经。
　　那日到了芦林庄，师徒坐在我门庭。
　　敲动木鱼把斋化，我在经堂得知闻。
　　取下一对金钗儿，付与长老叫唐僧。
　　只为我把金钗舍，我夫逼我一命倾。
　　阎君老爷想一想，看我苦情不苦情。
　　阎君听他诉一遍，又把善人口内称。
　　说起阳世唐长老，他是唐王亲口封。
　　命他西天去取经，一路化斋奔前程。
　　你把金钗来施舍，阴策注你头一功。
　　叫声善人休烦恼，积德行善留美名。
　　翠莲闻听阎君劝，又把王爷尊一声。
　　我若再把阳世转，劝人行善积阴功。

　　翠莲见了阎君，诉说一遍。阎君便教判官展开生死簿，看看善人还有多少年阳寿。鬼卒看了，禀道："还有四十年的阳寿。"阎君听说，便叫仙童送她还阳去罢。判官跪下禀道："启上圣得知，他的尸首已坏，还不得阳了。"阎君听说：

"既然如此,叫金童玉女,领定善人,将那十八层地狱,七十五司看上一遍,日后还阳好化世人。"

翠莲观狱在阴曹,见些罪人哭嚎啕。

善恶阳世由人造,作恶行善有罚条。

随着仙童往前走,旗锣伞扇耐人睄。

笙琴细乐连天响,一对铜锣头里敲。

黄幡宝盖罩身体,翠莲行着乐逍遥。

金童玉女两边走,霞光万道冲天高。

降真檀香金炉焚,原为行善女娥姣。

把他送到森罗殿,一奔地狱去观睄。

话说翠莲来至地府,观见那油锅地狱,问仙童曰:"这是生犯何罪,又在油锅受刑?"金童说:"为他好使大斗小称,瞒心昧己,死后打入此狱受苦。"翠莲观见,叹道:

"滚油锅底炭火烧,翻波逐浪三尺高。

阳世瞒心昧己辈,又入油锅受煎熬。

钢叉挑在油锅内,皮肉骨头都炸焦。"

翠莲观罢油锅地狱,又往前走,到了锯解地狱。翠莲问道:"这是身犯何罪,打入此狱受罪?"金童说:"为调三豁四,破人婚姻,死后才受此罪。"翠莲又叹道:

"两个恶鬼把锯拉,锯齿个个似狼牙。

头发挽在将军柱,从头锯到脚底下。

霎时一身分两下,肠子肝花烂杂杂。

因为他破人亲事,才叫他受这刑法。"

翠莲过了锯解地狱又到了割舌之所。翠莲又问:"这是身犯何罪,拔出舌根?"金童说:"为他打东邻、骂西舍的下场。"

　　鬼卒一阵怒气冲,抓住罪人不容情。
　　头发挽在铁柱上,胸前又使麻绳崩。
　　把他捆绑难动转,执刀把舌割个清。
　　这是阴曹三层狱,善恶不能差毫分。

翠莲过了割舌地狱,又往前走,问金童道:"前边是什么去处?"金童说:"是四层地狱,为他打公骂婆,不尊夫主,死后打入剜眼地狱受罪。"

　　翠莲来到四层狱,举目抬头看端的。
　　见一女子铁柱捆,鬼卒拿钩怒不息。
　　用钩钩出眼睛珠,牛耳短刀手中提。
　　疼的女鬼悲声叫,我不打公把婆欺。

翠莲观罢,又往前走,到了刀山地狱。翠莲便问:"这是生犯何罪?"金童说:"为他杀牛宰马,奸淫无度,死后均打入此狱受罪。"

　　一见刀山实可伤,许多刚刀明晃晃。
　　遥看好似刀枪树,把把刀尖都朝上。
　　钢叉挑在刀山顶,穿肉透骨实难当。
　　鲜血淋淋流满地,总然哀告谁敢放。

翠莲又往前走,到了火床地狱,又问:"这是生犯何罪?"金童说:"为他杀人放火,短山截径,死后打入此狱受罪。"

　　观见火床热气腾,根根床撑烧鲜红。
　　罪人又在火床上,呲牙咧嘴叫连声。
　　只说阳世逞凶横,谁知阴曹法不容。
　　阎王老爷放了我,吃斋行善积阴功。

翠莲又往前走,到了抽肠地狱,又问:"这是生犯何罪?"金童说:"为他粮食掺糠使水,苦害穷人,死后来到七层地狱,抽肠受罪。"

七殿阎君甚刚强,吩咐鬼卒去抽肠。

地下栽根铁柱子,连身带手都绑上。

劈肚一刀割两半,抽肠扒心实难当。

劝人粮食莫使水,掺糠使水无下场。

翠莲又往前走,来到剥皮地狱,问金童道:"这是生犯何罪?"金童说:"为后娘折磨前子,或主母折磨奴仆,死后均入此狱受罪。"

牛头马面怒不息,手拿刚刀扒人皮。

剥开四肢红光现,鲜血淋淋往下滴。

这是八层地狱苦,十人见了九惊惧。

翠莲又往前走,到了碓捣地狱,又问:"这是生犯何罪?"金童说:"为他打骂丈夫,不贤不良,死后打入此狱受罪。"

翠莲来到九层殿,见些女鬼泪涟涟。

为他打骂他丈夫,碓捣狱内受熬煎。

这个鬼卒执着碓,那个鬼卒往里填。

骨肉捣成稀泥烂,十人见了九人寒。

翠莲又走多回,来到转轮地狱,问金童道:"这是什么去处?"金童说:"是转轮地狱。十殿阎君所管之地。"翠莲说:"何为转轮地狱?"金童说:"凡鬼该阳世投生,或为人或为畜,或填还谁家,或讨账谁家,俱是十殿阎王发落。"

十殿阎君执事繁,四生转变属他管。

吃斋念佛福地送,行善积德转贵男。

牛马猪狗各人造,撇骗欺诈自身填。

劝人阴功须早积,孽债莫等死后还。

翠莲又往前走,来到磨研地狱,又问:"这是生犯何罪?"金童说:"为他打娘骂爹,忤逆不孝,死后要受此狱之苦。"

翠莲正行用目寻,见一磨儿似车轮。

磨眼到有盆口大,单磨忤逆不孝人。

鬼卒抓住磨眼填,从头磨到脚后跟。

鲜血淋淋流满地,铜蛇铁狗争着吞。

翠莲又往前走,来到血湖池中,见一池血水腥臭难闻,有许多妇女披头散发,喝那些血水,若是不喝,鬼卒就打。翠莲又问:"这是为何?"金童说:"这是血湖地狱,为人生儿养女,自不小心,秽气污了天地神明,百年命终,打入血湖池地狱受罪。"

翠莲来到血湖池,许多妇女战慄慄。

生儿养女造下罪,冲撞虚空众神祇。

一天三遍喝血水,少喝一顿鬼卒逼。

翠莲说:"我也有儿女,少不了也喝这血水么?"金童说:"为你吃斋念佛,行善积德,亦不下血水池了。"翠莲:"生儿养女,阳世接代后嗣,乃是要紧之事,何以有罪?"金童说:"善人不知,尘世女子,那个生男育女,知道检点洗浆衣被,莫秽污天地神明,日月星光,遵三从,依四德,就不至有罪了。因人不能谨慎检点,又多泼恶,所以有血湖之苦。太上老君不忍,作一部《血湖经》,在阎君殿后边柜内,我去取来,说与善人。你到阳世传于和尚道人,叫他与人家念诵解释,亦不下血湖池了。不然人能斋戒叩诵,不惟能消己之冤愆,且更能超度亡魂转生福地，人人不懈，悟彻经中妙意，可以成仙证果。"金童说罢，遂即取来传与翠莲。翠莲记在心中，又往前走，来到寒冰地狱，又问："这是生犯何罪？"金童说："为他破人斋戒，引人为恶，因而打入此狱受罪。"

　　看见寒冰实可怜，作恶之人在里边。
　　寒冰冻有三尺厚，还有长蛇四下盘。
　　夜静又泼多少冰，罪人冻的打战战。
　　这个声声只叫苦，那个号寒哭连天。
　　哀告鬼卒放了我，再转阳世学良贤。

　翠莲又往前走，来到炮烙地狱，问道："这是生犯何罪？"仙童说："为他欺大哄小，图财害命，死后打入炮烙地狱受罪。"

　　翠莲来到炮烙狱，观见烈火起黑烟。
　　鬼卒把人捆绑上，烧的罪人叫皇天。

　翠莲观罢，又往前走，见一座地狱，前边还有四层，是速报司所管之地，现报司监察之所。翠莲抬头上看，好不吓杀人也。

　　李翠莲在阴司举目观看，十八层恶地狱实实惊人。
　　许多的男共女地狱受罪，明朗朗孽镜照不差毫分。
　　阴曹府受苦难不能自主，皆因他在阳世逞凶不仁。
　　带铁枷共铁锁奸党奸汉，偷人宝盗人财剁手抽筋。
　　李翠莲观地狱往前所走，前来到恶地狱吓吊三魂。
　　平秤台挂杆秤钩着高吊，只为他用小秤丧了良心。
　　咒公的骂婆的挖了双眼，唆丈夫不孝亲割了嘴唇。
　　仗势强欺妯娌火坑受罪，下油锅只为他奸刁邪淫。

听旁言毒害人火锤钻耳，抛油盐撒米面蛇狗争吞。
无故地杀牲灵徒肥口腹，吃四两转来生定还半斤。
着碓捣只为他瞒心昧已，睡铁床只为他不守闺门。
用故书夹鞋样衣物绣字，十指尖钉大针实在疼心。
编瞎话把人害铜汁灌口，逞凶横讹骗人牛马转身。
寒冰狱只冻的千死万死，只为他溺闺女才受浸淋。
有金桥和银桥善人所走，奈河里翻波浪俱是恶人。
巡河鬼见一个扒上岸去，执刚叉挑到那奈河当中。
李翠莲看过了四层地狱，十八层恶地狱一一看明。
前黄幡后宝盖头里引路，有金童走近前禀说缘因。

话说金童玉女领着李翠莲将那十八层地狱七十五司俱都看过，金童说："李善人，跟我回森罗殿，候阎君发落去罢。"那翠莲跟着金童，回森罗殿，扬长去了。

翠莲跟着二仙童，阿弥陀佛念几声。
自幼吃斋好行善，修桥铺路积阴功。
阎君命我游狱看，十八地狱尽看清。
善恶到头终有报，看来不胜把善行。
行善之人天暗佑，作恶之人法不容。
正是翠莲往前走，来到森罗一殿庭。
金童上前双扎跪，阎君开言问一声。

阎君说："金童，你抓李善人引到鬼门关上，等候刘全，叫他夫妻团圆，那时送他大转皇宫，使他居家相见。"金童听说，引定翠莲，上鬼门关去了。

有金童头引路不敢留停，李翠莲在后边跟随前行。
众鬼卒执黄幡头里所走，远观见鬼门关雾气腾腾。

见一个铁面皮鬼王上坐,众鬼卒排两边烈烈轰轰。

李翠莲前来到鬼门关上,牛头鬼马面鬼来往接迎。

见鬼王叙罢礼关上坐下,等丈夫名刘全到来相逢。

话说翠莲同金童来在鬼门关上,等候刘全不题。单说那刘全,自从翠莲死后,万贯家产,无人执掌,一双儿女,逐日啼哭,经堂有香,无人供奉。监察神自思:"今刘全福禄已尽,命该讨饭为生,不免启奏玉帝得知。"随来到凌霄宝殿,奏曰:"今有下方丰华县芦林村刘全,命该讨饭,乞天尊定夺。"玉帝闻奏,即传敕旨,差火神前去,烧他个片瓦无存。

火神老爷气昂昂,领旨来烧芦林庄。

变了一个蝎子怪,落在刘全马棚上。

身子倒有簸箕大,两个眼睛明晃晃。

众人一见心害怕,报与刘全得知详。

刘全吩咐把棚点,要烧蝎子一命亡。

话说那火神老爷变了一个蝎子精,落在马棚之上。院工看见,报与刘全。刘全来到一看,果然惊人,叫院工拿火来,把马棚点了烧他。院工随时烧了一把火,火神老爷借凡火之势,只烧的满院通红,好不可怜人也。

火神老爷显神通,两个火轮足下蹬。

就此借着凡间火,西北角里又刮风。

火趁风势满院起,烧个通天彻地红。

骡马鹅鸭火里死,楼台瓦舍烧个清。

金银元宝化水淌,万贯家财影无踪。

刘全一见魂不在,呜呼嚎啕大放声。

哭声老天杀了我,那世造下今报应。

话说那火神老爷,将刘全烧了个干净,回去缴旨不题。单说那监察神,又启奏天尊曰:"刘全还有庄田地土,何日能休?"玉帝又传敕旨,差太白金星领旨下去,晓与东海龙王,叫他连下三尺冷子,将刘全庄稼打了,地土陷了,叫他讨饭为生。那太白金星领了敕旨,直扑东海而来。进了龙宫,龙王即摆香案,来接圣旨。

  太白金星进龙宫,举目抬头把眼睁。
  血山抹角琉璃瓦,滚龙脊上安宝瓶。
  客庭盖的方三丈,广亮门上锭金钉。
  金星看罢龙王府,龙王接旨往里迎。
  拜了二十四单拜,圣旨悬在水晶宫。
  从头至尾看一遍,有语闻言叫龙兵。

话说那龙王,将圣旨接进宫去,悬在中堂,看了一遍,便知是叫水淹刘全。龙王不敢怠慢,即时点起龙兵三千,出了东洋大海,直奔芦林庄而来。

  龙王宫中吊龙兵,驾定祥云起在空。
  咱今领了玉皇旨,芦林庄上下寒冰。
  东洋大海兴云雾,平地以上起狂风。
  四条水龙头里走,后头跟着铁嘴龙。
  雷公闪将都来到,夜叉前来禀一声。

话说那众龙兵正往前走,巡海夜叉报到,兵不可前进,来到芦林庄境界了。龙王吩咐安下行营宣帐坐下,叫龙兵各照汛地行雨,有违命者,斩首示众。

  龙王大帐传下令,好似搬倒净水瓶。
  冷子绞雨往下降,铁龙地下把地拱。

水连天来水连地,平地一时陷成坑。
空中雷响成一个,水龙铁龙来往行。
大雨下了连三阵,庄田地土都坏清。
龙王吩咐去缴旨,带领龙兵转回宫。
不言龙王回宫去,苦死刘全小保童。

话说刘全见此光景,叹道:"保童儿呀,天灭咱也。我只说遭火烧了,还有庄田地上,谁知冷子打了,庄稼地又已陷成坑,咱父子三人命该饿死了。"

刘全一阵心痛酸,手拉儿女哭黄天。
家中无有藏头处,手里那有分文钱。
万贯家财那里去,庄田地土成清泉。
丫环水了早已走,院工伙计逃个干。
保童饥了要吃饭,女儿冷了要衣穿。
自今三天无吃饭,倒叫刘全大作难。

话说刘全少吃无穿,两个孩儿终日啼哭。刘全寻思一会,不免引着一双孩儿,手提瓦罐,拿一根弯枣棍子,前往大街要饭,逃奔长安城去,好不可怜人也。

有刘全手拿棍扯着儿女,到大街苦哀告众位乡亲。
可怜我命运乖遭了水火,一无庄二无地父女三人。
残茶饭吃不完舍了与俺,可怜我两个孩无有娘亲。
他父女悲切切眼中落泪,哭坏了大街上众位乡亲。
这个说刘全不幸遭水火,那个说不该逼死李善人。
有刘全听众人言三语四,只觉得面通红俱是汗津。
从辰时只要到日落黄昏,两个孩无吃饱眼泪纷纷。
白日里遇村庄去把饭要,到晚来神庙堂且去安身。

走一天又一天来的好快,前来到长安城去把饭寻。
且说刘全在大街讨饭儿,那官员无数,不由叹道:

"刘全在大街上举目观望,细打量长安城为官之人。
头等人修的好朝朗驸马,二等人修的好掌管黎民。
三等人修的好宰相王位,四等人修的好衣冠荣身。
五等人修的好顶冠束带,我刘全未曾修今日受贫。
观罢了众人等往前所走,来到了十字街红日西沉。
天将晚无处住正然忧闷,猛看见关王庙去把身存。"

话说那刘全引着两个孩儿要饭营生,那一日来到长安城中,把一双儿女,寄在关王庙中。刘全迈步出了庙门,上大街要饭不题。却说那唐王游阴回来,早朝聚集文武,说道:"寡人在阎王面前许下南瓜一对,这是怎么去进的?"魏徵出班奏曰:"万岁速把圣旨传下,张挂五朝门外。若有人前去进瓜,官上加官职上加职。"唐王心中大喜,遂即把旨传下,挂在五朝门外不题。却说刘全讨饭,来到此处,看见一道圣旨,念了一遍。原是进瓜一事,心中想道:"不免揭了圣旨,且吃他一顿饱饭再做定夺。"想罢,遂即揭了圣旨。那看旨官将刘全带住,说道:"揭旨人随我启奏唐王去罢。"刘全只得跟着看旨官,来在金殿,双膝扎跪,候旨发落。

唐王天子登金銮,选过刘全问一番。
家住那州并那县,或住城里或住关。
我今差你把瓜进,进瓜去到鬼门关。
若还进瓜回来路,更换门户封大官。
刘全有语开言道,尊声万岁听我言。

家住丰华城一座,芦林庄上有家缘。
只因我家遭不幸,庄田土地一扫干。
刘全就是我名号,引着儿女到长安。
万岁管我儿和女,情愿进瓜入阴间。

话说刘全揭了圣旨,看旨官带着刘全见了唐王。刘全将家乡居住说了一遍。唐王说:"我命你入阴进瓜,进瓜回来,加官封职。"吩咐将瓜放在金漆盘内,顶在刘全头上,叫他进瓜去罢。刘全闻听,双膝跪下,启奏万岁得知:"我有一双儿女,现在关王庙内,恳乞我王照应。"唐王说:"朕差人照应,看酒与刘全送行。"魏徵取过酒来,斟酒三杯。刘全一连饮进,来到绞桩,三绞废命,魂灵赴鬼门关而去。

有刘全前来到鬼门关上,雾腾腾黑暗暗实实难行。
朝上看看不见星辰日月,往下看看不见地狱几层。
往前看看不见村庄旅店,往后望望不着唐王殿庭。
来的来往的往鬼魂所走,哭的哭叫的叫俱见亡灵。
恶狗庄迷魂店人人难过,望乡台辞乡岭更是难行。
破钱山槎枒树声声叫苦,明镜山孽镜台善恶分明。
披头鬼赤足鬼人人害怕,杀一命还一命受罪不轻。
见了些受罪鬼千千万万,怎不见李氏妻在此幽冥。
有刘全鬼门关正然观看,李翠莲忙拉住骂不绝声。

话说刘全入了阴司,不多一时,来到鬼门关前。抬头一看,看见无数的冤魂,心中害怕,不敢前行。忽遇翠莲,一把拉住,骂了一声:"狠心刘全,你来了么!你在阳世逼我一死,今日在鬼门关上,定要还我的命来。"

李翠莲来气昂昂,骂声刘全无义郎。

我在阳世好行善,斋僧斋道修庙堂。
　　只为我把金钗舍,逼我一命见阎王。
　　阳世不能把冤诉,鬼门关上算算账。

话说翠莲拉住刘全不放,声声只叫还命。刘全吓得战战兢兢,只得哀告放行。

　　刘全扎跪地流平,哀告贤妻你是听。
　　我奉唐王皇圣旨,钦差进瓜赴幽冥。
　　叫声贤妻放了我,阎君面前把瓜送。
　　只为一身你死去,撇下儿女谁照应。
　　无奈揭旨把瓜进,进瓜找你酆都城。
　　儿女现在关王庙,我不回去谁心疼。
　　翠莲闻听眼落泪,手拉丈夫放悲声。
　　庙中抛撇儿和女,每日想望泪珠倾。
　　阎君面前交了瓜,还望夫君早回程。
　　早早回到关王庙,看守咱那小姣生。

翠莲说:"夫君因何到此?"刘全把从前火烧水淹之事说了一遍。翠莲嗟叹不已,说道:"阎君看叫我来年三月三日大转皇宫,居家团圆。你见了阎君,哀告于他,叫他早早送你还阳,莫教坏了尸首。"刘全说:"就照这样,你同我走走。"于斯翠莲跟刘全往森罗殿去了。

　　刘全走着把眼睁,森罗殿上甚威风。
　　头顶南瓜往上进,翠莲随后跟着行。
　　前行来到森罗殿,双膝扎跪地流平。
　　我的名讳叫刘全,居住阳世丰华城。
　　唐王差我把瓜进,钦命进瓜赴幽冥。

阎君闻听心欢喜,好个信实有道龙。

阎君说:"你倒是个好的。"叫鬼卒把瓜收下,吩咐判官,看看刘全还有几年阳寿,好送他还阳。判官遂即拿过生死簿来,展开一看,跪下禀道:"刘全只有三天阳寿。"刘全听说,放声大哭。

刘全听说泪珠倾,阎王老爷在上听。
我有一双儿和女,现今寄在长安城。
年轻幼小无依靠,逐日啼哭放悲声。
阎君老爷放了我,怜念我那小姣生。
刘全哭的如酒醉,阎君老爷也伤情。

阎君又问判官:"刘全为何只吊三天阳寿?"判官跪下又禀道:"刘全还有三十年零三天阳寿。"阎君说:"那为何只吊三天呢?"判官后禀曰:"为他阻人行善,不信报应,折去阳寿十年。为他放账利重,刻苦穷人,折去阳寿十年。李翠莲舍了金钗,他又逼他悬梁缢死,折去阳寿十年。共计折去三十年,该吊三天阳寿。"阎君听说大怒,吩咐鬼卒,将刘全打入地狱,永无出期。翠莲在旁,慌忙跪下,恳恩道:"阎君老爷开恩。"

李翠莲双扎跪森罗宝殿,尊一声阎王爷细听我言。
关王庙撇儿女无人照管,望阎君怜我儿放夫回还。
我情愿把寿数与他十年,放夫回俺居家日后团圆。

阎君老爷说道:"刘全你本该打入地狱,念你妻李善人来说,放你还阳,好好劝化世人,多积阴德,诸恶不作,众善奉行,免到阴曹受苦。你若再不信善恶报应,打入地狱,永不得人身。为你进瓜有功,将你三十年阳寿还你去罢。"刘全叩首谢恩。阎君吩咐鬼卒,把刘全速速送他还阳,休叫坏了尸首。鬼卒引着刘全,送出鬼门关,到了阴阳界一推,魂复本体,还阳过来。见了唐王,把进瓜之事说了一遍,唐王心中大喜,封为都察院,走马上任,把他一双孩儿,抬进官宅,父子团圆,这话不题。光阴似箭,日月如梭,不觉来年三月初三日,阎王说:"金童玉女,将李善人送到御花园,借尸还魂,再增他阳寿十年。"这话不题。却说唐王的女儿,名叫金春公主,见天气清朗,带领宫娥彩女,花园打秋千闲玩去了。

皇姑进了御花园,带领彩女打秋千。

宫娥彩女来往送,皇姑起在半悬天。

金童割断红绒绳,皇姑跌落地平川。

宫娥彩女忙扶持,又见皇姑染黄泉。

话说那金童玉女,把绒绳割断,皇姑跌死。玉女把皇姑的真魂,领赴阴曹,把翠莲的真魂推入皇姑身体,说:"你还阳去罢。"

李翠莲进花园抬头观看,见一个死尸灵在此面前。

有金童上前去推了一掌,恍惚间落在那死尸上边。

不多时睁开眼四下观望,一时间认不得阴间阳间。

话说众宫人,见皇姑跌死,即速报与唐王国母。国母闻听,连忙来到花园,看了看,果然跌死,上前抱住痛哭不止。翠莲昏迷之际,把眼一睁,看了看,不见丈夫刘全,又不见一双孩儿。这是什么去处?想道阎君叫我大转皇宫,莫非是皇宫院了?

翠莲举目把眼睁,许多宫人闹哄哄。

国母将我怀中抱,姣儿不住叫连声。

翠莲踌躇多一会,昏迷难任西和东。
　　却说那国母与唐王,见皇姑活了,便问:"皇儿,你见些什么无有?"翠莲说:"你是何人?"国母说:"我是你的国母,那是你的父王,如何不认得了?"翠莲说:"实不认得,我是丰华县芦林庄刘全的妻子,因我舍了金钗,丈夫刘全带酒还家,将我苦打一顿。是我气恼不过,悬梁自缢,撇下一双儿女在家,叫我常常挂念,此是实言。"
　　国母闻听一些话,叫声姣儿听我言。
　　你是我的亲生女,为甚声声叫刘全。
　　他是进瓜男子汉,却有一女并一男。
　　居住丰华芦林庄,并不与咱吓相干。
唐王说:"这孩子是跌迷了,说的是风话,等他醒过来,再问他罢。"又停一时,翠莲半醒不醒,忽然一想:"莫非真是还了阳世?"又不知是真是假。
　　翠莲正在昏朦胧,转身又把眼来睁。
　　龙楼凤阁多威武,四下俱是黄登登。
　　身上穿的龙凤衣,宫娥彩女来侍奉。
　　是是是来明白了,果然我转在皇宫。
唐王说:"好了,这一时醒过来了。"国母拉手说道:"那是你父,我是你母,这是宫娥彩女,你可认的了?"翠莲想道:"是了,阎王叫我大转皇宫,莫非这就是皇宫院了?万岁同国母俱已在此,我若认了皇娘,夫妻儿女怎么相逢?我若不认皇娘,我身焉能在皇宫为贵?待我就此认了,假做一片恩情,哄了万岁皇娘。一则得在皇宫,二则夫妻团圆,三则儿女得会,岂不两全其美。"

　　　　翠莲醒来跪流平,手拉娘娘大放声。
　　　　方才孩儿到冥府,阎君对我说分明。
唐王说:"阎君对你说些什么?向父讲来。"
　　　　翠莲开口泪淹淹,尊声父王听儿言。
　　　　均州有个丰华县,芦林庄村在城南。
　　　　有一人儿本姓刘,他的名讳叫刘全。
　　　　自幼娶妻李氏女,乳名就叫李翠莲。
　　　　自小持斋好行善,斋僧斋道斋贫寒。
　　　　为他舍了金钗子,刘全逼他丧黄泉。
　　　　后来他家遭水火,万贯家财一扫干。
　　　　引着儿女把京进,揭榜进瓜到阴间。
　　　　阎君念他有功勋,叫儿与他配姻缘。
　　　　李氏翠莲成仙去,因此放儿转回还。
　　　　这是阎君实情话,孩儿一字不敢添。
唐王说:"这也算是奇事,再说不信,为王也曾游过冥府。也罢,不免我先出赦旨。"
　　　　朕当提笔把旨传,为的皇儿还阳转。
　　　　天下粮米赦一半,文官武职加爵衔。
　　　　各省都加恩科场,天下囚犯罪也减。
　　　　为王前次游冥府,皇儿今日又一番。
　　　　死而复生天下少,内中一定有奇缘。
　　　　吩咐宫人排香案,满斗焚香谢龙天。
唐王说:"皇儿,阎君有命,谁敢不遵,为父把刘全选进宫来,问他一问,再做定夺。"即时把刘全选来,问起阴曹之事。刘全从头至尾,细说一遍。唐王才知是借尸还魂。沉思良久,说道："既然如此,一来与我女儿成全终身大事,二来叫他夫妻团圆。叫宫人快排香案,叫他夫妻拜堂罢。"

　　唐王天子笑嘻嘻,叫声皇儿你听知。

　　快忙梳洗去妆粉,趁此良辰谢天地。

　　笙琴细乐连天响,细吹细打在宫里。

　　宫娥彩女掺皇姑,傧相赞礼不敢迟。

　　二人就把天地拜,拜过虚空众神祇。

　　唐王吩咐送回府,驸马府中享华夷。

话说他夫妻二人,拜罢天地,送回驸马府,同享富贵。翠莲看见他那一双儿女,抱在怀中,痛哭不止。刘全劝道:"贤妻不必啼哭,你今转了皇宫,我已招了驸马,居家团圆,乃是大喜临门,应该欢天喜地。彩女排设香桌,叩谢天地。酬谢已毕,居家好欢饮几杯酒。"

　　刘全一阵喜盈盈,翠莲贤妻叫一声。

　　为你吃斋好行善,我也帮佩享福荣。

　　做梦不想到此地,不料咱今住皇宫。

　　今日夫妻重相会,诸恶不作众善行。

话说刘全夫妻二人谢了天地,摆上素菜筵席,两个孩儿一同坐下。翠莲说:"夫君呀,我到阴司,见那行善之人,在金桥上自在逍遥,作恶之人披锁带枷,地狱受罪,看起来为人到底还是行善好。"刘全说:"贤妻不用嘱咐了,善恶之报,我亦亲见。你往日吃斋行善,我心甚是不喜。自今以后,贤妻呀,无论你舍了什么东西,只要是行善事的,我再也不管你了。我也要改过迁善,广积阴功,有吓好话,只管向我讲来。"

李翠莲坐皇宫将夫来劝,你听我把阴曹细向你言。
自那日归冥府金童接见,森罗殿会阎君喜笑相谈。
命金童引着我游遍十殿,十八层恶地狱一一看穿。
只见那行善人金桥所走,作恶人在地狱受罪不堪。
细思想男女们各宜修善,莫等待身死后不得安然。
论生死大限来不分贵贱,寿与夭那管你贫汉富男。
任你有金银广阎君不要,善者超恶者堕丝毫不偏。
切莫说为善事等到年老,恐怕那阎君唤难住阳间。
有多少望乡台把亲思念,有多少哭儿女泪珠不干。
有多少把妻子望之不见,有多少把丈夫盼之不前。
有多少哭田地楼房一片,有多少哭衣食拿不身边。
再莫说行善事无甚好处,阴曹府分清浊实难隐瞒。
世间人听我劝真心向善,久以后功圆满定证金山。
跨白鹤坐凤辇蓬莱游玩,居天都不计年快乐无边。

却说他夫妇团圆以后,保童身居高官,美英亦配显臣。夫妇无事,访得高真道士,传他夫妇先天大道,每日勤修苦练,修到三年九载,修成金仙,永垂不朽。后人赞曰:

翠莲舍金钗,天下人皆知。

大转皇宫院,居家享华夷。

蒙师传一贯,夫妻登仙籍。

人皆效法他,照样去修积。

刘全进瓜宝卷

【解题】此宝卷流行于河西地区,带有浓郁的地域特色,如【哭五更】民间小调的反复应用。然与常见同题宝卷最大的不同是,取经人由佛门弟子唐三藏改换成了太上老君弟子尹喜(抄本误作"君喜")。这一改换让我们看到了佛道争胜的影子,原本流传甚广的佛教取经故事,不知何时打上了浓重的道教印痕。这一点和百回本小说《西游记》"道教化""全真化"现象实属异曲同工。

  进瓜宝卷才展开,诸佛菩萨降临来。
  善恶到头终有报,还望世人记心怀。
  却说那日唐天子正坐金殿,对众文武说道:"朕在阴司与十殿阎君许下进北瓜之事,现在叫谁去进。"众文武说:"今乃是数九寒天,哪里还有北瓜。我主出下榜文,若有苦心种瓜者,就命他去进。"商议一定,急忙发出榜文。且说太上老君弟子尹①喜真人,慧眼一观,见唐天子出下榜文,要招取进瓜之人。心想:"我不免下凡去,一来取经,二来帮助李翠莲修成真果。"于是摇身一变,化作云游道人,来到朝廷。唐天子问:"长者从何而来?哪山修炼?"真人答曰:"天台山

---

① "尹"原作"君"。

居住，清虚洞中修炼。"太宗又问："天台山可有《受生经》否？"真人答曰："诸品仙经无所不有。"唐天子听言，龙心大喜，当即说道："朕命你去取经，封你为护国庇天忠孝真人。赐你七星宝剑一口，圣旨一道，金牌一面，逢州过县，无人阻挡。"真人辞别太宗出朝去了。正是：

  唐王圣旨胸前挂，雷音寺中取真经。
  千山万水辞劳苦，走州过县度化人。
  来到曹州城中过，转步又到芦花村。
  刘全妻子李翠莲，本是仙女下凡尘。
  我今把她来点化，叫她借尸再还魂。
  何说化缘到她家，叫声小姐发善心。
  贫道取经缺盘费，化此布施往前行。
  翠莲听说以礼待，忙把金钗舍僧人。
  真人答谢多打扰，口念弥陀走出门。

  却说刘全家豪大富，骡马成群，又在城里开着一个金铺子，可他偏不信神佛，毁僧骂道，把一片真心尽都迷失了。一日，刘全正在房中闲坐，见一个道人手拿一个金钗来换银两。刘全接在手中，认得是他妻子的金钗，又见那道人眉清目秀，心中暗想："我终日不在家中，想必是我那妻子李氏和这道人私通勾奸。"心中怀恨，有心问那道人，又怕叫做伙计的听见，还说我家风不正，只得忍气吞声。正是：

  有刘全快步儿来到家中，气冲冲坐床前叫骂贱人。
  李翠莲走上前倒身下拜，你今日生着气为何原因。
  有刘全抬起头用眼观看，见头上无金钗恶气上升。
  你头上那金钗归于何处，快快的你与我从实招来。

李翠莲双膝跪苦苦哀告,今日里来了个取经道人。
他言说要取经缺少盘费,为妻的将金钗施于道人。
有刘全听此言冲冲大怒,骂贱人使巧言来哄我身。
难当说他取经没有盘费,奉圣旨过州县那个不尊。
你必是和道人勾搭有情,与金钗做媒证坏我名声。
带说着走上前一脚踩着,脚又踢拳又打就下无情。
一双儿上前来苦苦劝解,叫爹爹你饶了我的母亲。

却说刘全打了妻子一顿,回铺中去了。李翠莲心中思想:"我背夫舍了金钗,也是我的错处。况且我丈夫不信神佛,我的善念做不成了,不如今夜寻个无常。"于是急忙做了一顿饭,又看着两个冤家吃饭,不觉天色已晚,银灯高照。一双孩儿卧到床上,李翠莲心中自思,好不痛杀人也。哭了一阵,不觉已到三更时候,李翠莲决心悬梁自尽。正是:

翠莲开箱取衣裳,衣裙样样都穿上。
手拿镜子照一照,上下打扮都像样。
一见冤家呼呼睡,不由刀割疼心肠。
思想母子同道走,谁知今日分阴阳。
哭声娇儿丢不下,叫声孩子疼坏娘。
可恨丈夫心太狠,始终不念夫妻情。
衣箱取出白绫带,悬梁高吊命归阴。
翠莲悬梁寻自尽,丈夫儿女不知闻。
再说刘全这一夜,眼跳心急不安宁。
我为金钗把妻打,不该一怒到铺中。
她是妇人见识短,一时难解下无情。
急忙穿衣到家中,还要好言劝夫人。

刘全到家用目看,妻子悬梁命归阴。
你今悬梁阴间去,丢下儿女实伤心。
哭声贤妻我难见,相逢除非在梦中。
李氏丢儿命归阴,剩下刘全泪纷纷。
家有黄金共百斗,空有钱财没有人。

却说刘全哭罢,将尸首取将下来,置买棺材,择吉葬埋。家中里外无人照应,一双儿女整日啼哭,思想起来好不痛煞人也。正是诗曰:一步来做错,百步赶不上。

有刘全整日里无人做伴,手挽着两儿女大放悲声。
到家中里和外无人照管,欲出外两儿女缠定我身。
丢下了小冤家无人管顾,每日里啼哭声要他母亲。
自幼儿做夫妻恩深情重,你怎么半路里闪下我身。
到头来守空房冷床冷枕,越思想越悲痛万箭穿心。
一对儿孤零零无人照看,悔不该立逼她一命归阴。
悔着哭哭着悔悔之无奈,好妻子今日个不能复生。

却说自从李翠莲死后,刘全甚感伤悲,诸事不便,加之孩儿孤苦伶仃,无人照管,越想越觉得对不住妻子、儿女,不由伤心难忍,痛哭起【五更】来。

一更里来好伤心,怀抱娇儿坐房中,你娘一命归阴去,丢下父子泪纷纷。我的天呀!丢下父子泪纷纷。

二更里来好心伤,一双儿女怎抚养,挪干就湿谁关照,小小孩童失亲娘。我的天呀!小小孩童失亲娘。

三更里来半夜天,见儿见女都不言,风吹铁马叮当响。想起我妻实可怜。我的天呀!想起我妻实可怜。

四更里来月正西,不由叫人泪悲啼,明月怎能理家事,一双儿女哭啼啼。我的天呀!一双儿女哭啼啼。

五更里来天渐明,只怨自己太无情,一个金钗值多少,活活逼死妻子命。我的天呀!想来我也活不成。

却说刘全不行善事,又逼死妻子,活该他财散人亡,阴曹地府将他的善恶一一奏上天庭,玉帝道:"今日刘全悲从天降,但一双儿女俱有仙根,刘全与李翠莲前世有姻缘,后来才成正果。掌火神差你前去,将刘全家产并店铺一火焚之。"掌火神领命不敢怠慢,下天宫去了。正是:

那刘全他活该身受饥寒,他造下那天火要焚家门。
有火神化作了琵琶蝎子,爬厨房上中梁借火成功。
有侍女去做饭抬头观看,惊呼到不好了有了妖精。
有刘全他去看是个蝎子,用火焚莫伤了两个孩童。
那火神借凡火火珠乱进,一霎时满宅中都是火星。
有刘全领儿童逃出门庭,雇人工和侍女不得消停。
三个儿来到了金银铺中,有谁知商铺也烈火熊熊。
有众人上前来将他扶起,那刘全半天间才得清醒。
叫声天叫声地叫声妻子,可惜了好家财化作灰烬。
这是我造下孽应得报应,也是我不行善活该受贫。
那刘全带儿女他乡外走,无处来无处去讨饭为生。

却说刘全找了一个破瓦房居住,忽然一双儿女腹中饥饿,向他要吃的。正无奈之时,猛然看见自己手上带着一对金戒指,急忙取下来,在大街上换了几百铜钱,买些吃用。住了几天又无吃用,父子三人哭哭啼啼来到曹州城,站在大街上口唱金钱莲花落。正是:

刘全街头双膝跪,哀告爷们发慈悲。

说起家来家还远，提起名来也有名。
家住曹州曹花县，芦花庄上有家门。
我也本是富豪子，有田有地有骡马。
又开一座黄金铺，手头不缺银钱花。
因为妻子李翠莲，经常布施多行善。
一个金钗她施舍，我起坏心将她打。
妻子蒙冤寻短见，丢下一双小冤家。
不幸又遇天火着，金银财宝尽烧光。
烧了房屋还则可，烧了金铺无着落。
投亲靠友都是悔，只得破窑把身安。
一对儿女日夜哭，只为饥寒难忍当。
高叫四街八巷人，爷爷奶奶好心肠。
不念我的饥饿难，念念两个小儿郎。
舍米舍面或舍饭，或舍馍馍或舍汤。
打罢莲花收了泪，心动四街八巷人。
古人常说饥难忍，人人都助苦难人。

却说刘全父子三人打罢莲花落，那街上人有舍米舍面的，也有舍钱舍饭的，收了暂且吃用。他父子三人背上正往前行，忽然街上有许多人纷纷乱嚷，言说："唐王天子出下榜文，要招天下进瓜之人。"刘全听言，急忙走到跟前，将榜文细看了一遍，自思到："我今日受此饥困，又叫一双儿女缠定不能脱身，我不免揭了榜文，一来为唐天子尽点忠心，二来去到阴司见得我妻一面，死后也甘心。"想罢，便上前将榜文揭了。有看榜的人役忙禀知县主，将他父子提到公堂问了原因，把他父子三人解送朝中去了。正是，诗曰：家贫乞食身无主,求妻揭榜进北瓜。

　　有刘全坐车中心绪不宁,在路上思念着这次事情。无奈何舍着命揭下榜文,望神灵保佑我进点忠心。急行路来到了宫门之外,进朝中忙奏于唐王知闻。有唐王传下旨宣他上殿,当殿上问原因何处人氏。有刘全战兢兢跪在一旁,将情况一一地告禀分明。家住在曹州城曹花县中,名刘全芦花村有我家门。有妻子李翠莲过早去世,丢下我父子们苦度光阴。又不幸遇天火家府烧尽,无处来无处去讨饭为生。这就是实情话不敢说谎,因此上来进瓜想沾皇恩。

　　却说唐天子又问刘全:"你的儿女现在何处?"刘全说:"在宫门之外等候。"唐天子吩咐:"侍臣急忙领上殿来。"唐天子一见,龙心大喜,吩咐道:"皇室恩养,等他父进瓜回来再作商议。"又说:"侍臣,把刘全安置在御花园中清闲亭内种瓜,莫可打搅。"唐天子袍袖一展,回宫去了。正是,诗曰:刘全进园中,抬头观分明。忙把神案设,祷告众神灵。

　　有刘全跪地上,苦苦哀告神灵相助,他的诚心惊动了众神灵,暗助他把瓜种入土中,龙神、土神都拥护,土生水灌不消停。刘全一边种瓜,晚上思念妻子,不免哭起【五更】来了。

　　一更里,苗儿生,感动阁里众神灵,使起神通挡寒风。我的神呀!种瓜保定能成功。

　　二更里,瓜即生,诸神园中不消停,火德星君来温土,五谷大神显神通。我的神呀!帮助刘全进瓜人。

　　三更里,花儿黄,扯起瓜蔓在一旁,水鬼夜叉来浇水,忙而又忙助唐王。我的神呀!刘全种瓜有希望。

四更里,结成瓜,刘全一见笑哈哈,明天也许能长大,风吹花落舍冤家。我的神呀!成全刘全进北瓜。

五更里,大瓜成,刘全一见笑盈盈,弟子进瓜若回还。再养一对小儿童。我的神呀!刘全再谢诸神恩。

却说天明了,刘全莫停留,摘下北瓜往前行,来到五花门上后,专等明君整顿衣襟。唐天子见了,君心欢喜,文武俱来夸赞世界稀奇事,腊月种出大北瓜。唐天子说:"你既种成北瓜,就命你去敬与十殿阎君供奉,等你回来朕再封你。"刘全叩头说:"小人情愿去进瓜。"唐天子吩咐:"将刘全领到集贤馆中,盖定身体好好保护。"刘全的魂灵头顶北瓜往阴间去了。再说李翠莲自从悬梁自尽以后到阴司,天不管地不管,日夜思念丈夫、孩儿,阴阳相隔不得相见,想起来好不痛煞人也。正是,诗曰:

冤魂阴司游,谁料遇丈夫。

再说刘全进北瓜,头顶北瓜到幽冥。

一替太宗见阎王,二想阴间寻妻身。

走得前面阴风起,耳听旁边有哭声。

手拿一条白绫带,来了翠莲女佳人。

且问丈夫因何事,因何你也命归阴。

刘全一见李翠莲,手扯妻子放悲声。

我为金钗逼死你,你在阴司等我身。

刘全开言把妻叫,听我与你说原因。

只因逼死你的命,火焚财物化灰烬。

唐王出下进瓜榜,无奈揭榜尽忠心。

> 我替唐王把瓜进,进瓜一毕就回程。
> 翠莲听言忙跪倒,苦苦哀告奴夫君。
> 你去见了阎王面,替着翠莲诉枉情。
> 哀苦阎君发慈悲,你带为妻也还魂。
> 刘全忙把妻子叫,等我进瓜求阎君。
> 十殿阎君能放你,夫妻一同出幽冥,
> 刘全辞了妻子去,头顶北瓜见阎君。

却说刘全来到阎罗宝殿,头顶北瓜双膝跪倒说:"小人刘全奉唐天子圣旨前来进瓜。"阎君一见,心中欢喜,说:"多受辛苦,将北瓜收了。"又说:"判官,查看刘全几时寿绝?"判官说:"因他逼死妻子李翠莲,他今三十六岁,命该绝。"阎王说:"他替唐天子进瓜不怕生死,多受辛苦,也是有功之人。再与他添寿三十岁,看他后来修行如何?"便说:"刘全还阳去吧,多拜谢唐天子进瓜之情。"刘全跪着不起,只是啼哭。阎君说:"吾今于你添寿你不谢,为何跪着不起,有什么屈事?说来我听。"正是:

> 刘全跪倒哭哀告,爷爷在上开天恩。
> 我妻名叫李翠莲,生下一双小儿童。
> 每日吃斋把经念,广行方便常斋僧。
> 只因来个取经道,化缘到了我家门。
> 我妻生来好行善,她把金钗舍道人。
> 小人不知好和歹,立逼翠莲命归阴。
> 她在阴司整三载,小人进瓜又相逢。
> 哀告爷爷发慈悲,放她回阳去还魂。
> 阎君听言心欢喜,叫来翠莲问真情。

翠莲跪在地埃尘，阎君爷爷听原因。
从头至尾说一遍，十殿阎君也伤情。
曹官展开生死簿，多少阳寿看分明。
她今死了三年整，阳世早已坏尸身。
判官又看生死簿，景春公主命该绝。
她今年方十八岁，借她尸首去还魂。
刘全夫妻百叩拜，谢谢阎君放罪恩。
景春公主归阴曹，翠莲借尸又还魂。

却说阎君命金童玉女、强恶二鬼，将刘全夫妻二人送回阳间。刘全夫妻叩头感恩。童子引路来到唐天子集贤馆中，真魂投入气窍，刘全苏醒过来，下床见唐天子将阴间阎王道谢之情细细说了一遍。唐天子听言，龙心大喜，说："你今舍命进瓜，大有功劳，朕封你为忠孝义太子太保礼部尚书之职。"刘全感恩下殿去了。金童玉女托着翠莲真魂，将公主推下楼去，勾她真魂，把翠莲真魂推入公主之窍，金童玉女办毕回幽冥去了。宫中太监急忙奏知太宗："花楼上景春公主摔死了。"唐天子听言，与皇后同到花楼前，抱住公主啼哭。又见公主苏醒过来，哎呀了一声，便叫丈夫。唐天子问："公主，怎么胡叫起来了？"皇后说："把公主跌迷了。"公主说："我倒未迷，把你们都迷了吧。我是刘全之妻李翠莲，你们是什么人？为何叫我公主，快腾出路来，我要去找丈夫。"唐天子说："好不奇怪，这是怎么回事？"公主翻起身来就走，有三宫六院上前劝解。这话不提。再说唐天子驾坐龙位，宣来文武商议："你们看公主跌下楼苏醒过来，口称刘全是丈夫，又叫一双儿女，这该怎么办？"众文武奏道："将刘全、景春并孩儿宣上殿来，看他们怎样动静。"刘全领着儿子、女儿进得宫殿来，翠莲一见拉住丈夫、儿女，放声大哭起来。正是：

> 翠莲开言忙奏道，我非景春你公主。
> 我是民女李翠莲，借她尸首又还阳。
> 丈夫刘全去进瓜，阎王殿上听苦情。
> 我的尸首已经坏，借她肉体来还魂。
> 唐王听言怒满面，是你逼死我儿命。
> 刘全上前忙奏道，启奏万岁听分明。
> 公主十八命该尽，生死簿上写分明。
> 我妻借尸又还魂，奉得阎君命令行。
> 唐王听言悲又喜，此事世上倒少经。
> 听你对朕说一遍，十殿阎君有批文。
> 真也罢来假也罢，当殿封你驸马公。
> 四人金殿把恩谢，驸马府里去安身。
> 一家离散又团圆，翠莲修行念真经。

却说唐天子正坐金殿，朝进宫奏道："那天台山取经的真人在宫门候旨。"唐天子听了奏报，龙心大喜，忙设香案开正门，率众文武迎接。那真人朝贺已毕，把《受生真经》呈在龙案上。唐太宗命人在光禄寺摆开御宴酬谢真人。驸马急忙奏道："为臣一家团聚是神保佑，今日取来《受生经》，为臣展经建醮，答报神恩，恭请真人上表作法，上报三十六天，下报幽冥地府，求爷驾施恩乘念。"太宗听言，随即旨命："搭经棚，文武沐浴斋戒，恭诵《受生真经》，一还冤债。"正是：

尹①喜真人演道法，十八地狱尽超生。
万国九州干戈息，平民乐业是太平。
五谷丰登兴家业，三灾八难不怕侵。
修善行福皇天鉴，作恶恶报祸临身。
唐王醮愿七日满，真人上表奏天庭。
玉帝一见心欢喜，降下敕旨赦众生。
改恶为善增福寿，孝顺父母天保佑。
为官清正升爵位，买卖公平利有增。
种瓜得瓜豆得豆，皇天不昧苦心人。

---

① "尹"原作"君"。

赴任受灾

【解题】《中国宝卷总目》著录有《唐僧宝卷》《陈光蕊宝卷》等同题异名作品。此卷与之不同处在于,在习见的"陈光蕊赴任逢灾,江流僧复仇报本"基础上又另辟一条故事支脉——陈子春(光蕊)游龙宫。与龙王三位公主成亲,生下三元(上元、中元、下元),后来三元除妖救父,举家飞升。这是江流儿故事与三元大帝信仰合流的产物。此次以苏州戏曲博物馆所藏中华民国癸未(1943)年顾仁美抄本为底本,参考濮文起主编《民间宝卷》所收旧抄本《三元宝卷》校录。

大盗起歹心,贪淫悟妇人。
后来圣旨到,割肉去点灯。
江洋大盗起歹心,贪淫官家妇女身。
有朝一日圣旨到,割肉煎油去点灯。
此卷即是陈光蕊,刘洪谋害坏良心。
江中淹死无人晓,后来四子好收成。
长子唐僧经来取,次子三位号圣神。
三元三品多灵感,消灾赐福保延生。

且说唐王天子与民同乐,万姓安居不提。就说江南海州界中州灵台县弘农镇有一家姓陈,吏部天官,家财万贯,夫人张氏，同庚四旬，一生好善，并无子息。张氏夫人得一梦兆，吃了仙桃一只，果然怀孕。自后十月满足，生一官官，眉清目秀，亲友取叫子春。易长易成，光阴易过，父亲吏部归天，丧葬已毕。子春年交七岁，母亲张氏独请先生在家训诲诗书，过目不忘。先生题叫学名陈光蕊。读到十三岁年间，唐王出榜，今春开考，子春闻知，拜别母亲赴考便了。

子春拜别老母亲，收拾行囊进帝京。
随带书童人两个，亲邻贺送不须论。
上路行程天色暖，清明时节雨纷纷。
借问酒家何处有，牧童遥指杏花村。
南北山头多坟墓，家家祭扫化纸锭。
佳人带孝亲夫哭，老人白发哭儿孙。
书生打扮多文雅，游春出外看山景。
子春路上无心看，一心赶到帝皇城。
招商歇宿功名干，只待来朝天色明。
黄幡力士街头叫，虎头牌催众书生。
人拥人挤多不表，就说子春小书生。
臣领万岁亲敕旨，货门高中姓陈人。
在京候试光阴过，子春年交十六春。
只待万岁传举士，人人希望显高名。
子春文字多锦绣，言言句句中皇心。
会试进士身及第，考中江南陈子春。
御酒三杯金花赏，奉旨游街看皇城。
不宣朝内游街事，提出一个殷大人。

却说朝内殷阁老名叫开山，看中新科状元陈子春容貌出众,来朝奏明皇上:"臣有小女名叫凤英,年方十六尚未许配,欲与陈子春联姻,君皇龙意如何?"唐王道:"果然极妙,朕作为媒,就选于三月十六黄道吉日,奉旨完姻便了。"

当今天子做媒人,看你开山面上情。
状元此刻难灭旨,洞房花烛结成亲。
夫妻成婚将三月,怀孕二月腹中存。
唐王钦发为官去,洪江知府管凡民。
奉旨上任多荣耀,殷氏夫人一同行。
辞别朝中文共武,拜谢岳家眷和宾。
回家又把母亲见,婆媳相见喜欢心。
张氏母亲一同去,十三人口下船行。
水旱道路滔滔去,淮安过到扬州城。
行来到了高邮地,母亲张氏病染身。
欲买鲜鱼煎汤吃,子春差人街坊行。
买着三条活鲤鱼,差人禀报老爷听。
状元一见称奇怪,为何鲤鱼眨眼睛。

却说老爷看见鲤鱼,告诉夫人知晓,那时夫人道:"丈夫,我昨夜得着一梦,鲤鱼眨眼,龙有大难,况且丈夫高跳龙门,快将鲤鱼放生。"状元听了夫人之言,便唤丫环将鱼背上取鳞,每尾三片,共九片鱼鳞,煎汤与太太去吃,鲤鱼即便放到江心逃命而去不提。就说太太吃了鲜汤滋味,厥疾顿消,犹如仙丹一般,病根脱体,夜里得梦观音现像:叫我就在此地高邮东门外头青龙庵里出家为尼,持斋修道也。

张氏太太去修行,随即上岸进庵门。
状元夫妇送行事,拜托庵里众尼僧。

不提太太勤修道，把话分开别有情。
东海龙王三太子，无事西江去散心。
上江游到下江住，渔翁网罩难脱身。
子春买着江心放，太子得命转宫门。
回宫常记恩人救，此恩难报陈子春。
休提龙宫三太子，再宣为官陈大人。

却说陈大人在高邮送母亲庵中修道，再行一路都是江心大阔。到了码头，另叫大号船只，叫声船家并无答应，惟有江洋大盗刘洪道："老爷，我家大船尽可安居，价钱并无计较，速速过船，趁便顺风而去。"陈爷道："既然如此，随即登舟便了。"

老爷登舟喜欢心，男女大小十二人。
安童收拾官行李，谁进天罗地网门。
刘洪大盗偷眼看，看见夫人荡摇魂。
犹像昭君琵琶少，赛过观音缺净瓶。
若得佳人夫妻做，不做强盗也甘心。
三吹三打船来开，行来已到大江临。
刘洪顿时生巧计，船家摆酒款大人。
头舱摆席多齐正，相请大人饮杯巡。

那时状元请酒之事说与夫人知晓，凤英听说，心中着急，叫道："丈夫，其人反眉大眼，非是好人，定做强盗，切莫与他同席饮酒。"光蕊道："夫人，令尊阁老，愚夫状元，钦点洪江知府，倒怕一个船家？"此刻夫人劝不醒，故而陈光蕊与刘洪同席饮酒，不多一时，刘洪到船头上顺便解手，忽生一计，嘴里喊："急急，老爷爷，从古以来难得看见双鲤鱼跳龙门，快些看看。"此时陈光蕊中计,就走到船头望下观看,不在其意,就被刘洪将大人一个反光向江一推,随手扯足风帆,快行数里之遥,陈大人淹死于江心,无人搭救,好不苦怜。

  刘洪领起不良心,手执朴刀就杀人。
  见一个来杀一个,连丧十个命归阴。
  一经杀到中舱里,反装笑脸叫佳人。
  你夫自愿投江死,与汝两个过光阴。
  殷氏一听魂不在,双膝跪在后舱门。
  放我丈夫亲人面,我有宝贝送你们。
  刘洪便把夫人叫,子春魂入柱死城。
  与你二人为夫妇,同床合枕床心情。
  殷氏佳人开言骂,大胆强徒骂不停。
  奴是宦家千金女,志配落草贼盗人。
  蒿草怎配灵芝叶,乌鸦那入凤凰群。
  父亲朝中来知晓,剥你皮来抽你筋。
  强盗此刻暂心缓,坐守中舱暗畴论。
  刘洪想着有一念,船里各处细搜寻。

  刘洪后来寻着为官文凭,补照洪江知府,可以上任做官,叫他夫人成从夫妇,持刀强逼成亲。此刻殷氏看势凶恶,又生一计,便叫:"大王你何必如此,现在与你同去上任成亲,须待我夫三年孝满之后,便与大王成其美事,不为延迟,以报结发之情。"刘洪听说便道:"就歇三年,准定成为夫妻。"此时强盗回心转意有个缘故,因为殷氏腹中的身孕乃是佛体在内,后来奉旨三藏西天去取经。唐僧经典流传后世,故而刘洪肯干休。此事言决,随即开船便了。

男女二人各存心，官船速速就行程。
　　喽罗撑夫多闹热，逢州过县快如云。
　　行来数日洪江到，码头迎接陈大人。
　　刘洪不做江洋盗，一路威风进衙门。
　　接印公坐来放告，刘洪做官如水清。
　　后有三间楼房屋，殷氏守孝住安身。
　　想着丈夫伤心苦，啼啼哭哭到黄昏。
　　一夜五更困不着，越思越想越伤心。

　初更啼哭好伤心，想着生身在帝京。老父亲在朝为官伴帝君，名字殷开山，年庚五十春，生我女儿叫凤英。年交十六未配亲，我的天吓，看中状元陈子春。南无佛。

　二更殷氏想夫情，蒙君点中状元身，受帝恩，钦发洪江知府任。上任多荣耀，回家同母亲，官船上路快如云。过于淮安扬州城，我的天吓，亲婆忽然病临身。南无佛。

　三更里来半夜深，婆婆想要鲜鱼吞，就取鳞，立刻差人买来临。吩咐丫环女，煎汤与婆饮，亲婆吃着病脱根。梦见观音劝修行，我的天吓，就在高邮庵里登。南无佛。

　四更大盗起黑心，船中摆酒请夫君，饮杯巡，奴劝丈夫水不听。顿时就坐席，骗夫观奇情，送脱我夫一条命。强盗连杀十个人，我的天吓，留我性命调戏身。南无佛。

　五更天明更苦情，刘洪逼我做夫人，不该应，几次惊吓杀我身。幸亏生巧计，骗过强盗心，要等孝满可成亲。故而一路到衡门，我的天吓，住在楼上那出身。南无佛。

　　休提高楼女佳人，且宣遭难陈子春。
　　推入长江无人救，逆水在浪水里沉。

虾兵蟹将来通报,龙玉在上听元因。
太子宫中闻知得,常记当年陈子春。
洪江知府官船过,蒙君买放活性命。
弟兄游玩西江去,渔翁获牢难逃生。
若无此人来相救,怎能可以转宫门。
太子搭救陈光蕊,卧于龙宫还魂枕。
仙丹一粒口中放,子春床上打翻身。
醒来说与太子晓,路遇强盗丧性命。
幸蒙太子来救我,没世不忘救命恩。
太子开言恩人叫,与汝双方多有情。
我在龙宫常念你,今日得见天遣临。
我今有话对你说,尊嫂不必挂胸存。
我有三个龙小妹,胜比殷氏女千金。
你拣一个夫人做,逍遥快乐过光阴。
子春放口回言答,龙兄在上听缘因。
命中该有姣妻子,殷氏不会两离分。
太子听得子春话,送进书院去安身。
将身走进龙宫里,叫声三位贤妹称。
救命恩人来到此,要招驸马在宫门。
妹妹三人花园到,各变鲜花爱色形。
大姐白莲公主女,二姐青莲女佳人。
三姐翠莲鲜花俏,俱变奇花动人心。

却说龙宫太子①便叫三位公主各变鲜花在园,明日到花

---

① "太子"原作"三位太子","三位"应为衍文,删。

园里来，请陈子春游园观景。此日子春东西南北四只花园都游玩到，三太子道："三色莲花那朵可爱？"子春道："三色莲花朵朵爱的。"子春宿世因缘，姐妹嫁与一个，统结为婚，是为驸马，安居龙宫，卷中不提。又言刘洪到南京拜见上司而去，再说殷氏，腹中疼痛不堪，将要临盆，却是西天佛子金蝉长老师降凡，后来奉旨西天取经而去。

　　殷氏夫人产麒麟，生下一个小官人。
　　一把抱牢亲生子，苦命孩儿叫几声。
　　高门贵户都不去，无爷心肝苦杀人。
　　别人生儿爷娘养，我儿落地少父亲。
　　若被强盗来晓得，孩儿必然丧残生。
　　为娘只得生计策，血书一封写分明。
　　爹爹为官洪江府，姓陈名字叫子春。
　　叫船遇盗长江死，共杀男女十个人。
　　刘洪逼我成夫妇，守节三年报夫恩。
　　强盗当我真心意，待等孝满在衙门。
　　殷氏说得伤心苦，梅香听见泪纷纷。
　　乘此楼上无人在，便生巧计再理论。

殷氏与梅香商量，就端整朱漆匣子，将血书藏于小儿胸部，又把小男放在匣内，忙摆香案对天祝告："若得我儿命该不绝，苍天保佑。"祷告已毕，丢到长江随风飘荡，有人搭救我，后来持斋吃素虔诵经文。不表小儿竟被母亲放于长江，随风氽到金山脚下。就言观音菩萨得知其事，便唤木法长老僧人："快到金山脚下，有只朱漆匣子，乃陈家之后代，日后成人，可到西天取经。"故而木法长老便到金山脚下，取匣回寺，便将小儿题名，叫你江流[①]和尚众来僧，人人叫得其名，众人不知他的来历根由，惟师父明白。因见血书，故知道也。

江流小儿在山林，读书同伴过光阴。
再说龙宫陈光蕊，思忆殷氏凤英身。
谅必刘洪来僭去，未知烈性短见寻。
太子逐一来解劝，勿必回转起疑心。
三位夫人生三子，后来亦好靠终身。
长儿正月十五养，次子七月望日生。
幼儿十月十五日，多是月半子时辰。
且将神前来卦数，还有六年大难星。
三妻相劝留不住，回别妻子要动身。
一心要到洪江府，访访衙门事何情。
到了洪江遭大难，冤家遇着对头人。
刘洪一见多明白，何人救活他性命。
思想此人留不得，随即带去丧你命。
衙役不知其中意，捉到后园活葬身。

却说陈光蕊到了洪江，却被强徒先知对头到哉，快叫衙役捉到后园活葬，无人知晓。刘洪三年满任进京，便写书到殷家，信上载明："陈子春小婿顿首百拜，特送黄金千两，洪江有事，不克分身。"那时殷开山看罢书信，来朝奏明皇上，臣开山保本，又加一任，三年在衙。刘洪看见回书，心中大

[①] "流"字原脱。

悦，想着与殷氏成亲之事，谁知神明晓得，观音便命①护法韦陀变成黑虎保佑。此时刘洪不知其情，忙到楼上欲思开言，倏忽之间跳出一只神虎，身似骡子，双目张开，宛如铜铃一样，张牙舞爪。刘洪一见不好了。

  刘洪看见吃一惊，孤单速急下楼行。
  不宣刘洪来递走，再说女子殷氏身。
  观音大士来相救，神虎吓逃刘贼身。
  殷氏坐于高楼上，供奉神虎弗离身。
  连奏本章三任满，陈家冤仇报分明。
  江流子已身长大，金山上面出家人。
  年交九岁知礼义，问师父母我生身。
  你把根由对我说，啥人送我到此存。
  人人叫我江流子，个个说我汆来僧。
  木法长老声叹气，冤家连连叫几声。
  若是提起家乡事，铁人闻知也伤心。
  你父名叫陈光蕊，本是弘农镇上人。
  幼年曾把书来读，到京考试中魁名。
  说起你娘人一个，宰相女儿是千金。
  当今天子媒人做，招赘你父陈子春。
  万岁钦发洪江府，来到扬州遇强人。
  见你母亲容貌好，害杀你父一条命。
  汝母逼到洪江去，强僭殷氏做夫人。
  共杀男女人十个，冤沉海底到如今。

---

① "命"原作"知"。

到衙生出你身来,又怕强盗丧你命。
你娘买嘱梅香女,朱匣血书放逃生。
看你氽到金山脚,是我救你进山门。
如今你年交九岁,汝是陈家血脉根。
江流子听多明白,一跤跌倒地埃尘。
手拍胸部嚎啕哭,咬牙切齿恨恨声。
快放奴到洪江去,访问生身老娘亲。
木法长老微微笑,叫声徒儿听元因。
你今要到洪江去,我有言语说你听。
木鱼引磬拿一副,防备刘洪对头人。
盘费银子多带些,血书带好须谨慎。
说罢恩师来拜别,下山乘舟快如云。
数日行程来得快,已到洪江一座城。

且说小和尚到了洪江,一路打化,口念报娘恩。看见一座衙门,周围观之,后花园门未关,随即进园,身坐于地,口念经文。说到那天殷氏面红心惊,耳热肉跳,甚是烦闷,便叫梅香开开园门,看看花景,散闷乘凉,畅畅心头之气。恨个没事有凑巧,看见一个小和尚念经一回。殷氏听听,觉着有些奇意,所以梅香差开去取香茶解渴,当下便问小僧年庚多少,乡贯住居何处,姓甚名谁,出家那座山林,师父传法,诉与知晓。其时并无别人,就将血书取出,殷氏看罢便道:"亲儿,亲儿。"连叫勿歇,母子认明。然后殷氏再写一书,事事件件写出,亲婆在高邮庵内出家修道,叫儿同祖母快进京都,去见父亲殷开山,诉明你父却被刘洪谋死,杀脱家人十个,母于洪江不可脱身,恳求外祖父奏明皇上速速点兵,到洪江衙门拿住刘洪，救母回家，卷中慢表。

　　一口难分两处情，且提东海龙宫门。
　　三位亲生姣儿子，龙王看得喜欢心。
　　仙风道骨非凡相，聪明伶俐锐超群。
　　说来投机修行事，外公容他去修行。
　　送到云台山上去，拜为虚无老师尊。
　　三年修得功成到，神通广大显威灵。
　　别师下山母亲见，八岁圣童报亲恩。
　　要问母亲生身父，娘舅说与外甥听。
　　你父含冤回家转，洪江访妻到衙门。
　　盗印谋妻冤家在，刘洪又害你父亲。
　　捉到衙门花园里，将父活葬后园亭。
　　弟兄三人来听见，便带龙宫法宝珍。
　　风伯雨师前引路，驾起祥云到洪城。
　　霹雳一声空中响，井栏劈得碎纷纷。
　　摄魂金牌拿在手，枯井提出陈大人。
　　一粒仙丹付他口，子春顿时转还魂。

又言三元在洪江救父还阳，引出事多端，一言难尽，父子悲痛苦切亦然不提。要说江流子到了高邮，同祖母张氏进京会见殷开山，外公得知情由，奏明万岁，唐王速救圣旨，教场点上那三千人马，一路威风炮声不绝，水旱摆道，枪刀火箭，旗伞密麻，拿捉刘洪大盗：兵将听令，不奸妇女，不丧百姓，如有不遵军令者，穿耳游示营众，特发营门张挂以示众等便了。

　　敬德将军来领阵，号筒吹响起三军。

马点陕西跳涧马，人点关西五路兵。
老兵不过三十岁，小者十七八九春。
逢州过县来得快，到了洪江一座城。
元帅即便传令出，要拿刘洪一强人。
黎民百姓多惊怕，缘何来了许多兵。
刘洪一见魂飞散，便将手本写端正。
双膝跪在尘埃地，叔父大人叫几声。
侄婿在此为知府，为何发兵到洪城。
敬德元帅开言骂，大胆强盗活弗成。
杀官盗印该何罪，你今再不自受刑。
子春是我侄女婿，你是江洋大盗人。
先把刘洪来锁住，嗣后开刀要杀人。
一径杀到后楼上，便见凤英侄女身。
殷氏开口叔父叫，我无面孔见双亲。
敬德元帅高声叫，叫声侄女殷凤英。
令尊在朝理国事，未知你受大灾星。
敬德欲杀梅香女，殷氏说他我恩人。
若无梅香人两个，冤海冤仇那得申。
就请殷氏来乘桥，梅香两个一同行。
奉旨拿转刘洪贼，敬德缴令见帝君。
唐王一见心大怒，剥皮淋油点天灯。
取出心肝祭礼办，江流奉旨祭父亲。
原到洪江衙门里，底民百姓尽知闻。
陈家冤仇来报过，婆媳哭上九龙亭。
唐王即便开金口，陈老夫人听元因。

唐王道："张氏太太御封尼僧，殷氏守节，功劳最大，封你三贞九烈贤孝，匾上标名，居于殷府。"殷氏跪奏："两个梅香大恩未报。"唐王又道："梅香愿招愿嫁？"梅香道："不招不嫁，愿同老太太到高邮青龙庵出家修行。"君闻大悦，果有慈心，再将江流儿金山出家，行此大孝名声，敕封三藏，号取唐僧，叫你午朝门外龙阁寺内藏纳经文，后来奉旨西天取经，诸般经典载在总经目录，多少卷数行行分明，有证便了。

各人谢恩转家门，殷氏回进相府门。
合家说得悲又喜，犹如枯木再逢春。
不宣京都一集话，又提三元救父亲。
自从衙门来救出，回归东海龙宫门。
三位母亲多相见，各诉衷肠苦不胜。
晓得父亲冤仇报，奉旨拿捉贼强人。
刘洪捉到京城里，鱼鳞碎剐正该应。
三元各别生身母，要同父亲进朝门。
一直来到金銮殿，启奏当今天子闻。
唐王此时开金口，你命归阴见阎君。
又要朝门阴魂显，奉旨与你把冤申。
子春双膝来跪下，我王万岁听元因。
微臣那年遭水厄，龙宫太子救我命。
如若不信我的话，献出龙宫宝和珍。

唐王见奏，陈子春领了龙宫内亲生儿子三个，各显神通，法力无比，摄魂牌、回魂丹都是无价之宝，后来三元收妖灭邪有功。此时唐王传令，命殷开山接进相府，会见凤英。其时梅香通报道陈姑爷到来，谁知急坏凤英，悬梁高挂，一命呜呼。两个梅香一齐吓杀。子春闻得夫人吊死，梅香吓杀，思想罢了，自家撞杀。此刻四命归阴，俱是枉死。殷开山有口难分，幸得三元便显法力，取出摄魂牌，将父亲扶到九龙墩上，用金刀撬开父口，放进仙丹一粒，将母亦然，又救活梅香两个。此刻陈子春夫妇回阳，三元即驾祥云两朵，一朵度了生身父亲，一朵度了殷氏大母以及梅香，一同回到水晶宫。殷氏见过龙王，然后与三位公主相会，姊妹称呼，安住此地也。

三元即便驾祥云，来度父亲大娘身。
不觉云头来的快，已到东海龙宫门。
三位公主来迎接，道言日前受灾迍。
你今不必回相府，共居吾处住安身。
殷氏答应龙宫住，削发虔诚广修行。
夫妻双双同修道，日后圣公圣母称。
丢开夫妇勤修道，要宣玉帝早知闻。
天庭敕令归下界，三元救父大功成。
敕封天地并水府，三元三品大灵神。
云台山上成正果，海州城内好出身。
百姓年年焚香烛，万民岁岁拜延生。

然后京中有妖魔缠绕。古人云，"妖孽者，祸之萌"，朝中文武，莫有法治。妖孽所云，宫妃彩女尽被妖精迷得晕迷不觉。故而唐王出榜，有人治妖者，有官加官，无官赐爵。那日三元闻知，进京揭榜，上朝见驾。万岁大悦，便道："三位将军要用什么军器？"三元道："万岁，须请香烛一对。"说道："妖魔在何处？"此时，太监领进，引到井旁，将手望井一指,三元道:"明白。"随即焚香点烛,口念咒语,手里画符,通神一番。那时井水渐浅,歇未满刻,三足玉蟾涌出井栏,人人见怕,个个吃吓,张牙舞爪,红眉绿发,能飞能走,毒气利害,喷着者神昏颠倒,迷雾难行。帝见大惧,便问道:"什么东西?"三元道:"其名叫飞鳌,三足之物。"帝曰:"快杀之。"三元道:"不必杀他,待我来逐至海洋,便可无妨。"三元敕令叫一声,飞鳌伏地听元因。

我今送你东洋海,自后勿许侮良民。

飞鳌听令来拜谢,永勿忘却救命恩。

万岁一见心大喜,称赞三元道德深。

便开金口封加职,奉旨各处造殿庭。

年年岁岁焚香拜,三元三品大灵神。

敕旨封为上元一品赐福天官紫微大帝,中元二品赦罪地官青虚大帝,下元三品解厄水官洞阴大帝,皆知一年三百六十日,日日感应,名曰三百六十应感天尊也。

编集《三元》卷一本,唐朝传流到如今。奉劝在堂诸大众,为人切莫坏良心。不信须看刘洪贼,割肉煎油点天灯。善恶到头终有报,陈家四子有名声。

大儿唐僧经来取,三子三官大帝尊。

但愿斋主增百福,合堂听着少灾迍。

南无三圣师菩萨

醒心宝卷(节录)

【解题】《中国宝卷总目》著录。全名《新刻醒心宝卷》,二卷,清末蒋玉真编。属"劝世文"类民间宝卷。讲唱多位古人的传说故事,劝诫人们忍耐、行善。值得注意的是,下卷把"江流僧"的故事镶嵌其中,主旨在宣扬陈光蕊因买鱼放生而得善报。此卷呈现了江流故事传播的另一种形态。不仅单独成章,还可被夹杂在其他故事当中讲述。本次以周燮藩、濮文起主编《民间宝卷》所录为底本,参考其他版本校录。

……却说人能戒杀放生,岂无好处么?

昔唐朝有个唐僧,其父名叫陈光蕊,得中新科状元,上任来做洪江知府。带领家眷、母亲到了江边寓处,母亲忽然生病,想要鱼吃。状元即便去到街坊,买了一条活鱼。回到寓处,拿刀将杀,不料鱼眼忽然霎动。母亲见了,慈悲念起,命状元亲去放生。后来得有好报,听我道来。

南无阿弥陀佛

劝世人,能放生,干大阴功。

尝听说,救蚂蚁,状元选中。

且说那,唐僧父,状元头名。

游金街,丞相府,奉旨招亲。

新状元，住相府，逍遥京城。
奉圣命，放外任，洪江府尹。
拜丞相，回家中，选日上任。
带母妻，一路到，寓处安身。
忽然间，状元母，疾病临身。
一日里，想鱼吃，状元去买。
买活鱼，到寓处，拿刀剐杀。
母见鱼，两眼霎，不忍吃他。
叫状元，去放生，譬我吃罢。
那状元，奉母命，送鱼放生。
回寓处，要过江，母病难行。
将银钱，托店主，服侍母病。
因此上，母在寓，夫妻动身。
谁知道，摆江船，强盗出身。
见状元，与夫人，行李印信。
刘洪贼，他就那，登起黑心。
到江中，拿刀绳，要杀两人。
问状元，听凭你，死刀死绳？
状元见，无法想，苦求哀恳。
留我的，囫囵尸，情愿死绳。
刘强徒，拿状元，捆丢江心。
自假冒，状元名，做官上任。
状元妻，被刘洪，带进衙门。

南无阿弥陀佛

却说状元被强盗丢入江中，该当有救。偶有巡海夜叉看见，将状元尸首搬到水晶宫来，报与海龙王知道。龙王见了状元的尸首，骇然大惊。

南无阿弥陀佛

龙王一见大惊讶，此人是我大恩人。
快拿还魂珠来吃，再将汤水灌与吞。
状元不时来转醒，龙王开口问原因。
为何落在江中死，状元一一说分明。
款待状元龙宫住，报答从前救命恩。
不宣状元多快乐，再说龙王前日情。

南无阿弥陀佛

却说海龙王，何以认得状元，便叫大恩人？有个来历，听我道来。

南无阿弥陀佛

昔日里，海龙王，游玩江边。
不意中，被鱼翁，捉住难变。
无法儿，变鲤鱼，鱼翁卖钱。
幸遇着，状元母，慈悲慈念。
昔日间，放生鱼，海龙王变。
所以叫，大恩人，恩公连声。
今日里，救状元，报前恩典。
你救他来他救你，救物救人终还理。
世人乐得阴功做，一还一报勿差厘。

南无阿弥陀佛

却说状元此刻在水晶宫中，倒也安然无事。再说那刘洪强徒，在洪江为官，倒也快乐。强将状元之妻陪伴。你道状元之妻从也不从？听我道来。

　　南无阿弥陀佛

　　状元妻，彼时间，无法能行。
　　奴本是，堂堂门，宰相千金。
　　现在是，状元妻，四品夫人。
　　论情理，即刻死，百世流名。
　　为只为，有胎孕，死无名闻。
　　且等待，生下来，男女分明。
　　倘若是，生下女，即刻死寻。
　　靠皇天，能生男，夫仇报成。
　　现在是，没法想，无计可生。
　　我只得，拜天地，祝告神明。
　　有观音，大慈悲，晓得知音。
　　顷刻间，差黑虎，保护夫人。
　　因此上，刘洪贼，不敢近身。
　　故所以，状元妻，全节完名。
　　时光快，十月满，怀胎男生。
　　刘强徒，又要杀，夫人告禀。
　　小儿父，蒙未杀，感恩不尽。
　　此小儿，待满月，也丢江心。
　　南无阿弥陀佛

　　却说状元夫人怀胎十月，生下一子，心中暗喜，后来好报夫仇。刘洪已知夫人生下男儿，自思此个小儿长大必要报他父仇的，不如杀死，以绝后患。刘洪此时又要杀这小儿，夫人那里舍得。只得苦苦哀告，说道："昔日小儿之父，蒙恩留了囫囵尸首,妾身感恩不尽。此个小儿,且待满月,也留他个囫囵尸首,待妾身亲自去丢江中便了。"刘洪道:"既然肯丢,何勿今日就去?"夫人道:"未曾满月,触犯天地。"刘洪道:"此言倒也有理。就饶他满月便了。"不觉时快月满,刘洪又来追逼,夫人无可奈何,只得抱着小儿,直望江边去了。

南无阿弥陀佛

状元妻,抱小儿,江边来到。

眼望去,浪滔滔,怎肯儿抛。

望人救,无人到,眼泪双抛。

见江边,有木板,将儿捆牢。

扯破衣,咬破指,血书写好。

将原情,并年庚,细写唠叨。

一时间,来写好,包扎儿腰。

将木板,放江中,听天命保。

揩干泪,即便就,回衙门了。

不宣那,状元妻,母子分抛。

再宣说,木板上,江中儿曹。

南无阿弥陀佛

却说小儿在江中木板之上,随风飘荡,氽到金山寺前。和尚看见,即便捞出。原来一个小儿,即便回寺通报。方丈亲来观看,见有血书在身。方丈将血书看过收藏,将小儿送与奶娘抚养。养至十岁,攻书几年,就在寺内为僧,法名玄奘,绰号江流子。不觉光阴迅速,长成一十八岁,师兄弟时常相欺,总说玄奘无家,江中氽来的。如今所说氽来僧者,从此传也。
　　南无阿弥陀佛
　　满寺内，师兄弟，时常欺争。
　　说玄奘，无娘家，余来小僧。
　　陈玄奘，气昏昏，问师原因。
　　问师父，我出身，何处来临？
　　师父说，你出身，大有名闻。
　　佛殿上，有木匣，是你出身。
　　玄奘去，拿木匣，细看分明。
　　开木匣，见血书，如箭穿心。
　　我父母，原来有，血海冤深。
　　我如今，年十八，报仇该应。
　　随即去，禀师父，收拾动身。
　　别师父，过江来，问到衙门。
　　要到那，上房去，送书探亲。
　　南无阿弥陀佛

　　却说陈玄奘见母如此容易，衙门岂无阻挡么？有个道理的。是日玄奘问道衙门，即便募化。衙门本无僧道募化之理，玄奘为要见母，又不敢直入进去，故此以募化为由，要求门上人通报。门上人不肯通报，玄奘格外哀求。门上人无可奈何，便就通报。正值刘洪升堂理事，忽听门人报来，便叫和尚进去。刘洪本是强盗出身，心肠狠毒，一见和尚大怒，骂道："你是何处来的狂僧，本府的衙门，敢来募化么？"喝道："重打二百，收入监牢。"彼时玄奘又不能说出真情，只是痛哭不止。忽有上司文书到来，要调知府前去，刘洪即刻动身。再说那状元夫人,听得哭声不绝,即问丫环道:"今日何处来的犯人,犯了何罪?为何如此啼哭?"丫环道:"不知何处来了一个和尚,在头门口募化,被老爷打了二百板子,收在监中,此是他自寻苦吃的。"夫人道:"出家之人,不犯王法,如何重打收监?待我前去问他便了。"夫人来到监门,问起情由,原来自己的儿子,即便放出,同到上房。幸喜刘洪不在衙中。玄奘即将血书呈与母亲,夫人一见血书两泪交流。可怜母子分离一十八年,好不悲伤人也。

南无阿弥陀佛

玄奘母,见血书,泪湿衣衿。

谁知道,你就是,我儿长成。

母子们,在一处,大哭高声。

陈门中,有你根,祖宗有灵。

叫一声,我的儿,父仇报成。

我有信,写与你,相府投呈。

你舅公,殷丞相,住在京城。

这封信,要见你,舅公好呈。

一霎时,一封信,即便写成。

陈玄奘,拿书信,即刻动身。

到京都,问到那,相府衙门。

叫门官,快通报,急事要紧。

我和尚,非别个,丞相外甥。

门官听,不敢停,随即通禀。

顷刻间,来传进,上房来临。

陈玄奘,见舅公,母书上呈。

殷丞相，看书信，怒发火生。
写本章，奏天子，调将提兵。
未几日，到洪江，团团围城。
捉住了，狗强盗，破肚取心。
拿心肝，来祭奠，状元魂灵。
到江边，设祭礼，大哭嚎声。
正祭时，海龙王，也得知闻。
请状元，有话说，你仇报成。
现目今，你妻儿，江边祭君。
因此上，请恩公，出去会亲。
海龙王，送状元，龙宫出行。
送到那，祭奠处，托出显身。
祭典人，见水面，有人浮佘。
急忙忙，来捞出，夫人相认。
妻见夫，子见父，骨肉团欣。
今日团圆天赐因，骨肉三人尽欢欣。
十八年分别今相会，如同枯木再逢春。
昔日放生报今朝，迟早本利不差毫。
积善仁心有好报，利物利人姓字标。
不信但看陈光蕊，买鱼放生得好报。
南无阿弥陀佛

此时父子相会，夫妻团圆，状元仍做洪江知府。玄奘是出家之人，难以回家，愿到金山寺内为僧，后来替唐皇到西天去取经的唐僧就是此人也。

五部六册(节录)

【解题】濮文起主编《新编中国民间宗教辞典》著录。所谓"五部六册",是由明代正德、嘉靖年间兴起的由罗教教主罗清口述、由其弟子执笔记录的五部教义经典,分别为:第一部《苦功悟道卷》,一卷一册不分品;第二部《叹世无为卷》,一卷一册不分品;第三部《破邪显正钥匙卷》,上下两卷两册,二十四品;第四部《正信除疑无修正自在宝卷》,一卷一册二十五品;第五部《巍巍不动泰山深根结果宝卷》一卷一册,二十四品。罗清(1442—1527),字梦鸿(孟洪),法号悟空,又号无为居士,祖籍山东莱州府即墨县,世属军籍,曾修习过净土宗与禅宗,并研读过《金刚科仪》,在融合了道教、心学的基础上创建了三教融合的罗教(又称无为教),影响深远,后世多尊称他为罗祖(参见马西沙、韩秉方《中国民间宗教史》,上海人民出版社,1992年)。因现存最早的"五部六册"刊行于明正德四年(1509),早于刊行于万历二十年(1592)的世德本《西游记》,由此可知在百回本《西游记》之前的民间说唱系统中"西游"故事已广为传播,唐僧师徒成为民间宗教选材的热点。今以马西沙主编《中华珍本宝卷》为底本,参考濮文起主编《民间宝卷》以及台湾王见川、林万传主编的《明清民间宗教经卷文献》所收相关作品加以校录。

叹世无为卷（节录）

∙∙∙∙∙∙∙∙∙∙∙

三藏师，取真经，多亏护法。
孙行者，护唐僧，取了真经。
三藏师，取真经，多亏护法。
猪八戒，护唐僧，度脱众生。
唐三藏，取真经，多亏护法。
沙和尚，护唐僧，取了真经。
老唐僧，取真经，多亏护法。
火龙驹，护唐僧，取了真经。
三藏师，度众生，成佛去了。
功德佛，成佛位，即是唐僧。
孙行者，护佛法，成佛去了。
他如今，佛国里，掌教世尊。
猪八戒，护佛法，成佛去了。
他如今，现世佛，执掌乾坤。
沙和尚，做护法，成佛去了。
他如今，在佛国，七宝金身。
火龙驹，护唐僧，成佛去了。
他如今，佛国里，不坏金身。

∙∙∙∙∙∙∙∙∙∙∙

有心待把法不传，背了唐王发愿心；
有心待把法不传，背了唐僧发愿心；

有心待把法不传,背了诸佛发愿心;
有心待把法不传,背了行者发愿心;
有心待把法不传,背了沙僧发愿心;
有心待把法不传,背了火龙发愿心。

············

破邪显证钥匙经(节录)

············

取经不是圣者护,谁敢西天去取经?
取得经来度众生,护法功德永无穷。
不是唐王牒文去,谁敢西天去取经?
经卷不是龙牌护,谁敢发心普度人?
唐僧护法成佛去,今是古来古是今。
国王大臣护佛法,成佛功德永无穷。
············

三藏师,取真经,不是虚言。
老唐僧,去取经,十万余里。
过千山,并万水,只为众生。
三藏师,往西天,多受辛苦。
受苦恼,取真经,救度众生。
为众生,不回头,沉沦苦海。
受辛苦,取真经,度脱众生。
为众生,六道里,生死受苦。
发慈悲,取真经,救度众生。

说法师,劝诸人,都要省悟。
休等得,大限到,永堕沉沦。
参大道,明真性,西方去了。
到西方,佛国土,好处安身。

············

佛在灵山莫远求,三宝只在人心头。
凡所有相皆虚妄,离了诸相现金身。
佛法僧宝在人心,三宝就是主人公。
人人都有真三宝,法轮常转度众生。
佛在灵山莫远寻,灵山就是本性人。
本来面目真净土,临危之时显光明。
佛法僧宝在人心,三宝就是主人公。
本性就是真三宝,临危之时显金身。

············

佛在灵山莫远求,如来只在我心头。
觉照自己见佛祖,认得自己莫远寻。①

············

正信除疑无修正自在宝卷(节录)

取经不是圣者护,谁敢西天去取经?
取得经来度众生,护法功德永无穷。

---

① 明嘉靖戊子(1528)本《销释金刚科仪》作"佛在灵山莫远求,灵山只在汝心头。人人有个灵山塔,好去灵山塔下修"。

不是唐王牒文去,谁敢西天去取经?
经卷不是龙牌护,谁敢发心转法轮?
唐僧护法成佛去,今是古来古是今。
国王大臣护佛法,成佛功德永无穷。

··········

功德佛小名江流和尚。父亲陈光蕊,娘是殷山小姐。

··········

佛在灵山莫远求,灵山只在汝心头。
人人有个灵山塔,迷人自向外边求。

··········

巍巍不动太山深根结果宝卷(节录)

皇王护法重恩,久后托化净土西天。二托护国功臣,三托文武大将护法,护持妙法,行遍天下。僧俗得道,报答护法,久后托化净土西天。先有证见,圣者、朱八界[①]、沙和尚、白马做护法,度托众生,护法都成佛去了。今是古,古是今,不是我能,多亏护持妙法,行遍天下,报答护法出苦轮。……

---

① 万历乙卯(1615)本作"猪八戒"。

混元弘阳飘高祖临凡经(节录)

【解题】《中国民间宗教辞典》著录。为弘阳教创教祖师韩太湖（飘高）所撰"弘阳大五部"经卷之一。全称《混元弘阳佛如来无极飘高临凡宝卷》，上下两卷，二十四品，明万历刻本，经折装。主要讲述阿罗国混元老祖，知东土末劫来临，众生受苦。混元老祖、无生老母率众祖纷纷临凡。飘高贪恋金城生活，不愿下世，受到老祖申斥。无生老母、骊山老母护送飘高临凡转世，拯救众生。飘高祖三次临凡，头遭转化为荷担僧，次遭转为唐僧，三番转为罗祖。此卷不光涉及西游故事，还牵扯了目连（荷担僧）事迹，为研究相关作品早期形态提供了极好参照。

【取旃檀临凡送经取经遇弘阳法普度众生作证品】第二十四

旃檀下天盘，三番苦海缠。

取经又留经，送经一担担。

旃檀老祖作证临凡，头遭转化为荷担僧，将五千四十八卷一揽《大藏真经》尽情担上雷音寺，东土无经忏悔亡灵；二遭又转唐僧，取经一十二载，受尽苦楚，还源东土，须菩提无有倚靠；三番又转罗祖，留《五部真经》，受苦一十三年，悟彻真性，心花发朗，取得是无字真经。至到末劫也，临凡三回九转，才遇着混元门混沌教弘阳法普度众生。前文已尽，后偈重宣。

旃檀佛，我老爷，临凡转化。
我今日，请他来，作证临凡。
头一遭，荷担僧，真经担去。
有五千，四十卷，担上雷音。
四十八，一揽藏，担回西域。
东土人，使甚么，超度亡灵。
老古佛，又恐怕，尘迷东土。
二番是，下天官，又转唐僧。
转唐僧，来挂号，真经去取。
取真经，一路上，又受苦辛。
受苦楚，十二年，多亏圣者。
留真经，盖寺院，超度亡灵。
普天下，出家人，他有投奔。
这老祖，去还源，又见年尊。
东土里，须菩提，将何作证？
迷众生，无倚靠，何处修行？
又转化，罗清祖，投胎顶壳。
留五部，共六册，无字真经。
五部经，普天下，迷人劝化。
受尽苦，十三年，正果朝元。
至如今，临了凡，三回九转。
才遇着，弘阳教，普度众生。

祖留经,取得是,金刚作证。

我今日,请老祖,来证临凡。

旃檀老祖来下天宫,三番去留经,头遭临凡荷担老僧,二遭临凡转为唐僧,三回九转罗祖五部经。

【一枝花】

旃檀佛,转几遭,转三回临凡世去走了九遭。荷担①僧担经哈哈笑,雷音寺,忙跪倒,来见古佛把我饶。混元祖,常思想,又恐怕红尘迷失了。再转唐僧去挂号,取真经,同有功劳,多亏圣者把尊师保。小沙僧,猪八戒,白龙马驮着,十二年苦楚到唐朝,又回家乡走一遭。三番罗祖大乘教,五部经书天下晓。怎比俺,混元门下来修道。俺本是,混元门混沌教弘阳法,同有功劳。

混沌不计年,多少祖临凡?

几个明真性,那位还本源?

【临凡歌】

说旃檀,去投东,三番离了紫金城。红尘住,度众生,领得牌文下天宫。头遭转,荷担僧,一头担母一头经。一揽藏,好真经,担回西域阿罗城。东土僧将甚么忏亡灵?二番又来下天宫。东土去,转唐僧,收圣者,共沙僧,来挂号,去取经。猪八戒,小白龙,多亏白马去驮经。苦楚受了十一载,高乡抛宗又归空。说离相,有神通,脱凡壳,到虚空,直

---

① "荷担"原作"贺单"。

至家乡拜祖宗。三番去,转罗公,留下《五部六册》经。受尽苦,又归空,三回九转下天宫。从盘古,至如今,轮回转了许多遭。只一遭,临世转胎胞。又遇混元混沌教,等到末劫不轮转,只在家乡乐陶陶。

············

弘阳后续天华宝卷(节录)

【解题】弘阳教经卷。又名《弘阳后续燃灯天华宝卷》,简称《天华宝卷》。署名"清虚道人"著。上中下三卷,三十二品,经折装,抄本,藏于日本京都大学人文科学研究所。以道教内丹功法演述弘阳教的十步修行(参见宋军:《清弘阳教研究》,社会科学文献出版社,2002年)。

【西天取真经品】第十九

题纲云:只因一着无惺悟,方请真僧取真经。

相却说:我正在经堂中诵经,忽想起大地人自情见成诵经,想当初,唐贞观皇帝因斩白龙游狱,撞见众魂讨命,天子回阳挂榜,取得三藏真僧,给付通关御牒西行。路收行者、八戒、沙僧、白龙马,前往西天。经历千山万水,受过若干魔障,方到雷音取得一卷《心经》,来到东土超度亡灵,得升净土。我今持诵,甚是感戴。今同大众一齐称赞。偈曰:

虔诚用意诵真经,忽然想起老唐僧。
通关牒文西方去,收伏众魔一路行。
锁住心猿休胡走,拴住意马莫放松。
沙僧挑开双林树,八戒护持老唐僧。

五人攒簇归一处,东边出现体西临。
　　行过九妖十八洞,降伏魔王众妖精。
　　大妖三百六十个,小妖八万四千零。
　　有座火山实难过,醍醐①灌顶往前行。
　　来到人我山一座,内有黄风恶妖精。
　　多亏行者神通广,降的魔王不见踪。
　　加功进步三年整,到了灵山古寺中。
　　师徒就上空王殿,点起无油智慧灯。
　　灯光普覆经堂内,里外通明一片金。
　　楼头鼓响钟不住,元明殿内见世尊。
　　发下无字经一卷,成果献与法王身。
　　功完果满归家去,稳坐金莲不投东。

持诵经文,想起唐僧骑马往西行,师徒五众一路归空,千山万水降伏其心,灵山古寺取得真经度众生。

　　师徒往西行,灵山见世尊。
　　取得真经到,东土我元人。

············

---

① "醍醐"原作"提湖"。

普明如来无为了义宝卷(节录)

【解题】《中国宝卷总目》《新编中国民间宗教辞典》著录。简称《普明宝卷》,上下两卷三十六分。黄天教教主李宾所撰,成于嘉靖三十七年(1558),有万历二十七年(1599)重刻本。受无为教影响,该宝卷以演练道教内丹方术,追求长生为主要内容。《普明宝卷》和后出的《普静宝卷》,正处于《西游记》"前世本"生成与传播的区间内,值得重视。

修行人,只要你,一性刚强。
对青天,发弘愿,万法休贪。
二六时,运周天,意净心坚。
采诸精,合一粒,自得安然。
从灵山,在间浮,未得真传。
谁知道,无字经,返本还源。
古弥陀,发慈心,救济贤良。
悬圆镜,破十方,照见从前。
锁心猿,合意马,炼得自乾。
真阳火,为姹女,妙理玄玄。
朱八戒,按南方,九转神丹。

思婴儿，壬癸水，两意欢然。
沙和尚，是佛子，妙有无边。
走丹砂，降戊己，水火安然。
离四相，战天魔，万法归圆。
舍全身，供龙天，普施贤良。

....

一卷心经自古明，蕴空奥妙未流通。
唐僧非在西天取，那有凡胎见世尊。
古佛留下玄妙意，后代贤良悟真空。
修真须要采先天，意马牢拴撞三关。
九层铁岐穿莲透，一转光辉照大千。
行者东方左青龙，白马驮经度贤人。
幢练一千八十日，整按三年不差分。
龙去情来火焰生，汞虎身内白似金。
迷人不识来八戒，沙僧北方小婴童。
性命两家同一处，黄婆守在戊己宫。

普静如来钥匙佛通天宝卷(节录)

【解题】《中国宝卷总目》《新编中国民间宗教辞典》著录。又名《普静如来钥匙通天宝卷》《普静如来钥匙古佛通天六册》,简称《普静宝卷》或《钥匙佛宝卷》。黄天教经卷。明普静(郑光祖)撰。明万历十四年(1586)刊刻,六卷五十四分。后屡经删定。普静为李宾弟子,继承了乃师三世三佛思想,且有所发展,有愤世色彩,对后世民间宗教有较大影响。

当初有,唐三藏,取经发卷。
人朝化,普云僧,细说天机。
谁知道,心是佛,唐僧一位。
孙悟空,是行者,捉妖拿贼。
猪八戒,是我精,贯串一体。
沙和尚,是命根,编我游记。
有白马,我之意,思佛不断。
走雷音,朝暮去,转转回国。
将寸土,成寺院,观音倒坐。
午时辰,照南阎,众生不知。
三华聚,五气朝,唐僧是我。

转在一，俗衣中，奠邑城里。

三华聚顶，五气朝元，唐僧转人间，传大道，半句真言。

....

佛说利生了义宝卷(选录)

【解题】黄天教经卷。上下两册,三十六分。明刊梵夹本。著者不详。现藏中国佛教文物图书馆。

有如来,再不知,已为佛体。
边塞上,受尽了,苦楚官刑。
戊午年,受尽苦,丹书来召。
大开门,传妙法,说破虚空。
炼东方,甲乙木,行者引路。
炼南方,丙丁火,八戒前行。
炼北方,壬癸水,沙僧玄妙。
炼西方,庚辛金,白马驮经。
炼中方,戊己土,唐僧不动。
黄婆院,炼就了,五帝神通。
内五行,外五行,非凡非圣。
圣半斤,凡八两,无假无真。

....

销释显性宝卷(节录)

【解题】《中国宝卷总目》著录。日本早稻田大学藏明万历十三年刻本。本卷为尼归圆所撰西大乘教"五部六册"之一,至迟在隆庆五年(1571)五部经卷已全部写成。是目前所见与"前世本"大约同时的民间宗教宝卷中,称引"西游故事"最为可靠而详细的一部。完整概括"取经故事"的情节过程,并点出如"金箍铁棒""白龙马"等若干细节(参见赵毓龙《〈销释显性宝卷〉:描述"前世本"〈西游记〉形象的关键参照系》,《中南大学学报》社会科学版,2021年第3期)。

【诸佛菩萨品】第二十一

【海底沉】

修行人,用虔心,进步加功,时时用意不放松。明心见性谈妙法,转大法轮。

又

明心性,造真经,一字流通,打开宝藏无尽穷。超凡入圣无挂碍,自在纵横。

又

无挂碍,恁逍遥,乐乐陶陶。龙华三会走一遭。诸佛菩萨常说法，不动不摇。

又

修行人，似唐僧，内取真经。行者铁棒打妖精，八戒、沙僧、白龙马，径奔雷音。

唐僧去取经，五人往西行。锁住孙行者，拿住休放松。

老唐僧，同四人，径往西去。孙行者，同八戒、白马、沙僧。路途中，逢妖精，魔王打搅。师徒们，要齐心，进步加功。孙行者，有一根，金箍铁棒。把魔王，都战退，又往前行。逢恶处，逢难处，紧要用力。行一步，进一步，脚踏莲心。前后随，不离了，老祖左右。保唐僧，佛国土，去取真经。取真经，六年苦，功圆果满。白马驮，无字经，师徒五人。到东土，展放开，原无一字。唐三藏，一见了，胆战心惊。又只怕，唐天子，心中发怒。若见过，怎得了，恐怖之心。

无字真经，本在雷音，进步紧加功。时时提念，莫要放松。打开宝藏，一字流通。唐僧譬语，凡圣不离身。

凡圣更皆通，合古又通今。参悟显真如，金光照当空。

销释科意正宗宝卷(节录)

【解题】《中国宝卷总目》《新编中国民间宗教辞典》著录。简名《正宗卷》《科意正宗宝卷》,一卷二十四品。明还源教创教祖师还源所著《还源六部六册》之一。明万历十九年(1591)刊行,崇祯十三年(1640)重刻。天津图书馆藏,经折装一册。

【出玄门游三界品】第十六

古雷音,三藏法,今番从显。
多亏了,老唐僧,师徒五人。
白马驮,无字经,唐僧跟定。
往东行,受苦辛,那个知闻。
到东土,尘世界,劝化男女。
迷众生,几个认,真假邪宗。
寻佛去,撇了手,无人分道。
至如今,众留下,一揽经文。

唐僧白马,师徒五人,西天去取经。每路辛苦,只为众生传下大法,照样修行。唐僧譬语,收揽在一身。真经原在古雷音,多亏昔日老唐僧。师徒五人同一体,来往转化度众生。

【唐僧取经度众生品】第十七

【挂金锁】

三昧禅机,若有人醒悟,昼夜盘桓,要见无生父。宾主相随,不离凡身体。进上一切,就得明心地。这部公案,大众仔细思。

又

唐僧取经,径奔雷音寺。师徒五人,多亏龙天助。唐朝有福,才出明贤士。几人参透,正宗玄妙理。这部公案,知的不知的……

明宗孝义达本宝卷(节录)

【解题】《中国宝卷总目》《新编中国民间宗教辞典》著录。无为教经卷。简名《达本宝卷》《明宗经》《明宗卷》等。明释大宁撰。上下两卷,十八品。该宝卷上承早期《五部六册》内容,又有所拓展。释大宁为罗清嫡传弟子,所以,作为同一教派不同时期的宝卷,西游故事、人物的再度出现也是顺理成章。

【唯心净土品】第十八

【四大妙偈】

风大

动转是风风是性,终日变化现全身。穿心透骨无隔碍,法轮常转度众生。风刮了,东八天,身寒毛竖。刮得我,心恐怖,靠定真空。

转真经,众菩萨,各安方位。孙行者,显神通,收了风精。

风有情来也无情,刮得遍地乱崩崩。有朝一日神通起,我化神通不见踪。

火大

暖气是火火是性,里外穿个妙法身。乾坤内外一块火,法轮常转度众生。火烧了，南入天，赤身发热。烧得我，心恐怖，靠定真空。

转真经，众菩萨，各安方位。火龙驹，显神通，收了火精。

火有情来也无情，烧得浑身冷汗淋。有朝一日神通起，我化神通不见踪。

水大

瘦吐是水水是性，人身血脉无极津。水性相连天和地，法轮常转度众生。水涂了，西入天，金身汗出。涂得我，心恐怖，靠定真空。

转真经，众菩萨，各安方位。沙和尚，显神通，收了水精。

水有情来也无情，浒了乾坤草不生。有朝一日神通起，我化神通不见踪。

地大

筋骨是土土是性，土生万物养众生。土生万物常不灭，法轮常转度众生。土殖了，北八天，物骨疼痛。磕得我，心恐怖，靠定真空。

转真经，众菩萨，各安方位。猪八戒，显神通，收了土精。

土有情来也无情，滑心透骨鼠侵膝。有朝一日神通起，我化神通不见踪。地水火风还源。

风有动性同法界，风性就是主人公。

火有暖性同法界，火性就是主人公。

水有通性同法界，水性就是主人公。

土有坚性同法界,土性就是主人公。
地水火风拿住乾坤世界。
东胜神洲孙行者,南赡部洲火龙驹。
西牛贺洲沙和尚,北俱芦洲八戒神。
本来面目唐三藏,三藏元是本来人。
有人参透这个意,不劳掸指便圆成。

…………

多罗妙法经（节录）

【解题】濮文起《新编中国民间宗教辞典》著录。明末民间教派金堂教（又名金幢教、金童教、关门教等）教派经卷。明万历十年（1582），北直永平府王佐塘创立金堂教，泰昌元年（1620）王病逝后，由其弟子掌教。该教派起先流行于京畿，入清后渐流布于福建等南方地区，至今在闽台尚有影响。王佐塘撰写了《多罗妙法经》阐扬教义，演述民间宗教三教合一、内丹修炼等内容。原为九卷，现存五卷。周燮藩、濮文起主编《中国宗教历史文献集成·民间宝卷》收录。

【说明禅定品】第七

若不知，只地步，枉劳修因。
跨铁马，坐牛车，直指丹田。
孙悟空，入海藏，龙宫取宝。
取一柄，登天棒，能大能小。
引唐僧，去取经，来镇东土。
你如今，下丹田，取回真经。
经是命，命是经，海底丹田。
…………

再指汝，收猿意，后好入定。
此个猿，元来是，花果山出。
一片石，结一卵，生成一猿。
他元在，居住所，东胜神州。
过了海，穿了山，西牛贺州。
又行到，山林中，参须菩提。
学妙道，能神道，变树移山。
被祖师，赶出来，恐惹非事。
又走回，石洞里，变化难量。
从桥下，到海底，寻一宝杖。
能大小，法无边，他就带出。
闹天宫，浪浮世，不遵规矩。
世尊佛，五指山，把他压住。
山面写，有真言，难闹难浪。
观音佛，来度世，见他普化。
等后来，有唐僧，去取真经。
汝可护，补过失，后好皈宫。
谁想他，又不服，能跳能走。
一跳去，三千里，难得他住。
观音佛，赐金箍，任有真咒。
箍他头，后难走，随往西极。
众如今，要参道，亦要金箍。
眼在东，已变卯，就是心猿。
金箍是，中央处，金华桥上。
真咒是，一百法，□□□桥。

猿就定，路就明，辨出真假。
意就是，火龙驹，能使好歹。
心若好，扶真经，一家安宁。
心若偏，串什念，流落万刑。
能使佛，能使法，能使强良。
看经典，演妙法，都要意定。
意不定，猿就走，闹闹纷纷。

....

佛说销释保安宝卷(节录)

【解题】《中国宝卷总目》著录。明空撰,无为教经卷。上下卷,二十四品。濮文起主编《民间宝卷》收录有明刊本。开篇即推崇无为教教主罗清,宣扬无为教教义。

【开真坐车悟真空品】第二十四

【开藏歌】

珠走盘,开玄门,宝藏库中请真经。牵白马,是唐僧,行者后边紧随跟。沙和尚,进西天,八戒师徒五众僧。到西天,雷音寺,雷音寺见真佛。领法旨,度众生,阎浮世界找灵根。这真经,度万民,度万民早回程,急上法船莫教松。

…………

太阳开天立极亿化诸佛归一宝卷（节录）

【解题】《中国宝卷总目》著录。简称《太阳宝卷》，四册，三十六品。清初经折装本。黄天教经卷，阐述黄天教教义。卷末以拆字法透露作者姓氏和写作时间。即郭姓、裴姓二徒受持于李宾，王姓、田姓教徒转录、代笔，写于清顺治十三年(1656)至康熙六年(1667)，用时十一年(参见濮文起主编《新编中国民间宗教辞典》相关条目)。

偈曰：
　　旃檀古佛去取经，连人带马五众僧。
　　东方甲木孙行者，白马西方庚辛金。
　　离火就是朱八戒，沙僧北方小婴童。
　　四人就是四句偈，收来就是一卷经。
　　先将金木为转制，后取水火坎离精。
　　一卷真经都念会，昆仑现出主人公。
　唐王一见龙心喜，多劳替朕取真经。功程十万八千里，封你旃檀佛世尊。旃檀古佛，只是唐僧，西天去取经。砂中木汞，水内金精，黄娘神火炼就，真经不离方寸，抬头见世尊。

太阳开天立极亿化诸佛归一宝卷(节录)

【取经歌】

老唐僧,去取经,灵山十万八千程。七十二座火焰山,三关九窍住妖精。诸佛参透取经难,降魔宝贝显功能。迦叶拈花真盗夺,老子骑牛杖头明。二郎担山收阳诀,太翁直钓水中金。真武剑诀龟蛇伏,达摩九采雪山经。韦陀捧定降魔杵,目连锡杖鬼神钦。洞宾常带雌雄剑,行者金箍棒一根。丹炉灶,能消能长通天窍,饥吃灵丹长寿药,闲时操演用时妙。十二时中棒欲举,灵龟海底常跳跃。虎好走,龙好飞,返还功,莫较迟。揽龙头,击虎尾,左边提,右边息。浑身使尽千斤力,肘后飞龙蟠金顶,回光返照真消息。穿尾间,过夹脊,上玉枕,泥丸降下波罗蜜。花池神水点丹田,倒下重楼降祇园。六年功满见唐君,封你个旃檀佛世尊。

【玉娇枝】

唐僧传令,师徒们,去取真经,灵山十万八千程,暗藏九妖十八洞,众诸使,各显神通。唐僧害怕,只妖魔,委实的难拿,两道蛾眉似月芽,樱桃小口难描画。叠双刀,口吐硃砂。妖精传令,洞门前,要夺真经,行者金箍棒一根,变条金龙来显圣,把妖精,吞在肚中。旃檀佛降下朱八成,九转丹砂,白马沙僧采黄芽,行者道把青龙跨,老唐僧,带上金花。

....

众喜粗言宝卷（节录）

【解题】《中国宝卷总目》著录。又名《众喜宝卷》。清陈众喜著，长生教经卷。存清道光三十年（1850）初刻本，五卷。另有光绪刊本、民国刊本等八种重刻本。该宝卷记述了陈众喜一生的生活经历及思想信仰，并对长生教的宗旨、流传和渊源等加以介绍。正文每叶分为上下两栏。上栏小字，是宝卷的附录资料，类似民用小百科，包含儒、释、道三教经、歌、咒、斋戒仪式等诸多内容。下栏大字，是宝卷的主体部分。卷二、卷四上栏载录有《取经因由》及若干则取经故事，概述了《西游记》的主要内容。宝卷对唐僧师徒的西行历程进行了概括性重述，其结构内容虽已向百回本《西游记》趋同，但具体的情节与文字又存在一定差异，应是抄撮自多种明代及以前的文献资料（参见左怡兵《转录、抄撮与重述：〈众喜宝卷〉所载〈取经因由〉的文本生成》，《淮阴师范学院学报》，哲学社会科学版，2021年第3期）。此宝卷的存在，向我们展示了百回"定本"《西游记》出现以后，民间的"西游故事"依然故我，按其特定流传渠道衍生、传播。

卷二　报　　应

……天竺国凤仙郡侯，于十二月廿五，素斋祭天，被妻诌诳，泼翻斋供，冲怒天神：此地有三年不雨。后唐僧求经过处，祈孙圣上天，求旨讨雨。帝曰："下民若肯向善斋戒，能消前灾，可下甘霖。"孙圣回告郡侯，侯即出榜，苦劝各处斋戒向善，顷刻洪雨大通。

卷四 取经因由

……唐李太宗七年，即贞观，有泾河①老龙，来算鬼谷仙阴阳，谷曰："你是老龙，明日要你行雨，城内三分，城外七分。"龙要阴阳不准，将雨反行，次日来请问不灵。谷曰："你逆行天条，准午时犯魏徵相监斩，只有太宗皇帝可保。"龙即叩皇。皇令相围棋，相伏于桌，梦去斩龙，汗流淋漓，皇恐热醒，使风三扇。相斩之，龙大怒："太宗受我珍宝，不保吾命犹可，反助御风三扇。"龙提首级，赴阎王跟前诉告讨命。王差童子迎请唐皇讲和，游遍地狱还阳。帝亲往偃师县净住寺，请陈玄奘师，小名江流和尚，随年出家，是洛州陈光蕊②子，母殷山小姐，往西天求经，超度冤龙于十三年。九月十二，奉旨动身，出陕西去五千里，到五行山，今改名两界山，收教孙行者，为悟空。是傲来国花果山水帘洞人，用金箍戴伏箍，是观音佛赐，同往西番。过哈呬国，到蛇盘山，鹰愁涧，收了龙神马。到乌③斯藏国高老庄，行者与八戒战到福陵山云栈洞，收了猪八戒，为悟能，同挑担。到浮屠山，授了

---

① "泾河"原作"鲸河"。
② "蕊"原作"芯"。
③ "乌"字原无。

乌巢禅师心经。又到八百里流沙河，此水入陕西清涧县并黄河，有鬼无数，求救，咒念《观音经》超度。忽有一僧曰："何不念《心经》？"奘遂念，鬼谢退。又收了沙和尚为悟净。同至宝象国，过乌鸡国到车迟国，共五万四千里。又到元会县，过八百里通天河，此河鹅毛难浮，芦花亦沉。又到子母河，若吃此河水，男女俱要成孕。行过西梁女国，此国有女无男，吃城中双井水为孕。若见男人，众割肉为香袋。又过祭赛国，到朱紫国，过狮驼国，到比邱国，过钦法国。到舍卫国，过给孤园、布金寺，到天竺国，此二国最多僧尼善士。一、给孤园，二、灵鹫山，三、猕猴江，四、庵罗树，五、竹林园，都在此国祇园内。又过玉真观，上山到凌云渡，或过独木桥，或过无底船脱凡，可到灵鹫山顶雷音寺中，共路十万八千里。昔唐僧，本是释迦佛二徒，因不听经法贬落，得十世真修可来取经，受八十一次大难，经十四年风寒，方到此地，脱凡取经。复往东行，到通天河，失老鼋一信，重遭水难。捞经晒于石上，有《本行经》黏石，扯碎尾页不全，今显迹于石上。至五日，到中华谢帝，是贞观廿六年正月。经藏于宏福寺。又到阌乡县托万回行化，回是张氏子，幼小愚拙，至九岁能言。父令其耕田，直去不回，遇河方止。父责，回曰："彼此如一，后作国师，以修成佛。"又唐僧三日，复到灵鹫山，为旃檀功德佛，孙行者为斗战胜佛，猪八戒为净坛使者，享释门斋供，沙和尚为金身罗汉，龙神马为八部天龙神。今孙、猪、沙、马坟在闽处，又比修行一身之道：奘为心，孙曰性，猪曰精，沙曰命，马曰意，是将圣比凡之譬。务要学此修法，受过八十一难，取一卷无字心经。偈曰：

晋宋齐梁唐代间，高僧求法出长安。
去人成百归无十，后辈因知前辈艰。
雪岭崎岖侵骨冷，流沙波浪彻心寒。
故劝贤良勤参悟，莫要将经容易看。

先有后汉优婆塞，是支谦月氏国人，能博览经籍异书，通六国语，游至吴地，孙权闻其才能，召拜为博士，将梵语翻为汉文，传经四十九卷。又有康居国僧名会，世居天竺国，因父卖买移在交趾国，游到汉地，博通六经三藏，有舍利珠显圣，不伤刀火，故权令工造建初寺，又于盘门造放光寺，供舍利宝珠，亦翻梵语为经。

释教藏经，首《楞严经》一百十卷，取三十卷。是乌苌国即北天竺国僧译。《菩萨经》一千零廿一，取三百八十。

卷四 杂　说

……若说本事，那牛魔王之子，居车迟国号山火云洞，名红孩儿，年七岁。天上天下，无人可好对敌。后被观音佛化一莲台，儿见台甚喜，坐于台上。大士将净水一洒，台化为利刀，儿把遍身钩穿。又与五个金箍，套他手足颈上。只可皈投大士，改名善才。又言孙行者，大闹天宫，无数天兵天将不能抵当。手举铁棒，有一万三千斤。一筋斗，有十万八千里。如此本事，翻不出如来佛手掌之外，反镇于五行山下，受饥饿五百年。后等唐僧救出为徒，皈佛成真。

达摩宝传(节录)

【解题】李世瑜《宝卷综录》、车锡伦《中国宝卷总目》著录。版本众多。又名《达摩宝卷》《达摩祖卷》《达摩祖师宝卷》等。演述达摩东来,见梁武帝传法,不偕。神光求法,师徒问答。其中多处以"西游"故事情节、人物阐明法理,"姹女婴儿""心猿意马"等屡见不鲜。作为黄天道经卷,教派色彩明显。

老祖曰:"经者径也。引人入道修行之路径,望人惺悟。参师访道,得道之后,以经为考金之石。明其道之真伪,理之是非,以分旁正。并非教人念诵,以了生死,讲说以躲阎君。真经不在书纸文字,只在口传心授耳。汝今既受真传,可知六神朝宗否?"神光曰:"自得一点即应。"老祖曰:"神仙道已得,金仙次第升。吾有《真经歌》,仔细听分明。"
　　《真经歌》《真经歌》,不知真经尽着魔。
　　人人纸上寻文义,喃喃不住诵者多。
　　持经咒,念法科,安排纸上望超脱。
　　若是这般超生死,遍地释子成佛罗。
　　得真经,出洪波,不得真经没奈何。
　　要知真经端的处,先天超化别无他。
　　顺去死,逆来活,往往教君寻不着。

真经原来无一字,能度众生登极乐。
要真经,知道魔,除非同类而相和。
生天生地生人物,难舍阴阳造化窝。
说真经,笑盈盈,西川涧底产黄金。
五千四百归黄道,正合一部大藏文。
日满足,气候升,地应朝兮天应星。
初祖达摩亲口授,大乘《妙法莲花经》。
初三日,正出庚,曲江之上月华荣。
花蕊初开含珠露,虎穴龙潭探浊清。
水生二,月真正,若待其三不可进。
壬水初来癸水来,须当急采定浮沉。
金鼎炼,玉炉烹,温温文火暖烘烘。
真经一射玄关透,恰似准箭中红心。
遍体热,似笼蒸,回光返照入中庭。
一得真经如酒醉,呼吸百脉尽归根。
精入气,气入神,混沌七日又还魂。
这般造化真消息,料得世上少人明。
活中死,死复生,自古神仙赖真经。
此般造化能知得,度尽阎浮世上人。
大道端居太极先,本于父母未生前。
度人须用真经度,若问真经癸是铅。

神光听完,心中颖悟,即便顶礼谢恩。"蒙师指出周天造化,弟子明心。但有消长之机,间断之处,未识何故?"师云:

心即佛兮佛即心,无人无我无众生。
三心四相扫干净,十恶八邪要除清。

恩爱情欲毫不染，贪嗔痴爱并不生。
子午卯酉勤打坐，二六时中莫放行。
要把阎罗来躲过，常伴弥陀古观音。
打开自己无缝锁，天鼓一响主人惊。
恍惚之间超三界，霹雳一声出苦沦。
若是六门不关紧，六贼门外乱纷纷。
堂前主人昏迷了，谨防六贼要进门。
偷盗一切真宝贝，合家老幼难安心。
主人一时慌张了，一身四体不安宁。
这就是个消长理，修行弟子要明心。

神光问曰："六贼反主，是何消息？"祖曰：

六贼本是心为主，主持大小众魔军。
好比悟空孙行者，大闹天宫显奇能。
天兵天将难伏制，不能逃佛手掌心。
要归唐僧成正果，全凭观音咒儿灵。
这是收心巧妙计，知者易悟要留心。
贼中意马忠良臣，驮起唐僧往西行。
不是唐僧收归正，龙马飞腾骇杀人。
走驰天涯无禁止，即是魔王一总兵。
眼耳鼻舌魔家将，打听消息弃四门。
贪嗔痴爱入里助，酒色财气扎外营。
里应外合夺王位，刀枪箭戟乱纷纷。
倘若是个真明主，拜请真人坐龙庭。
观音老母施法术，三教圣人护国心。
请得老母无相印，照出四妖出相城。

再请玉皇真敕令,降伏六贼护主人。
千妖万怪齐听令,知止定静天下平。
八大金刚关隘锁,四大天王守四门。
一切真人常拥护,主人巍巍坐莲心。
只待天鼓一声响,主人腾空往外行。

神光又问曰:"何为起落动静,生死根源?"祖曰:
起处翻江搅海,落处粉碎虚空。
动处无钥开锁,静处辟破鸿蒙。
照见无相城廓,现出不老主翁。
安眠无生地上,自在偃月炉中。
降世不识年月,来历不知始终。
乳名金刚不坏,出入不见形踪。
尔是弥陀在此,何须门外去逢?

光曰:"怎教归家见母?"老祖曰:
参到通天达地,得见木母金公。
扶起婴儿姹女,回骑一只黄龙。
越海翻山过岭,来到极乐宫中。
参拜无极老母,团圆普庆天宫。

光曰:"参到自然之处,自己知也不知?"祖曰:
恍恍惚惚,其中有物。
杳杳冥冥,其中有精。
觉知阴阳并,要做无知人。
知觉动中静,执知魔必侵。
知者即易悟,昧者便难行。

光曰:"如何是鸡卵乾坤?不知先有鸡,先有卵?"祖曰:

混沌之时，无卵无鸡。

清浊二气，混沌一团。

乃是无极之体。待子时一阳性动，清气有感，如卵中之清。丑时二阳命动，浊气灵通，如卵中之黄。阴阳交感，二气通灵，无极生太极也。一朝辟破鸿蒙，分出混沌，太极生两仪也。此时如卵生鸡，先有卵而后有鸡。若明此理便识天机。

光曰："念佛是谁？"祖曰："是本性。"光曰："除了本性又是谁？"祖曰："是灵光发现。"光曰："现在哪里安身？"祖曰："现在当人。"光曰："二六时中，在哪里立命？"祖曰："在双林树。"光曰："我今砍倒双林树，不知在哪里安身？"祖曰："在太虚空。"光曰："撞倒太虚空，再向哪里安身立命？"祖曰："粉碎虚空，跳出乾坤三界。"光曰："哪三界？"祖曰："东土婆娑世界，西方极乐世界，先天无极世界。惟有先天无极界，才是男女老家乡。"

东土众生多迷昧，尽住婆娑世界藏。

想回西方极乐界，不明自性难回乡。

光曰："西方在于何处？"祖曰：

明明白白极乐宫，径有十万八千里。

指破西方在目前，可笑迷人路不通。

光曰："二六时中皈依何处？讽诵何经？"祖曰：

皈依无缝塔，默念无字经。

开口神气散，静思除自暗。

光曰："哪里是无缝塔？"祖曰：

自己真宝在当人，何须用巧向外寻？

内中有个舍利子，不分昼夜放光明。

无毛狮子彻天飞,蛤蟆树上披毛衣。

死的托着活的走,蚊虫衔起秤砣回。

光曰:"何是三心三会?"祖曰:"眼是过去心,燃灯佛,莲池会;耳是现在心,释迦佛,灵山会;鼻是未来心,弥勒佛,安养会。"光曰:"如何是三千大千世界?"祖曰:"过去佛,管天下红粉世界。现在佛,管天下婆娑世界。未来佛,管天下清淡世界。"偈曰:

铜铁之儿几春秋,无穷无尽何时休?

一声吼海惊天地,震破乾坤四部州。

光曰:"何为四字经,六字经?"祖曰:"昔有文殊菩萨,问世尊云:有修行弟子,妙用精诚。或四字是真,六字是真?世尊曰:四字六字,不过是引诱之门。初会四字,引诱公卿;二会六字,引诱贤人;三会十字,普度众生。无极、太极、皇极三名,经阐五千四十八。佛开八万四千门,因及三灾阐教化。引度不离有字经,经中说透生死路。拜求一字不二门,无字真经超圣贤。"后有偈语听分明。偈曰:

真经不与纸经同,纸上寻经枉用功。

有人参透其中意,安在巍巍不动中。

又云:

人人有卷无字经,不用纸笔墨写成。

展开原来无一字,昼夜四时放光明。

又云:

幻身虽小配周天,说与知音仔细参。

三藏归来十二部,尽在人身内外安。

头顶着《金刚经》谁人知信,脚踏着《般若经》哪个知闻?

眼观着《观音经》不离方寸,耳听着《雷音经》歌韵如琴。

鼻闻着《弥陀经》出玄入牝,舌舔着《法华经》呼吸育清。

心默着《多心经》是为纲领,意守着《清净经》前降后升。

左肝家《青龙经》木母守定,右肺腑《白虎经》金公看承。

《北极经》能镇水存之于肾,脾中宫《黄庭经》中央戊己。

唐三藏过西天辛苦不尽,九九灾八一难死中得生。
悟空心沙僧命唐僧是性,白马意八戒精配合五行。
五千四成一藏十四年正,行十万八千里始到雷音。
先发下无字经有字后更,十二部真妙品尽在人身。
尘世人迷昧深全然未醒,再不穷真经道了死超生。
有僧道执诸经敲打唱韵,痴心想度鬼魂全无虔诚。
吃五荤与三厌荤口读咏,假求拜烧文书渺视佛门。
佛先与主亡魂加罪三等,又要与假僧道记过十分。
到头来一个个三途受困,因武帝兴佛教大道不明。
只求其与空门谋食路径,哪晓得乱了法误了后生。
嘱弟子既惺悟真假路径,无字经超自己并度宗亲。
掌教佛流传与廿八佛性,到东土找原人接续道根。
时指望皇胎儿去旁从正,求明师传真诀了死超生。

老祖示毕而去,神光拜谢洪恩。礼毕而吟曰:

先天无为大道,成佛妙用机关。超生了死非等闲,得旨岂能轻贱?

我为生死性命,卸下左膀得传。熊耳山间苦琢研,始得了明灵源。

感师层层指破,放出天大海宽。收来芥子一毫端,真是一以贯万。

切嘱后辈佛侣,黄金万两莫传。苦海众生有诚虔,除妄皈真指岸。

一见六道轮回,不忍脱骨如山。欲将天机尽漏穿,又恐难逃天鉴。

只得半明半暗,泄与后世人参。求师指点这玄关,永证极乐宫院。

佛法分明说不尽,一卷《心经》字字真。

有字原从无字出,唤醒南柯梦里人。

大海波中一盏灯,无人剔起不分明。

若遇明师亲指点,里头照见外头人。

大海波中立起桅,我佛彼岸等几回。

三还九转来度你,有缘得遇证太微。

达人知命要思乡,摩着正根即去旁。

神仙人人均有分,光明大路透西方。

先天元始土地宝卷(节录)

【解题】《中国宝卷总目》著录。又名《土地宝卷》。清初刊经折装本,二卷,十四品。藏于天津图书馆。此部宝卷最有趣的情节是,土地作为诸神中地位卑微的小神,因受天将无端羞辱,一怒之下,大闹天宫,最后还是被佛祖出面制服。此土地身上很有些孙大圣的影子。宝卷中还出现了通天大圣、齐天大圣的形象,这二者原本经常出现在宋元杂剧之中。他们的出现,使我们不得不进一步思考此宝卷的题材来源是否更早。

【供养诸佛品】第三

夫却说土地化无量天人,现无量花果,化无量宝幡,化无量宝树,化大宝池,开大宝花。无量四众,围绕诸佛,土地显化,得大神通。土地自思曰:"我虽行行供养诸佛,不曾闻法。我今现身,化一老公,随众闻法。"我佛问曰:"诸众云集,从何方来?"天人四众,一齐答曰:"俺从无极化生,花果珍馐,上好美馔,尽从土地生来,供养与佛。"佛闻大喜。佛言:"我闻土地,旷劫功深,行德难量,吾不曾会。"我佛言罢,土地现前,绕佛三匝,礼佛四拜。佛问:"老人何名?"答曰:"吾乃土地也,因佛说法,常令四众,供养于佛。"佛曰:"闻你是无极化身，根行非小。今来护持于我，从今以后，先安汝坐，然后说法。"

天上人间设供养，诚心随处有诸佛。
土地原是无极身，行德无量现真心。
恒沙诸佛皆供养，心地平等古至今。
土地功行不可量，诸佛菩萨皆赞扬。
世间万物曾改变，惟有土地心亘长。
无量劫中功德多，世世生生供养佛。
佛借土地为住所，如来称赞老檀那。
如来说法利人天，丛林先将土地安。
处处说法有土地，东土西天总一般。

供养诸佛，功德难量，真心意更长。四时现心，恭敬法王。我佛心喜，慧目端详。先安土地，然后讽金刚。

土地意更长，时时供法王。
信心勤礼拜，焚上桂枝香。

土地虔敬，形体尊重。无量劫供养诸佛，常现心四时有应。有大功能，有大功能，显灵降圣。土地法体，化一老公，合掌当胸佛前站，随众闻法来听经。

土地立站，我佛观见，老土地望佛朝参，佛如来频频称赞，功德无边，功德无边。无极化现。催赶四众，都进心田，古今功德无比赛，说法先将土地安。

【诸佛游乐品】第四

夫却说佛往兜率天说法，土地不知佛在那一天宫说法，土地随后寻佛。前到星宿天,只见群星朗朗,照耀天宫,此是弥勒佛说法之所。又见日光天,金乌喷焰,起大火光,行动如飞,绕大须弥,东来西往,亘无暂息。又见月光天,玉兔生光,放大白毫,行如穿梭,亦绕须弥,无有暂停。往前又到四天王宫,天男天女,各有身光,光光相连,不分昼夜。前又到忉悧天,一片金色,有大宝树,常开天花,无量天人,常现音乐。上望灵霄宝殿,起大祥光。一切天人,身居云影,天光彩霞罩体,逍遥快乐。土地曰:"我只知世间万物,从我土地生长,不知天宫有这些好处。"

如来说法居兜率,土地不知后找寻。
佛如来,大慈悲,随方演教。
兜率天,请我佛,化众说法。
为众生,常说法,不违本愿。
或天人,或人间,竭力提拔。
佛去时,有土地,不得知道。
因此上,各天宫,随处拟揸。
前到了,星宿天,未来佛所。
弥勒佛,说法处,三会龙华。
日光天,见金乌,喷光吐焰。
行如风,绕须弥,昼夜一匝。
月光天,白玉兔,来来往往。
游四洲,遍法界,不定时霎。
四王天,尽都是,身光各照。
有天男,合天女,貌相堪夸。
忉悧天,玉皇坐,灵霄宝殿。

广寒宫,聚蟠桃,都是仙家。

诸天游乐,自在逍遥。睁眼仔细瞧,天宫圣境,难画难描。日月星宿,四王清高。忉悧天上,云霞罩灵霄。

天宫境难量,昼夜放毫光。

圣境夸不尽,听唱【山坡羊】。

如来佛广行方便,随处里满人心愿。兜率天将佛启请,土地来迟,不能看见。若寻佛,不知根源;各天宫,找寻一番。星宿天,又只见星光灿灿;日光天中,金乌喷焰;月光天,玉兔白毫;四大部洲,须弥腰转。详观暑往寒来,夏长冬短;详参春秋两分,不差一点。

有土地,寻佛不见。各天宫,从头观看。夸不尽,天宫好景。四王天人,身生光焰,天男女,貌相端严,绶带衣珠翠花鲜。往前走,忉悧天不远,景致最多,无边无岸。只听的,天乐迎空,仙人歌唱,齐声呐喊。喜欢云影彩霞,一片光灿,喜欢到此田地,步步高转。

【元始赐宝品】第五

夫却说土地寻佛不见,往前所行,见一老公。土地问曰:"老公见佛否?"答曰:"无见。"土地问曰:"这是何处?"公曰:"此是玉帝所居灵霄宝殿。"土地曰:"佛在天宫说法,我来寻佛,不知佛在何处?"公曰:"你往三清宫内问去。"土地曰:"三清宫在何处?"公用手一指。土地谢曰:"老公贵姓?"公曰:"金星是也。"土地辞别,径到三清宫内,参见元始天尊。天尊一见,认得土地:"你是无极化身,如何到此?"土地答曰:"我来天宫寻佛,误遇天尊。"天尊曰:"天宫最多,那里寻问?"土地悲泣:"身老年残,千辛万苦,寻佛不见。"元始曰:"我和你贴骨尊亲,源理一脉。我将如意与你,作一拄杖,以为后念。你今回去,不可寻佛,灵山等佛去罢。"土地告辞,还归旧路而去也。

　　土地寻佛不得见,误遇元始赐宝回。
　　我佛上居兜率天,广演大法慈悲宽。
　　玄言句句如甘露,信授尘劳尽除蠲。
　　土地寻佛到天宫,正遇太白李金星。
　　问佛天宫说法处,金星一指问三清。
　　径到三清问天尊,元始一见知原因。
　　无极化身今到此,先天元气贴骨亲。
　　寻佛不见恸悲啼,身老年残步难移。
　　天尊赐与如意宝,手持拄杖旧路回。

元始赐宝,拄杖龙头,本是如意钩。随着土地,到处云游。戳了一戳,鬼怕神愁。敲了一下,音声遍四洲。

　　拄杖非等闲,拿起走三千。

　　要问端得意,唱叠【落金钱】。

好一个如意钩,是元始起根由。这个宝物谁参透?与土地,做龙头。做龙头,鬼怕神也愁。我的佛拐杖一举谁禁受!

老土地心喜欢,我今朝大有缘。我得元始宝一件。如意钩,妙多般。妙多般,下挂地,上挂天。我的佛邪魔见了心寒战!

【南天门开品】第六

夫却说土地得了如意,还归旧路。前到南天门紧闭。土地自思:"三清宫随喜了,不曾进南天门随喜。"灵霄殿遥望,门首许多天兵神将,土地向前与众使礼。土地曰:"乞众公方便,将门开放,我今随喜。"众神闻言,唬一大惊。众神大咤一声:"你这老头,斯不知贵贱,不晓高低。你在这里,还敢撒野。"土地曰:"我从无到此,随喜何碍!"青龙神将走将过来,掐着土地,连推带搡。众骂老不省事,一齐拥推。土地怒恼,使动龙头拐,望众打去。众将一躲,打在南天门上,将天门打开。天门开放,毫光普遍,六方振动。诸神着忙,齐奏上帝。

未从随喜灵霄殿,土地打开南天门。

老土地,才得了,龙头拐杖。

心中喜,比寻宝,大不相同。

正走着,猛然间,抬头观看。

远望见,南天门,瑞气腾腾。

三清宫,我随喜,看了一遍。

天宫境,世间人,难遇难逢。

灵霄殿,好景致,不曾随喜。

我看见,天门首,许多神兵。

老土地,走向前,与众使礼。

一件事,乞烦你,列位诸公。

你开放,南天门,随喜游玩。

众神将,听的说,唬一失惊。
叫一声,老头子,你推无礼。
推的推,搡的搡,骂不绝声。
怒恼了,老土地,抡拐一打。
打开了,南天门,振动天宫。

南天门开,神兵着忙,同启奏玉皇:"一个老头,生的颠狂。手拿拐杖,力大无量。天门打开,上圣仔细详。"

土地好妙法,龙头拐一拉。
打开南天门,听唱【耍娃娃】。

老土地睁眼瞧,南天门影绰绰。霞光瑞气祥光罩,乘鸾跨凤空中舞。天仙玉女跨鸾鹤,神兵天将门前闹。老土地上前使礼,开天门随喜一遭。

老土地说一声,众天兵唬一惊。老头不知名和姓,发白面皱年高大。老来说话不中听,连推带搡往外送。抡拐打天门开了,毫光放振动虚空。

【神兵大战品】第七

夫却说众神同奏玉帝:"有一白头老公,不知何名,力大无穷。手拿龙头拐杖,要开南天门,随喜灵霄殿。众神不从,推拉不动。使拐打来,众皆躲避。一拐打在南天门上,将天门打开。谨奏上。"圣帝曰:"差众神兵,左右天蓬,率领天兵大将、二十八宿、九曜星官,同去围住,拿将他来。"众神排阵,一拥齐来,围住土地。各使兵刃,踊跃前来。土地观见,不慌不忙,一柄拐去,指东打西,遮前挡后。天兵虽多,不能进前,难得取胜。土地这拐使开,无有抵挡,万将难敌。只打的个个着伤,头破血流,天兵后退。

　　土地不知多大力,天兵虽多实难敌。
　　土地广有大神通,打开天门力无穷。
　　众神一齐奏玉帝,倒把玉帝唬一惊。
　　传令忙把天兵点,为首左右二天蓬。
　　二十八宿跟随定,九曜星官不消停。
　　天兵天将排阵势,土地围住正居中。
　　枪刀剑戟齐着力,望着土地下无情。
　　土地使动龙头拐,横来直去不透风。
　　天兵着伤难取胜,打的重了丧残生。

神兵大战,各逞高强,英雄气昂昂。围住土地,不慌不忙,使开拐杖,万将难当。大战一场,天兵都着伤。

　　土地呵呵笑,我把天宫闹。
　　神兵不能敌,听唱【雁儿落】。

土地广有大神通,龙头拐杖有妙用。使动了这宝物,神变无穷。行在凡来又在圣,参不透这宝物,神鬼难明。呀举起乾坤都晃动,有万将也难敌,鬼怕神惊。闻听天兵虽多难取胜,唬坏了大将军,左右天蓬。

天兵睁眼瞧一瞧,这个老头也不弱。一个人一根拐,独逞英豪。因何来把天宫闹?俺若还拿着你,定不轻饶。呀无理难得讨公道,这场祸本无门,自惹自招。观瞧四下神兵都来到。你总然有手段,插翅难逃!

【地金水泛品】第八

夫却说天兵难敌,众将问曰:"老头何名?"土地曰:"我是土地也。我来天宫寻佛,不知佛在那一天宫?"土地言罢,九曜星官上奏玉帝。玉帝闻知,忙传敕令五方五帝,五斗神君,三十六天罡,七十二地煞,率领八万四千天兵天将,去把土地拿将他来。众位天兵,围住土地。土地观看:"天兵无数,将我围住。我今使个方法,戏他一戏。"土地曰:"众兵多广,一人难敌,我今去也。"往地里钻去。众天兵说:"走了他了!"九曜曰:"他是土地,这地就是他的原形。"众人刨地,掘自数尺,尽都是金。天兵欢喜。言还未毕,金化成水,涨涌漂泛。天兵着忙,各显神通,水上游行。土地将水一抽,天兵跌倒水里。爬将起来,又是笑,又是恼。这个老头,神通不小。俄然水干,天兵都在泥内。土地出现:"你可认的我么?"

　　土地生金金生水,世人不解这神通。
　　老土地,闹天宫,神通广大。
　　天兵多,层叠叠,围绕周遭。
　　按五方,五帝神,威风抖擞。
　　上天罡,下地煞,独逞英豪。
　　领八万,零四千,天兵天将。
　　一个个,齐呐喊,闹闹吵吵。
　　土地说,使个法,钻到地内。
　　天兵说,齐下手,都把他刨。

刨数尺,土成金,个个欢喜。
忽然间,金化水,涨涌泛漂。
众天兵,使神通,水上行走。
老土地,水一抽,神兵跌脚。
爬起来,又是笑,心中怒恼。
这老头,有手段,蹊蹊跷跷。
猛然间,水尽无,都在泥内。
有土地,现出身,你可瞧瞧。

地金水泛,广有神通,土地战天兵。土能化金,金将水生。天兵天将,水上游行。将水一抽,都倒在泥中。

天兵使神威,都将土地追。

水上平跌脚,听唱【驻云飞】。

天将天兵,个个猛烈抖威风。土地有妙用,天兵难取胜。佛广有大神通,变化无穷,通凡又通圣,独自一个闹天宫。

独逞英豪,将身入地你是瞧。天兵呵呵笑,老头到也妙。佛一齐把地刨。金能生水,涨涌水胜茂,天兵水上平跌脚。

【树林火起品】第九

夫却说土地现出身来,众兵围住。天兵曰:"老头子,从你怎么变化,也走不了你。"土地曰:"我一个小小的法,我着你当架不起。"天兵曰:"有甚么法,使来俺看!"土地往地下捯了一把土,满天一洒,众天兵闭眼难睁,如沙石磨睛,痛如刀剜,甚疼难忍。土地笑曰:"可知我的利害!"却说那值神奏与玉帝,天兵不能取胜,当值神奏曰:"若得取胜,问佛借兵。"玉帝准奏,敕命求佛。佛即遣差四大天王、八大金刚来战土地。两家对敌三昼三夜。土地一怒,将拐使开,百步打人,拐拐不空。天王金刚,一齐后退。土地笑曰:"料你众将,非吾对手。我再使个方法。"土地曰:"抵你不过,我今去也。"众兵后追。土地倒在地下,身化树木,稠密深林。天兵曰:"老头子又变化了。这树就是他的原身。昝可伐树。"无数天兵,齐动刀斧,越砍越长。偶然林中四面火起,烧天燎地,大火无边。天兵着忙,无处躲避,只烧的袍破甲烂,少眉无须,奔走无门,各逃性命,天兵大败。

一切天兵拿土地,密树林中大火烧。
土地手段最高强,无数天兵都着忙。
天兵又把土地叫,今朝莫当是寻常。
众人今朝围住你,插翅难飞那里藏?
土地挝土只一洒,天兵合眼痛难当。
玉帝求佛把兵借,四个天王八金刚。
一勇齐来战土地,土地抬头细端详。
两家交锋三昼夜,土地又使哄人方。
倒在地下树木长,稠密深林遮日光。
天兵一齐来伐树,四面火起亮堂堂。
火烧众将袍铠烂,少眉无须都着伤。

树林火起,天兵着忙,四面起火光。各人奔走,慌慌张张。丢盔掠甲,不顾刀枪。烧眉燎须,个个都着伤。

土地闹天宫,两家大交兵。

林中失了火,听唱【一江风】。

众天兵,不违天主命,各赌能合胜,抖威风。一涌齐来,四下相围定。土地显神通,显神通,拐杖手中擎,一人能挡天兵众。

细详参,土地好手段,千化有万变,妙多般。身化松林,将众来滞赚。四下起狼烟,起狼烟,天兵心胆寒,少眉无须各逃窜。

【地摇物动品】第十

夫却说天兵大败,齐奏玉帝:"那土地神通变化,身化山林。天兵伐树,四面火起,个个着伤,无能可敌。奏上圣定夺。"上帝曰:"领我敕旨,传与南极,令众群仙来拿土地。"

话说旨传南极,领众群仙,通天大圣、齐天大圣,率领群仙,齐来交战。那土地散者成风,聚而成形。天兵到此,不见土地。高声大叫:"土地,你在那里①?出来受死!"那土地从地里钻将出来。齐天大圣一见土地:"就是你撒野?"行者举棒,搂头就打。那土地拐棒相还,练战一处。后有通天大圣来掠阵。土地发威,使开拐杖,把通天大圣一拐戳倒。拐杖一拉,把齐天大圣拉了一跤。南极着忙,领众群仙,一涌齐来围住土地。那土地将拐戳在地下,手搬拐杖,晃了两晃,地动山摇。一切神仙,站立不住,平地跌跤。众仙着忙,

---

① 此处衍一"里"字,删。

各驾祥云，起在空中。土地将拐望空一举，晃了几晃。那神仙空中东倒西歪，站立不住。那土地一拐化了万万根拐，起在虚空，打的那神仙各人散去。

天兵大战无能胜，敕命又传李长庚。
有玉帝，灵霄殿，忙传敕令。
命南极，率领着，一切神仙。
李长庚，见敕旨，不敢怠慢。
各名山，洞府里，去把书传。
敕旨到，众群仙，一齐来到。
惟独有，齐天圣，越众出班。
通天圣，黄石公，神仙领袖。
燕孙膑，李道仙，鬼谷王禅。
众神仙，叫土地，你在何处？
那土地，从地里，往外一钻。
孙行者，扬起棒，搂头就打。
有土地，龙头杖，着架相还。
通天圣，齐天圣，不能取胜。
众神仙，把土地，围在中间。
龙头拐，戳在地，晃了几晃。
山又摇，地又晃，动地惊天。
一个个，都倒跤，立站不住。
显神通，驾祥云，起在空悬。
一根拐，多变化，望空打去。
众神仙，难着架，各奔深山。

地摇物动，乾坤失色，天地仄两仄。神仙着忙，东倒西歪。平地跌跤,爬不起来。从也无见,蹊跷好怪哉!

　　土地拐一根,摇动晃乾坤。

　　神仙敌不住,听唱【柳摇金】。

土地手段,夸不尽土地手段,一根拐变化多般。天兵难取胜,神通广无边。行者大战,土地与行者大战,唬坏了众位神仙。这个老土地,谁人敢向前。齐使手段,神仙们齐使手段,俺合你怎肯善辨。

呵呵大笑,老土地呵呵大笑,四下里瞧了一瞧。天兵无其数,神仙绕周遭。拐杖玄妙,说不尽拐杖玄妙,戳在地摇了两摇。乾坤都撼动,神仙齐跌跤。腾空吵闹,神仙们腾空吵闹,这老头手段不弱。

【问佛因由品】第十一

夫却说神仙败阵,行者曰:"昝若败了,着那土地夸口。你看着,我去合他见个高低。"行者回来,叫声土地:"我合你使使手段。"土地说:"你有甚么手段?使来我看!"行者变化,一个变十个,十个变百个,百个变千个。土地笑曰:"你看我变来。"你看土地一变,无边无岸,撑天拄地,一个大身,把一切天兵、众位神仙,都在土地身内包藏。行者着忙,东走西跑,只在土地身内。玉帝闻知,灵山问佛,告白如来:"土地撒野,大闹天宫,是何因由?"佛言:"土地神者,无极化身也。未有天地,先有无极。无极以后,生天化地。有了天地,才有佛祖。一切菩萨、罗汉、圣僧,一切神仙、天人、四众,言也不尽。何物不从地生,何人不从地住?土地之神,只可尊敬，不可冒犯。冒犯土地，我也难敌。"天尊闻罢，自悔不及，善哉，善哉。

　　　　土地广有神通大，玉帝求佛问因由。
　　　　土地神通不可量，大闹天宫逞高强。
　　　　一切神仙都散了，行者回来战一场。
　　　　各显手段能变化，土地旁里细端详。
　　　　行者变了千千个，土地一身总包藏。
　　　　撑天拄地是土地，行者见了也着忙。
　　　　玉帝灵山把佛问。佛说混沌劫数长。
　　　　无极分化天合地，土生土长养贤良。
　　　　诸佛菩萨地上住，从地修道转天堂。
　　　　尊敬土地休冒犯，恼了土地实难当。
　　　　玉帝闻言心自悔，谢佛指教拜法王。

　问佛因由，起立原根，无极显化身。安天立地，置下乾坤，万圣千贤，土上安身。尊敬土地，知恩当报恩。

　　　行者调天兵，神仙赌斗争。
　　　玉帝去问佛，听唱【金字经】。

　土地行者大交兵，各使手段显神通。孙悟空，变了许多猴儿精。土地笑，土地笑，一身变化总包笼。

　众位神仙睁眼观，土地法身广无边。体量宽，遍满三千及大千。土地大，土地大，包着地来裹着天。

　玉帝灵山问世尊：土地起初是何因？不知根，佛说无极立乾坤。三千界，三千界，万物都从土出身。

　佛说土地功德多，大千沙界一性托。运娑婆，普覆大地及山河。生万物，生万物，先有土地后有佛。

【普贤如意品】第十二

夫却说玉帝问佛,前后因由说了一遍。帝又问佛:"土地大闹天宫如是,何日可了?"我佛不语。旁边转过普贤菩萨,告白如来:"土地所得元始天尊如意之宝,要安土地,还得如意。要无如意,土地难安。"佛言:"如意稀少,何处寻觅?"普贤曰:"要求如意,惟独我有。"佛言:"借你如意。"差四揭帝往天宫去安土地。揭帝四个来到天宫,见了土地,现大法身,使大神通,天兵围绕,神仙交战。揭帝高叫:"无极土地!"土地抬头,看见揭帝手拿如意。土地使拐,不辨真假,望着揭帝打去。揭帝如意相还,两家打成一处,拉扯不开。四个揭帝拉着土地,脚劣的土地着忙问曰:"你四个拿的是甚么?"答曰:"我这是普贤菩萨如意钩也。"土地自思:"菩萨行德,旷劫难量。我今纵性恁意生,任自天道念。"

　　土地总有神通力,见了如意自回心。
　　土地神,闹天宫,实难敌对。
　　龙头拐,举起来,地暗天愁。
　　天兵多,神仙广,不能得胜。
　　玉皇尊,见如来,启问根由。
　　我佛说,土地神,休当轻小。
　　万般物,生在土,土地为头。
　　有菩萨,转向前,奏佛知道。
　　那土地,得元始,如意金钩。

假要还，安土地，我有如意。
　　佛世尊，听的说，心喜无休。
　　差四个，揭帝神，去安土地。
　　揭帝神，往前走，迅步云游。
　　猛抬头，远远的，看见土地。
　　老土地，望揭帝，着拐一搂。
　　钩见钩，钩见拐，拉成一处。
　　揭帝说，菩萨宝，自把心收。

　普贤如意，揭帝手拿，走着看见他。揭帝上前，抢拐就砟，如意相还，拧成一家。四个揭帝齐把土地拉。

　　天兵括成伙，土地无处躲。

　　揭帝上前来，听唱【挂金锁】。

　　土地神通，才把天宫闹。一根拐杖，真乃有玄妙。万将难敌，勇猛也不弱。我佛遣差，揭帝神来到。手拿如意，高把土地叫。土地拐打，钩拐连环套。

　　土地着忙，满脸陪着笑。暗不提防，四个人来到。打了一拐，你的方法妙。拉着我走，把我唬一跳。甚么宝物，对我说起落。菩萨如意，听说魂唬吊。

【土地回心品】第十三

　　夫却说土地被那四个揭帝神拉到灵山，土地曰："我从无量劫来，发大誓愿，恒心济世，作大功德。因我寻佛，心生狂乱，向外持求，不悟本真，一念有差，前功无用。我今求佛，忏我愆尤，前到佛所，望佛拔济，了脱冤愆。"佛言："要从我教,时时刻刻,常在我前,自然无罪。"土地告佛:"多劫功行,一旦皆休。我身获罪,自愧难当。"佛殿前面有大红炉,土地将身投入炉中,起大光焰。灵山会上,百万人天,无不赞叹。佛言:"土地当来有大功德,普显威灵,三千大千,恒沙世界,处处现身,天上人间,普受供养么。"

　　土地见佛心自愧,身入红炉众赞扬。
　　土地回心自跻度,争强赌胜为甚么?
　　寻佛天宫闲游玩,打开天门动干戈。
　　心起无明天宫闹,思量还是我的错。
　　四个揭帝拉住我,灵山会上来见佛。
　　丹墀见佛忙跪下,双手合掌把头磕。
　　望佛慈悲求忏悔,佛言信心得解脱。
　　土地羞愧炉中跳,红光朗耀照婆婆。
　　人天百万皆称赞,佛说当来功德多。

土地回心,羞愧难当。因我性生狂,打开天门,大战一场。见了如意,返照回光。求佛忏悔,不离法中王。

　　土地自嗟叹,心狂失正念。

　　佛前求忏悔,发个【罗江怨】。

土地自沉吟,因甚么狂乱,心只为天宫把佛问。我得了拐一根,打开了南天门。惹得天兵来着阵,凭着拐往上抡,打退了多少人。思量自把自家恨。

揭帝神好妙法,同都把土地拉。到了灵山佛会下,老土地泪如麻。哀告佛求忏拔,了心万缘全不挂,既要闻佛妙法,在休要念头差。舍身入炉功德大。

【佛赞土地品】第十四

夫却说土地身投红炉,大千沙界,六种振动,现大祥光。阿难向前,白佛世尊:"土地原因,何等功行,有大纲基。多有信诚,自恨自悔,自羞自愧,身入红炉,起大光辉。六种振动,望佛慈悲,开示原因。"佛言:"混沌之初,开辟一来,立天立地,无极化身。旷大劫来,土地功行,说之穷劫,言之不尽。今朝土地,身投红炉,凡体弃舍,得清净身。普覆乾坤,遍周沙界。行普贤之行,发大悲之心,得文殊之智,当地藏之愿。土地功德,当可称赞。世间众生,供养土地,神天加护,吉庆临门,人口安乐,福寿齐臻。有此应验,故乃为神。天上天下,土地为尊。土地不远,常在我心。安住土地,大转法轮。你可知道这个土地么!"

土地功行言不尽,天上人间通现身。
老土地,投红炉,六种振动。
人天众,以见了,个个心酸。
似你我,虽然是,佛的弟子。
心懈怠,无志气,参道枉然。
佛世尊,夸不尽,频频喝彩。
有阿难,问土地,起初根源。
我佛说,混沌前,生天化地。
天清气,地浊气,上下相连。
无极身,化土地,立就世界。
论土地,功德大,法体无边。

大地人,敬土地,增福延寿。

家门净,百事吉,人口平安。

行善的,行恶的,土地知道。

人行事,土地神,慧眼遥观。

我佛说,这土地,在人心内。

未曾我,说法时,先把他安。

佛赞土地,功德无边,法身遍三千。

普受供养,天上人间。

世人恭敬,增福平安。

土地不远,在人一毫端。

佛把土地夸,乾坤第一家。

普运三千界,听唱【浪淘沙】。

土地有神通,身入炉中,通天彻地放光明。人天百万齐贺彩,功德无穷。土地志气高,㧶断尘牢,假相跳在火里烧。弃了凡身得圣体,自在逍遥。

土地妙多般,入圣超凡,清净法体遍三千。但凡我佛说法处,土地先安。土地慧眼观,天上人间。供养土地福寿全,家门清净人安乐,功德无边。

五圣宝卷

【解题】《中国宝卷总目》著录。又名《太姥宝卷》《太郡宝卷》《感应宝卷》《五圣家堂宝卷》等。讲述上界蜘蛛圣母下凡，变成萧日昌之妻萧婆，生下五位灵公，乃上界华光菩萨下凡。不久，萧婆因吃童男童女，被龙树法王押往酆都受苦。五灵公破狱救母，又偷王母蟠桃奉母，触犯天条，得观音菩萨求情，被贬至扶桑国。观音菩萨为镇龟山水母，救泗州百姓，向太姆求沉香木造塔，并助其全家回苏州上方山，受四方香火。母子们被奉为太姆娘娘、五圣灵公。此宝卷融汇了华光故事、西游故事、观音收水母等诸多民间故事，可见"西游"故事流播、赓续的另一种形态。此宝卷今存多个抄本，本次以沈宣丙子年抄本为底本，参考常熟项坤元抄本校录。

太姆宝卷初展开，南朝祀典下灵山。
五圣灵公骑了马，夫人乘轿降斋台。
刘李周金多送福，五福财神送宝来。
七十二司驱疫疠，洪顺利济广招财。

再讲上界天宫御花园内金莲叶上有个蜘蛛圣母，修炼得一千多年，得成正果，化为一女。生得美貌似花，尘缘未脱，难赴蟠桃之会，一心思想下凡来了。

慢成天上已成果,先了人间未了缘。

南无圣侯王菩萨

天地斋僧多有道,日月同明法力深。

莫道昆仲难证果,功成行满便成真。

皆因思想归下界,变化多端神鬼钦。

云端里面遥观见,婺源县里在安身。

积看萧家行善事,安徽一群尽知闻。

在徽州府婺源县萧家庄上,有一家富翁,姓萧,名叫日昌。家中有黄金百万,有金库白玉盈间,人人称他员外。一生行善,斋僧布施,拜佛看经。夫人赵氏,他就不信神佛,打僧骂道,毁坏经文。后来有蜘蛛圣母,在云端里面看见。即显神通,把狂风一阵,把萧母摄到那里去了。自身按落云头,摇身变化便了。

生前未了三春梦,身外难抛一段恩。

南无圣侯王菩萨

圣母云中来变化,化作院君一样能。

容颜花貌多一样,口谈说话一般声。

仍以员外来相娶,如鱼如水过光阴。

恰交一年另六月,娘娘有喜腹中存。

再讲娘娘,怀胎二十四个月,尚未生产。合家多想忧惧。时值太始元年,在九月廿八日,院君临盆,生下碗大一个玉球。等时放五色祥光。梅香使女一见之,无不惊恐,即连忙报以老爷知道了。

雪隐鹭鸶飞始见,柳上鹦鹉语方知。

南无圣侯王菩萨

员外闻报何曾见,自到房中看假真。
果见玉球抛在地,言称作怪二三声。
老夫今望生贵子,谁知生出怪妖精。
便叫安童忙不住,将球抛入涧溪中。
丢在婺源山涧里,漂来漂去放光明。
正遇南方炎王佛,下凡来救五灵公。
离云住地观展看,善哉连叫二三声。
禅杖拨在岸边看,并无纹路出头存。
便把戒刀来割破,霎时跳出五郎君。
头一位灵公三只眼,后有四位好孩童。
七星包袱来包好,送进萧家大宅门。
门公通报书房里,外面高僧见主人。

萧公听见门公进来报,连忙走出门。看果然一僧,手抱五个孩子。随手接到厅上坐定。送过香茗。便问:"圣僧宝地住在何处?法驾将临来,到我寒门有何贵干?"炎王曰道:"我住西天红玉寺内,因见庄上有善良之根。我僧来救五子以成胎,作为萧家后代宗良。因长者抛在涧溪中。肉球内藏有五子,所以现出金光大道,是五位郎君。如今尽有威名。第一个金轮上子,第二个叫银轮上子,第三个叫铜轮上子,第四个叫铁轮上子,第五个叫宝光上子。原是上界有华光菩萨,降临下凡,做你家良善子孙。养大成人,通灵变化作有灵。"员外听得,立即把五子接进香房。再说员外吩咐厨房,备办素斋,款待圣僧。老僧不吃烟火之食,说完化阵清风而去也。

月爱深潭流不去,雪怀玉色故飞来。

南无圣侯王菩萨

不宣炎王归伏位，回文再说姓萧人。
用了奶娘人五个，一人服侍一儿身。
三四五岁长得快，七岁送进学堂门。
先生取了学名字，就叫仁义礼智信。
个个生来多勇伟，聪明伶俐读五经。
正好学堂攻书史，放学回家吃点心。
登从白云山下过，山中音乐响声吟。

再说兄弟五人，等在山前观看。石洞门开了，走出二位道童，问言曰："我奉妙乐天尊师父，有法旨，迎接你进起，传授心法。"兄弟听得心中欢喜，立即走进洞中。一看另有一个花景世界，有奇花异草，鹤对对，鹿成群。座前参见，拜见妙乐天尊为师父，学习武艺，秘传妙法有灵。大灵公，学个兴云布雨。二灵公，学个扎草成兵。三灵公，学个移得南星换北星之像。四灵公，学个一人能变千万雄兵。五灵公，学个金砖之法，抛向天空，变成百万金砖，能打山妖水怪。五君等在山中式法学法，过传灵显。我家父母亲，家庭不起风浪，之或有不正当的事，有我兄弟五人抵挡。

人间万物情为累，天上何曾感别离。

南无圣侯王菩萨

兄弟五人回家转，武艺高强进大门。
口叫父亲正恭敬，闻起母亲泪纷纷。
圣母非是凡间女，金莲花上长生身。
早晨要吃童男子，夜吃童女腹中心。
城中吃了无万数，造孽如山罪不轻。

说圣母,罪积如山,惊动西天龙树法王。驾云而来经过,但见萧家庄上怨气冲天,哀声惨泣。即显神通,把一阵狂风,把萧婆摄去。十吹到酆都十八层地狱受了之苦。

断送桃花三寸雨,摧残柳叶几秋霜。

南无圣侯王菩萨

五郎山中传道法,梦见亲娘被虎吞。
别了师父归家转,问爹母在那方存。
萧公摇手说不得,你娘真真痛伤心。
狂风摄去过七载,不知死活若何能。
五郎听得齐下泪,拜别爹爹寻母亲。

再讲兄弟五位拜别父亲,一心要起寻娘。腾云驾雾。望东,尽到日出扶桑国;望西,尽到弥陀天汉村;望南,尽到铁围山;望北,尽到番王歇马亭。四面北方多尽到,回转,从四州青城山径过。只见,山高岭立,峰有天上五云高大。五人想:此山广大,草木参天。想道亲娘必然在山内。立即按落云头,摇身变化五位客人,在山玩了。

山穷水尽母信杳,柳暗花明予道迷。

南无圣侯王菩萨

兄弟五人云中化,化作人间五客人。
走到山前闲游玩,见个婆婆年老人。
王婆坐定哀哀哭,只哭女儿王素贞。
五圣随即开言问,妈妈恸哭为何因?
王婆住哭回言答,客官在上听缘因。
老身家住四川省,成都府管我家门。
一身只为无儿子,单生一女在香房。

八月中秋贪看月会，碰着妖怪大仙神。

不想此山有妖怪，名为石落大仙人。

灵公问道："何以见得大仙是不是妖怪？"王婆说道："因我八月中秋，贪看月华盛会。那大仙到来，就霎时起狂风大作，把我女儿摄去山中。毫无门路起救。"灵公听道："你不忧愁。我们有兄弟五人，给你去寻来还你了。"

特地讨烦恼事，盖世难寻报恩人。

南无圣侯王菩萨

别过王婆登山起，大仙问得出来迎。

接进五人方丈座，香茶一盏礼分宾。

客官家住何乡县，有何贵干到荒林？

五圣灵公回言得，大仙观主听缘因。

家住徽州婺源县，萧家庄上一胞生。

闻得宝山多仙景，闲游来到你山林。

石落大仙心欢喜，今朝施主到山林。

大仙说道："徽州客官有善良之心人，必能布施。"吩咐厨房，备办素斋香酒，奉请五位官人。后来拿出缘簿，上前启手。口称："施主，我地修造三清宝殿。请你大发慈悲，慷慨乐助。"灵公说道："要我写缘簿，也不难，很容易。"

朝元最惧贪嗔败，脱骨须知挂碍休。

南无圣侯王菩萨

金轮上主提笔写，五位合助半分银。

修造宝殿多在内，装金塑佛里头存。

大仙见了心大怒，掇出心头火一盆。

好酒好饭来款待，如何乐助半分银。

大仙说:"五人客官,看你的凶恶。"即时喝道:"你五郎休走。我今日叫你,来时有路,你去无门路。"就显出神通,广大的狂风霹雳,有飞沙走石,流星石炮,乱打过来。五灵公一看不对,就放出金砖,变成百万金砖,像雨点飞来。大仙一看不好,打得心慌,手脚意乱。三灵公将火龙一条放出,捆住大仙。现出原形,一看却是马天君戟上一条白蛇精。灵公看了,收服而去。立即放火把庙殿烧毁。后厅放出许多妇女。立即就叫佳人,打开宝库,各送金银,速回家。内有一女,到两泪如珠,哀哀恸哭。灵公细细问道:"为啥痛哭?"

　　故里承颜青山远,家乡举目白云深。
　　南无圣侯王菩萨
　　小姐含泪回言得,尊人五位听原因。
　　家住四川成都府,爹爹药铺姓王人。
　　全因贪看月华会,妖精摄到此山林。
　　脚小鞋尖行不动,因此忧愁两泪分。
　　尊神送我回家转,多把金银谢你身。
　　灵公听说微微笑,说与王家小姐听。

五灵公对小姐说:"我今送你回家,不必要金银。你要酬谢,只要你的后园,立只小庙。不要大,是三尺高,一箭之深,中间立松板一块,用彩画画好我里五位形象,只说树头五圣显灵。"王家小姐,声声应诺。"你得二眼合拢。起一阵仙风,送你到自己家的后园,再落下云头,安身便了。"

　　丛菊两开他日泪,孤舟一系故园心。
　　南无圣侯王菩萨

灵公顷刻仙风起，送他园内百花厅。
看园公公吃一唬，看到小姐转家门。
园公立即来通报，员外听得喜十分。
园中小姐等时坐，想着家内好爹娘。
员外问报是真信，自到园中看真情。
果见女儿端然坐，如同拾着宝和珍。
心中欢喜开颜说，将言便问女儿身。
何人送你回家转，尊人摄到园中存？
素贞贪泪回言答，爹爹在上听原因。
石落大仙摄我去，青城山里受灾辛。
因亏树头仙五圣，顺风送我转家门。
转身对我分明说，后园要造小庙堂。
小庙须用将木板，三尺之高一箭深。
松木板上来彩画，焚香供养五尊人。
诸亲朋友们知得，尽来庆贺谢天神。
逐日作欢来饮酒，忘记失却造庙门。

　　再讲灵公暗中观看，有王素贞家内立庙一事，然忘记而不动口无心。我今不催，非不为灵感。三灵公把火龙一条，放在后园木樨树上。变得满园通红。周围火光内中现出五位灵公，高声叫道："王素珍，你忘恩无义。要回家的时，千般允诺，万般应承。到了家中，一的无事，立庙也不动。灵公要满门烧死。"王员外听得，叩头礼拜，口讲："大恩灵公救命。如若把火收灭了，立即就拔木造庙，彩画金象。每逢初一、月半，焚香点烛。记念五圣家堂。"如旧到现在。

　　妙法若无今日验，宗风乃有后人知。

南无圣侯王菩萨

灵公今日寻娘去，村街百姓不知闻。
四州各地无寻处，五郎结得无脚地。
天下寻娘无寻处，除非南海问观音。
驾云同到南洋去，潮音参见大士尊。
观音大士先知道，晓得五郎问母亲。
你娘非是凡间女，金莲花上长生春。
早晨要吃童男子，夜吃童女腹中心。
等在下界多作孽，徽州城里损伤人。
龙树法王云中过，望见萧家大宅门。
煞气阴风惊天地，云中顷刻显威灵。
摄你亲娘酆都去，铁围城里受灾星。
别处救娘容易救，若去酆都要小心。
铁围地狱母亲救，三般宝物带在身。
一要净瓶杨柳水，二要杨柳洒狱门。
三要一遍《楞严咒》，紧紧将来记在心。
五郎哀哭来求告，愿伏慈悲救母亲。

观音大慈，教训五位郎君口念《楞严咒》，亲自付出杨柳和甘露宝水。兄弟五人，即道谢过观音大士，五人腾云而去。

闻着亲佛观世音，亲说亲话是真心。
千讲万讲要小心，手拿佛宝口中念。
《楞严咒》念得记在心，腾云而去多辛苦。
来到森罗殿上过，酆都城里到来临。

再讲兄弟五人来到酆都地狱。只见阴风凛凛，铜墙铁壁，火焰飞腾。大灵公，就念去《楞严宝咒》。二灵公，洒甘露仙水。三灵公,把枪搠破降魔镜。五灵公,放出金砖,打破酆都城门。兄弟一同进牢狱中,看见母亲头发结在将军柱上,腰里压着千斤石块。看亲娘,骨瘦如柴。四灵公就打开刑具,救出酆都地狱之苦。立即逃到绿水芙蓉洞内,就香汤沐浴,更换衣襟,安享不提。

再讲牛头马面同看牢的人,到半夜不见蜘蛛圣母,急忙报与阎王。阎王大怒,吩咐提兵,追捉而去。

万里无云飞片雪,一轮明月照千江。

南无圣侯王菩萨

牛头马面心大怒,提兵追捉狱罪人。

领兵来到半路上,遇着洪名观世音。

佛在云中开言说,说与牛头马面听。

五郎因为行大孝,投拜贫僧救母亲。

狱卒你且回兵转,我僧去奏玉皇闻。

牛头马面听佛旨,收了阴兵转回程。

休说阴兵回地府,回文再说太夫人。

狱中吃得千般苦,再吃童男当点心。

五圣正在心烦恼,观音菩萨到来临。

再说太姆又要早吃童男,夜吃童女。五位郎君正在忧愁。兄弟正在商量,恰遇观音大士到来。说道:"若要你娘退杀星,除非要到上界西池王母娘娘商量,一只仙桃吃下。"不但商议而取。灵公驾云头,来到园中。只见树上仙桃放出光明,就改熟扎下了一只,立即回家。到绿水芙蓉洞,双手捧上,叫母亲吃下。登时杀星退散,立即发出慈悲之心。仙果也!

抛离尘世超后遇,还参莲座认前缘。
南无圣侯王菩萨
圣母吃了仙桃子,从今吃素不开荤。
日诵大乘经千遍,夜念弥陀佛万声。
休说娘娘杀星退,再说王母佛世尊。
三月初三蟠桃会,众仙齐祝庆遐龄。
仙童仙女园中采,失却仙桃何处寻。
王母娘娘心大怒,要捉偷桃大胆人。
领了仙兵来走赶,遇着洪名观世音。
观音菩萨来相劝,王母群仙听原因。
五圣为母偷桃子,贫僧去奏玉皇闻。
王母当时听佛旨,收兵息怒转仙宫。
观音大士归上界,玉皇殿上说知闻。
伏望我皇行大赦,宽恩赦放五郎君。
玉皇大帝传出旨,赐他托化别方兴。

五郎身犯大罪,有观音相劝玉帝,赦五郎免罪。因有孝心,只得罚他母子六人要搬到日出扶桑国,内有棵大树,名叫沉香。大树底下树身高大无穷,赐他母子所住,即动身了。

处处杨柳堪系马,家家有路透长安。
南无圣侯王菩萨
观音自隐归上界,回文再说姓萧人。
自从搬到扶桑国,无忧树下歇安身。
宝树身盘多高大,化作仙宫一样能。
两轮日月忙似箭,住在扶桑四百春。

五郎树下多住久,忽地思量去游春。
　　游到凤凰山一座,看见山前一段情。
　　山岔路口牌一块,看得眼睛火十分。
　　妖牌立到官塘路,牌上写得要欺人。
　　有人登我山前过,必要山前献宝珍。
　　灵公看见心大怒,将牌摔打碎纷纷。
　　便问仙人平土地,何人住在此山林。
　　山神土地回言答,大仙五位听原因。
　　此地玉环圣母住,所生五女在山林。
　　名号铁扇五宫主,神通广大不可论。
　　还有一件稀奇宝,神风扇子宝和珍。
　　灵公听得正详细,谢得山神土地身。

灵公闻言大怒,说道:"既然正真有本领,早以出来就是贪财爱宝之心。"灵公走到洞前,高声大骂:"五宫主,有本领出来。"里面听到外面骂声,出来一看,有五位英雄,豪气真秀。开言问曰:"何方城市的人,来到我山,为何不献的宝?却来口出大言不逊。"便取出神风扇子,轻轻一扑。五位灵公立足不住①,随风飘去,飘到十万多里路。下落云头,有一座山,不知是何方也。

　　他方故友传佳信,异地逢师结好缘。
　　南无圣侯王菩萨
　　五圣正在心烦恼,见个仙童下山来。
　　肩挑担桶挑泉水,上前便问道童身。

---

① "住"字原无,据文意补。

请问宝山何名字,何仙住在此山林?
挑水童子回言答,客官在上听原因。
山号定风名姓字,黑风仙师在山林。
五郎心想真奇怪,此山那是有心人。
挑水仙童前头走,五郎随即后头跟。
一路来到山顶上,参见童颜鹤发人。
弟子因为游春景,凤凰山上遇妖精。
被把轻轻扇一扑,兄弟飘到此山林。
万望恩师慈悲发,山中要救兄弟们。

  鹤发大仙一听南方五圣哀求之苦,看他五人有礼,鹤发就叫他进来,搭救难事。鹤发说:"我就教你定风咒。"五人学到。再说:"凤凰山五位宫主,自我徒弟,我看合配阴阳,可好了。"

鹤发老师来相助,南方五圣听知闻。
多自宫主行正道,后来一定自己人。
捉到妖精人五个,衔环结草报恩人。
若说小姐人五个,也自我个大弟身。
神风扇子我相助,算来原是一家人。
我今教你定风咒,拜别仙师就动身。
仍到凤凰山一座,高声大骂泼妖精。
宫主洞中只一看,输胚败将又来临。

  五位宫主走出洞来,大怒道:"前日搧你十万八千里,你还来?今日搧你到海国天涯,等你做个孤魂之鬼。"就拿神风扇子,连个几搧。搧得南山摇动,海水飞腾。一看,五位灵公全然不动。四灵公有火,将满身法宝拿姐妹五人,团团围住。玉环圣母出来招呼。灵公祭起金砖,把玉环打得粉碎。大灵公高声叫道："我有一枪,插在地上,你要拔得起,我就做你的将军。"二灵公把弓箭,请你拉一拉。动多不动。灵公说："我的法宝,你一个不好用的。"五宫主不信,就二手一撩。一分不动,犹如像大树生根,要想放手,好像生漆胶住一样。却被五郎捉进洞去。说本山土地知道,前来相劝为媒,夫妇好了。

　　金屋笙歌偕凤,玉楼瑟喜乘龙。
　　南无圣侯王菩萨
　　五圣收服五宫主,凤凰山上结成亲。
　　本山土地为媒做,乐人吹打共花灯。
　　三日七朝容易过,如梭满月到来临。
　　灵公话别回家转,五位夫人一同行。
　　玉环圣母来相送,妆奁嫁仪一齐新。
　　灵公骑马[①]前头走,夫人花轿后头行。
　　一路行人正勇伟,五顶彩轿好风光。
　　来到东夷扶桑国,沉香树下见母亲。
　　太姆娘娘心欢喜,十分恭敬待新人。
　　合家团圆多快乐,敬老怜贫是真情。
　　太姆娘娘朝南坐,好子好妇两边分。
　　第一杯香酒献圣神,社做白酒满屋香。
　　五郎敬在母亲吃,五位媳妇教上身。
　　五圣太姆心欢喜,五位夫人喜洋洋。
　　第二杯香酒满佛桌,灵公谢家喜开怀。

---

① "马"字原无,据文意补。

二杯好酒敬灵公,灵公坐在桌当中。
老娘看得清清爽,心中快乐喜十分。
左边五位亲生子,右边五位福夫人。
三杯好酒味道香,香味微香满佛台。
素供台上新鲜样,百果百食放满盒。
四杯香酒原社糟,太姆老娘哈哈笑。
本家佛台多献满,灵公样样多满意。
五杯好个生根酒,合家吃得喜洋洋。
苏州南面好福地,上方山上好安身。
万民百姓四面来,全来焚香供灵身。
一年四季多闹热,日夜焚香奏天庭。

再说隋炀皇帝登位,有天灾横祸到来。有个龟山妖姆,有妖法乱用,三年旱灾。百姓看到河底,崩一人深。后来到东海滩上,开了口井,百姓人人来买,七个铜钱买一瓶。后来二年,水大,田小麦、素菜一齐沫落。对百姓,饿死多多少少人。水大到高山脚下张丝网,街路有水,人家个窗盘平水。老小百姓来哭。上天玉帝知道,差南洋观音大士前来收服龟母便了。

龟山水母来作法,泗州①城在水中深。
前头三年造大旱,树头烟出井生尘。
多年老岸干崩断,河底崩尺一人身。
东海滩上开口井,七个铜钱买一瓶。
破家旧宅无钱米,饿死多多少少人。

---

① "泗州"原作"四川",据文意改。

后有三年遭大水,白浪滔天怕杀人。
河浪推来山能倒,旋流潭有万丈深。
高山脚下张丝网,推开窗满水层层。
水母腾在城头上,毛孔放水似倾盆。
泗州百姓尽叹气,玉皇大帝早知闻。
敕差观音蒙帝敕,驾道祥云就起身。
带领哪吒三太子,同心协力捉妖精。
按落云头摇身变,化作凡间一老僧。
城中三日来变化,家家下闼尽关门。
富贵搬在城头上,中等人家住高墩。
最苦贫人小百姓,全家性命不留存。
便差土地来商议,想出机谋捉妖精。

再说观音大士,便与城隍、土地商议妙计。土地说道:"老妖最喜欢吃面。"便差护法韦陀,在南门开一爿面店,引诱他来吃面,一鼓而擒,不要说,计定。哪吒手执降魔杵,我走到城头上,只见一人,蓬头赤脚,水气腾空。把杵当一记。老妖跳下地来,变个金甲天神①,就与哪吒战杀。诈败,化阵清风而逃。老妖②追到南门,看见一爿新开面店,心里想进去吃面,又怕被人说,就变得四十九个僧人。店里周围坐定,一聚吃面。观音将慧眼一看,看见东北角上是个老妖,身穿茄花色马夹。就将用一丈八尺金链条,变成一碗素面。有韦陀捧将老妖。动口而吃,连吃三口。只听得肚中一响,

---
① "神"字原无,据文意补。
② "妖"字原无,据文意补。

即时佛法无边,用穿肠锁锁住肚肠也。

　　准备弓箭抢猛虎,安排香饵钓鳌鱼。
　　观音菩萨施妙法,捉住龟山水母身。
　　佛法变化穿肠锁,不怕妖精逃奔行。
　　吩咐众人齐着力,扛进城中看妖精。
　　打一记来宕一宕,好像元宵走马灯。
　　丢在碧河潭里去,送与鳌鱼当点心。
　　若要妖精不出世,除非造塔压妖精。
　　宝塔算来容易造,碧河潭底怎能平?
　　观音又乃生巧计,心生一计骗凡人。
　　碧河潭中金钵氽,百姓看得洒用洒。
　　金钵丢在水面上,出张告示上头存。
　　来往老小丢得着,任凭拿去买酒吞。
　　少年后生丢得着,依他立刻便成亲。
　　泗州百姓多欢喜,搬砖拿瓦笑盈盈。
　　丢得一年另六月,碧河潭水一齐平。
　　兴工动土来造塔,缺少沉香做塔心。
　　妖精交代土地管,驾道祥云便起身。
　　来到东夷扶桑国,太姆闻得出来迎。
　　太姆便对观音说,我身有罪原宽恩。
　　失接恩人多有罪,菩萨有闻玉帝身。
　　赦太无罪行正道,要听菩萨佛世尊。
　　今日我来非别事,缺①少沉香做塔心。

---

① "缺"字原无,据文意补。

观音说:"我要拿的沉香去做塔心。"太姆以恩欲舍。砍坏据地,我后要宿。菩萨道:"我有一块好地,带你母子一同到苏州南面。有福地,还有酒海肉山,万载兴隆;有万名百姓,款待花筵。"五圣听了大喜。菩萨念动真言,借天兵天将,把狂风大雨,把沉香大树连根拔去,摧落了树枝叶子,推入到海。水府神祇送到南朝,到苏州南外,兴工动土,起造七层宝塔,有佛法相助也。

九天阊阖凌紫府,万载岩石耸碧空。

南无圣侯王菩萨

香山匠人动工程,起造金铃塔七层。

观音菩萨来相助,自然容易造完成。

第一层宝塔来造起,应架先搭接青云。

香山匠人口号响,灵山菩萨喜洋洋。

八方大利无挂碍,十方诸佛尽春扬。

第二层宝塔来造起,树桩打得密重重。

匠人小工劲头大,同心同德造完成。

画梁月对雕龙凤,周围墙壁粉妆成。

第三层宝塔来造起,栏杆狮子尽飞金。

八角铜铃叮当响,水磨方砖一溜平。

匠人师傅手脚好,新塔造得式样新。

第四层宝塔来造起,塑个南洋观世音。

左边善才垂杨柳,右边龙女捧净瓶。

第五层宝塔来造起,塑个上方太姆君。

左边五位亲生子,右边五位福夫人。

五子登科代代兴,状元及第贺太平。

  第六层宝塔来造起,塑个仙神吕洞宾。
  龙泉宝剑背上甩,终南山上斩妖精。
  仙神登在新塔上,善男信女得人仙。
  第七层宝塔造完成,葫芦结顶放光明。
  定风珠真言咒,千年万载压妖精。
  宝塔造得正秀净,一切诸佛贺太平。
  各位菩萨生佛计,上方山上景秀地。
  观音菩萨留佛记,唬得妖精无处存。
  一年四季多即应,佛法伦伟众□传。
  夏至希逢端午日,兴风作水不留停。
  二月廿一生身日,万名百姓把香焚。
  若要妖精重出世,塔顶开花放你身。

再讲金灵宝塔[①]七层造好完工,工程浩大,内有菩萨相助,不忘言语。立即把泗州老家东夷沉香树下,迁老母合家到苏州。南门外有块福德之地,日日有四方来受香烟,光阴日过便了。

  此山风景天生好,端坐山中威灵成。
  五圣曾梦观音许,带领娘亲一同行。
  迁到上方山一座,善男信女把香焚。
  苏州一路山塘过,虎丘盘石看分明。
  千人山上来立庙,东山土地不容情。
  五圣太姆山底小,此山不及我树林。
  沉香树下多艳景,来到此山看真寻。

---

① "塔"字原无,据文意补。

又到灵岩山一座，住寺和尚不吃荤。
五圣新到姑苏地，中逢山上受清齐。
坐了一年另六月，无荤无酒到山林。
生根白酒全无吃，杜酒白酒瓦提瓶。

再说太姆在路腾云而走，细看一番五州四海，看过大小的山，看到大小的庙，只好坏穷苦。又太湖三州六县十八，而景好树山水，到地是只枯庙。等他一年另六个月后，五圣大救万民，行实救济。万民百姓全来感谢，日日兴旺也。

大接大送多人永，来上来下永长春。
南无圣侯王菩萨
我到福地来居住，母子媳妇合家兴。
庙门生来多破庾，案台上面蓬尘三尺高。
香炉出草像菖蒲，地头出草像荒滩。
老鼠日夜吱吱叫，咬之黄袍只管拖。
五圣不怨天和地，只怨观音老头陀。
许我香烟四方有，如今香烛一些无。
还我沉香到东夷去，不还我扯碎佛袈裟。
观音回言浸心焦，离此别处去搜寻。
横山一路望南去，木渎水口向东行。
龙泉渡口穿梭过，杏春桥在面全呈。
来到楞伽山一座，此山仙景有谁问。
前有横山朱雀水，后有横山玄武林。
流水青龙通大海，吴山白虎坐高峰。
一条玉路通山顶，四面峰林日夜明。
七层宝塔连庙造，十方善心把香烧。

宋封牌额书金字，通灵护国太夫人。
　　福人嘉康侯王位，仁义礼智信夫人。
　　休说五圣亲受禄，备筵要赞七官人。
且说七官人，姓金，名叫元祖。七相居住苏州洞庭。年轻在京中做事，忽然思想，欲还乡。同朝众职尽来饯送。席间谈说，上方山有新兴太姆五圣子庙，十分灵验。七相一听，笑曰："愿讨一枝香烟，同兴感应，共赴华筵一席了。"
　　人能好茶心先雅，琴遇知音调更长。
　　南无圣侯王菩萨
　　南朝众职多不宣，听宣总管上方山。
　　参见娘娘太郡母，微臣治世七官人。
　　某虽不在功无一，同兴感应治乾坤。
　　旁边一座小村庙，同受香烟祭祀全。
　　另荐南朝诸众圣，匡扶社稷治世民。
　　山南建造南朝庙，吏神归位即称神。
　　诸神助佑能灵应，满山立庙闹盈盈。
　　五圣宝卷已宣全，灵公骑马转山岩。
　　五位夫人多送福，四殿侯王保长生。
　　太姆宝卷宣圆满，夫人受轿转山林。
　　太姆宝卷全本完，神也欢来佛也欢。
　　神欢佛欢天吉庆，一年四季保平安。
　　至尊菩萨摩诃萨，摩诃般若波罗蜜。
太姆圣侯，五圣灵神，消灾赐福保安宁，退祟灭魔尘永佑，黎民绥与孙子兴。南无圣侯王菩萨。太姆香火，五圣侯王，保门集福降祯祥。四季永安康，子孙盛旺，广长寿年。

南无圣侯王菩萨

宣好宝卷来送佛,一年四季福寿安。

念佛圆满立佛台,送出神佛上天台。

今日斋主完了愿,一年四季免三灾。

虔诚礼拜来分别,十方诸佛归灵山。

一堂念佛齐相送,大小诸佛笑颜开。

腾好佛送好佛,一切香钱带得跑。

香烟缭绕腾云去,送到西天佛国好安身。

真武祖师出身修行成道宝卷

【解题】《中国宝卷总目》著录。简名《真武宝卷》，十六回。此卷版本众多，有的封面题《玄天上帝》；有的附载《祖师赞》《祖师偈》《祖师诰》《玄武诰》等。较早刊本有清康熙初年《金阙化身玄天上帝宝卷》。河阳宝卷、常熟宝卷也都有相似题材，内容上略有差异。演述真武祖师原系玉帝化身，只因动了一时念头，分性下凡，累世历劫。后投胎为净乐国太子，自幼立志修行，舍弃富贵荣华，武当山苦炼，脱壳成圣，收尽天下邪魔，上帝亲封"玄天荡魔大帝"。镇守武当，享受万民香火。此宝卷是小说《北游记》（《北方真武祖师玄天上帝出身全传》）的翻版，因《北游记》属于广义的《西游记》续书，因此选录，聊备一格。本次选用"同善堂存版"宣统庚戌年重镌本（省略原叙）。此本最大的特点是不分品，分回，回目为宝卷特有的十字句，展现了宝卷向小说过渡的特征。

第一回　玉帝祖　会群真　分性下凡

词曰：
玄牝造化道在先，天宫人间一字传。
上皇分性投凡世，帝王殿下苦修炼。

真武祖师出身修行成道宝卷

话说陈朝，武帝皇上登基，天下清平，民安国阜，时和岁稳，百官安乐，五谷丰登。常言国正天顺，官清民安，国王有道，仙佛降世。一日，玉帝驾坐灵霄宝殿，设下宴筵，要会三十三天诸圣群真。天上天下齐来朝贺，普天真君朝拜已毕，各站左右。玉帝分示曰：

玉帝天宫开金言，诸天真君听近前。
善恶分明有赏罚，分厘毫系不可瞒。
积善之家把福降，十恶不善报眼前。
各尽各职无私漏，功大德满能高迁。
朕坐天宫甚威显，一十七世结善缘。
吾神出世多培善，十七大光结天缘。
都能效法吾等样，后来个个坐金莲。
朕管三界有名显，不与西方净土天。
佛国清闲事少管，无忧无虑多安然。
怎能不把天宫管，也到西方乐清闲。
诸天群真把话荐，皆有因由不能偏。
仙修七世戒律全，才能阶下来站班。
入释九世皈戒严，净土莲前倍佛欢。
畜修十世把人转，人修三世得高迁。
要想清净无杂念，凡胎出世就修炼。
酒色财气不可犯，名利恩爱切莫沾。
访求至人指一贯，采取先天补后天。
三回九转丹还满，金仙天仙火生莲。
三年九载一纪圆，才能脱壳到西天。
玉帝闻听心中烦，自怨当日未修全。

正言面前只一闪,毫光香气到殿前。

开言将众问一番,这股香气为那般?

玉帝正与众天君谈说,忽然面前毫光万道,紫气灿烂,霞光闪闪,异香迎面。"是何奇宝出现?"众天君奏曰:"此非别物放光,乃是离宫九重天外,刘天君家中,琼花接天宝树放光。其树能聚七佛诸宝,常有金光显耀,香气冲天,盖世第一宝树。其贵无穷,得此宝树非一世之德,千百年修积可受。"

玉帝闻听说一遍,心想宝树到殿前。

急差南方火帝君,去接宝树走一番。

真君领旨出宝殿,霎时到了刘府前。

刘天真君闲生谈,火神见礼把话言。

天君还礼少接见,你到我府甚希罕。

火神闻言把话提,我有一言说的端。

玉帝爱你琼花树,命我来借他想观。

天君闻听心打算,接天琼花不非凡。

世代传留古今宝,借去此树断天缘。

回去奏于玉祖说,琼花宝树不轻传。

火帝听罢告辞去,天君送出转回还。

火神复回灵霄殿,奏与玉祖金阶前。

天君不舍琼花树,世代贵宝不肯传。

玉帝闻听心纳烦,难得琼花作了难。

我想我乃三天主,就无此树在殿前。

众天君见祖作难,一齐奏曰:"我主想得琼花宝树不难。他说世代不传宝树,他那后辈儿孙,该不得乎?我主想看琼花宝树,亲到他家,常看琼花,岂不乐哉!你看如何?"玉帝闻奏，正合心意："朕去刘府，观看琼花，怎奈天宫无人执掌。"众天君又奏曰："我主其不知，你是三魂七魄修炼成的。分去一魂二魄，刘府投生，常观琼花，丢下二魂五魄，天宫主事。后来得了琼花接天宝树，带回天宫，岂不两全其美？你看如何？"

玄穹主听众真一片美言，下凡去观琼花趁我心愿。
只恐怕到他府心性难转，观琼花恋世情何日回还。
众真曰既出口不可后返，言返复众天真那个遵言。
全要你心明白主意莫乱，到刘府得琼花恩爱看穿。
万不可心性迷贪心不断，早得了无价宝各自回还。
众天真禀告毕各离宫殿，玄穹主作了难分性下凡。
将三魂与七魄一分两半，二五天一二凡去投凡间。
起一道金斗云霞光闪闪，众天君送祖出灵霄殿前。
南天门至离宫数千里远，一霎时就到了刘府后院。
刘天君世代祖辈辈真善，积下了无限福圣凡清闲。
日每里与公主无甚所干，闲暇时观琼花散心游玩。
他夫妇进后院来把花看，忽然间半空中红气光电。
抬头看天心中金光照眼，有一朵金斗云紫气灿烂。
红云边有銮驾凤彩旗伞，有天官有金刚一排两边。
九龙捧一金盘婴儿内现，是那家贵星真下世临凡。
正观看一打闪忽然不见，一火星落在了公主怀前。
众天真送祖往刘府花园，齐回天各散去等祖归天。
刘天君与公主琼花看遍，观天云想奇事转回庭前。

话说刘天君与红莲公主观看回来，夫妇安歇夜做一梦，吞了金钱一块，失去全家宝珍，屋败舍空。醒来汗流骨麻，与夫说明，不觉身怀有孕。夫妇年有半百，身边无子，每日烧香拜神、舍饭施茶、布施斋僧。日月如梭，光阴似箭，一年满矣。元皇三年，九月初九日，异香满室，音乐空中，公主腹内疼痛，生下一子，报与天君。天君近前一看，满心欢喜，起下乳名，叫成长生，三日众人庆贺，一切不表。夫妇至此，长香长灯，奉佛拜神，乐善不倦，祈子成人有望矣。

天君得子心喜幸，红莲公主也威风。
心想此子成人大，定与刘宅显门庭。
不觉长生三五岁，话说奇语大不问。
动手玩耍要宝器，闲看异景乐无穷。
一日与父要奇宝，孩儿观看散闷容。
天君听儿要奇宝，引到后园看花琼。
这是咱的接天树，一名琼花七宝成。
历代贵宾世间少，天上人间第一宗。
人生转在刘府内，不坐天宫也威风。
长生听说把花看，越观越好越喜幸。
树根好似金莲样，树蓬好似彩云形。
霞光层层树内起，异香紫气雾腾腾。
花开五色金银现，树叶好似十样景。
稀奇宝树果算好，得了此树寿长生。
刘天君引长生琼花看了，至此后刘长生每观两遭。
早晚间去烧香树下祷告，但愿的接天树宝物光毫。
叩头罢祝告毕将树摆摇，摘琼花常玩耍把枝捋梢。
他只说琼花树金银奇宝，那晓的树上停七佛荣耀。
他每日去观看把树摆摇，那七佛站不住离了树梢。

齐商议三清殿参拜三老，三清爷见七佛细问根由。
　　在刘府琼花树自在多好，齐来到寒宫殿所为那条？
　　七如来禀三清细把话表，刘府中这如今有些胡闹。
　　刘天君得长生大理不晓，每日里观两次早晚香烧。
　　长摇摆琼花树胡言祷告，不摘花就扶枝吵的心焦。
　　因此事刘府地难以停了，来三老寒宫殿指示分晓。

三清上圣听七佛说了一遍，笑曰："是你不知情由。原是那年，玉帝摆宴，会诸天群真，在筵前看见祥光透露，异香迎面，众真说是'琼花奇宝'。玉帝起了贪心，差人去借，天君不借①宝树，玉帝要想观琼花，分性投胎，刘府为子，名叫长生。每日看玩琼花，要想带到天宫，一人享用，才合心意。不怕贪心不了，只怕后来难回天宫。还要你七人，用两个，一个变做道人化缘，劝他修行。一个变成俗人，站在琼花树下，等长生到来看花，光散叶枯、花落不亮。他必说你盗宝，你必不认。二人争吵，他要打你要宝。你显神通，起在空中，现出原像度他。看他心性如何？一个道人，府门化缘，将话说明，度他一魂二魄修行，不落红尘之苦，免失金阙化身，下凡贪尘一回。"

　　七如佛听说罢如同梦醒，怨不道刘长生常观花琼。
　　二如来变道俗穿带齐整，遵三清法语去度化长生。
　　出离了三清殿驾云如风，一霎时到刘府各显奇能。
　　一个道在庭前化缘叫应，一个俗站树下久等长生。
　　刘长生观琼花越观越胜，每日去天天看早晚供奉。

---

① "借"原作"从"。

前几年观宝树十分齐整，有仙气有祥光瑞气腾腾。
至后来看宝树根枯叶穷，宝光落香气去有了风声。
细思想心愁闷有些不明，为什么这宝物改了形容？
正疑忽见树下一人站定，面凶丑相是他盗宝落空。
上前去问一声那人不应，骂几句他不言喜笑春风。
心着急拿棍打口骂恶虫，打一棍又一棍那人不疼。
加劲打棍折断不见踪影，抬头看云端坐起在空中。
观形像是佛体云中坐定，自怨我无缘分不该动刑。
话未了听前庭吵闹太重，离花园到前堂去看分明。

却说长生正看空中佛像，悔过叹息，又听前庭有人吵嚷，急忙到来。原是一道人，与他父亲胡吵乱骂，就问天君："父亲，与他吵嚷为何？"天君曰："他来化缘，我就遂与。他嫌银少，与父胡闹起来了。"长生听说，那有此理，取棍就打。道人哈哈大笑，一言不语，棍断两截。拿刀去砍，刀也粉碎。用绳去拴，道人起在空中，与那后院俗人，一朵云中，现出佛像，大言曰："你休无礼也。"

二佛云端叫长生，认假打真理不通。
把俺当成盗贼打，俺是西方佛二名。
刘府历代功德大，琼花宝树俺们停。
你是天宫分灵性，贪心投胎刘府中。
贪恋琼花心不了，迷真认假入了洞。
接天琼花是死宝，俺在上边显威灵。
自你出世到刘府，俺连一天不安生。
无奈到在三清殿，三清命我到此中。
领旨来把你度化，变成道俗人二名。

一个站在接天树，一个化缘在前庭。
不认真假将我打，失了天缘了不成。
劝你早把法船上，一步走错落火坑。
我们与你来引路，看你能行不能行？
长生听说前后情，双膝跪地把佛称。
二佛下来将我引，永远不忘你恩情。
二佛云中考心性，叫声长生你是听。
你能舍你父合母，你能舍你宝无穷。
修行虽是无限乐，怕你难舍刘府荣。
长生跪拜发下誓，弟子情愿去修行。
列等片时我就走，禀明父母急起程。
回头便把爹娘叫，孩儿入山要修行。
天君公主听儿禀，为何说出这段情。
咱家就是半仙地，还上何处去修行。
儿看家内是死宝，不能驾云去登空。
修成金身不坏体，万古千秋落美名。
长生说罢就要走，天君扯住不放松。
二佛空中望下看，观见长生难脱笼。
法气吹倒刘天君，遮天盖地一阵风。
长生魂卷云端上，尸首移到蓬莱岭。
一同齐到三清殿，见了三清把话明。
天君公主将儿拉，一阵狂风影无踪。
霎时天晴风气散，不见长生大放声。
平白后园看琼花，无故出了这事情。
命该有富无有子，多年奇宝一场空。

自此不当看财奴，夫妇商议也修行。
三清祖坐宝殿心中想情，差二佛度长生不见回宫。
在宝殿正意思前后情景，二如来领长生来到寒宫。
进宫内参三清长生拜定，三清爷微微笑叫声长生。
你到来拜望俺知我名姓，长生言全不识求祈指明。
既不识有宝镜要你观定，照出你原影像再把话明。
刘长生望镜中一眼看清，见玉帝坐宝殿带了愁容。
观罢镜禀三老玉帝端坐，是何故跪殿前祈示分明。
三清曰镜里边是你原性，在天宫贪心起刘府投生。
坐天宫想琼花又想西境，分灵性下凡间入了深坑。
七如来琼花树多年久停，你出世爱奇宝天下摆弄。
因此上停不住回宫告禀，我恐怕堕落你才显威灵。
这本是你原根醒悟不醒，愿贪凡愿清净你快说明。
刘长生听一遍头麻骨疼，我岂肯失原位去贪虚情。
求三老恳二佛将我收用，到何处修原性转回天宫。
只要是出了苦修炼成圣，报三老谢二佛无量恩情。
二佛曰他肉身蓬莱山中，就叫他到那里悟道修行。
三清爷叫长生莫可久停，你就到蓬莱山修了性命。
万不可失了信听人摆弄，功圆满我差人度你回宫。
吃松柏饮清泉是你度用，闲看虎闷听鸟身穿莲蓬。
吩咐毕将灵性推出寒宫，送在那蓬莱山如同做梦。
三清祖与七佛各散回宫，久等他功圆满来讨封赠。
刘长生昏沉沉如同做梦，睁开眼孤单单坐在山中。
　　话说长生，一时别了父母，见过三清，看了原像，如同做梦。醒来坐在深山，心明如镜，一心不贪凡情。就在此山，寻了一座空洞，安身修炼，饥吃山果当粮，渴饮清泉当茶，常有鸟兽作伴，孤孤恓恓，独在深山，并不退志。你看玉帝化身，天君的儿子修行，就是这样下落。

长生修行蓬莱山，寒暑往来受饥寒。
一时贪心惹下患，自怨自己莫怨天。
天宫清福你不享，贪心去把琼花观。
污泥坑中走一遍，险些一去难皈天。
不是三清二佛度，怎能来到蓬莱山？
狠心修炼志要坚，见了本来才安然。

诗曰：
分魂摘魄到凡间，性落红尘有灾难。
下世不是佛点化，凡身怎能来修炼。

第二回　奇阄国　打群围　长生进朝

词曰：
只说蓬莱修性命，谁知进朝有凡情。
一步走错天堂路，当下有祸入牢笼。

话说奇阄国成安王，国土清净无事。国王常好带领文武，入山打围。一日天气清亮，吩咐张明、刘飞虎，各带弓箭，往蓬莱山打围。一同出朝，往蓬莱山而去。

奇阄国成安王自在清闲，带文武离了朝来到山前。
忙吩咐上蓬莱鸟兽齐赶，弓上弦刀出鞘各人占先。
众鸟兽见赶打齐逃不见，成安王同文武赶至后山。
刘长生洞门外闲游闲看，见山畜与飞鸟跳着打喘。

众鸟兽见长生慈悲容颜,齐跪下口叫唤哀声可怜。
长生看这鸟兽定是有难,指点他后洞内暂把身安。
那禽兽通人性齐往里攒,刘长生坐洞门口念真言。
成安王来后山禽兽不见,有一人巍巍坐不语不言。
这鸟兽必是他放去过山,叫将士缚了他细问根源。
众文武上前去急忙锁炼,将抬手头眼昏跌倒山边。
成安王心着急用刀去砍,刀一翻将自身去了一片。
张明奏我主听不可胡乱,前几年听人说此山有仙。
观此人虽贫穷红光满面,倘若是有道德失了天缘。
我的主上前去求其指点,请进朝讲玄妙保国平安。
成安王听奏罢上前拜见,刘长生见他拜才把话言。
方才间拿绳锁又拿刀砍,你为何又来拜所为那般?
成安王称仙长怨我无眼,我有罪不该缚恕我量宽。
请仙长回朝去将我指点,我情愿舍皇宫随你入山。
长生听禀大王不愿下山,亲写首醒迷词付与他观。
词曰:
至入蓬莱十二年,饥吃松柏渴饮泉。
我受这苦怨我贪,大王不修也是仙。

长生将词付与安王。成安王看毕,上前跪拜,祈仙长慈悲,同寡人回朝,指我居家修行,永世不忘大恩。长生无奈,随成安王进朝。文武各散,安王设下宴筵,款待仙长,请来皇后公主,说明修行之事。皇后一听,来至筵前,看见仙长容颜与俗人不相同,真可爱人,就动了他凡情之心了。

皇后打量大罗仙,果算真人不非凡。
天平宝满贵人相,红光满面好容颜。

龙腰虎膝身端正，不修就是活神仙。
我若与他把婚配，不当皇后也喜欢。
上前把他仙长称，皇后有话向你言。
大王对我请到你，命我陪筵把仙传。
长生闻听心纳烦，皇娘讲说是胡言。
国王请我为修行，陪筵吃喝礼不端。
皇娘又把仙长称，师兄道友不相干。
天道人道是一礼，先尽人情后学仙。
国王四十无有子，借你金体结香烟。
生下一子掌朝纲，三人同到蓬莱山。
长生听说打冷战，遵声皇娘休胡言。
正人说出邪人话，难对鬼神辱祖先。
情愿你国把命伤，成婚除非来世间。
皇后露丑丢脸面，回禀国王说一番。
长生错出一句话，护法听见急下凡。
变一宫女站当面，与他说明前后言。

话说护法神，听得长生言出来世成婚之话，惹下红尘之苦，费完前功，不免变成宫女，与他说明。长生不见皇后，有一宫女，"是何意故？"宫女曰："我非宫女，乃是护法神变化。因你修行，三清命我护你身体。方才你许皇后，来世成婚，还修甚么？此言一出，该入轮回，完你前愿，结发成婚，再世修真可也。"

护法神已说破腾空去了，急的个刘长生跺脚悲嚎。
为甚么你说话心不打扫，数十年修了个火化冰消。
越思想越烦恼精神短少，得下个忧愁病七日命抛。
护法神命土地将魂收了，新皇娘身有孕送他入朝。

成安王听人报仙长命了，这是我无福分不该修造。
　　命宫人备棺椁将尸葬好，葬皇地紫金山祭祀两遭。
　　事将毕宫人禀皇娘气倒，气国王话难言珠泪双抛。
　　仙长亡皇娘死大不吉兆，备棺椁紧安葬僧们两道。
　　过去事不细讲另把话表，又选了邓公主皇娘入朝。
　　邓公主坐正宫国王和好，未一年身有孕自觉逍遥。
　　不觉的十月满皇娘腹搅，满室中香气异红光显耀。
　　土地神送长生魂魄来到，将真灵入了壳各自回庙。
　　甲午年亥十八午时出窍，国王喜叫玄明庆贺热闹。
　　李宰相那夫人生下女姣，皇娘魂入了胎投生奇妙。
　　宰相喜叫香娘合家欢笑，年半百见一女也算玄妙。
　　不觉的光阴快春去秋到，香娘女十岁多俊容窈窕。
　　文武议将此女婚配定了，奏万岁配小主两姓相交。
　　国王喜过了亲大事接了，报马到西番国进宝来朝。

　成安王大喜登殿，天下减罪一等。西番国进来铜鼓一颗，厚有一尺二寸。番王曰："你国有人射透此鼓，每岁进贡来朝。若射不透，反与我国进宝才了。"成安王大怒，选刘飞虎赡功。飞虎有千斤之力，拉开大弓，打上银箭，加劲放出，射鼓不过半寸。番王大喜。玄明太子曰："慢喜，待我射过再喜不迟。"

　　玄明喝住接过弓，番王看他也不中。
　　小将他有多大力，看来也是一场空。
　　太子拉弓放雕翎，一箭射透鼓青铜。
　　番王看见要逃走，太子喝住休要行。
　　今日射透你的鼓，下年何宝来敬奉。
　　番王答应有有有，明年高供进朝中。

西番王子告驾去，老王摆筵贺玄明。
众臣齐散且不表，老王意想要还龙。
那日登殿文武到，选进太子交龙庭。
摆下香案请年号，国号定太是玄明。
老王坐了六十一，至此安然乐清净。
定太元年登了基，三月初一把殿升。
臣奏西番兵起反，领定人马来攻城。
因你射鼓记下仇，闻你登殿来相争。
五万人马城外扎，我主急快差救兵。
定太闻听心好恼，先差李士马梦明。
二将领兵去对战，不胜番兵败回城。
齐奏我主另差将，我们难胜番王兵。
定太听罢心大重，亲自出城见番兵。
许下我供未来进，不识好歹敢攻城。
番王发怒骂玄明，今日把你活剖清。
不论分说就开箭，定太收兵封了城。
吩咐三日开战场，无奈出榜选英雄。
眼看定太灾难到，三清上圣显威灵。

词曰：

长枪短刀甚是凶，生擒活捉拿玄明。
进退两难出皇榜，朝中平贼把官封。

第三回　妙天尊　来助阵　点化修行

词曰：

天地无私人有愁,遵法不该下东投。
坐禅为何把朝进,阵势安排不自由。

三清上圣早知上帝出世有难,急差妙乐天尊助阵,劝他修行,不识上帝分性下凡之苦。妙乐天尊一听,辞了三清,霎时来到城都,空中观见番兵,将定太王战退,大王出下榜文。"我这先去揭榜助阵,后来化他修行,不失原位金身,岂不是好?"

妙天尊在空中变一道家,下凡来揭榜文走进殿下。
定太王见道长揭榜惊怕,你可有何战法去抵番家?
妙乐奏万岁王放心胆大,我既来相助你自有开法。
也不用多兵将我去见他,管教那番兵退败阵回家。
定太听谢道长将心放下,到三日西番兵又来叫骂。
妙天尊执宝剑披头散发,念真言一霎时走石飞沙。
只打的西番兵个个害怕,五万兵尽逃走退出关下。
回朝去交旨义当殿奏驾,反兵败我告辞要回山塔。
定太王遵仙长不准告驾,我封你一品官常享荣华。
如不然我谢你金银几百,多办些有功事保护朕家。
妙天尊不要官金银不拿,提羊毫写一贴点化于他。

词曰:

迷失深厚难打开,清闲不坐进朝来。
不是看你根基大,焉能助你把兵排。

又词曰:

帝王有福人人夸,始皇武帝怎皈家?
就此别了恩和爱,贫道引你步云霞。

道人写毕,付与国王观看。国王念了一遍,心明如镜,当时就拜仙长为师。"引我那坐名山修行,弟子不忘大恩。"道长曰:"我往蓬莱山安歇,要你将国事安排明白,到蓬莱山找我,指你修行。"说罢,当时告辞。国王苦留不住,送出道人。二人分别,道人一时不见。定太王回朝,至此不理朝事,常于皇娘太子,说这辞朝修行之话。不觉道长去后十年有余。一日,国王又与皇娘太子,坐在宫内,说这辞朝之话。

　　定太国王便开言,香娘皇妃叫一番。
　　咱俩相爱这几年,生下太子在朝前。
　　一世光阴容易过,黄金难买常少年。
　　我想人生如花样,不如辞朝去修炼。
　　皇娘听说心冷淡,万岁为何出此言?
　　国中锦绣太子小,万里江山何人管?
　　帝王就是一尊佛,何苦孤身入深山?
　　你我相配二十载,怎舍当下守孤单。
　　定太就知他不从,言毕各自回宫院。
　　一日国王主意定,舍恩割爱要入山。
　　香娘上前忙拦住,怀抱太子扯衣衫。
　　国王狠心撒开手,携起包袱出宫院。
　　公主急告众文武,文武赶住一齐拦。
　　国王吩咐休拦我,去扶太子坐江山。
　　说罢各自扬长去,文武回奏皇娘言。
　　老王绝意不回转,当扶太子掌坤乾。
　　香娘吩咐祈年号,文武急忙排香案。
　　国号开明登龙位,皇娘保朝文武参。
　　朝阁之事不细表,再说国王进仙山。

抛皇宫舍恩爱再无二念,一心到蓬莱山访师修炼。
出朝来只走了数十余天,走一山过一岭崎岖山湾。
访到了蓬莱下上山去看,但不知有道师他在那边?
妙天尊至那年国王度转,常来往蓬莱山等他来参。
一日间在深山心中打算,掐指算定太王今日到山。
定太王前后山四处游遍,观青山并绿水百花齐鲜。
松柏树长的好常青不断,有猿猴有飞鸟异景非凡。
观山景解不脱心中愁烦,但不知我的师几时见面?
心着急望师尊四下观看,忽看见有一人坐在山边。
戴道冠穿道服道人打扮,口出的稀奇话怪语奇言。
我不免走上前使礼拜见,问道长见我师可在此山?
妙天尊见他问假意装憨,手一摆头一摇口念词篇。
词曰:
有福不享到山岗,见人不识心着慌。
人能入山把我认,我能引他到西方。

妙天尊念词已毕,定太王有些醒悟。"我看此人说话奇语,像貌非凡,想是那年进朝度我,莫非就是此人?"急忙上前拜见曰:"我来此山访师修行,望仙长收缘,不忘大恩。"妙天尊再三推辞。定太王跪求仙长开恩否。

玄明跪求苦哀告,愿拜师父传大道。
天尊见他把师叫,假意考他佛根苗。
你来入山修大道,富贵恩爱你能抛?
玄明告师我愿抛,听师安排心意牢。
若是退悔反了道,身遭五雷不超生。
天尊见他洪誓告,随我进洞指玄妙。

言罢二人洞中进，指示性命生死窍。
这是灵台常打扫，行住坐卧守此爻。
怀中太极紧记抱，日月照耀搭天桥。
有事打柴守炉灶，闲来讲经悟玄妙。
定太听罢谨记好，件件遵行不差毫。
饥吃松柏充腹饱，渴饮清泉甘露潮。
观山看花听鸟叫，不忧不愁胜当朝。
那日天尊要魔考，命他下山去买桃。
见桃去买言语谨，一句错了把祸招。
定太听说吩咐毕，辞师出洞去买桃。
天尊见他下山去，变个女子卖仙桃。
口吹法气大街上，卖桃考他佛根苗。
定太下山街前跑，遇见卖桃一女姣。
开口先把娘子叫，此桃要卖钱多少？
女子闻听先发笑，百两银子买此桃。
定太说是太胡闹，连根带树用不了。
辞别女子另去找，四处寻遍不见桃。
二次又来把他问，女子开言把话表。
你是山中一道长，奴家卖桃是女姣。
你孤身来我无靠，咱俩成婚送此桃。
同你上山一处宿，阴阳会合结仙桃。
听他讲话有鬼倒，怎敢犯了佛规条？
不免假应得他桃，许他改日把亲交。
你要得桃不来到，那里我你把亲交？
我若得桃不来到，鱼虾吃身永不超。

女子听罢将桃付,接桃心急回山跑。
见他接桃祸来到,当时变转回山庙。
定太付桃话未表,天尊怒骂枉修造。
交你买桃话莫错,为何犯规把亲招?
定太听说心内跳,将话说透师恕饶。
天尊说是戒犯了,准你下凡配女姣。
修行说下妄语话,怎能西方把佛朝?
定太听说心烦恼,至此有病泪双抛。
七日命尽洞中丧,天尊将他灵性抱。
下世投生西霞国,将尸搬于河内漂。
舍身誓愿此回了,再回看他怎修遭?
词曰:
点他修行凡未了,化尽灵性下东郊。
修道说下妄语话,行持差错把祸招。

第四回　妙天尊　显道法　二度上帝

词曰:
天子万年几时休,遵皈守戒步云楼。
显化一次又一次,一时差错难出头。

话说西霞国王李天富,掌管山河,四十无子。一日与秦皇娘商议,立坛建醮,排设香案,祈天求子,以掌朝纲。"你看如何?"皇娘听说,满心欢喜。遂吩咐文武官员,"择选吉日,建醮焚香。"文官彭良、武将郭春曰:"领旨。"将坛设齐,请国王皇娘焚香。

李天富与皇娘诚心已定，沐浴身清斋素离了宫中。
来坛前秉真心真香上呈，跪尘埃三叩首禀告苍穹。
我本是西霞国一国主领，为求子祈上天降一男童。
妙天尊在空中慧眼看定，西霞国烧真香求儿降生。
又查他三世善皇娘佛性，将上帝一真灵送他身中。
他夫妇行了香告毕神圣，回宫去各安歇夜做一梦。
梦见了一金钱落在家庭，至此后秦皇娘身怀有孕。
日月梭光阴箭话不细明，秦皇娘身怀胎三年有零。
那一日天富王进宫问定，为甚么身有妊三载不生？
你莫非怀下了妖怪奇形？若不生割你腹观看分明。
秦皇娘禀王爷莫要急性，垂双泪且息怒要你宽容。
或是妖或是怪我也不懂，限三日不生养再下无情。
言必是各分离后宫坐定，手指腹叫冤家要命畜生。
想人家怀儿女十月生养，娘怀儿三年多还无动静。
你不是投我腹是要娘命，你父王限三日要娘命倾。
皇太子在腹内把娘叫应，莫害怕是孩儿怕出鸿濛。
李老君在腹内八十一载，儿学他不出世怕落火坑。
老君圣怀胎多于今谁醒？限三日你父王割娘腹生。
我娘亲既害怕孩儿遵命，儿三月初三日戌时降生。
言毕时夜更深皇娘腹疼，果到了第三日戌时降生。

话说到了初三，皇娘腹疼，宫女扶住。只听宫内音乐、异香满室。到了戌时，皇娘生下太子，沐浴抱过，宫女禀于老王。老王来至后宫，看见太子，生的天平宝满、两耳垂肩、双手过膝，自思必是贵人，起名玄晃太子。众臣庆贺不题。

老王得喜不自由，光阴如箭十五周。

一日登殿事完毕,亲与众臣说情由。
老王今年五十九,想让太子坐龙楼。
文武听罢一齐奏,我主有意臣愿投。
急将太子选殿口,老王辞位要你受。
太子听说喜气有,当殿参父把印授。
老王交毕回宫去,文武讨封齐出头。
三宫六院都选就,宫娥彩女乐无忧。
皇宫摆筵吃乐酒,宴毕各散离龙楼。
年号玄晃传天下,元配正宫范皇后。
玄晃接位四五载,老王晏驾一命休。
玄晃听报心着忧,金顶玉葬皇城后。
忧照传出天下知,范后正宫喜临头。
生一太子满朝庆,玄晃加喜免了愁。
起名继昌宫女领,把话分开往下留。

话说玄晃见喜范皇娘心乐,不觉光阴似箭,就有十年有余。玄晃主又想起老王十周年,有心祭坟拜孝。吩咐文武,备下酒礼銮驾。"朕要拜坟,不可迟误。"文武听说,一时备办停当,"请我主上辇。"国王带领文武,出朝拜坟可也。

西霞国玄晃主祭坟行孝,众文武排銮驾出离当朝。
妙天尊在蓬莱云游海岛,忽想起帝投胎有了几朝。
屈指算三十年日子不少,又怕他迷心性不回天曹。
慧眼看他今日拜坟行孝,我变做一道人问他根苗。
按祥云落下凡路上等到,玄晃主出朝来一派热闹。
正行走开路人一声禀报,路中间坐道人不动不摇。
玄晃主听此言亲自看照,问道长阻我路所为那条。

禀大王非阻路怕你迷了，这一回走错了堕下深壕。
我拜坟文武引怎能迷了，引你是凡间路不是天桥。
做帝王享富贵今世荣耀，你怎知来世里下落根苗。
一句言问的他开了心窍，请道长把来世与我一表。
有道长叫国王拿水自照，左右看二图相是你根苗。
玄晃听叫韩通取水观照，走上前往里边细看分晓。
左边看玉帝坐金殿喜笑，右边观牛吃草耕田受劳。
观看毕请道长当面问道，水中里这两边所为那条？
只要你指明白水中奇妙，我情愿拜你师不坐当朝。

天尊曰："是你不知出世，只知恋世。想你原是上帝一魂二魄化身，下凡二世，投在皇宫，贪恋皇娘、三宫六院，迷了本性，不知来踪去路。我恐失你真灵，特来阻路指示。你看水中，左边玉帝，是你修炼出世，来生金身。右边一牛，是你贪恋富贵，恩爱福尽之形。"国王听罢，骨麻心惊，口称仙长："指我出世修行之路，拜你为师。"韩通听言，奏曰："我主不可错言。天下妖法广多，那来这些奇事？不要妄信妖言。"天尊见韩通不信，将他一口吹倒，腾空显像曰：

天尊当时腾了空，叫声玄晃你是听。
我今真心来度你，看你能行不能行？
要修就是天堂路，不修来世把田耕。
玄晃望空忙拜定，愿舍皇宫去修行。
师父落地将我领，同到名山悟长生。
妙乐空中把话明，灵鹫宝山是我停。
回朝将你宫院舍，灵鹫找我再相逢。
说罢当时云雾散，玄晃吩咐转回宫。

青花亭上传旨意，继昌接位把基登。
众臣你们各尽职，我今辞朝去修行。
三宫六院齐拦挡，一脚踢倒地流平。
太子文武拦不住，撒手狠心出了宫。
当时离了西霞国，望着灵鹫快如风。
走到灵鹫把山上，遇见道长师高明。
天尊见到将他问，你可撇了紫皇宫？
国王拜师无退悔，愿舍六院与三宫。
对天发下舍身誓，若有退悔五雷轰。
妙乐见他发洪誓，指他灵台性命宗。
三皈五戒要紧记，一步错了堕四牲。
饥食松柏当度用，渴饮清泉茶几钟。
有事讲经炼黄庭，无事山前看莲蓬。
我去云游赴海岛，改日到了考功程。
天尊告别离山去，玄晃守戒念黄经。
锦绣江山不愿享，苦修灵山悟性命。
不言国王修行事，再表小主把基登。

话说继昌接位，国号希宗元年。一日思父出朝修行，不知好歹，与皇娘言道："儿有心灵鹫山接父回朝，你心如何？"皇后言说："正合心意。吩咐文武，备辇排驾，同去灵山，找你父回朝享福、合家团圆。"众臣禀报齐备，皇后太子上车，往灵山去了。

皇后小主离宫院，找父要到灵鹫山。
来至山下停车辇，步行上山看一番。
若是找见我父面，回朝建醮大谢天。

玄晃至师下了山，每日静修参妙玄。
净功已毕出洞看，观见虎斗百鸟喧。
山上奇花真好看，山中流出白布泉。
食些松柏真美鲜，饮下清泉似蜜甜。
无忧无虑无挂牵，更比帝王强万般。
清清静静多逍闲，无烦无恼甚安然。
皇娘小主山中窜，不见老王心痛酸。
千辛万苦上山来，四处找遍不见面。
心急意忙四下看，见一深崖在面前。
山高崖深无有路，树木林下一小岸。
半山中间一洞眼，有一道人坐上边。
细看好似老王样，皇娘太子走近前。
一齐便把老王叫，你看可怜不可怜？
江山锦绣你不坐，孤身来此受饥寒。
今日接你回朝去，享福几年再入山。
皇娘太子苦相劝，玄晃不曾应一言。
口中只把真言诵，默守灵台装了憨。
护法空中来看定，观见玄晃有灾难。
一阵狂风天地暗，皇娘小主吹下山。
昏昏迷迷睁开眼，请对文武说根源。
众臣奏说是天定，一同回朝再商传。
词曰：
二次入山心意定，度用松柏养真灵。
上皇差定妙乐主，帝王至此见三清。

第五回　灵鹫山　苦修行　朝见玉祖

词曰：
灵性入壳迷了窍，就是仙佛也心焦。
大道仙丹人人有，只怕心意不坚牢。

话说皇娘小主回朝不提。却说妙天尊，自别了灵鹫山，不觉三年。"我今前去，看他心性如何？如不改变，领他见过三清，讨封便了。"言毕驾云而去。又说玄晃主，至那年与皇娘太子，见了一面，心无改变，谨遵师言，毫无退志，更是加功十分。

玄晃主在灵鹫凡心不染，观妻恩与子爱只是装憨。
富不贪贵不想一眼看穿，扫三心飞四相常守玄关。
观鸢飞与鱼跃常常见面，牛羊鹿载仙桃送入茅庵。
山中景真可看世人难见，但不知我师尊何日来山？
妙天尊一霎时来至灵山，见玄晃在洞外吹笛弹弦。
玄晃主见师到急忙接见，走上前忙使礼问候师安。
天尊曰问弟子我去几年？在此山可见些甚么稀罕？
听见甚看见甚食甚酸甜？有甚的异奇事对我所言。
玄晃曰这几年吓也莫见，耳不听眼不观口饮清泉。
又问你过去事想不想念？现在事未来事盼的那件？
玄答曰过去事并不想算，现在事未来事想的成仙。
天尊听他三心四相扫完，我不免领带他去见金颜。
叫弟子你随我去把祖见，不枉的舍皇宫修炼多年。
我赐你驾云法随身使唤，咱师徒脚登莲离了此山。

三清上圣正与七佛玩棋。妙天尊领国王玄晃至殿。使者禀报三清："妙天尊参见三清。"命他进殿。妙乐参拜上圣已毕。三清齐曰："命你去度上帝真魂，可曾完全？"天尊曰："现在殿下参见，望三清上圣定夺。"三清曰："既是度到，可好一同见过玉帝他的原身，再着玉帝定夺。"言毕，一同出了广寒宫，往中天而去。玉帝驾坐灵霄。三清同妙天尊、玄晃主，一齐参拜。玉帝曰："有何荐奏？"三清曰："今有妙乐天尊，度来西霞国玄晃主，乃是上帝一魂二魄化身。今得道成真，望我主定夺才是。"玉帝闻奏，心中大惊，叫玄晃主进殿。玄晃参拜阶下，玉帝一见，相貌光华，不枉吾身分性下凡一回。心中大悦："亲封你金阙化身荡魔天尊，造一九霄府太阳宫，管三十六员天将。赐你过肩龙袍、七宝冠绣墩坐卧、七星宝剑一口，各自去罢。"玄晃谢恩，玉帝退殿，三清天尊各散回宫。

玄晃祖奉玉旨太阳宫占，出灵霄驾祥云脚下生莲。
一霎时进太阳邓化接见，未迎接望祖师恕我恩宽。
奉玉旨我来管三十六将，为甚么一人在他都那边。
邓化曰前几年不敢乱散，等多年无人管各离此间。
也有的到西方去把佛见，也有的下凡去四处作乱。
玄晃祖听一言心中冷淡，又复到三清宫去问根源。
三清曰既散去是你过犯，问你师妙天尊他知的端。
辞三老问恩师指示一遍，太阳宫众天将散在那边？
天尊言这是你自招祸患，还要你重下凡收他归天。
你还有四十二灾难未满，入皇宫投凡胎二次修炼。
玄晃听心烦躁底头不言，妙天尊捏灵性送下凡间。

话说净乐①国开皇国王,四十无子。善胜皇后每烧长香,祈天求嗣。一日又在后宫烧香,忽见一朵金光,落在神前,不知何故。夜宿宫院,做了一梦,有红日入腹,醒来浑身是汗。至此皇娘身怀有孕,光阴似箭,不觉十月胎满。开皇十五年,三月初三日午时,皇娘只觉身困腹疼、左肋疼痛。太子降生,皇后气绝。妙天尊口念真言,娘娘还魂,异香满室,宫中九龙吐水,沐浴太子。天尊回宫。彩女抱起,付于皇娘,禀与老王。开皇一听,看过满心欢喜,起名玄元太子。宫中庆贺一切不表,但言太子玄元出世情由。

太子出世离了娘,三四五岁心明亮。
七八九岁爱念佛,就与俗人不一样。
十二十三想修行,不愿享福在朝纲。
到了十四主意定,一心只想入山岗。
正月十五元霄节,玄元要想观灯光。
老王不准他去看,儿扮民人去观望。
王曰既去早回来,吩咐太监随小王。
太子领命出朝房,离了皇城满街亮。
前行来到东门上,二人吃酒闹嚷嚷。
酒醉人把人打死,一人还命去低偿。
东门走至南门外,花巷院里打饥慌。
这个不让那一个,吵出是非送公堂。
南门又往西门去,二人为财起祸殃。
路上看见钱二百,你抢他争打一场。

---
① "乐"原作"落"。

西门行至北门口,二人为气犯吵嚷。
一言一句各下手,打下人命去抵挡。
太子看罢心内想,酒色财气四魔王。
人能离了这四字,就是长生不老方。
我想皇宫是孽障,酒色财气随身殃。
不如不回入山去,躲离四字是非墙。
玄元正是心内想,斗母空中听端详。

话说九天斗母元君,空中观灯,听得玄元太子想离酒色财气。"我不免下凡,变一道人,指他修行,看他肯否?"一时来至面前,口称太子曰:"方才听你想躲酒色财气,莫非你想修行?"太子见一道人问他,急忙使礼曰:"我倒有心修行,就是无人接引。"道人曰:"既愿修行,我能引你。怕你不能舍富贵皇宫,逍遥快活。"玄元听说,当时要跟道人入山。太监劝曰:"小主不必如此。"上前就打道人。道人看见不好,当时腾空大言曰:

斗母君空中言说你可笑,我度人你拦挡不识低高。
小玄元望空中云端观照,那道人真仙家快下云霄。
我拜你为弟子入山修道,发洪誓有二心雷打火烧。
九天母在云端见他哀告,叫太子你听我细说根苗。
你本是玉帝性下凡三遭,我又怕堕落你才下云霄。
你真心愿修行不用急懆,回朝去说明白免把气淘。
吾本是九天母要你记好,愿修行武当山找我一遭。
斗母君吩咐毕驾云去了,有太子转回朝一夜心憔。
那一日见老王当面禀告,儿不愿洪福享入山修造。
做帝王恋恩爱有甚结了,依儿看学仙家自在逍遥。

开皇主听儿言骂声不孝,这江山教谁坐那个送老。
　　儿修行效古人尽忠尽孝,不当那看才奴忧民忧朝。
　　国王听他修行火冒七窍,一怒气打冷宫把他性傲。
　　每一天一餐饭水火不到,折磨他心性改不准胡跑。

　话说国王将太子打在冷宫,与娘娘说明。皇娘一听,心中烦恼。国王曰:"不必心烦,是他自作自受。"言罢,各自安宿不表。却说太子坐在冷宫,毫无退志。皇娘听说太子打在冷宫,不免劝儿一番。来至冷宫,叫儿莫要错了念头。

　　太子见娘忙陪笑,不可为儿把心操。
　　儿女好比娘心肉,无常到来各自了。
　　财广儿多难替死,各人性命谁能保?
　　母亲不必将儿劝,回宫各自也修道。
　　皇娘见儿难解劝,回见老王说根苗。
　　玄元见娘他去了,埋怨斗母慈悲小。
　　既是来引我修行,弟子有难你不保。
　　若是冷宫把命丧,怎能武当去修造?
　　太子冷宫心发憷,斗母空中看分晓。
　　太子冷宫有了难,显法救他离尘嚣。
　　望住冷宫吹口气,一阵大风神鬼嚎。
　　风打冷宫门双开,众臣个个都冲倒。
　　太子瞇瞇眼难睁,雾气腾腾到云霄。
　　斗母元君妙法大,灵性带身一齐抱。
　　霎时到了武当山,列定片时知分晓。
　　风定太监冷宫看,不见太子何处逃。
　　急禀国王说一遍,开皇闻听恼眉梢。

众臣齐奏主息怒,改日传旨四处找。
要问太子可得见,下回书中见分晓。
词曰:
朝中起风太子逃,见了斗母喜眉梢。
玉体到了武当山,帝王还想他回朝。

第六回　皇太子　入武当　苦修性命

词曰:
皇王坐宫心着忧,太监奏禀说情由。
我主出下访告榜,四门张挂访根由。

话说老王听太子逃走,心中着忧。太监替主出榜,挂出四门:"有人知道太子下落,将信送来,赏银五百。"榜贴四门,请主安歇。却说斗母元君领太子进了武当,将太子放下,唤声醒来:"这就出苦了。"太子昏迷如梦,又听有人叫喊,睁眼一看,坐在山寨,是何奇异。不由长叹曰:
玄元昏迷眼睁开,不见冷宫到山寨。
想是上神把我救,见位道人笑颜开。
口称仙长那一位?千里有缘到此来。
元君叫声小皇太,我是斗母度你来。
这回出宫休挂碍,脱难离网到山寨。
此是武当多自在,这里修行称心怀。
太子一听把师拜,弟子为徒你安排。
斗母见他来跪拜,指示性根守灵台。
二六常常观自在,双林树前道眼开。

闷看虎斗把花采,饮水充饥漫漫挨。
遵住修炼心不歪,我到别处有事差。
太子送师心爽快,武当山上修灵台。
前山后山齐游遍,满山香气百花开。
山中找一清净洞,茅庵藏身不受害。
此处就是神仙地,能躲八难与三灾。
真心实意有主宰,苦修苦炼望师来。

话说太子武当修行,并无人见。一日有樵夫上山打柴,看见一人坐在深山,上前问话。太子一言不语,樵夫也不管闲事,只管打柴。将柴打齐,下山去卖。去至皇城外,看见皇榜:"太子逃走,不见踪影。有人送信,赏银五百。"看罢,心中想道:"武当山那位不言之人,莫非就是太子?不免揭了皇榜,将信送去,得了银子,何用卖柴?岂不是美?"

陈春林心打算去揭黄榜,看榜官领着他去见老王。
皇王问揭榜文可见太子?樵夫奏前日见武当山上。
王吩咐叫校尉将他带上,同找回皇太子来领银两。
有校尉领圣旨带领兵将,同樵夫出了城急到武当。
上山来樵夫引山中观望,有校尉一看见认得小王。
走上前叫小主为臣拜望,老王爷请你回快下山岗。
皇太子在山中正观景象,忽然间见校尉心中着慌。
我师父下山走交代明亮,他今日叫我回这该怎样?
心着急意颠乱有口难讲,护法神显威灵助他帮忙。
在空中一阵风昏天无亮,使飞沙和走石打下山岗。
有校尉与陈春头昏目黄,速回朝奏老王细说端详。
小主爷在武当樵夫不妄,臣才去正答话起了风狂。

一阵风天地暗飞石乱响,打下山昏沉沉头眩心凉。
　　开皇听校尉奏众臣选上,备銮驾接太子二次武当。
　　取银子与陈春作为谢赏,太子回封你个兵部仕郎。
　　文武听备车驾樵夫头往,出皇城二日多到了山岗。
　　来在了山底下车马难上,有文武同樵夫步行武当。
　　上山来陈春林引众前望,众文武见小主坐在一傍。

　话说文武见了小主,一齐言曰:"老王因你忧虑,朝中快乐不享。来在此山有甚好处?现下宫院选齐,万里江山就该你坐,受不尽荣华。为何痴迷不醒?"玄元又见文武上山,"请我回朝,我怎肯回朝?只得好言相劝,交他回去禀父便了。"

　　太子又见众卿到,禀告大人听分晓。
　　出朝主意就拿好,三番二次妄徒劳。
　　回朝说与老王表,劝解我父莫心焦。
　　国母怀胎日期到,生一太子能掌朝。
　　你们诚心把国保,积下儿孙富英豪。
　　好话说了多和少,文武立请他回朝。
　　护法又见事不好,急移黄风雾气罩。
　　一气文武齐吹倒,人马车驾吹回朝。
　　众臣回奏老王表,武当请驾说根苗。
　　太子执意要修造,至死不肯转回朝。
　　臣劝我主休烦恼,此事天意莫强交。
　　开皇闻听心发憟,我了之时谁接朝?
　　说罢众臣各散去,老王闷忧回后朝。

　话说老王闷回后宫。彩女禀道:"皇娘分娩产一太子。"

开皇正在忧闷之间,一听皇娘产下太子,心中又喜一半:"这是不绝我朝之后。"三日庆贺,起名炀帝,后掌隋朝之位不提。却说太子至众臣去后,心想:"多亏诸神保护,风吹文武下山回朝。我想此事,父王知道,不能干休。他要再来找我,如何是好?不免离了此山,另寻一处安静之地,无人所见,岂不是好?"说罢,离了左山,行至右山。观见山中有一古庙,无人行走。细看有一独木小桥,两边松柏暗暗,无人可知。就有日月照空,不免牢锁心猿。过桥一看,原是圣母庙。还有石盖清泉,又有茅庵,山果满树,真来仙境之地。上前拜过圣母娘娘,就此安静可也。

　　皇太子离左山来至右山,独木桥圣母庙能把身安。
　　走上前拜圣母百叩朝见,圣母娘保护我肉体修炼。
　　我本是皇太子享福不愿,出朝来到此地一心修仙。
　　存真心拿实意再无二念,纵死在此山中只要了凡。
　　叩禀毕醉身起坐在庙前,观此山好景致胜过金銮。
　　清泉水养松柏长清不断,有吃的有喝的自在安然。
　　闲观花闷听鸟忧愁不染,不觉的过一年又是一年。
　　有一日坐茅庵起了凡念,想起来生身母心内痛酸。
　　我修行不回朝孝心难满,做一篇《报恩经》普传世间。
　　三代宗亲恩德厚,父母恩情实难酬。
　　每日神前多叩头,哀求诸佛赦宽宥。
　　父恩山高还不够,母恩海深难以酬。
　　诚心斋戒念经咒,早晚燃香把佛求。
　　父母现在增福寿,过去先亡早加修。
　　阳不斋戒阴回头,灵魂不堕地狱囚。

有缘遇度起生死，灵性回心道好求。
是我修行报恩经，不修体念亦无忧。
为母守住清斋祭，不枉爹娘费心愁。
世人体念报恩经，增福增寿乐千秋。
有人体念报恩经，吾儿也能把儿求。
每日烧香念一遍，百事遂心永无忧。

话说太子将《报恩经》写毕，传于四方，人人体念。太子仍然游山玩景，闲暇看经悟道，采精补脑不提。却说斗母元君，至那年将太子玄元度到武当山修行，不觉十年有余。一日，见了妙乐天尊，言明此事。天尊曰："当年我为他这一灵性，费了几次辛苦。今你又度他武当山修行。既然如此，不免你我同到武当，试他心性如何？"说罢，二人驾云，一直武当而去。

斗母君与天尊把话议定，一霎时就到了武当山中。
二天尊将身变道人形容，与前番不差样来到山中。
皇太子见师到急忙接迎，请进庙忙顶礼问师安宁。
问师父这仙长那山住停？小弟子认不清求师指明。
斗母君叫弟子是你不懂，他本是你师伯我的师兄。
一来是到此山游山玩景，二来是看望你功果品行。
人家修三五年明心见性，想你这十年多还不脱形。
依我看你不如回朝去可，接王位享恩爱何等显荣。
吃美味穿绸缎前呼后拥，享几年现成福再来修行。
皇太子听师言头麻心冷，忙跪到师面前慈悲宽容。
既到山有始终主意拿定，腔磨断肉化泥要遵师命。
愿教我跟随你早晚听用，愿教我在此修死不改形。

或功果进与退弟子不醒,成败理要师父一一讲清。
二天尊见他言心性稳重,才传他采药法丹田黄庭。
二六时守性命三车运动,八卦炉文武火多点慧灯。
到那时功纯熟谨防考惩,俺告辞你在山不可胡行。
皇太子送师去转回洞中,用心意双林下谨守玄宫。
词曰:
苦心立志在深山,修炼三宝汞投铅。
性在山前观南海,命到灵台坤变乾。

第七回　武当山　被女戏　圣母点化

词曰:
武炼文烹在黄庭,当山圣母来调情。
女子用了千般计,戏侮太子心不动。

却说太子,至师去后得了周天全功,更是加功一层。白日在山中,采树果充饥,晚来回洞,参禅打坐。不觉又是二年,无忧无虑,清闲自在。又说武当山后,有座圣母庙。天尊去后,就命当山圣母护持太子。圣母常常看他功果如何。一日,圣母娘娘起一念头,试他道心坚固,看他在此山,十有余年,毫无退志,今日变一民妇,去到茅庵试他色心如何。

圣母当时变的快,变成二八女裙钗。
移动金莲茅庵外,叫声师父救命来。
玄元洞内正安泰,又听女子叫哀哉。
出外看见女子哭,为何黑夜到山寨?
女子哭告迷了路,道长慈悲听心怀。

奴到你屋住一宿，改日备礼谢你来。
太子听说回言道，一屋男女怎安排？
女说一屋管你歇，奴家愿冷在尘埃。
太子无奈请他进，六门谨闭守灵台。
女子见他心不动，假装腹疼叫哀哀。
叫声仙长发慈悲，快救奴家一时灾。
太子见他肚里疼，真来麻烦似魔害。
细想是我冤孽债，偏他进来有了灾。
不如不去把门开，管他有灾无有灾。
女子越疼越喊叫，师不救人妄吃斋。
太子叫声女裙钗，茅庵无药莫胡猜。
女子叫师要忍奈，偏方更比吃药快。
你手与我将肚暖，凉气一暖就爽快。
太子无奈手去挨，女子觉暖跳起来。
这个妙法不应急，不如你身对奴怀。
肚皮挨肚片时好，不然一命赴阴台。
慈悲救我一性命，胜你苦修二十载。
修行好从何处立？有难不救似迷呆。
太子听他说一遍，心惊头麻恼胸怀。
此女必是麻缠鬼，要害我身难推开。
一怒走出茅庵外，看他出来不出来。
皇太子出庵外口喊苍天，这是我修行人大大魔难。
上山来二十年自在清闲，今夜晚遇此女真来麻缠。
他害我破色戒假装病患，我岂肯与他去结配成欢？
不如我躲下山将他不管，管他死管他活我早离山。

我恩师见了我责罚不管，也不是我妄行细诉一番。
言毕时下武当心中冷淡，二十年功抛散一时之间。
圣母见皇太子出庵下山，一时间闯下了大祸无边。
太子是玉帝性四世修炼，不几年功圆满脱壳升天。
来武当几多年凡心不恋，真心修无改更诚意志坚。
斗母君妙天尊命我护看，一霎时被我戏考退下山。
若还是下山去将心改变，二天尊怪下罪叫我怎担？
我不免变老妈前面去赶，拿铁杵去磨针点他回山。
一霎时腾云到路边立站，磨铁杵等他到问我答言。
皇太子下山来自思自念，也不知那一处还有名山。
纵有山我师父怎能相见？不如我不修行回朝安然。
说着想想着走左难右难，忽观见一老妈坐在路前。
手拿着一铁杵只磨不观，问妈妈磨此物所为那般？

　　太子下山，正往前走，见一老妈，手拿铁杵，石上磨着，不知何故。问老妈："磨这铁杵有何使用？"妈妈曰："是你不知。我有一女，她要绣花，无有花针，我才与他铁杵磨针。"太子笑曰："铁杵何日磨成？"老妈曰："休听闲言，功到自成；半途而废，就不成了。"

　　太子听罢心想算，是我不该下了山。
离了妈妈往前走，圣母又变一老男。
紧到前边再等他，手拿锥子锥石岸。
太子正走心疑烦，见一老叟锥石岸。
不免上前去问他，误者闲工为那般？
老叟答曰为地旱，锥岸取水来润田。
太子笑说不粘弦，看你锥死也枉然。

老说锥石要心坚,诚心坚固有水钏。
漫说锥岸把水取,心坚成神也不难。
不怕傍人来搅乱,心坚意诚不离岸。
若要听了小人说,枉费前功二十年。
老叟说了把功用,太子心想作了难。
意思女子搅乱我,怕我修行心不坚。
一时粗心把山下,偏偏遇着这两件。
二人说的一样话,二件事物比我难。
锥岸取水杵磨针,我就不能成神仙。
细想是我功未满,回头又上武当山。
圣母见他上了山,阿弥陀佛心才安。
摇身一变把山上,复回庙内收香烟。
太子上山茅庵看,不见女子心才安。
暂歇一时将门封,有人喊叫永不观。
异日山上去游窜,看见猛虎把兔赶。
叫虎不必把他赶,吃了我身亦一般。
那虎听得不往前,头点三点离了山。
看见猛虎离山去,又见飞鹰赶着雁。
喊鹰不可伤雁命,我这身肉也能餐。
那鹰听得落下地,翅打两翅飞过山。
太子看见心内想,走兽飞禽也结冤。
你强他懦你吃他,不怕后来把账还。
前世有孽把畜转,今世还要结仇冤。
山外异事不多看,复回茅庵饮清泉。
饮泉已毕弓上弦,二目看准射飞鸢。

飞鸢落地鱼跃渊，竹篮提水昆仑山。
将水润到丹田地，生出药苗用车搬。
牛羊鹿车拉鼎炉，武文火毕成了丹。
沐浴温养气吸定，一日一次一周天。
禅功已毕去安眠，心想成道不离山。
世事光阴如射箭，不觉又是好几年。
夜晚安宿身困倦，失身遗精作了难。

太子安宿，失身遗精，心中不乐，意思："此山必有妖孽，总是不妥。修行是炼三宝，失了元精，怎能成仙？不如离却此山，另寻一处清净之地。"说罢，起身下山就走。护法见太子又有退意，急忙变一挑水之人，前边点化于他。太子离山正往前走，见一挑水之人，水流人走，并不换肩。问曰："你担水就莫觉见，水倒遗了一些，你可不知否？"那人曰："水流桶满，流些不防，只要不是自倒。其听你言，不坏大事，各用各工。"去罢，太子听言，心内思想："遗精不为邪淫，不免回山便了。"言毕，复回武当而去。护法见他回山，将心放下，急报天尊得知情由便了。

玄元复山回茅庵，腹内又饥心不安。
不免山前采树果，吃些充饥再炼丹。
采吃树果心想算，修了多年还饥寒。
有这肉身在世间，造孽腔腔要吃穿。
要是无有五脏物，稳坐洞内不出庵。
正然山中胡打算，天尊驾云到面前。
空中看他山内站，自言自语听的端。
屈指算他功圆满，显法把他肠肚还。

空中散下瞌睡虫,太子昏迷睡在山。
天尊按云落下去,来到太子他身边。
割腹神将一声叫,取他肚肠莫怠慢。
取出放在石崖下。日后用他要当先。
神将执剑吹法气,割腹肠肚齐取完。
仙衣仙带放在内,念法擦药不相干。
还丹一丸放在口,天尊吩咐你退山。
走上前去叫玄元,为何此处把身安?
不论那里敢卧睡,失了性命你怎担?
太子正睡昏迷处,忽听人叫心胆寒。
睁开梦眼只一看,原是师父到面前。
急忙跪地把师拜,弥天大罪要恩宽。
从今以后再不敢,冒犯规条该天谴。
妙天尊叫玄元不可大胆,吩咐你从今后再不可犯。
叫尊师徒往日并莫睡眠,今日里心昏迷就卧山边。
妙天尊听他言道念不偏,就此时传与他妙法真言。
叫玄元此这修有些凶险,赐予你七星剑保守真元。
从今后心昏迷有人搅乱,手执剑口念法能除孽冤。
我回天你不可将心改变,奏玉帝将你超脱壳了凡。
皇太子送师去转回茅庵,自觉得身清爽不饥不烦。
行走路也不觉有身动弹,三五日不吃喝并不饥寒。
勤回光常采取法轮常转,闭六门断七情常运周天。
词曰:
圣赐宝剑除妖魔,母试不退登大罗。
点醒太子开心窍,化回天宫万世乐。

第八回　除妖魔　舍身躯　脱壳成圣

词曰：

除却妄念心意坚，妖变美人考心猿。

多年修持一时了，宝剑一举显真元。

话说太子，至师去后，得了宝剑，学了真言，自觉神清气爽，也不多用山果，净坐参禅，比前大不相同。却说山中有一竹杆成精，见太子有道，变成一位妇女，去到茅庵与太子成亲。心想："盗他灵性，好成正果，不枉我多年修行一场。"就此去了。

竹杆精变女子十分可爱，到茅庵见玄元会过皇太。
前行走来在了庵门以外，假啼哭叫师父救俺命来。
皇太子在茅庵又听人叫，出庵来见一女泪流满腮。
问女子来到此啼哭为何？女答曰丈夫逼跑在山寨。
他打我另嫁人奴心不改，大雨来无逃处来在庵外。
天色晚求师父留我存在，到茅庵住一宿也无妨碍。
将你那修行法真言讲开，咱二人同修行方称心怀。
你修行大慈悲恩德统快，千里缘到此山要你宽待。
太子听他言语说的古怪，这不是凡妇女必是妖害。
执宝剑念真言去指女怀，吓的他打寒战倒在尘埃。
用宝剑去斩他将形变改，一霎时成竹杆不能起来。
皇太子收竹杆插在庵内，坐在了洞门口观音灵台。
当时除了竹杆精，自思有愧念皇经。
他修我修一样修，不该试剑下无情。

太子念经心愧悔，惊动山左蚰蟮精。
每听太子把经念，听经修炼成了形。
变成一妇身带孝，到他面前去求情。
太子正然诵皇经，女子啼哭叫仙兄。
玄元又见妇女叫，你是那来这妖精？
女称师父莫觉怕，我是山下陈秀英。
俺家招灾瘟疫大，一家六口伤四名。
闻听仙长道法大，披麻带孝把你请。
还有一子命难保，一时命丧绝后程。
仙长随我俺家去，看好我儿功无穷。

太子听曰："那庄可有几家？"女曰："就俺独家，无有邻居。"太子听曰："我不会看病。"女曰："修行原是发慈悲，不慈不悲惹祸灾。仙长修行多年，就连这点慈心无有？眼看天晚，奴家孤身，不如你就送奴下山。"太子无奈，只得送他离山。

皇太子无了奈送他离山，起身来带宝剑离却庵前。
那女子起身走心中不欢，枉费了这一回心冷意淡。
太子前女子后才走不远，那妖物使心术坐在平川。
叫仙长慢些行不可走远，小奴家身发困走的脚酸。
既送我为行好再发善念，拉我手扶我腰送我下山。
太子听女子叫回头一看，又见他坐流平泪流满面。
走上前叫娘子真来麻缠，眼看看天色晚还是装憨。
想你这我不送各自回去，那女子忙拦住手扯衣衫。
你不送奴不强无甚相爱，有一事讲出口要你容宽。
我上山为求你谈玄说妙，此地里无有人传我真言。

如不然你与我结成亲眷，我与你做夫人同回茅庵。
太子言出此话全不顾脸，我修行四十年岂与你安？
为妇女失廉耻就算下贱，你恋我修行人该遭天谴。
将好话说多少女子不散，忽想起七星剑现在身边。
腰中间掣宝剑照面一砍，蛐蟮精怕伤身一气化烟。
皇太子举宝剑女子不见，我面前一股烟雾气下山。
心思想这一妖未曾除斩，回洞中快念我护体真言。
自见师得宝剑饥渴不管，偏遇着这妖孽来把我缠。
细想来这是我孽未消完，多念些解冤咒超度孽冤。
念三日出洞来四下观看，见飞禽与走兽来往山前。
我有心在山中多把人劝，怎奈是山又深谁到此间？
无奈何喊禽兽听我相劝，想你们披毛衣未曾修炼。
前生里为人道五谷作践，父母前不尽孝弟兄不宽。
或奸盗或邪淫不顾脸面，或拐骗踏字纸造孽无边。
前作孽今世报罚把畜转，披毛衣受雨露忍饥受寒。
听我言各回心都能修炼，却莫可畜吃畜结孽结冤。
诸万物同一体圣人常言，人转畜畜修人全在心田。
皇太子在山前歌念一遍，众禽兽通人性齐跪山前。
在山坡齐点头各自走散，自今后也守性也养浩然。
玄元见那山兽回心意转，回洞中守灵台采药炼丹。

　　话说妙乐天尊，那日在武当，将太子肠肚还去，赐他宝剑，去见玉帝，与他讨封，引他脱壳。一日，玉帝升殿，众真朝毕。天尊奏到："臣度有玄元太子，武当山修了四十余年。他灵性乃是上帝一魂二魄化身，请主定夺才是。"玉帝闻奏，心中大悦，遂差太白金星捧玉虚印一颗，卷帘将执石谷旗一把，领带五方龙神，同妙天尊拿吾玉敕到武当山，引他脱壳，亲来讨封。又差金童使者去请南海观音戏侮太子脱壳，莫可迟误。玉帝退殿，众真各散。金星领旨，望武当山而去。

金星天尊离宝殿，武当山上走一番。
带领五龙去捧圣，玉印黄旗在身边。
霎时来至武当山，在看观音显手段。
南海观音遵玉传，变一美女来到山。
天罗地网安排就，但看这回坚不坚。
太子闲坐在茅庵，心静无事养浩然。
那日斩除二妖孽，头乱心懆不奈烦。
打开青发要梳洗，搬座坐在庵门前。
正是梳头把发散，观音变化到面前。
年方二八多清俊，低声巧语便开言。
仙长你今把头梳，奴家与你辫一辫。
将发辫好入庵去，我来与你送姻缘。
太子一听抬头看，又是女子来麻缠。
腰中掣出七星剑，照着女子砍当面。
女子故意来引他，见剑就跑一溜烟。
太子披发急忙赶，女子走的不太欢。
眼看到在近前处，女子飞身跳下崖。
玄元见他崖下跳，不顾生死也往前。
不怕你下我也下，不除此妖不在山。
默住玄关运元气，舍生妄死也下崖。
金星天尊把法现，云驾五龙半山前。
太子披发执宝剑，昏昏沉沉脱了凡。

却说太子舍身一跳,五龙空中驾体,太白金星、妙乐天尊空中齐曰:"玄元不必惊怕,这是你四世投胎,四十年苦修,功成圆满,今乃九月九日,该你脱壳。吾奉玉旨,赐你玉虚印、石谷旗收存,封你'玉虚真君,北方玄天上帝',掌管三十六员天将、七十二神煞,太阳宫鉴察善恶,享无量天福,这就是了。"太子看见师尊吩咐,急忙叩头谢恩,用手挽发,不能回手,心思:"如何见主?"天尊曰:"此是天定,怕你再落凡间,形不能改,是为'披头祖师',随我驾云,去见上帝。"玄元百拜谢恩,脱壳飞升。一灵真性,直上云端,随定天尊,一同灵霄而去。

  太白星妙天尊将祖度了,驾祥云离武当速到灵霄。
  玉帝主坐宝殿使者来报,二天尊领玄元五门来朝。
  玉旨下传宣进天尊奏到,玄元祖跪阶下我主分晓。
  玉帝看玄元像十分修好,不枉我分灵性去投东郊。
  叫玄元站起来殿前坐了,再加封灵霄殿师相官高。
  钦赐你周桃将执旗掌印,赏仙宴贺你宫暗乐逍遥。
  至今后太阳宫交你管好,有天将并地煞助你梆稍。
  正谈论见北方雾气冲到,隋炀帝无道君煞气凶耀。
  叫祖师你快往太阳速到,朕回宫有大事再来灵霄。
  真武祖送上帝回了琼瑶,带周公并桃花离却天曹。
  众天真齐散去一切不表,各回宫察善恶圣凡规条。
  真武祖到太阳安乐坐好,有周公合桃花捧印来朝。
  坐宫内见四方妖气不小,叫周公桃花女推算分晓。

词曰:
脱了凡体到灵霄,壳驾空中五龙朝。

成就祖师管天将，圣相至此把名标。

第九回　天尊议　祖师收　龟蛇二将

词曰：

天将无管起凶豪，祖师领旨离灵霄。

周公一算知其意，桃花最能破邪妖。

　　却说祖师正坐太阳宫，四方妖气迎面，便问周公、桃花："看是何物作怪？此股妖气甚凶。"周公、桃花禀曰："此是冤妖二气作乱，要你到三清殿，见过妙乐天尊，一问便知。"祖师随到三清宫，参拜三清上圣，又见妙乐天尊，叩问师尊："我才到太阳宫，又见四方妖气迎面，下方何物作怪？祈师指明。"天尊曰："此乃冤妖二气，是你当年武当修行，道果难成。我将你肠肚取了，换上衣带，赐你宝剑除妖，你才成圣。肚肠放在武当山石下，并莫损坏，得了天地灵气，千日不见阳光，修成龟、蛇二物，炼就水火洞，搅害黎民。今番该你收他，为你战将，各自去吧。"

　　祖师听毕天尊言，骨麻头炸一身汗。

　　只知苦修成了圣，谁知师费千辛难。

　　辞师出了三清殿，存心执意收孽冤。

　　转身回至太阳宫，周公桃花算的端。

　　周公一算禀师言，要收此妖怕作难。

　　龟蛇二物使水火，日每抢女要吃男。

　　想收此妖见玉主，求来法宝把他拴。

　　祖师一听心纳烦，立见玉主到南天。

531

离了太阳灵霄去，霎时到了上帝前。
玉帝正坐灵霄殿，祖师上前把驾参。
帝见祖师来参拜，我问你到为那般？
祖将情由奏一番，为收妖气到此间。
祈求恩赐求法宝，收孽于民除了冤。
玉帝闻听开恩点，赐你三台七星剑。
赐你一把黄金锁，大小火丹五百丸。
剑锁一煌妖魔退，天将地煞怕火丹。
加封真武将军职，先收二妖武当山。
说罢退殿各自散，真武领旨离了殿。
火丹金锁谨收起，三台宝剑胯腰间。
此番收妖是小可，太阳宫里等来言。
炀帝无道民遭难，天将地煞遍世乱。
龟蛇二妖出了世，曹州府里起祸端。
二物作乱把人害，小妖聚下好几员。
水火洞中称大王，吃人喝血无边岸。
每差小妖把人抢，天下好女背上山。
一日二妖亲吩咐，今天下山到东南。
到了山东地界内，俊秀好女背来山。
众妖听罢出洞去，霎时到了山东边。
要知他抢那家女，银鹅金菊该招难。

话说曹州府太守林彪，有一女名叫金菊，年方二八。副官赵梗，也有一女，名换银鹅，年方八九。二人常在一处观花。一日带领梅香，又上花园观花，正行园内，二妖空中看见二女生的十分美貌，使起黑风雾气腾腾，将梅香吹倒。二妖将女子一人背了一个,驾风刮起,一直回洞而去。

二位小姐把花观,彼妖背去不见面。
梅香风刮倒在地,睁眼不见姑娘面。
急忙禀与二老爷,观花起风说一番。
太守听说心着惊,副官一听发了憨。
心想此事有妖孽,城隍庙里下牒单。
二爷进了城隍庙,诚心焚香化纸钱。
只因府下二小姐,亲写牒文焚炉前。
三日二女见了面,进香换衣来酬愿。
三日不见女子面,拆庙毁像奏上天。
太守禀毕回衙去,城隍一见作了难。
急叫鬼使传土地,各府土地到公案。
齐问城隍有何事,选俺到来为那般?
本境大堂亲传票,各方土地你听言。
太守副官两个女,观花起风不见面。
方才二爷下牒文,限至三日要女还。
你们各管各地界,快找二女在那边。
有了音信急送到,免得大家受牵连。
各方领票各自找,城隍退堂等信还。

却说二妖背定女子,驾起黑风,一时到了武当山,进至水火洞。龟、蛇二物看见二女生的美貌,一个想吃肉,一个想成婚,各领一个,后洞去了。又说各方土地领了城隍尖票,急找二女下落。一日到了武当山,问武当山土地:"此处可有妖怪作乱?"武当山土地曰:"此山前几年清静无妖,这一二年,半山中有一洞眼,常见有物出入,不知何妖居住?"

大小神祇不敢近前，不免同去洞前，看过分明。

言毕时二土地一同去看，来在了山脚下甚是凶严。
洞门外见二妖与女戏顽，未答言妖气出昏地黑天。
二妖物法术大太得凶险，你回去禀城隍得知的端。
府土地急回庙交禀公案，二女子在武当妖把他缠。
俺们去未答话他把法显，一口气吹出洞黑地暗天。
城隍听有下落不用你管，任凭他甚妖怪我们不烦。
点天兵合天将一同去看，一霎时到在了武当山前。
到洞口叫天将一齐打进，二妖物见天将并不心烦。
城隍喊二妖怪太得大胆，抢二女乱世界我不容宽。
献出女妇了正我们不管，不献女当时间叫你作难。
二妖物听城隍说话稀罕，顷刻间吹法气水火青烟。
叫众妖齐出洞加劲去战，休教那府城隍逃下此山。
城隍爷见妖势天将上前，众天将难抵挡各散一边。
有城隍亲去战妖兵来拴，城隍看心惊怕逃在山湾。
看见座土地庙里边去站，躲一时与土地细说孽冤。
二妖物见天兵城隍齐站，回洞中歇一歇戏会婵娟。

话说天将散去，城隍不能近前，躲至土地祠，向土地说了一遍。土地曰："此妖无人可抵。前山有一太阳宫，那神是玄天上帝。玉帝封过斩妖除邪，要你求他，除妖救女可也。"城隍听罢，遂到太阳宫。见大神参拜已毕，将妖怪害人、抢女、战退天将说了一遍。祖师听罢，就知其意，回禀城隍曰："不用惊慌，要你请回，我除此妖，限二日将女送回。"城隍就此告辞而去。

祖师一听心着忙，果然二物起祸殃。

我不收他无人去，我不除害谁敢当？
抱旗执剑离了座，来至洞外看端详。
二物炼就水火洞，妖气凶恶似虎狼。
叫声孽障来见我，二妖听叫心惊慌。
齐出洞口只一看，观见祖师心内凉。
白面长须穿黄甲，手拿宝剑起火光。
口称大神休行势，你天我地两不伤。
祖师一听冲冲怒，你行恶事我岂让。
手执宝剑望面劈，二妖见剑身打糠。
勉强使出水与火，淹烧祖师要逞强。
祖师见他水火起，剑指其摆一扫光。
二妖一见水火灭，不顾女子逃山岗。
祖见二妖逃了命，洞内看女泪汪汪。
叫声女子莫要哭，吾神救你无祸殃。
二女看见慈悲祖，口称大神跪山岗。
若是救俺回衙去，永远不能把恩忘。
细告我父说一遍，与你塑像盖庙堂。
祖教二女合住眼，当下送你回家乡。
二女谢过闭了眼，护法驾云送回乡。
祖师执剑云端坐，一时送至曹州堂。
女子轻轻放下去，当时醒转心明亮。

话说二老爷，至行香回衙。一日忧虑此事，院子禀报："二姑娘大堂坐定。"二官一听，急忙去看，真是二女，遂问女儿情由。二女细说一遍，二位老爷欣喜大悦："真是天神护佑。"正言空中电光，抬头观望，云端内坐一神，白面长须，披发执剑,左男右女随身。二小姐曰:"就是此神救俺。"言毕,当时不见,各自回衙。太守、副官至此商议建庙内塑圣像,奏明皇上,设下春秋二祭,一年早晚香灯不断,二小姐常去朝拜。至此后人人皆知,无论求福求寿、求子祷灾,无不应验矣。

真武祖送二女四海名扬,二妖孽离武当逃至长江。
变成了二艄公去把舵掌,凡有人上他船吃肉喝汤。
玄天祖离曹州遍访孽障,慧眼看在江边吃人无双。
我变作一客官把他船上,不除却这妖孽怎免祸殃?
一霎时到江边叫把船撑,二妖物见此人有些心慌。
搭扶手上了船心中暗想,此人肥吃了他能保命长。
正开舟行江中祖显法像,二妖见是祖师胆战心凉。
祖师爷宝剑指二妖显像,一个龟一个蛇卧下长江。
使起水要翻船想把祖伤,报过他当年仇吃肉拖腔。
祖师见他下水打起波浪,旗一摆江水灭二妖着忙。
又使其纯阴火烧船毁像,当时间害祖师将身灭亡。
祖见他阴火出并不惊张,三昧火吹出去阴火飞扬。
那龟蛇法使尽无有抵挡,急逃命百里外井内躲藏。
真武祖见火灭二妖逃走,执宝剑离江边找他下场。
屈指算在云南井中安养,每日里还吃人害那一方。
我不除这孽畜无人可当,一霎时到那里看他下场。
二妖孽逃井中心存不良,若有人来打水跌井而亡。
急那方土地神无法可想,不一时祖师到细告端详。
祖师听同土地井前观望,那二妖见有气又往井上。
上井来见祖师无处可往,真武祖扯住他掣剑除殃。

那二妖见不好变粒粟样，藏在那莲根内不见形像。
祖师爷正斩他不见孽障，莲根动祖一吹二妖飞扬。
二妖孽脱莲根石榴树上，祖赶至树根下看见端详。
用真火烧此树二妖下降，见妖下用剑弑不能躲藏。
那二妖无奈何只得投降，求祖师饶我命愿拜身傍。
汝既然愿悔心变出元像，二妖孽变龟蛇卧在一厢。
祖见它是龟蛇剑压不放，取火丹交他吃不变心肠。
有二妖吃火丹变成大将，忙叩头拜祖师永不翻腔。
祖师爷将二物一齐带上。到灵霄见玉帝去讨封光。

玉帝一日驾坐灵霄宝殿，祖师带二物灵性，进了南天门朝见玉帝，俯伏金阙，奏曰："臣领旨收黑气，取来二孽畜，望主定夺。"玉帝闻听大悦，亲封二物水火二将，随定祖师听用。"北方去收黑气冤魔，非你二个不能成功，大事成就，日后自有升赏。"二物一同谢恩。玉帝回宫，祖师领带二将，出了南天门，往北方去收黑煞恶气便了。

灵霄领旨收黑气，不知黑煞吓根基。
驾云回至太阳宫，又命周公算端的。
周公桃花仔细算，回禀祖师听心里。
炀帝无道民招难，黑煞恶气铺满地。
皆因凡民不向善，孽积山海难脱离。
祖师要收黑煞气，三清殿里问端的。
祖师听毕离宫去，水火二将永不离。
此回去到三清殿，要收黑气见高低。
要知北方谁作乱，下回赵关齐归依。
词曰：

龟藏水内怕火烧，蛇在山中日月朝。
二物作乱彼祖收，将封水火立功劳。

第十回　祖师爷　收黑气　赵关归顺

词曰：
祖传大道不二门，师师相授到于今。
捞形按影皆非道，当时要分假和真。

　　三清上圣，稳坐宫殿。师离了太阳宫，来至三清宫内，参拜三清老主。"弟子领了玉旨，命我北方去收黑煞，不知如何收法，来求上圣指明。"三清曰："此黑煞恶气非之一处。不久四起，乃是赵公明一员步将，名唤黑狸虎作乱。是公明去后，未曾带去，今在徐州清风洞居住。聚下七员大将，名叫李便、白起、刘达、张元、钟贵、史奈、范巨。此七人自离上界，无人管束，统领无数小妖，听候黑虎妖使用，四处作乱，吃人无数。要收此煞也不费难，带定水火二将，先到徐州，自然有人指引妖物下落。"三清说罢，退殿。祖师出了寒宫，领带水火二将，往徐州去。

祖师听命离了殿，去收黑煞除民冤。
水火二将分左右，一时来到徐州关。
徐州詹立把商贩，此人公心有善念。
闻听曹州祖师灵，每日供奉烧香烟。
今天贸易离了家，行走关外作了难。
人说江河实难过，十船人过七船翻。
詹立正在为难处，祖师空中答了言。

过江要坐上河船，下边这船我要占。
詹立一听抬头看，空中神仙在云端。
叩头谢神恩指点，坐了上河平安船。
祖见他过心才安，空中变成三客官。
揹定包袱河边站，叫声艄公快搬船。
妖怪见他把江过，这顿饱饭又该餐。
开舟走有半里远，当江之中把船翻。
祖师见妖起不善，显出本像坐上边。
手持宝剑往下指，众妖见剑一流烟。
一齐跑回清风洞，见了黑虎说根源。
祖师赶至洞门口，执剑喊畜出洞前。
黑虎吩咐各占先，战退真武离此山。

话说七人出洞，一见祖师，个个心惊，不敢近前，只得强战。祖师吩咐水火二将，用旗一摆，执剑一指。众见旗剑，昏迷不醒，无法可使，去见赵公明去了。黑虎见七将逃走，亲出洞外，喝住祖师："休得无礼！你修你的，我行我的，乞害我们，与你何仇？还不退去！"祖师曰："你这孽畜，不守本分，作魔害人，哪里容得？"执剑就杀。黑虎怕剑，化一道黑气而逃。

真武祖斩妖孽一时不见，心思想这一回作了大难。
周公算禀祖师要想除冤，清风洞见公明才能收圆。
祖师爷听一言驾云去赶，来至在清风洞落在门前。
那七将早到洞细说一遍，赵公明听他言有了祸端。
祖师爷叫二将上前去喊，喊公明出洞来问他根源。
水火将走洞前一声高叫，赵公明听喊喝出去一观。

出洞来见祖师心中恼恨，你无故欺压我所谓那般？
真武祖听公明出口恶言，想你这修行样真来倒颠。
在商朝大果位一脚蹬乱，至于今不守皈又来麻缠。
封清福职不小你想清闲，你门徒不管束教他作乱。
想你这孽修行自古少有，闯下这灭门祸怎对上天？
赵公明听祖师一言辱言，心起火要与祖对面去战。
叫七将齐上前将他捆练，那七将仗师势去把祖拴。
祖师见他们来用剑遮拦，叫二将使水火淹洞烧山。
公明见水火起洞府毁完，叫七将显道法各自占先。
有李便变成了千斤大鞭，赵公明拿上打结果玄天。
有蛇将变大蛇将鞭缠住，那公明加劲取难以抬鞭。
有龟将朝公明后背扒上，祖师爷用宝剑弑住胸前。
赵公明心惊怕看见难走，称祖师饶我命不敢冒犯。
那六将一个个低头伏面，齐叩头求赦罪跪在平川。
祖师曰饶你命要你归正，赵公明怕伤命发誓情愿。
祖听他愿归顺将剑取起，遂取出火丹药各服一丸。
有公明用火丹心无二念，领七将随祖师一路收冤。

祖师收了赵公明，七将齐随，个个用了火丹，永不反悔，跟定祖师，离了徐州，一路而去不提。却说那黑狸虎，被祖师那日战退，又变成一位美女，坐在大路傍边，断截来往客商。有人傍他，一口就吃，害人无数。祖师领带水火二将、赵公明七将，正往前走，那女子坐在溪处，喊叫救命。祖师上前一看，女子拉住就吃。公明看见，举鞭就打。妖孽见打，看是原主，现了本形，一只黑虎，公明带了。祖师大悦，一同往前而行。

收了黑煞一祸殃，又见雾气遮太阳。
周公推算此冤气，或凶或吉报端详。
周公一算禀过祖，此是沙刀起祸殃。
此精凶恶称大王，聚下小妖世无双。
变化人形天台住，杀人无数吃脑浆。
祖师要收这煞气，还得去见三清王。
祖师一听心打量，带领众将去看望。
那个刀精太凶强，每日伤人把命亡。
早知祖师从此过，变一大汉站路旁。
身长腿短二丈五，手拿大刀似金刚。
祖师正然往前走，妖怪拦路站一厢。
三将禀祖有人阻，一位大汉在路傍。
祖师听看那等样，知是妖孽起祸殃。
手执宝剑望前破，刀精见剑不慌张。
吹口妖气天地暗，飞刀变出好几双。
祖师前后防不住，飞刀弑胸把命亡。
刀精见祖把命伤，收刀一化进山岗。
三将一见祖命绝，水火二人着了忙。
赵弟你看咱师父，俺俩去见三清王。
霎时到了三清殿，参拜三清说端详。
三圣便把二将问，今到寒宫为那样？
命你随祖收黑气，为何进宫太慌张？
二将细说遇妖事，从头至尾讲明亮。
三清听选妙天尊，你助祖师解祸殃。
天尊一听心着慌，只怨祖师不思量。

辞别三清离宫去，随定二将到那方。
当时来至天台地，看祖刀伤把命亡。
急忙施上还魂丹，念法吹气转回乡。
祖师昏迷睁眼看，师父到来我沾光。
遇妖受伤说一遍，天尊细解其中详。

妙天尊曰："此非别精作乱，乃是普庵祖一个门徒，名叫关羽。他的沙刀成精。"祖曰："关羽乃是三国一员名将，此刀因何成精？"天尊曰："关羽三国时忠义占全，死后真魂不散。普庵收他为徒，免入轮回，空中加修，净养浩然。普庵祖道成，将他带回天宫。玉帝封他'忠义将军'，把守酆都门。他看总有轮回，将门托于关、周把守。他到西方见佛，不敢带刀，埋到沙河。此刀万日不见太阳，成了刀精，凶煞害人。弟子要收此精，西方求佛，叫关羽亲收此刀。"天尊言毕，告驾。祖师谢恩送驾，吩咐三将，"在此等候，我到西方叫关羽到来，一同收妖可也。"

真武祖亲驾云西方路上，一霎时到雷音走进佛堂。
参佛祖诉东土妖怪作乱，关云长刀成精遍把人伤。
众黎民遭涂炭日月不亮，我行过那一方刀把我伤。
佛听奏选云长要你下降，你的刀成了精搅害四方。
真武祖奉玉旨收煞除邪，你助他收沙刀与民除殃。
关羽听才清静不愿去降，况祖师他在后我不帮忙。
佛吩咐你不知祖师根底，他本是上帝魂分性东方。
今修成封玄天众神敬仰，他为主你为臣理所应当。
关羽听心才乐拜祖师长，祖师取火丹药付与云长。
有关羽吃火丹心无改样，佛退殿祖驾云还到东洋。

同关羽离西方天台来到，有三将接祖师同做商量。
关云长叫三将把洞打开，喊妖孽来见我看他怎样？
水火将上洞前打门喊亮，叫妖孽出洞来比对刀枪。
那刀精在洞中正然饮酒，听喊叫手提刀走出洞傍。
一看见是主人心惊头凉，丢了刀当下时成了刀样。
关云长拿起刀禀祖一望，祖见喜齐腾云去见上皇。
词曰：
赵将牵虎把云登，关羽提刀一路行。
归投玄帝得正果，顺师金阙去讨封。

十一回　玉帝爷　封关赵　收斩邪魔

词曰：
玉敕金令镇乾坤，三曹诸尊一齐论。
四大天王观前跕，五岳三山谁不遵？

玉帝驾坐灵霄宝殿。祖师进殿参拜："我收来关、赵二将，朝见玉主金阙，凭主定封。"玉帝闻听大悦，遂封赵公明"高上都督赵元帅"，左手提金索伏虎，右手执鞭打邪，又封关羽"崇宁真君关元帅"，手执大刀提紫敕，脚踏火车雷石，把守天门。"你二位听候祖师使用，同收黑煞恶气，功成自有高封。"二将谢恩毕，玉帝退殿回宫。祖师领带众将，出了天门，驾云而来。

离南天在云中齐将身变，变凡人来到了雍州地面。
正行走见妖气遮天黑暗，一老翁在路旁啼哭悲涟。
问老者名和姓家乡何处，家有谁因何事哀声不断？

那老者一见问答曰姓孙，居住在本州地名叫皓然。
我祖上一辈辈不存恶念，至于今七口人斋戒当先。
前几年武当山成一神仙。三月三我居家供奉堂前。
我雍州有雷山妖怪作乱，哭我家有一事当下有冤。
那妖怪三只眼常把山下，拿铁槌称新王扰害女男。
访谁家有闺女出嫁不远，先送山他成亲才能平安。
如不送他就交当下失散，死新郎死新妇全家遭难。
我老汉一孙女离嫁不远，为送女才啼哭无人救俺。
祖师听叫老者将心放宽，遇着我能保你无事平安。
回家去休送女主意拿稳，嫁那家还配那不可胡乱。
孙晧听忙叩拜谢你恩点，若无祸盖庙堂塑你容颜。
老者走祖叫关变一女娟，我变成一老翁送你洞前。
上山来称新王我来送女，那妖孽见女子喜迎里边。
才进洞祖叫关显形杀斩，关将听现元身提刀劈面。
那妖孽无提防中了祖计，关元帅一刀劈露出本元。
原来是碌碌精苦修多年，跪在地苦哀告叩头万千。
祖见他愿归顺付吃火丹，收为徒无反悔一路站班。
又行至落魂山台头上看，见一洞出黑气必有妖冤。
那妖怪名田华凶恶大胆，有人行与金银才能过山。
如不与使雷风吹入洞内，先喝血后吃肉骨化火炼。
祖与众在山下正然打算，田华妖喊喝众一拥近前。
祖见到叫水将先把洞淹，那妖物见毁洞飞在半天。
周公使印一晃妖怪落下，关元帅用刀弑他心胆寒。
田华妖愿归顺发誓哀告，祖与他吃火丹收在身边。
　祖师又收了二妖，写表奏过上帝。玉帝回旨，封新兴王田华、雷门二将,各执一旗,随祖收邪除妖,不可反悔。祖师见旨,一同谢恩,带众往前而行。一日,行至斗隔山下,有一老人看见众人威风,使礼问曰:"众位何处贵干?"祖曰:"俺们天下降妖除邪。"老者一听降妖,喜曰:"此山有一妖魔,赤发獠牙,能使黑风卷人入山,不见形影。你老能除此妖,与民除害,定与你修庙塑像。"祖曰:"老者请回,限三日除此妖孽。"众将一齐上山。

祖师带众把山上,看见洞口出气凉。
喝声妖孽快出来,我今来试你风狂。
妖听祖喊心发怒,暗风吹祖离远乡。
将祖吹出三天外,众帅昏昏倒山岗。
祖师无防受他害,落在水果仙洞傍。
水果大仙见师到,与祖说明妖其详。
此妖广泽使黑风,我有一丹能除妖。
赐你收了那妖孽,与民除害沾你光。
祖师接丹将恩谢,霎时又到斗山上。
将丹一亮广泽见,心惊胆怕跪山岗。
用鞭一指将风收,众帅当时心明亮。
广泽求祖把他收,愿助祖师去帮忙。
祖师见他来投降,与他火丹口内尝。
吃了火丹无改悔,随祖收妖离此方。
玉旨到封周元帅,一同山东收祸殃。

祖师斗隔山收了周广泽的孽风黑气,领带众□□□□□。宁海县那方有一妖孽,名唤张健,能变先生,与人家小儿种麻痘,害死小儿无数,吃小儿灵魂,想成千化神仙。

祖师正然往前行走,忽见那人眉清目秀,头戴二郎盔,手提三个小儿。祖师见是妖怪,掣剑就砍。张健曰:"与你无冤,砍我为何?你往上界,我往中界。我不害你,你来害我?"师曰:"是你孽尽了。"

真武祖喊孽畜真来大胆,无故的害百姓所谓那般?
叫周帅使黑风将他卷了,那怪物最怕风入洞上拴。
祖见他入了洞蛇将去赶,打进洞拿住他交祖面前。
赵元帅用鞭打关帅刀斩,黑狸虎咬一口现出本元。
原来是一兔精变化作乱,祖付他赤火丹收孽离山。
领众帅离此处前行路远,到火焰天色晚歇宿明天。
正半夜那妖怪山中出现,头戴盔提火刀一股光烔。
一小妖打红旗头前开道,其上写谢仕荣妙法无边。
祖见他这形像必是妖怪,叫二帅使刀鞭拿了孽冤。
关赵听用刀鞭举打一亮,那妖怪口吐火吹倒山前。
祖见败叫龟将真水显出,三台剑指坎水灭火清干。
那妖物见火灭将身复转,躲洞中谨封门永不答言。
有田华打开洞将妖扯出,张健使雷火严妖跪平川。
祖敕剑将他弑仕荣胆战,怕丧命求祖师收我恩宽。
祖见他愿归顺将剑收了,付火丹他吃了奏过上天。
玉旨封谢天君随祖永远,一路上收黑气要他当先。
一同离火焰山再往前走,将帅多法术广收妖不难。
来在了昆仑山妖气阻拦,祖吩咐就在此除妖收冤。

话说昆仑山有六个妖魔,自号天、地、年、月、日、时六大神煞,常在大路吃人无数。看见祖师到来,一拥上前,将祖吹倒,就吃祖师。旗剑鞭刀抵挡不住,被毒气吹的头昏心迷。祖师不省人事，众皆惊怕，祖师急拜，三清大圣救难。三清就知祖师有难，空中告曰："祖师不必惊怕，此六煞有毒气袋，害人无数。他是昆仑山朱彦六将，非他难收此害。"上清空中将祖搧了一搧，毒气散去，口念真言，唤醒祖师。祖师醒过，心明如镜，抬头看见三清空中，急忙谢恩。三清散去，祖师大悦可也。

祖师吩咐请朱彦，关羽得令快上山。
朱见关帅将他问，来到此处为那般？
关将妖气说明白，朱彦带宝离了山。
见了祖师先使礼，你收这气有玉传？
祖将御旨当面献，朱彦见旨不敢言。
遂将妖气一齐收，带妖告辞转回山。
祖拦朱彦休回去，何不随我收孽冤？
朱彦不愿抽身走，祖交赵帅收火扇。
公明鞭打火扇落，朱彦失扇恼心间。
二次又用装毒袋，要把祖师齐装完。
关羽一刀将袋收，急的朱彦发了憨。
无奈归顺把祖拜，情愿助你收孽冤。
祖师见他来跪拜，每人一丸服火丹。
朱彦同众发洪誓，永无退悔遵师言。
祖收朱彦六煞将，又听空中有仙传。
太白空中把旨宣，真武祖师你听言。
光华起祸太凶险，如今火烧天门关。
上帝传旨命你收。急收妖孽莫迟慢。
祖听谢旨往前去，就遇光华正饮宴。

光华见祖全不理，吃酒打算起祸端。
祖骂孽障太大胆，世世闯祸礼不端。
手执宝剑迎面去，光华见剑放火烟。
龟将见火烟光起，用水灭火一扫乾。
光华见火被他灭，手拿长枪刺祖面。
蛇将接他枪落地，光华丢枪心胆寒。
变出五头十只手，公明使虎咬住肩。
光华着疼又一变，双头四角三丈三。
朱彦吹了一口气，毒袋一卷成一团。
祖师用剑弑住他，喝声孽障太麻缠。
如来殿前一灯花，作怪害人又欺天。
光叫饶命愿归降，祖师收他服火丹。
词曰：
收了一层又一层，斩尽妖气民不惊。
邪见正法凶气退，魔妖至此一扫清。

十二回　真武祖　被钟盖　天尊显圣

词曰：
真道通行诸邪惊，龙虎龟蛇守黄庭。
旗印三台七星剑，收尽冤魔立奇功。

祖师收了光华，朝见玉帝，俯伏金阙。玉帝曰："光华可除，万不可收。"祖曰："臣既收他，恕臣之罪，望帝定夺。"玉帝闻听，想道："收黑气，非他不行。"遂封光华"东华教主"，听祖使用，再不可作乱。光华谢恩，玉帝退殿，祖领众帅出了天门,往怀庆府而来。

　　祖师领众离灵霄,怀庆府内来降妖。
　　正然行走中途路,有一人儿泪嚎啕。
　　祖师问他因何哭,李舟使礼说根苗。
　　此处新年出妖怪,称名党籍甚凶耀。
　　自建一庙叫人祭,三牲酒礼端午朝。
　　还要一个二八女,送进庙内不见了。
　　如要一年不祭送,一村大小死多少。
　　因此议定轮流祭,村中平安祸不招。
　　今年轮到我寄送,就有一女不愿交。
　　不送我女村不依,因此悲哭在荒郊。
　　祖师听说前后话,再叫那人听分晓。
　　只管你回不用祭,有我保你祸不招。
　　李舟一听忙叩拜,只要无祸感恩高。
　　画你影像把庙盖,我叫各村把你朝。
　　那人叩头抽身起,祖师显法除邪妖。
　　朱彦变成一女子,我同李舟送你庙。
　　三人行至庙门口,那妖见女喜眉梢。
　　未曾祭拜先抱女,急的祖师着了冒。
　　现出本像进庙去,朱彦快变拿了妖。
　　水将使水庙冲毁,党籍着忙要脱逃。
　　祖用宝剑插住他,看你孽障那里跑?
　　党籍无奈苦哀告,祖师收我慈悲高。
　　祖见他投火丹取,吃了此药同收妖。
　　李舟回禀村人知,毁庙收妖说根苗。

各村都喜修庙宇，内塑师像万人朝。
祖收党籍离怀地，众领西安走一遭。
霎时行程长安地，黑松林中出恶妖。
名唤康席似钟怪，拦路截客当强道。
见人要讨银五百，少了一两把命抛。
祖同众帅正行走，那妖讨银当住道。
祖见那形是妖怪，用剑一指不见了。
妖物见剑腾空去，当使邪法显玄妙。
念咒落下钟一口，盖到祖师在荒郊。
祖师当时有了难，妙乐天尊知分晓。
一时来把祖师救，再叫蛇将听根苗。
取来水火运在地，元炁吹钟化风飘。
灵丹放在祖口内，吹气念法师回朝。
祖师一醒见师到，拜师谢恩费心劳。
此妖凶煞怎能收？祈师指示路一条。

天尊曰："想收此妖不难。蛇将变成金丹，我变道人拿丹送他。你且少等，我收此妖。"说罢，各变，拿丹进洞，口称："大王，我送你金丹一丸，吃了能保百年长寿。"康席接丹大喜，当时用了。服毕，肚内滚跳，心迷不醒。天尊显像，叫蛇将肚内揪住他心。蛇将把妖心一揪，康席叫声"饶命"，跌倒在地，现出元形，似一铜钟。天尊收了，交于祖师，用了火丹，永无退悔。天尊回宫，祖师表奏上帝。玉帝到封"康元帅"，手执金斧，助祖收妖听用。

真武祖收康席亏祖来保，离长安到贵州村中过桥。
正行走桥下边黑气上冒，叫周公快算过此是何妖？

周公禀石狮子成精胡闹。每日里伤害人男哭女嚎。
祖听罢叫众帅兵器拿好，同过桥看此妖怎样来朝。
正说时那妖孽张牙舞爪，眼是灯口血盆上桥凶耀。
祖见妖叫二将把他拿住，水火将上前去被妖喷到。
朱彦见拿毒袋装住妖头，赵元帅使黑虎咬住他腰。
那妖物见难逃跪下祷告，祖师收服火丹离了此桥。
收庞乔除民害那方齐晓，也修下祖师庙早晚香烧。
祖来到四川地八方观照，见那山中有庙凶煞气耀。
有一人祖问他此处可好？那人言俺这里恶神凶豪。
一名叫假周仓害人作乱，若有人不敬他雷打雨漂。
祖听毕往前行云雨渺渺，咱师徒走避雨快到山庙。
才进庙听大雷见神动摇，祖心迷头昏昏忧忧闷到。
关帅惊扶祖师众将心憟，跪庙外求上圣快下灵霄。
妙天尊在云端听见祝祷，忙下凡见祖师倒在荒郊。
吹法气念真言将祖一叫，祖醒来见师父忙谢恩高。
师既到我求你慈悲宽厚，与弟子助一力破邪除妖。
有天尊叫光华用旗摆扫，光摆旗把五雷煌下云霄。
现元形是五鼓一齐哀告，求慈悲收伏俺愿去助稍。
祖见顺交他们火丹吃了，送天尊带五雷离了山庙。
走几里见一山恶气不小，白岩山有三洞妖怪凶耀。
洞里边住妖物聚将不少，有名的十二员都能飞跑。
名田乘炼纸旗一十二杆，不怕风不怕水不怕火烧。
见有人过山下将旗摆动，卷上山吃血肉骨抛山壕。
祖同众正行走只听喊叫，见空中旗子摆遮了天曹。
祖师正行，未曾提防，被妖纸旗将祖卷进洞中，众帅着慌。周公曰："不妨,祖有火丹在身,此纸旗是阴气炼成。"叫水火二将助水火一烧,祖师逃出。那妖将祖不见,又用纸簿,把邓、高、朱三人卷去,闭洞不出。祖见失了三将,祖师无奈,望空一拜。三清知祖有难,同妙天尊急到。祖见三圣、天尊到来,将妖法说明,失了三帅。三清一听,命妙乐去见真人到此。天尊遂到庵中,于真人说明。真人曰："不妨,一同去看。"来至山岩,喊声"开洞"。田乘听叫开门,见是主人,双膝跪地,现了本相,青脸獠牙。真人指曰："孽畜,还不退下!"当时成一支大笔,叫苦在地,十二妖将俱成了竹杆。真人收了纸旗,命祖师收他为将。祖取火丹,田乘众妖服了谢恩。祖送三清、天尊、真人各自散去。祖师领众离了此处,一同又到紫华山去了。

祖同众帅紫华山,黄沙洞内住雨田。
飞身鬼头真凶恶,遮天宝帐把人瞒。
有人过山使帐盖,一卷洞中活吃肝。
祖师进山无提防,那妖帐卷提上山。
邓辛二将心着慌,急请天尊救师难。
妙乐天尊太华宫,又见请帖到此间。
一时又到紫山上,邓辛参拜说根苗。
桃花禀过妙乐主,此妖使的帐遮天。
他师名叫张天君,收宝请他到此间。
妙乐写帖请天君,霎时张天来到山。
众参将事对他讲,天君叫众莫惊乱。
真言念毕端然坐,用鞭一指化清烟。
雨田一见主人到,献出祖师跪在山。

天君见他鞭一指,化一零牌落面前。
黄旗零牌遮天帐,齐交祖师收孽冤。
这是我的三件宝,收妖除魔他当先。
我也随你助阵用,祖喜送师离了山。
张帅玉田火丹吃,永无退悔把师伴。
一路同师往前走,不觉来到黑虎山。

话说黑虎山有两个妖魔,自称大神,一个叫世夸,一个叫无别。每用二把月斧,遍害世人。祖领众帅正往前走,二妖取斧就砍。张天君用鞭急架,马帅使钟一盖,现出原形,似二个镋镰成精。祖师取火丹吃了,随祖听用,一同前行。又一日,到了天火山,有一妖名叫刘后,手执飞鞭,脚踏火车,害人无数。众百姓每月用童男女祭他,送上山去,那妖一口吞用。如要一月不祭,他就发火烧人家房屋,全家受害,实难言也。

真武祖同众帅天火山下,有李正领男女口喊菩萨。
我每日烧长香持斋念佛,就生这一男女当下天杀。
祖师问拉男女因何啼哭?李正把前后事细说明白。
祖听他说一遍妖魔真相,叫李正你回去不用祭他。
我能以除此妖去把他拿,保这方无有害不受欺压。
李叩头谢长者救俺无差,我回去说与众与你修塔。
祖叫张用剑指妖把山下,无防备祖零牌结果妖煞。
祖取丹付刘后吃用随驾,同祖师随众帅离了山下。
词曰:
天降妖魔民孽大,尊师永不犯佛法。
显出奇能诸妖避,圣助祖师平天下。

十三回　见玉帝　收瘟神　太保作乱

词曰：

一层冤魔一层将，一般妖怪一帅挡。

一派恶煞一人收，一心正念一扫光。

玉帝一日升殿，群真朝毕，各散退殿。有下方班竹村灶君奏曰："村中有数户人家，都是十恶不善、欺神灭圣、不信报应因果，上帝定夺。"玉帝闻奏，急差瘟神下凡："灭了一村人烟，不可迟误。"瘟神领旨出殿，来至村中。土地接迎瘟神，细言告曰："此村十恶不善，应该除灭。只有一人，卖豆腐为生，名叫霄琼，其人自幼好善，应该留下。"瘟神应允，就到村中行瘟便了。

　　瘟神听土地言将身一变，变医生提包袱来至井边。
　　有霄琼去担水有人喊叫，丢下桶急忙到土地祠前。
　　土地神告霄琼行瘟之事，你哀告那医人救村女男。
　　那老者听一言井边来到，看那人拿包袱跕在井前。
　　问长者拿何物到此做甚？那医人行瘟事细对他言。
　　你这方恶贯满一村该灭，我下毒你改日来把水担。
　　那霄琼听他说包袱抢过，把一包行瘟药一口吞完。
　　他吃药把瘟神土地吓憨，眼看住那老者屈死可怜。
　　行瘟神与土地急奏玉案，玉旨封瘟元帅随祖站拜。
　　命土地与村中将梦托过，齐改恶免招瘟不降灾难。
　　土地神回村中一夜走遍，齐托梦霄琼死你们迁善。
　　众信服与老者将庙修起，起尸首塑神像四季香烟。

祖师离了天火山,霄琼空中来朝参。
玉帝命我跟随你,赐下琼花扫孽冤。
祖听赐他服火丹,一同收妖往前盘。
到了陕西云山下,妖名文兴起大乱。
祖叫霄琼上山去,是甚妖怪赶下山。
霄琼遵法把山上,不论分说往下赶。
那妖见怕要逃去,马帅金鞭打住冤。
一鞭打成玉环样,祖师收了离此间。
前行数里须弥山,清幽洞里有妖仙。
头戴盔甲鞭拿手,能使地支与天干。
世人不顺他的意,墙倒屋塌又死男。
正说那妖迎面到,手执金鞭把路拦。
祖见叫众把妖拿,邓张斧砍显了原。
变一石砚落在地,祖师收了离此山。
往前行走又一处,集虎山中妖最严。
王铁高勇人两个,能变猛虎能钻山。
下山将人来咬住,拖进洞中慢慢餐。
祖闻先叫高赵帅,上山将妖一齐拴。
赵高得令将妖套,二妖一见钻了山。
祖命雨田使雷打,雨将五雷击破山。
张将用旗只一摆,马帅使钟盖住冤。
二妖无奈苦哀告,饶命愿投祖莲前。
祖师见他来投拜,付与二妖吃火丹。
收了二孽离此处,高王随祖永不翻。

祖师又收了王、高二将,往广西省而来。却说广西府禁止，名叫孟山，好息囚犯。那方百姓凶恶，强淫之人太多，禁中就有八百余名。一日，到了年底，众囚犯个个啼哭想家。孟山开恩，悖官府，放囚犯回家过年，明年初五早来。众人谢恩，一齐去了。到了第二年，那个还来入囚？知府知之，当时就斩了孟山。你看行好招恶报，上天岂能无眼？不怕苦死，自有显报矣。

  那孟山存好心自把自害，来法场想父母泪哭满腮。
  祖同众正行走广西城外，见法场缚一人问过情怀。
  刀斧说不能救祖看可哀，见斩他提住魂送上天台。
  玉帝见这忠心封为元帅，赏琼花赐长枪助祖收灾。
  孟谢恩出天宫随祖扶侍，同来到陈沙地又见魔害。
  有一妖叫杨彪将坑挖下，人行走不防备跌倒坑埋。
  使妖气罩天地云雾难进，一霎时吃个净不见尸骸。
  祖领众正行走就遇妖怪，当时间黑暗暗难把头抬。
  真武祖叫张帅拿起毒袋，装此妖休逞横与民除害。
  那妖怪不怕装双翅展开，雨田将用雷打翅落尸在。
  赵元帅用鞭打原似兽形，苦哀告求师收任你安排。
  祖收他吃火丹永远不改，收杨彪离陈沙又到山寨。
  龙门寨李伏龙此妖太凶，逢人过先挖眼后吃肉胎。
  祖领众正行走无有提防，那妖魔迎面来要将祖害。
  朱元帅见不好毒袋一装，那妖怪现原形似副鹰骸。
  有祖师取火丹付他吃下，带勇巾执铜槌随祖离寨。
  收伏龙离此处祖嘱众帅，我歇息你们看何处有灾。

  祖师数年收妖身困，心想安歇，将事托于众帅，降妖除邪。众帅正然观魔，又见妖气迎面。却说紫清洞新出一魔，称名副应,手拿弑人剑,腰带照人镜,在洞一照,就知有人。众帅正行,被妖照见,执见来弑。关帅用刀一砍,成了铜镜一面。拿去交与祖师,吃了火丹,随师前行。一日,祖师领众,来至太保山。此山更凶,无人敢上山,中有一洞,内住十三个妖魔,自号十三太保,害人无数。每一年除下要本方人十三对童男女,登赛时逢五月初五,众太保下山游顽,各逞威风而来。

十三太保下了山,一声洪吼如狼烟。
祖师同众正行走,一见妖孽不非凡。
吩咐众帅齐动手,各拿兵器各占先。
水火二将先出阵,关羽提刀赵使鞭。
邓朱高田并张雨,有使毒袋有使剑。
副马霄李陈杨彪,一同上前取孽冤。
十三太保无战法,自打自身众帅酸。
众帅未战身疼痛,个个骨麻倒平川。
祖师一见心着慌,周公快算是吓冤。
周公屈指细推算,原是死骨作大乱。
要收此孽见三清,讨来法语除孽冤。
祖师亲把三清见,从头将妖说一番。
三清听祖说一遍,就知此孽不非凡。
天尊去把殷郊请,非他不能收孽冤。
天尊同祖到北界,见殷从头说根源。
祖本金阙把身化,奉旨天下除魔难。
一伙妖怪不认理,阻路拦祖使麻缠。
三清命你把他除,随定祖师助收圆。

殷郊一听心情愿,同他师徒看得端。
正走前行拦住路,黄獜豹尾在面前。
殷郊一见二孽障,喝声畜物骂一言。
我说几天没见你,敢来此处胡作乱。
言毕上前把他带,妖喷血沫遮了天。
殷郊现出太岁像,三眼四手口吹烟。
二妖见忙跪跪下,哀求师傅饶了俺。
殷见他投收了火,祖师付妖吃火丹。
路上收了黄豹尾,五人来至太保山。
天尊吩咐殷元帅,收孽还是你当先。
殷郊得令杀一阵,也是身疼头昏颠。
教祖天尊你少等,我见我师求宝还。

　　天尊、祖师见殷郊去了,久站太保山等候。却说殷郊到了南天洞,见了他师散真人,将收魔此事说明。真人曰:"此非别物作乱,乃是十三个骷髅成精。要收此魔,赐你红白二索、法水一盏,将水一喷,妖必现形,红白索一拴,不能逃跑,与民除害,这就是了。"殷郊收宝谢恩,辞师出洞,往太保而来。

有殷郊求法宝离了南天,一霎时来到了太保山前。
叫天尊与祖师山前去叫,喊诸魔出洞来下山对战。
妙天尊真武祖齐把妖喊,十三人一听叫心中恶烦。
齐出洞下山来各现手段,还是那自打自不比从前。
有殷郊喷法水真言默念,十三人一齐倒显出本原。
原来是十三科脑瓜出现,殷郊用红白索串住孽冤。
祖取丹各壳内放了一丸,有妙乐嘱殷郊要你收炼。

万不可交他们一个不见,闯下祸到后来更是麻缠。
红白索串一连胸前作伴,丢一个戴头上能遮热寒。
你随祖收黑气不可离远,我告辞见三清细说根源。
祖送师收殷郊参将一员,取火丹殷郊吃不改心田。
祖吩咐众帅将在此久跕,我领殷到灵霄讨职封官。
言毕时同殷郊离却此山,见上帝奏明白前后事端。
词曰：
太玄宫中妙无穷,保守三宝药长生。
作魔作怪尽是假,乱了半世一场空。

十四回　真武祖　收黑气　西方见佛

词曰：
管神管人管阴曹,天煞地煞鬼煞嚎。
十七大光仙佛怕,赏善罚恶坐云霄。

玉帝一日登殿,众真朝毕。祖领殷郊,领十三太保,一同朝拜上帝、参荐讨封。玉帝见祖度来殷郊,亲封"阴地煞太岁",带管十三太保,随祖收黑煞恶气,听用助功,殷郊谢恩。玉帝又嘱祖师："将妖魔孽怪收清,天下平定,八方安泰,一齐领来讨封。"祖师谢恩,上帝退殿,领带殷出了金阶,往东而来。

离了南天往东川,领带众帅到河南。
正然行走把路盼,有一民人自喊冤。
祖师问他为那般?那人从头说根源。
此处有一都管庙,一神称名王恶仙。

常现形象人人见，六月初六定香烟。
猪十羊十牛十只，白面好酒要十担。
定下章程轮流祭，一样不齐起祸端。
不是放火烧人屋，就是害人死一半。
有钱轮着不费事，无钱轮过作了难。
不管卖妻卖儿女，十牲祭物要周全。
你看还有这样神，害的家家不安然。
今年轮过我祭送，无有妻儿少银钱。
破上我命去抵挡，又怕一村不得安。
故为此事自嗟叹，你老看看冤不冤？
祖师一听把头点，叫声老者心放宽。
你回不用发忧愁，我保这方无灾难。
那人扑地把头叩，当了这祸恩无边。
你老模样我记准，回去各村告他言。
与你修庙传下像，立个日期行香烟。
那人叩拜抽身去，祖叫众师你听言。
此个妖魔真算恶，火将烧庙用绳拴。
众听烧庙将妖拿，那孽逃脱一股烟。
祖见逃走快去赶，休教孽障钻了山。
赶了几里无踪影，倒叫祖师作了难。
妖怪变成俊男子，逃到孙家胡麻缠。
孙寿有女十八岁，夜夜作乱成姻缘。
有人闯见登空去，把女迷的改容颜。
孙寿夫妇心着慌，祖访妖魔到此间。
到了孙家天色晚，问孙借宿到明天。

孙寿不喜未开口,祖师上前陪笑言。
老者因何发怒气,想是害怕不留俺。
孙告不是那样说,迷女情由说根源。
祖听这话周公算,说是王恶他作乱。
祖听叫众各备办,等他到来用索拴。
正说王恶就来到,一见祖师心胆寒。
孙寿叫声道人看,就是此人来作乱。
祖见敕剑把他斩,王恶一变二丈三。
手提铁鞭千斤重,要与祖师大开战。
祖见孽障把形变,急叫众帅各占先。
马帅金砖往下打,光华放火一阵烟。
王恶看见难抵挡,大变小形跪祖前。
叩头哀恳发慈悲,领随祖师去站班。
祖师见他来投降,付于火丹药一丸。
王恶服丹无反悔,归顺祖师离此间。
一同离了孙家舍,天下收魔访孽冤。

话说孙寿见道人拿了妖孽,叩头百拜,当时画下形像,供奉祖师,早晚香灯不提。却说西方黑气遮天、黎民招瘟、早病暮死、十家九亡,这是何故?只因凡人作孽、妖魔扰乱、遍害恶徒。祖师慧眼遥观,西方黑气凶耀,领众往西而来。

真武祖收王恶才离河南,慧眼看见西方黑起遮天。
领众帅一霎时西方来到,冤妖气挡住路头昏目眩。
这层魔是和尚叛戒尽犯,身死后地不收作乱世间。
炼就了铁狗洞神鬼难进,祭的是打神鞭捆仙锁炼。
行善行他虽恶不敢搅乱,作恶人一家家被他损完。

祖闻知叫众帅此妖怎除?周公算知其事回禀师言。
此妖是犯戒僧天地不管,到西方见古佛能收此冤。
祖听毕辞众帅你们少跕,我就到西方去求佛收冤。

话说西天古佛燃灯登殿,金刚两排,罗汉左右。祖师进殿,参见燃灯古佛:"是我奉了玉旨,天下收妖,俱已收清,就有这方黑气,太盛难以破解,求古佛慈悲,赐弟子一线之恩,收了黑煞,与民除害,天下平安,佛看如何?"燃灯闻听,急宣释迦佛上殿。释迦进殿,朝拜已毕,站在大雄宝殿,燃灯佛示曰:

燃灯佛坐大雄开了佛言,叫释迦有一事要你承担。
真武祖领玉旨天下收魔,咱西方这妖孽太得麻缠。
他本是犯戒僧天地不管,自作孽逞英雄搅害女男。
使邪法能腾空入看不见,害黎民一户户断了香烟。
你原是有德修可以收他,助祖去取此妖与民除冤。
释迦听吩咐毕心中作难,祖上前忙顶礼跪在殿前。
燃灯说梵皇太不必作难,真武祖他本是上帝修炼。
你随他收冤魔不算下贱,他有功求你德两家周全。
释迦听参起祖同把礼见,齐谢恩出大雄去收孽冤。
驾祥云到下方众帅迎接,议透这冤妖事各拿定盘。
释迦命众元帅齐到山下,喊出来那妖物禀我近前。
有马帅并李帅一声高喊,关赵帅于光华兵器拿全。
那孽僧在洞中正然炼气,众妖禀有天将喊叫下山。
和尚听有天将心中麻烦,是那家敢来我铁狗洞边?
一怒气提铁棍出洞观看,见师领众天将甚是威严。
开言来叫祖师有些闲管,你修你我炼我与你何干?

我行灾并莫害你身半点，你无故喊叫我所为那般？
释迦见犯戒僧喝声大胆，不守皈你竟敢在此胡乱。
我劝你归了正邪法丢过，侮犯了清斋戒该堕阴山。
想你这出家人皈戒不守，到如今无收管作孽欺天。
黄泥僧听一言发怒冲冠，举铁棍打释迦结果收圆。
祖见他举棍打急用宝剑，释迦佛拿金钵扣住铁鞭。
水火将上前去将他锁炼，关元帅用大刀插住他肩。
众天将齐围住要把他斩，黄泥僧见不好口叫苦冤。
释迦见他叫苦叫众退了，我劝他归祖师不失本元。
他若是不改过有我在此，除此孽不准他在这作乱。

释迦曰："黄泥僧，你为何不守皈戒？失了真性，天地不收，你还敢在此作乱！今祖师奉旨，收妖荡魔，你敢胡行，还不归顺？"那孽僧无奈，口称大师，只要饶命，情愿归顺。祖师见他心愿，取出火丹，付与泥僧吃了，永不反悔，亲拜祖师为徒。释迦告驾而去。祖师送驾，收了犯僧，领带众帅，往西而行。

祖师西界收犯僧，又除黑煞气一层。
来到一处石雷山，山中藏妖甚是凶。
无故起雷把人打，击死无数男女童。
山前有位朱名元，所生二女是姣生。
二女切瓜抖了瓢，妖使雷打击了命。
朱元见女被雷打，二女死的太苦情。
无故招的天大祸，仰面不住大放声。
祖师领众正行走，见老啼哭问分明。
朱元从头说一遍，祖听就知有妖情。

叫声朱元不用哭,二女屈死有高升。
你随我到石雷山,我拿此妖救女灵。
朱元听罢随祖去,石雷山前看分明。
祖师来至石雷山,喊声妖物快出洞。
雷妖一听有人叫,那家到此来送命?
急使五雷空中震,要拿祖师一真灵。
祖见冤魔五雷震,一派恶气甚是凶。
三台宝剑只一举,雷妖一齐落流平。
真武执剑把他弑,雷妖跪下来恳情。
祖师见他来求拜,收他服丹保元灵。
二女封他电母神,封为朱元似雷公。
各服火丹随祖去,助师听用一路行。
祖将天下魔收尽,风伯雨师来讨封。
一齐求祖将他收,跪至路傍来恳情。
祖师看他愿跟随,施下火丹叫他用。
风伯雨师有依靠,雷公电母听祖用。
天将收齐三十六,七二地煞一扫清。
二十四帅分左右,龟蛇二将头前行。
黑煞恶气尽收灭,妖魔鬼怪影无踪。
费了三十六年苦,救民荡魔万古名。
领带众帅归天去,灵霄一同去讨封。
词曰:
西国东土不一般,方方妖魔把世乱。
见师个个来归顺,佛祖助师收黑冤。

十五回　祖师爷　带众帅　灵霄讨封

词曰：
从来道魔有正偏，道魔偏正不一般。
抱稳正宗诸邪怕，德大神鬼不敢翻。

祖师将天下黑煞恶气、诸魔妖怪一齐收清，领带众帅，腾云往南天门灵霄殿，来见玉帝。金星禀报上帝。玉帝升殿，宣祖师进殿，朝拜玉帝，奏曰："臣领旨，并收黑煞恶气，如今中界收清，人民安乐，领来众将，现在阶下，望上帝定夺。"玉帝闻听大悦，收魔有功，亲赐绣墩坐，歇息一时，听朕分示。

玉主爷听奏章喜气洋洋，魔收清与万民除了祸殃。
想当年分灵性东土下降，今日里除妖魔亦算一场。
你立下这奇功大有升赏，众黎民无灾害三曹沾光。
至那年领旨去无有违夯，收天将取地煞中界安康。
看天下现如今修庙塑像，人遵敬我岂可无有封光？
我封你玄天帝御前师相，真武祖荡魔尊四海名扬。
二四帅分左右是你站相，行动时风雷助銮驾两行。
水火将不离身周桃掌印，受天下众百姓春秋名香。
赐金花赏御酒玉液琼浆，这是你苦立功受福礼当。
你的职你当授不必推让，宝德关鉴善恶提拔贤良。
功与过善与恶系毫记账，善拔善恶拔恶不可隐藏。
我把这功果簿交你执掌，每年间腊廿五亲看其详。
你与我无上下管事一样，传后世万民知天下名扬。

玉帝将祖师职品安排停妥，又将众天将职名开后。亲封祖师："玄天上帝、玉虚师相、无量寿佛，享受万民香火，乐享清净，荡魔除邪大帝、自在上佛，这就是了。"

龟蛇二物封为水火二将，常随祖师莲前听用。

许妙济、白海琼、路元、刘后封为四真君，听祖使用。

东华济、辛玄、魏微、朱悖娘封为四元君，听祖使用。

朱元、朱佩娘封为雷公电母，随祖听用。

离娄、师旷封为二圣，常在祖师莲前站立。

周公、桃花封为掌印执旗先师，常伴祖师。

任无别、宁世夸封为二太保，常保祖师行动听用。

关羽、赵公明、新田、光华、邓辛、党归籍、肃琼、石后、周广泽、谢世荣、康席、高降坐、孟山、王恶、王铁高、殷郊、杨彪以上封为二十四帅，祖师左右站立。

玉帝封毕，各受各职，一同谢恩。上帝回宫，祖同众帅将送驾退殿，离了南天门，领带元君、诸真众帅往宝德关而来。进宫坐了，众帅将各分左右，祖师鉴察善恶、赐福降祥、拔恶举善，亲做《惊世录》一篇，劝民改恶从正，不枉吾神出世一回。

词曰：

惊醒梦里迷途汉，世间百姓快迁善。

劝化诸邪齐归正，录留天下万代传。

真武祖宝德关普劝女男，清平世早修行免招灾难。

莫等到祸临头悔恨已晚，趁未雨先改渠不怕泥粘。

这如今天下乱吾神解救，收天将收地煞与民除冤。

吾若是不显化魔妖大乱，众黎民只怕的不能周全。

四十年费辛苦收妖降怪,与万民普天下扫清祸殃。
现日前清平世正好修养,莫等到祸临头口喊上苍。
莫学那混世虫东来西往,过一日没一日不久时光。
纵然是修积好儿多财广,不斋戒不积德难躲无常。
富有德贫有志忠孝两样,有几款都能遵就是良方。
第一件先要敬祖宗爹娘,兄弟和夫妇义不可翻诓。
体忠恕讲仁义忍让常想,讲因果说善恶提醒贤良。
有余钱盖寺庙多修庵堂,舍药材施茶水冬舍衣裳。
这本是随时的方便明亮,人人行个个遵能免祸殃。
妇女们遵三从四德不忘,孝翁婆顺丈夫谨记艳装。
庙禁入戏少看赛会莫望,也免得轻狂徒说短论长。
忌三台惜米面时刻莫忘,抛撒费折寿限疾病灾殃。
学贤惠莫翻嘴要有女相,于娘家争点光传扬四方。
这几件妇女们紧记心上,不服药病自退就是良方。
并非是叫你们细心遵仰,怕的是失人伦恼怒上苍。
众黎民不细究灾从何降?人孽重天恼怒才有不祥。
末劫年十大劫一齐下降,有十恶你们当个个惊慌。
山妖精水妖怪齐都出世,五大魔闹中华人人受伤。
齐投胎转人类冤缘结账,同在世一处住大闹洪荒。
亲父子无情义兄弟吵嚷,夫与妻不和合两样心肠。
亲与朋凡处事实心无有,当面人悖地鬼奸巧无双。
灭人伦毁八德纲常不讲,乱得个中原地无处躲藏。
看起来这样乱有福难享,要你们早改过免受灾殃。
想躲劫常斋戒诵经为上,观音母救八难能免祸殃。
积下德立下功神鬼钦仰,善格天孝感天并不虚慌。

三元会改乾坤抽爻换象，翻天盘移星斗大闹中央。
想后有这些劫要你早防，却莫等临尾时无有妙方。
大地人男共女早立志向，过不改到那时四处慌张。
真武祖叹世情未曾了当，有武当土地神禀报其详。

却说武当山，有一类妖魔，山兽水族成精。至祖师收龟、蛇以后，无人管束，聚在一处，藏至扬子江中，作乱害人。有这来往客商过江，翻船吃之，冤气遮天。土地着忙，急到宝德关，跪禀祖师，说了一遍。祖师闻听，斩草不除根，祸害冤孽深。遂吩咐土地领路，一同武当，除此妖孽，与民除害可也。

祖师听毕心烦恼，带众那方看分晓。
四十年间收魔类，如今又出这一条。
当时离了宝德关，霎时来至除邪妖。
那方各村齐叫苦，就无天眼除孽妖。
那家活佛将害除，与他盖庙把香烧。
不说众人心发恨，又表官商打起镖。
十家官商把货贩，扬江上船真威耀。
正走江中妖出世，一齐搬船水倒潮。
众官一见水势翻，紧急叫天又祷告。
诸佛保俺把江过，亲许建醮把山朝。
祖领众帅空中看，众妖翻船江水冒。
山兽水怪凶势勇，要害官商把命抛。
眼看当下众官失，吾神显法除邪妖。
空中宝剑只一指，众妖胆战心又跳。
见是祖师空中坐，个个逃跑化水消。

官商清平过江去,许下建醮武当朝。
祖在空中把话表,高叫众官听根苗。
从今休贪无义财,祸殃到来无下稍。
不见吾神把你救,当下这灾定不饶。
祖嘱已毕散云去,众官个个看分晓。
抬头见神归空去,叩头礼拜谢恩高。

祖师将妖降去,至此不敢出世害人。祖师回宫,众官商亲见空中,祖师现像救难,一同议定武当山建庙,塑装银基宝像,立下三月三、九月九春秋二祭,朝山香烟,一年亲朝两次,众官各去。至此,黎民安乐,夜夜梦祖现圣,救人无数。众百姓庙内又塑将帅三十六员。祖师手持七星剑,脚踏风火雷石,披发坐像,面前龟、蛇二将,享受万民香火,无量寿佛是也。

收尽妖魔镇武当,人人沾光把名扬。
来往朝山人不断,春秋二祭进长香。
无量受佛人好求,救难救急传四方。
百姓有了灾和难,许愿进香无祸殃。
为子求寿去祷告,心真意诚准将祥。
至此天下妖魔除,民安国泰乐无疆。
祖师劝民当遵戒,吾用劝谕记心上。
斋戒念佛护身宝,五伦八德是良方。
奸盗邪淫一概除,宽厚忠恕不可忘。
各秉虔心神保佑,消灾免祸得安康。
吾神本是灵应祖,荡魔除邪救贤良。
凡民能依吾法语,命终接尔上天堂。

词曰：

灵感天下四海扬，消魔除邪一扫光。

讨得上帝剑旗印，封位玄天镇武当。

十六回　武当山　遍赐福　君民同朝

词曰：

真修宝炼德感天，皇王有道民自安。

真主自有真神扶，奸心一片枉徒然。

　　玄天祖师道成，收尽天下邪魔，镇守武当，万民拱朝，历代香烟，祖常显圣护国。话说明朝永乐三年，长毛鞑子起反，攻打北京。皇上差兵去战，兵败将折，眼看攻城，无人去对反兵，皇上惊怕。正在危难之处，一股冤气，冲至武当而来。

真武祖坐武当自在安闲，忽然间有冤气冲至殿前。
命周公与桃花仔细推算，看一看是那方有了孽冤？
周公算桃花禀长毛作乱，北京城永乐主有了灾难。
北鞑子领人马兴兵造反，杀战将弑元帅要夺江山。
祖一听言未开心中想算，永乐帝他本是罗汉临凡。
此一回吾显圣应当去保，祝皇王一时力救劫离山。
领天将带众帅水火二将，驾祥云一霎时来到北边。
在空中拨云头往下一看，那鞑兵甚凶恶实是威严。
教众帅水火将各显手段，用飞沙并走石水火当先。
众帅听齐使法天昏地暗，一声雷下飞石水火连天。
把鞑兵尽打的低头伏面，一个个逃了命退出北关。

天将见鞑兵散将法收去，当时间天晴亮官兵喜欢。
急回奏永乐主银安宝殿，将退兵说明白我主细参。
永乐主登殿，报官奏到，将退兵之事、飞沙走石、天水地火、一涌而起、反兵逃走，说了一遍。主听心中大悦，想道："必是那家大圣显化。"正思之时，忽听空中暗乐响亮。抬头一看，云中端坐一神，披发执剑、白面长须，左右天将二十四帅，一闪而去。当时问过天师："此是何神显圣？救朕助阵退兵。"天师曰："此是北方玄天祖师显圣。我主应当酬谢。"永乐听曰："此神成在何处？"天师曰："成在隋朝，于今镇守武当山，荡魔除邪，常常显圣救人，万民无不沾恩。"主听大悦，吩咐众臣退朝，改日备办香火："朕当亲到武当山，大谢神恩，建醮行香可也。"

真武祖带众帅除了反将，驾祥云离北京复回武当。
永乐主听天师说明其详，命众臣备香火朝山进香。
诚心意清斋戒沐浴身上，选吉日坐车辇离了朝纲。
行数日来至在湖北地方，命梢公把船撑过了扬江。
前行至武当下车马难上，下车辇带文武步行山岗。
上山来进了庙先把香降，拜三跪三叩头大谢上苍。
多亏祖显威灵鞑兵打退，来谢恩愿建醮朕沾佛光。
叩禀毕抽身起跕在中央，见庙殿观圣像大不光亮。
起心意翻盖庙重修新像，选奇工起金顶把像金装。
叫武士回朝去黄金运到，有朕当亲建工重修庙堂。
这才是祖有灵皇上德广，斗母君鲁班神暗中帮忙。

话说永乐皇帝，命武士回朝，黄金运到，亲建武当山金顶大殿，把祖师宝像换成金像，又修三十六殿、七十二宫，内塑三十六员天将，七二神煞，各分左右。祖师莲前，龟蛇二物。左有周公执旗，右有桃花捧印，一齐完全，三月工成。亲封祖师"盖天明师，无量受佛"，建醮七日，立下三月三日香烟，九月九日建醮，百姓齐朝进香，选了四十八员道士看庙，长灯长香，买下皇田五百顷、余米一百担，逢人进香，费用度食，已治停妥，起驾回朝。武士禀道："扬子江漂下金钟一口。"帝听大喜，吩咐众将打捞起来。武士将钟抬至大殿。皇上一看，此钟乃是七金宝铸成，响动声听百里："挂在大殿东廊。"武士一听，将钟挂起。永乐吩咐众卿："与朕排驾下山，一同回朝便了。"

　　永乐重建武当山，金顶殿阁置周全。
　　扬江漂下金铃钟，挂在祖师殿左边。
　　立定三月初三日，万民朝山进香烟。
　　帝同众臣离山走，亲许一年朝两番。
　　回朝众臣齐加封，出下皇告朝名山。
　　各省府县齐知晓，路远借山起香烟。
　　不说有道永乐主，再表祖师慈悲宽。
　　上扶天子下保民，隐恶奏善德无边。
　　凡民真善祖必护，喜的斋戒把佛念。
　　无论求福并求寿，求子求病也朝山。
　　不用备供拿祭物，一句无量佛当先。
　　心香一炷心虔诚，消灾免祸永无冤。
　　恶心未除去朝拜，灵祖金鞭打下山。
　　救难救的忠孝子，赐福赐的贤良男。
　　解厄除邪积善家，降祥赐福心不偏。

虽然祖师灵应大，全要黎民心性坚。
祖师亲说后来劫，大地男女仔细参。
后有末劫天地变，九苦十劫下凡间。
人心不古天不顺，遍地招灾起狼烟。
父子无情弟兄散，夫妇不和把脸翻。
人生紧疾灾害到，十家人等九无烟。
米麦价大钱难买，绵花每斤一吊钱。
贪官恶吏把钱享，各样添税乱世间。
害得黎民十分苦，喊冤难生叫皇天。
任你富贵有名显，一扫毁灭皆一般。
这样世道怎么解？吾有妙法传世间。
第一孝敬父合母，常言孝能感动天。
第二为善要心端，善能格天不虚传。
第三孽钱不可贪，家大孽大自古言。
第四功名要看淡，羊伴虎行当下冤。
第五莫把邪淫犯，奸盗邪淫不能全。
第六杀生要戒断，谨禁五荤共三厌。
第七斋戒把佛念，明灯信香保平安。
第八放生送善卷，多积阴功免灾难。
第九宣扬把人劝，替天行道结佛缘。
第十逢人要和颜，人道和合天道宽。
黎民记全这十款，大劫临头你无冤。
果能学好到十全，天喜地喜神鬼欢。
有缘得遇名师指，三生有幸求真传。
指你一条躲劫路，不怕九苦十劫难。

躲劫之法人人有，看你心性偏不偏。
只要真心把佛靠，功满德全参妙玄。
吾神微漏一二分，十字街前龙虎滩。
双林树中日月照，独木桥上有茅庵。
此处茅屋人人有，贫富贵贱皆一般。
人能得了此住处，不怕红尘天地翻。
饥食松柏时时有，渴饮清泉似蜜甜。
婴儿姹女常配合，服了灵药结胎圆。
十月落地性光显，不用饮食能升天。
本是一宗便宜事，恐怕迷人不细参。
人能遵信吾法语，三月初三发誓愿。
吾当生辰你斋戒，强似拜佛去朝山。
立下香灯心坚固，念佛诵经默真言。
人若始终心不偏，吾神保你上西天。
有德之人见此卷，前后细阅情无边。
吾神苦修四十载，苦中生甜万世传。
玉帝封我把妖降，又是四十扫孽冤。
亲领荡魔除邪旨，年年月月下凡间。
正月初七午时降，二月初八救灾难。
三月初三遍赐福，四月初四也临凡。
五月初五扫五毒，六月六日除孽冤。
七月初七把妖降，八月十三解大难。
九月初九除瘟疫，十月廿二看善缘。
冬月初七收鬼怪，腊月廿七取水缠。
一年十二月月降，鉴察善恶不隐瞒。

每年腊月廿五日,亲交上帝灵霄前。
善恶丝毫落下账,降祥降殃定得端。
果是凡民善德大,亲赐避瘟丹一丸。
若是十恶不能改,当下灭门有灾难。
正直无私观天下,赐福降殃永不偏。
如今快到三期至,分清别浊改坤乾。
仙佛圣真把胎投,菩萨圣女也落凡。
山妖水怪也出世,野鬼孤魂齐喊冤。
神愁仙佛都悲痛,看看麻缠不麻缠?
青阳红阳劫还可,三期黄阳坤转乾。
修仙修佛把果证,善男信女乐安然。
八德谨遵把人转,十恶不赦永不翻。
恶夫恶妇顶劫死,骗钱造孽压阴山。
地府彻空无地狱,仇报仇来冤报冤。
婆婆要把莲花改,一层人来一层仙。
逍遥快活复了古,五风十雨歌尧天。
这是后来真实话,并无虚假半句言。
词曰:
君明臣良出真主,民安物阜复太古。
同住天下无患难,朝朝礼拜参南无。

后　记

这部《西游宝卷集》终于可以交稿了，前后耗时三年多。如果从最初搜罗材料开始算起，时间就更长了。我最初的设想是把这部分宝卷，作为"西游说唱"的一个品类收录在《西游说唱集》中。但随着材料的搜集、整理，发现这部分材料的体量过于庞大，只能另起炉灶，单出一集。这也是我继《西游戏曲集》《西游说唱集》之后，推出的第三部专题资料。

要特别感谢上海师范大学的侯冲教授，每次向他求助，他总是那样大度、热情，毫无保留地向我提供了包括《受生宝卷》在内的大批第一手材料。深深感动于他这种不藏私、乐于共享的精神！

还要感谢北京大学刘勇强先生的高足左怡兵兄，他师出名门，搜寻资料能力超强，每每"奇文共欣赏，疑义相与析"，令我获益匪浅。

北京的藏书家张青松兄，总会向我提供相关的藏本信息。本书所收的《佛说齐天大圣法王菩萨真经》是他受托在孔夫子旧书网竞拍失败，通过自己人脉复制之后，转赠与我。复旦大学的许蔚兄也常常"互通有无"。本书所收的《齐天大圣经》，即是他的如不来室的藏品。人民大学的王燕教授、苏州大学的王宁教授也曾慷慨援手。

最后,还要感谢门内诸弟子们的辛勤付出。博士生冯伟、吕航,硕士生刘茂雷、周敬、禹静、赫楠、侯明远、孙乐宇、孙璐、张子茂、李景霄,他们牺牲自己的宝贵时间帮我录入、校对。赵毓龙教授、赵鹏程副教授更是帮我承担了大量日常琐屑工作。没有他们的辛勤付出,就没有此书的问世。

这些师友的无私帮助,永远感铭!谢谢大家!

甲辰冬月于秋省堂